살아 있는 자를 수선하기

살아 있는 자를 수선하기

마일리스 드 케랑갈 장편소설 | 정혜용 옮김

Liberté · Égalité · Fraternité
RÉPUBLIQUE FRANÇAISE

AMBASSADE DE FRANCE
EN CORÉE

Cet ouvrage, publié dans le cadre du Programme d'aide à la Publication Sejong,
a bénéficié du soutien de l'Ambassade de France en Corée.
이 책은 주한 프랑스 대사관의 세종 출판 번역 지원 프로그램의 도움으로 출간되었습니다.

RÉPARER LES VIVANTS
by MAYLIS DE KERANGAL

이 책은 작품의 취지를 살려 친환경 재생 용지로 제작했습니다.

이 책은 실로 꿰매어 제본하는 정통적인 사철 방식으로 만들어졌습니다.
사철 방식으로 제본된 책은 오랫동안 보관해도 손상되지 않습니다.

My heart is full(심장이 터질 것 같구나).
—「감마선은 금잔화에 어떤 영향을 끼쳤나」[*]

시몽 랭브르의 심장이 무엇인지, 그 인간의 심장, 태어난 순간부터 활기차게 뛰기 시작해서 그 일을 반기며 지켜보던 다른 심장들도 덩달아 빨리 뛰던 그 순간 이래로 그 심장이 무엇인지, 무엇이 그것을 튀어 오르고 울렁대고 벅차오르고 깃털처럼 가볍게 춤추거나 돌처럼 짓누르게 만들었는지, 무엇이 그것을 어질어질하게 만들었는지, 무엇이 그것을 녹아내리게 만들었는지(사랑), 시몽 랭브르의 심장이 무엇인지, 스무 살 난 육신의 블랙박스, 그것이 무엇을 걸러 내고 기록하고 쟁여 뒀는지, 정확히 그게 뭔지 아무도 모른다. 초음파가 만들어 내는 연속적 이미지만이 그 울림을 되돌려 주고, 그것을 부풀게 하는 기쁨과 그것을 옥죄어 드는 슬픔을 보여 줄 수 있으리라. 시초부터 기록한 심전도 그래프가 펼쳐지는 모눈종이만이 그것의 형태를 신호로 보여 주고, 그것이 소비한 에너지와 노력을, 그것이 달음박질치게 하

7

는 감정을, 하루에 거의 10만 번씩 수축되고 1분마다 최대 5리터의 피를 돌게 하려고 쏟아붓는 에너지를 그려 보여 줄 수 있으리라. 그렇다. 오로지 그 그래프만이 그 것의 사연을 들려주고, 그 삶의, 밀물과 썰물의 삶의, 개폐 장치와 역류 방지 장치의 삶의, 박동으로 점철된 삶의 윤곽을 보여 줄 수 있으리라. 시몽 랭브르의 심장, 그 인간의 심장이 기계 장치에서 벗어나 버린 순간, 그 누구도 그것에 대해 안다고 나설 수 없으리라. 그리고 그 날 밤, 별빛조차 먹혀 버린 그날 밤, 코 지방과 그 강 하구는 돌도 쩍 갈라질 정도로 얼어붙은 날씨였고, 빛 한 점 반사되지 않는 먹빛의 거센 파도가 수직 단애를 따라 부서지고 대륙붕이 절리를 드러내며 깎여 나가는 동안, 그의 심장은 휴식을 취하는 장기의, 천천히 재충전하고 있는 근육의 규칙적인 리듬(대략 분당 50번 미만의 박동)을 들려주고 있었다. 그때 휴대폰 알람이 좁은 침대 발치에서 울리기 시작하자 터치 패드에 야광 막대들로 이루어진 05:50이라는 숫자가 나타났다. 그리고 갑자기 모든 것이 휘몰아치기 시작했다.

그러니까 그날 밤, 소형 트럭 한 대가 인적 없는 주차장에 멈춰 선다. 비스듬히 서서 꼼짝 않는다. 앞 좌석 문들이 열렸다 쾅 닫히는 동안, 측면 문이 미끄러지듯 열린다. 세 개의 실루엣이 솟아오른다. 어둠을 배경으로 또렷이 드러난, 추위(혹한의 2월, 한랭성 비염, 옷 입고 잠자기)에 덜미 잡힌 세 개의 그림자. 젊은 남자들인가 싶다. 턱 밑까지 점퍼의 지퍼를 올리고, 털모자를 눈썹 바로 위까지 눌러쓰고, 귓바퀴도 그 안에 밀어 넣었다. 원뿔 모양으로 맞잡은 두 손에 입김을 불어 대며 바다를 향해 걸음을 옮긴다. 그 시각에 바다는 그저 소리, 소리와 어둠일 뿐이다.

젊은 남자들이다. 이제는 확실히 보인다. 그들은 주차장과 바닷가를 가르는 갓돌을 등지고 나란히 섰다. 발을 구르며 크게 심호흡을 한다. 그 바람에 요오드와 냉기를 빨아들인 콧구멍이 아려 온다. 젊은이들은 터져 나오는 파도의 굉음을, 마지막에 부서지면서 울부짖는 그 굉음을 제외하면 아무런 템포도 존재하지 않는 그 컴컴한 넓은 표면을 재어 본다. 그들은 눈앞에서 으르렁대는 그것을, 빛을 튕기며 서로 격렬하게 부딪히는 무수한 입자들로 허연 거품이 이는 가장자리 정도 말고는 어디 눈길 둘 만한 곳 하나 없는, 전혀 없는 그 폭주하는 아우성을 탐색한다. 트럭에서 나와 겨울 추위에 두들겨 맞고 바다의 밤에 어리둥절해하던 세 명의 젊은이는 이제 정신을 차린다. 시력과 청력을 바싹 조인다. 그들의 존재를 기다리고 있는 〈스웰〉[1]을 가늠하고 귀로 너울에 대한 판단을 내린다. 파도의 높이와 깊이를 예측한다. 난바다에서 형성된 파도는 가장 빠르게 나아가는 배들보다도 늘 더 빠르게 나아간다는 사실을 되새긴다.

좋아, 아주 근사한 서핑이 되겠는걸. 세 명의 젊은이 가운데 한 명이 차분한 목소리로 중얼거렸다. 나머지 둘은 미소를 머금었다. 그러고 나서 세 청년은 다 함께 신발 뒤축을 끌며 천천히 뒷걸음질로 물러나다가 빙글 돌아섰다. 밤눈 밝은 범. 젊은이들의 들어 올린 시선이 마을 저 안쪽의 밤을, 절벽 뒤쪽으로 펼쳐진, 아직도 꽉 닫

---

1 바람에 의해 발생한 풍랑(風浪)이 바람이 없는 다른 지역으로 전해지며 생긴 파도를 이르는 말. 일반적인 파도에 비해 파장이 길고 꼭대기가 둥글며 간격이 긴 특징을 가지고 있다. 이하 모든 주는 옮긴이의 주임.

혀 있는 밤을 파고들었다. 아까 말했던 젊은이가 시계를 봤다. 어이, 친구들, 아직 15분 남았어. 그리고 세 청년은 다시 트럭 안으로 들어가 수상 스포츠가 시작될 새벽을 기다렸다.

크리스토프 알바, 조앙 로세, 그리고 그, 바로 시몽 랭브르. 알람이 울리자 셋은 자정 조금 전에 문자로 약속했던 서핑, 1년에 두세 번 만날까 말까 한 중간 조수(규칙적으로 높은 파도가 밀려오고 바람은 잔잔하고 서핑 포인트에 개미 새끼 한 마리 없는)의 서핑을 위해 저마다 시트를 밀어내고 침대에서 빠져나왔다. 청바지에 점퍼. 젊은이들은 아무것도, 우유 한 잔에 시리얼 한 줌도, 빵 한 조각도 삼키지 않고 바깥으로 나왔다. 각자 가족이 살고 있는 건물 아래에서(시몽), 빌라의 대문 앞에서(조앙) 트럭(크리스)을 기다리며 길목을 살폈다. 트럭 역시 제시간에 나타났다. 일요일이면 어머니가 아무리 을러대도 정오 전엔 절대로 일어나는 법이 없는 그들이, 한참 씹은 담배처럼 축 늘어져서 그저 거실 소파와 침실 의자 사이를 시계추처럼 오갈 뿐이라는 말을 듣는 그들이, 그런 그들이 이른 아침 6시부터 거리에 나와 신발 끈이 풀린 채 입 냄새를 폴폴 풍기며 발을 굴러 대고 있었다(가로등 아래, 시몽 랭브르는 자신이 입으로 내쉰 숨이 흩어지는 과정을, 허연 김이 빽빽하게 솟구치다 허공

에서 풀어져 사라지고 마는 변모 과정을 바라보고 있다
가, 어릴 적에 담배 피우는 흉내를 내길 즐겨서 검지와
중지를 쫙 펴 입술 앞에 갖다 대고는 어른 남자처럼 두
빰이 움푹 패도록 숨을 깊이 들이쉬곤 후 하며 내뱉던
일을 떠올렸다). 「3인의 기사」[2]든, 「빅 웨이브 헌터스」[3]
든, 크리스와 존과 스카이든 간에, 그들이 말이다. 이것
들은 그들이 강 하구 항구도시의 고등학생에 불과한 본
인들을 세계적 서퍼로 재창조하려고 찾아낸 별칭들이어
서 별명이라기보다는 가명이고, 그들을 본래 이름대로
부르는 즉시 그들은 다시 적대적인 환경 속으로, 그러니
까 얼음장 같은 는개, 짧고 불규칙적이고 보잘것없는 파
도, 담장 높이의 절벽, 저녁이 다가오면 텅 비어 버리는
거리, 아버지의 꾸중과 학부모 소환장, 서핑보다 뒷전인
여자 친구, 서핑이 걸린 경우에는 〈밴〉만도 못하게 되며
결코 그들의 서핑을 막지 못할 여자 친구와 그녀의 불평
앞에 내동댕이쳐진다.

 젊은이들은 〈밴〉 안에 있다(그들은 차라리 죽을지언
정 결코 소형 트럭이라고 말하는 법이 없다). 끕끕한 습
기, 오돌토돌 표면에 달라붙어 사포처럼 엉덩이를 긁아

2 디즈니에서 1944년에 뒤마의 삼총사를 모티브로 하여 제작한 애니
메이션.
 3 라이언 케이시 감독이 제작하여 2006년에 개봉한 다큐 영화로 세
계 최정상 서퍼들의 모습을 담아냈다.

대는 모래, 소금기 머금은 고무, 갯벌과 파라핀 냄새, 쌓여 있는 서프보드, 서핑 슈트 무더기(보드 팬츠 혹은 후드 달린 두툼한 웨트 슈트), 장갑, 부츠, 병에 든 왁스, 〈리시〉.[4] 셋 모두 어깨를 맞대고 앞 좌석에 앉았다. 원숭이처럼 새된 소리를 질러 가며 허벅지 사이에 손을 비볐다. 얼어 뒈지겠네. 그러고는 비타민이 첨가된 시리얼 바를 씹고(다 먹으면 안 돼. 이따가 파도가 우리를 삼키고 나면 우리도 뭔가 삼킬 게 있어야지), 콜라 병과 튜브에 든 네슬레 연유, 달고 말랑말랑한 사내아이들의 비스킷 페피토와 샤모닉스를 서로에게 돌렸다. 좌석 밑에서 『서프 세션』 최근 호를 주워 계기판 위에 펼쳐 놓고 올망졸망 머리통 세 개를 들이밀고, 어슴푸레한 어둠 속에서 반짝거리는 책장들을, 호박색 자외선 차단 오일과 쾌감으로 촉촉해진 서퍼들의 피부처럼 반짝거리는 종이를, 수천 번도 더 넘겨 봤던 책장들을 또다시 뚫어져라 들여다본다. 급하게 굴러가는 눈알들, 바싹 마르는 입안. 매버릭스의 부서지는 파도, 롬복 섬의 〈포인트 브레이크〉,[5] 둥글게 말리며 밀려오는 하와이의 조스[6] 파도, 터널 모양을 이루는 바누아투의 파도, 길게 펼쳐져 밀려

---

4 보드와 서퍼를 연결해 주는 끈.
5 바위 등으로 돌출된 해안선의 굽은 모양을 따라 부서지는 파도. 긴 라이딩이 가능한 파도가 생긴다.
6 서핑 장소로 유명한 하와이의 페아히 해변에서 발생하는 거대한 파도를 일컫는 이름.

오는 마거릿 리버의 파도 등, 지구 위에 존재하는 서핑의 최적지들이 그곳에 펼쳐지면서 서핑의 눈부심이 드러난다. 그들은 열에 들뜬 손가락으로 사진들을 가리킨다. 여기 좀 봐, 여기. 그들은 언젠가는, 어쩌면 당장 이번 여름이 될지도 모르겠지만, 저기에 갈 거다. 기념비적인 서핑 여행을 위해 셋이 함께 나란히 트럭에 올라타서, 지금까지 이 지상에서 만들어진 적이 없을 가장 아름다운 파도를 찾아 떠나리라. 크리스토퍼 콜럼버스가 아메리카를 찾아냈듯 그들 또한 그들만의 야생의 비밀 장소를 찾아내려고 차를 몰겠지. 그들이 고대하던 그것, 대양 저 깊숙한 곳에서부터 밀려온 태고의 완벽한 그 파도가, 아름다움 그 자체가 솟아오를 때, 〈라인 업〉[7]에 선 사람들은 오직 그들뿐일 것이다. 이제 폭주하는 아드레날린과 함께 파도의 움직임과 속도에 몸을 싣고 보드에서 일어서면 엄청난 기쁨이 온몸과 속눈썹 끝까지 방울지리라. 그들은 파도를 넘나들겠지. 육지와 서퍼족을 향해, 소금기와 끝없는 여름으로 색이 바랜 머리카락과 옅은 눈빛을 가진 그 떠돌이 인류를 향해, 남녀 할 것 없이 옷이라고는 티아레 꽃이나 히비스커스 꽃잎이 프린트된 쇼트 팬츠와 청록빛 혹은 다홍빛 티셔츠만을 걸치고 신발이라고는 플라스틱 샌들만을 신는, 그 태양과 자유로 반짝이는 청춘들을 향해 나아가리라. 바닷가에 닿을

7 서퍼들이 파도를 기다리는 위치.

때까지 그들은 이랑진 파도 위를 미끄러지리라.

바깥의 하늘이 희끄무레하게 밝아 오자 잡지의 책장들이 선명해진다. 그러자 갖가지 색감의 푸른색과 초록색이 드러나며, 눈을 찌르는 순수한 코발트블루와 아크릴 물감으로 그어 놓은 듯한 짙은 초록색들이 보인다. 여기저기, 서핑으로 생겨난 골이, 거대한 물의 벽 위를 지나가는 아주 가느다란 흰 선이 나타난다. 젊은이들은 눈을 껌벅이며 중얼거린다. 우와, 쩐다 쩔어, 죽이네. 크리스가 몸을 뒤로 물리며 휴대폰을 들여다본다. 밑에서 비추는 화면의 불빛이 그의 얼굴을 푸르스름하게 물들이며 얼굴의 골격(튀어나온 눈썹 뼈, 돌출된 턱, 보랏빛 입술)을 고스란히 드러낸다. 크리스가 커다란 목소리로 오늘의 정보를 읽는다. 레 프티트 달 투데이. 남서/북동 방향의 이상적 너울에, 파고(波高)는 1미터 50과 1미터 80 사이로 1년 중 서핑의 최적기입니다. 그러더니 그가 엄숙하게, 또박또박 힘주어 말한다. 흠씬 즐기자고. 〈예스〉, 〈킹〉으로 등극하자고! (아무 데나, 별거 아닌 일로도 끈질기게 그들의 프랑스어 사이에 박아 넣는 영어. 자기들이 팝송이나 미국 드라마 속에 들어가 있기라도 한 양, 자기들이 이방의 영웅이기라도 한 양. 〈삶〉과 〈사랑〉같이 어마어마한 단어들을 〈라이프〉와 〈러브〉로 만들어 공기처럼 가볍게 떠오르게 하는 영어. 그리고 수

좁은 구석도 있는 영어.) 존과 스카이는 동의한다는 표시로 끝없이 고개를 주억거렸다. 오 예, 우리는 〈빅 웨이브 라이더스〉, 〈킹〉.

때가 됐다. 무정형이 형체를 드러내는 동터 오는 시간. 주위 환경이 서서히 드러난다. 하늘이 바다로부터 떨어져 나오고, 수평선이 구별된다. 세 명의 젊은이가 여전히 의식을 치르듯 지키는 정확한 순서에 따라서 차근차근 채비를 갖춘다. 보드에 왁스를 바르고, 〈리시〉를 확인하고, 폴리프로필렌 재질의 특수 속옷을 착용하고 나서 주차장에서 꿈틀대며 전신 슈트를 몸에 꿴다(네오프렌은 피부에 달라붙고, 깔끄럽고, 심지어 가끔씩은 화상까지 입힌다). 서로의 도움이 필요한 고무 꼭두각시들의 춤사위. 서로의 몸을 만지고 서로의 몸을 움직이게 할 수밖에 없다. 그다음 순서는 부츠, 후드, 장갑. 그리고 트럭 문을 잠근다. 이제 그들은 바다를 향해 내려간다. 겨드랑이에 보드를 끼고, 가벼운 몸짓으로 모래톱을, 발길에 차이는 조약돌들이 끔찍스러운 소란을 피워대는 모래톱을 성큼성큼 건너간다. 일단 바닷가에 닿자 모든 것이 그들 앞에 또렷이 드러난다. 카오스와 축제가. 그들은 발목에 〈리시〉를 묶고, 후드를 꼭 맞게 쓰고, 등 쪽에 달린 지퍼의 줄을 잡아 지퍼를 끝까지 올려 목 주변의 드러난 피부를 남김없이 가려 버린다(젊은이다

16

운 그들의 피부에, 흔히 등 윗부분과 견갑골에 여드름이 흩뿌려져 있는 피부에 최대한 물이 닿지 않게 해주려는 것인데, 시몽 랭브르, 그 청년은 어깨에 자리 잡은 마오리 부족의 문신을 당당히 내보이고 있다). 그리고 이 몸짓, 단호하게 허공을 향해 내뻗는 팔이 이번 서핑의 시작을 알린다. 〈레츠 고!〉 (어쩌면 이제 그들의 심장이 흥분해서 흉곽 안에서 느리게 부르르 떨지도 모른다. 어쩌면 그 질량과 크기가 증가하고, 그 박동이 거세어질지도 모른다. 하나의 심박 안에 분명히 구분되는 두 개의 시퀀스. 늘 그렇듯 두 개의 울림. 그러니까 공포와 욕망.)

그들은 바다로 들어간다. 체온을 보존해 주며 격렬한 동작에 방해가 되지 않는 유연한 재질의 막으로 꼭 맞게 감싼 몸을 담그면서 고함 한 번 지르지 않는다. 소리 한 번 내지 않는다. 그래도 바닷속 자갈밭을 지나가면서는 얼굴을 찌푸린다. 바다가 급격하게 깊어진다. 바다가에서 5~6미터 나아갔을 뿐인데 벌써 발이 바닥에 닿질 않는다. 그들은 몸을 숙인다. 보드 위에 납작 엎드린다. 두 팔로 힘차게 물살을 가르며 파도가 부서지는 지역을 넘어 난바다로 나아간다.

해변으로부터 2백 미터 떨어진 지점의 바다는 파동이 이는 긴장 상태 그 자체일 뿐이다. 바다는 가라앉았다가는 침대 위로 던져져 확 펼쳐지는 시트처럼 솟아오른다. 시몽 랭브르는 자신의 동작 속에 녹아든다. 그는

〈라인 업〉, 서퍼가 파도의 시작을 기다리는 난바다의 그 지점을 향해 패들링을 하며 크리스와 존이 왼편에 자리 잡고 있는지를 확인한다. 여전히 겨우 알아볼 정도인 두 개의 거무스름한 코르크 마개들. 바닷물은 어둡고 얼룩덜룩하고 골이 이리저리 패어 있고 연못물의 색깔을 띤다. 여전히 반짝임도 빛의 부서짐도 전무(全無). 물은 얼음장 같아 9도에서 10도를 넘어서지 않는다. 시몽은 기껏해야 서너 번 라이딩을 할 수 있을 것이다. 그도 그 사실을 알고 있다. 차가운 바닷물에서 하는 서핑은 온몸을 녹초로 만든다. 한 시간쯤 지나면 그는 나가떨어질 것이다. 선별해야 한다. 가장 근사한 파도를 골라야 한다. 피크[8]가 너무 뾰족하지 않고 높은 것으로. 그가 자리 잡을 수 있을 정도로 배럴[9]이 충분히 넓고 모래톱에서 하얗게 부서질 수 있을 만큼의 힘을 유지한 채 끝까지 나아갈 수 있는 것으로.

그는 더 멀어지기 전에 늘 그러기를 즐겨 왔듯이 해안가를 돌아본다. 푸르스름한 여명에 잠긴 검은 등딱지 같은 육지가 저기, 길게 늘어져 있다. 그건 또 다른 세상, 그가 떨어져 나온 세상이다. 수직 단애로 서 있는 절벽은 그에게 시간의 퇴적층들을 또렷이 드러내 보이지만 지금 그가 있는 곳에는 더 이상 시간이 존재하지 않

8 파도가 부서지기 시작하는 부분으로, 〈탑〉이라고도 한다.
9 파도의 경사가 매우 급할 때 안쪽에 생기는 터널 같은 공간.

는다. 더 이상 역사도 없다. 오로지 그를 실어 가고 그를 휘감아 도는 그 예측 불가능한 물결만이 존재한다. 그의 눈길은 해변 앞 주차장에 세워 둔, 캘리포니아의 〈밴〉처럼 꾸며 놓은 트럭에 머문다(그는 서핑을 시작한 이후로 수집해 온 스티커들이 덕지덕지 붙어 있는 차체를 알아본다. 그는 립 컬, 옥스보, 퀵실버, 오닐, 빌라봉 등 거기 줄줄이 나열된 이름들을 훤히 알고 있다. 일류 서퍼들과 록스타들, 거기에 아슬아슬한 비키니에 세이렌처럼 머리 타래를 늘어뜨린 굴곡진 몸매의 수많은 여자들이 한데 뒤섞여 구불구불 흘러가며 환각을 일으키는 그 프레스코화. 그들의 공동 작품이자 파도에 오르기 직전의 대기실이기도 한 그 〈밴〉). 그러고는 내륙으로 들어가려고 고원 지대를 오르는 자동차의 후미등을 쫓는다. 두 다리를 구부리고 옆으로 누워 잠든 쥘리에트의 옆모습이 떠오른다. 어릴 적부터 덮던 담요 밑에 웅크리고 누운 쥘리에트는 잠이 들어서도 고집스러워 보인다. 그러다가 시몽이 갑자기 휙 돌아선다. 내륙에 등을 돌린다. 거기서 벗어난다. 힘차게 솟구쳐 10여 미터를 더 나아가더니 패들링을 그친다.

두 팔을 쉬게 하는 대신 두 다리로 방향을 잡고 두 손으로 보드의 레일을 움켜쥔 시몽 랭브르가 상반신을 살짝 들고 턱을 쳐든 채 물 위에 떠 있다. 그는 기다린다. 주위의 모든 것이 흔들린다. 느릿하고 묵직하고 딱딱한 현무암 덩어리처럼 보이는 수면이 한 번씩 뒤챌 때마다 바다와 하늘의 널따란 자락들이 통째로 나타났다가 사라진다. 떠오르는 강렬한 태양이 시몽의 얼굴을 불태워 피부가 땅긴다. 속눈썹이 비닐 끈처럼 딱딱해지고 동공 뒤의 수정체가 냉동실에 처박아 두고 잊어버리기라도 한 듯 얼어들어 오고 심장은 추위에 반응하여 느려지기 시작한다. 그 순간 갑자기, 그것이 오고 있는 게 보인다. 그것이 다가오는 것이 보인다. 단단하고 균일한 모습으로. 파도가. 약속이. 본능적으로, 그는 입구를 찾아내어 그 안으로 스며들려고, 강도가 보물을 털려고 금고 안으로 슬며시 들어가듯(똑같이 가린 얼굴. 똑같이 밀리미터 단위까지 정확한 몸짓) 미끄러져 들어가고, 안이 밖보다 더 넓고 더 깊게 느껴지는 그 뒤틀림 속으로, 그 안쪽으로 녹아들려고 자세를 잡는다. 그게 저기, 30미터 앞까지 왔다. 파도는 일정한 속도로 다가온다. 갑자기, 두 팔뚝에 에너지를 집중한 시몽이 앞으로 차고 나가며 빠르게 다가오는 파도를 잡아 경사면에 오르려고 온 힘을 다해 패들링을 한다. 지금이다. 〈테이크오프〉의 순간이다. 온 세계가 한 곳으로 집중되며 달려드는 초고속의 단계. 크게 숨을 들이쉰 뒤 호흡을 멈추고, 단 하나의 동작에 온몸을 집중하며 수직 방향으로 추진력을 주어 보드 위에서 일어서야 하는 찰나의 순간. 두 발을 적당히 벌리고 왼발을 앞으로 보내어 〈레귤러 풋〉을 취하고 두 다리는 구부리고 등은 보드와 거의 평행을 이루게 숙이고 벌린 두 팔로 전체의 균형을 잡기. 정말이지 바로 그 순간이 시몽이 가장 좋아하는 순간이다. 자기 존재의 파열을 하나의 전체로 묶어 내고 주위의 자연과 어우러져 생명 탄 것들에 섞여 들게 해주는 순간. 그러다가 일단 보드 위에서 일어서면(그 순간 피크에서 바텀까지 1미터 50이 넘는 것으로 추산한다) 공간을 잡아 늘이고 시간을 길게 늘이며 라이딩의 최후까지 바닷물 원자 하나하나의 에너지를 소진시키기. 부서지는 파도가 되기. 밀려가는 파도가 되기.

그는 소리를 지르며 첫 번째 라이딩을 하면서 잠깐 동안 행복의 절정(그건 수평적 어지러움이다. 그는 세계와 맞닿고 마치 그로부터 생겨난 듯 그 흐름에 섞여 든다)에 닿는다. 공간이 그를 덮치고, 그를 풀어 주는 만큼 그를 짓누르고, 그의 근육질 섬유와 기관지를 포화 상태로 만들고, 그의 피에 산소를 공급한다. 느린 건지 아니면 빠른 건지 알 수 없는 혼란스러운 시간성 속에서 파도가 펼쳐진다. 그것은 순간순간을 붙들어 정지 상태에 묶어 두다가 마지막에 가서야 산산이 부서져 흩어진다. 더 이상은 의미 없는 유기질 덩어리로. 믿어지지 않는다. 마지막 순간의 들끓는 거품 속에서 자갈들에 마구 두들겨 맞고 난 시몽 랭브르는 곧바로 다시 출발하려고, 바닥에 발도 대지 않고, 바다와 대지의 표면이 충돌할 때

거품 속에 형성되는 찰나의 형상들을 감상하려는 잠깐의 미적거림도 없이 몸을 돌렸다. 그는 난바다를 향해 더욱 힘차게 패들링을 하며 모든 것이 시작되고 모든 것이 흔들리는 그 시발점을 향해 거침없이 나아갔다. 그는 두 친구와 합류했다. 그들 또한 파도에 올라 곧 똑같은 소리를 질러 대리라. 수평선에서부터 그들을 덮칠 기세로 연달아 몰려들며 그들의 몸값을 요구하는 파도로 인해 그들은 잠시도 쉴 틈이 없다.

그들처럼 서핑을 하려고 이 서핑 스폿을 찾아온 사람은 아무도 없었고, 그들이 서핑하는 모습을 지켜보려고 흙벽 쪽으로 다가온 사람도 아무도 없었고, 그들이 한 시간 뒤 물에서 나오는 모습도, 기진맥진 녹초가 되고 두 다리가 후들거려서 비틀대며 해변을 다시 질러 주차장에 들어가 트럭 문을 여는 모습도 아무도 보지 못했고, 손발이 시퍼렇게 변하고 멍이 들고 손톱 밑마저 보랏빛을 띤 것도, 얼굴 여기저기 불긋불긋 발진이 돋은 것도, 입꼬리는 터지고 이가 탁탁 맞부딪는 것도, 진정시키려고 해도 어쩔 수 없이 몸뚱어리의 떨림을 따라 턱이 계속 덜그럭거리는 것도 보지 못했다. 그 누구도 아무것도 보지 못했고, 그들이 바지 안에 모직 속바지를 입고 스웨터를 여러 장 껴입고 가죽 장갑까지 끼며 다시 옷을 갖춰 입고 나서 서로의 등을 세게 문질러 주는 모습도 아무도 보지 못했고, 서핑하던 장면을 묘사하고 이번 서핑 최고의 순간을 그려 보면서 이야기할 수 있었더라면 너무나 좋았겠지만 그저, 빌어먹을, 불알 떨어지겠네, 라는 말 말고 다른 말은 나눌 수도 없을 지경인 그들의 모습을 아무도 보지 못했다. 그렇게 덜덜 떨면서 그들은 트럭 안에 자리 잡았고, 크리스가 시동 걸 힘을 찾자마자 지체 없이 차를 출발시켰고, 그들은 그 장소를 비웠다.

운전대를 잡은 사람은 크리스다(늘 크리스가 모는데, 이 〈밴〉의 소유자가 크리스의 아버지인 데다가 조앙도 시몽도 운전 면허증이 없다). 에트르타에서부터 옥트빌 쉬르메르, 이뇨발 계곡과 생타드레스를 거쳐 연안 지대를 내려가는 구 도로를 타면, 레 프티트 달에서부터 르 아브르까지 한 시간 정도를 예상해야 한다.

젊은이들은 더는 오들오들 떨지 않는다. 히터는 온도를 끝까지 올려놨다. 음악도 소리를 끝까지 키워 놓았다. 자동차 실내에서 갑자기 떠도는 열기가 그들에게는 아마 또 다른 급격한 체온 변화로 다가오는지도 모른다. 어쩌면 피로가 확 몰려든 청년들은 자동차의 진동에 감싸여 코는 목도리에 푹 처박고 등받이에 몸을 좀 묻어 보려고 비비적거리다가 그만 하품을 하고 꾸벅꾸벅 졸지도 모른다. 그리고 아마도 또 몸은 둔해지고 정신은 몽롱해지면서 눈꺼풀이 때때로 감겨 올 것이다. 어쩌면 그때, 어깨가 자꾸 내려앉고 운전대를 잡은 손이 둔해진 크리스가 에트르타를 지난 뒤 직선으로 곧게 뻗은 길이 이어지기 시작하니 자기도 깨닫지 못한 새에 가속 페달을 밟았나 보다. 그래, 어쩌면 속으로 이렇게 말했나 보다. 됐다, 이제 확 트였네. 어서 집에 가 길게 드러누워 서핑의 여파와 격렬함을 가라앉히고 싶어 돌아가는 시간을 단축하려고 가속 페달을 밟아 대고 만 모양이고, 그러다 보니 고원 지역을, 갈아엎은 거무스레한 논밭을, 그들처럼 잠든 듯한 논밭을 빠르게 스쳐 가면서 그저 속도에 몸을 맡겼을지도 모른다. 그리고 어쩌면 곧게 뻗은 국도(비디오 게임 화면에서처럼 전면 유리창 앞으로 쭉 뻗은 화살촉 모양)에 그만 최면이 걸리고 말았을 테고, 그 바람에 더 이상 주의를 기울이지 않고 그저 도로에만 시선을 둔 채 줄곧 달렸나 보다. 밤새 얼음이 얼어서 종이에 기름을 먹인 듯 추위가 풍광을 한 꺼풀 덮었음을 제각기 기억하고 있으면서도 말이다. 갓길을 뒤덮은 빙판이 흐린 하늘 탓에 아스팔트 도로에서는 보이지 않는 상태임을 제각기 알면서도 말이다. 날이 밝아 옴에 따라 물웅덩이에서 수증기가 피어오르며 짙은 안개의 막이 불쑥불쑥 대기 중을 떠돌고, 그 둥실 떠다니는 위험한 안개들이 지표가 될 만한 것들을 지우면서 바깥을 군데군데 가려 버린다는 것을 제각기 짐작하고 있음에도 말이다. 그래, 그랬나 보다. 또 뭐가 있으려나, 뭐가 더 있으려나? 길을 건너는 가축? 길 잃은 암소? 불꽃 같은 꼬리를 단 여우? 아니면 경사가 시작되는 곳에서 어떤 사람의 형체가 유령처럼 불쑥 솟아올랐고, 그래서 그가 운전대를 확 꺾어서 아슬아슬하게 피했어야 했을까? 아니면 노래였을까? 그래, 어쩌면 〈밴〉의 차체를 뒤덮고 있던 비키니 입은 여자들이 갑자기 살아나 색정적인 모습으로 보닛 위로 기어올라 전면 유리창으로 몰려들었고, 그 출렁이는 물빛의 머리 타래와 더불어 그 여자들의 비인간적인, 아니 오히려 너무나 인간적인 목소리가 풀려나왔는지도 모른다. 그래서 덫에 걸려든 크리스가 이 세상의 것이 아닌 노래를, 세이렌들의 노래를, 사람의 생명을 앗아 가는 그 노래를 듣고 이성을 잃었던 것일까? 아니, 어쩌면 크리스가 오동작을 했던 것일까? 그래, 맞다, 오동작. 테니스 선수가 쉬운 공을 놓치듯, 스키 선수가 착지 실패를 하듯, 뭔가 어리석은 짓을 했나 보다. 어쩌면 도로가 구부러지는 곳에서 제때 운전대를 돌리지 못했나 보다. 아니면, 이런 가정은 당연히 해봐야 할 텐데, 어쩌면 크리스가 운전대를 잡은 채 졸다가 그만 지루한 평야를 벗어나 파도의 터널 속으로, 그의 보드 앞에 갑작스레 생겨나 내달리는 경이로운 파도의 회오리 속으로, 세상과 세상의 쪽빛을 휘감아 올리는 그 회오리 속으로 빨려들어 갔을지도 모른다.

26

구조대가 현장에 도착한 시간은 9시 20분경이었고 (의료 구급대와 헌병대), 차량들을 주변의 샛길들로 빠져나가게 인도하고 사고 지역을 보존하려고 사고 구간 앞뒤로 표지판이 설치됐다. 급선무는 차 안에 간힌 세 청년을 끄집어내는 것이었다. 그들의 몸은, 보닛 위에서 미소 짓고 있거나 넓적다리, 엉덩이, 가슴이 너덜너덜 엉망이 된 채 서로를 짓뭉개며 인상을 쓰고 있는 세이렌들의 몸뚱어리와 뒤엉켜 있었다.

소형 트럭이 과속으로 달리고 있었음은 쉽게 밝혀냈다. 추정 속도가 시속 92킬로미터이니, 이 구간의 허용 속도를 22킬로미터나 초과한 것이었다. 또한, 무슨 이유에서인지는 모르겠지만 트럭은 왼쪽으로 꺾은 뒤 다시 제자리로 돌아오지 않았고, 브레이크를 밟지 않았고 (아스팔트 위에 바퀴 자국이 전혀 없었다), 그곳의 기둥에 정면충돌하고 말았음도 밝혀냈다. 트럭 모델이 너무 오래된 것이어서 에어백이 장착되어 있지 않았고, 앞 좌석에 앉은 세 명의 승객 가운데 운전석과 승객석 문 쪽에 앉아 있던 두 명만이 안전벨트를 매고 있었음이 확인됐다. 끝으로, 앞 좌석 중앙에 앉아 있던 세 번째 인물은 충돌이 일어날 때 그 충격으로 앞으로 튕겨 나가면서 머리를 전면 유리창에 부딪혔음을 밝혀냈다. 찌그러진 차체 속에서 그를 끄집어내는 데 20분이 소요됐다. 의료 구급대가 도착했을 당시에 그의 심장은 여전히 뛰고 있었지만 의식이 없는 상태였다. 점퍼 주머니에서 발견된 학생 식당 카드에서 그의 이름이 시몽 랭브르임이 밝혀졌다.

피에르 레볼은 그날 아침 8시부터 당직이었다. 그는 어두웠던 밤하늘이 서서히 잿빛으로 바뀌어 갈 무렵(흐릿하며 비둘기색이 살짝 감도는 하늘, 해안 지역의 구름들은 그림 같다는 평판을 만들어 준 웅장한 춤사위를 닮은 모습과는 어쨌든 거리가 먼 하늘) 주차장 입구에 자신의 마그네틱 카드를 갖다 댔다. 복합 단지 설계에 따라 서로 연결되어 있는 건물들 사이를 누비며 천천히 차를 몰아 종합 병원 단지 안을 질러갔다. 자신에게 배정된 자리에 미끄러지듯 들어가 전면 주차를 했다. 페트롤 블루 색상의 라구나로, 낡았지만 여전히 편안하며 내부는 가죽이고 음향 장치도 쓸 만하여, 본인이 웃으면서 말하기론, 택시계의 거물들이 선호하는 모델이란다. 그러고는 병원으로 들어섰다. 유리를 끼워 놓은 중앙 홀을 지나 북쪽 홀로 향했다. 빠른 걸음으로 1층에 자리한 소생의학과[10] 및 고압 산소 치료 센터로 갔다.

그가 손바닥으로 문을 밀며 근무처로 들어섰고, 어찌나 세게 밀었던지 그 반동으로 그가 지나간 뒤에도 문이 계속해서 몇 번 앞뒤로 흔들렸다. 야간 근무를 마친 사람들. 그러니까 흰색 혹은 녹색 가운을 입은 남녀들. 똑같이 기진맥진한 상태. 부스스한 머리. 성마른 몸짓과 번쩍이는 눈빛. 팽팽하게(북의 가죽) 긴장된 얼굴에 이는 신경질적인 경련. 지나치게 크게 웃는 사람들. 혹은 소리 내지 않고 목청을 가다듬는 사람들. 그런 사람들이 복도에서 그와 마주친 뒤 스쳐 가거나, 혹은 반대로 멀리서부터 그가 다가오는 모습을 보고 손목시계를 들여다보며 입술을 깨문다. 됐다. 좋았어. 10분만 있으면 해방이구나. 10분만 있으면 뛸 수 있어. 곧 그들의 얼굴에서는 긴장이 풀어진다. 얼굴색이 바뀌어 창백하게 변한다. 눈의 그늘이 대번에 더 거무스레해져, 깜빡이는 눈꺼풀 밑으로 누런 구리 숟가락이 매달린 것만 같다.

벌써부터 사람들이 그에게 신호를 보내오고, 벌써부터 그에게 서류를 내밀고, 벌써부터 인턴이 졸졸 쫓아오면서 봐주기를 청하지만 레볼은 그러한 요구에 응하느라 옆길로 새는 법 없이 균일한 속도의 침착한 발걸음으로 곧바로 사무실로 향한다. 평범한 문 앞에 도착하자

10 프랑스의 의료 체계에서 〈소생의학〉은 한국의 응급의학과 중환자 의학이 결합된 분과에 대응된다.

열쇠를 꺼낸다. 문을 열고 들어간다. 일할 태세를 갖추기 시작한다. 문에 박아 놓은 옷걸이에 옷(담황색 트렌치코트)을 건다. 가운을 입는다. 커피 머신과 컴퓨터를 작동시킨다. 책상을 뒤덮은 서류 더미들을 기계적으로 톡톡 두드린다. 무더기로 쌓아 놓은 파일들을 다시 들여다본다. 자리에 앉는다. 인터넷에 접속한다. 메일함의 메일들을 거른다. 한두 통의 답장(안부도 그 무엇도 아닌, 모음과 구두점을 생략한 단어들의 나열)을 쓴다. 그러고는 일어나서 심호흡을 한 번 한다. 몸이 가뿐하고, 개운하다.

그는 큰 키에 말랐고, 가슴팍은 움푹 들어가고 배는 볼록 나왔고(천생 솔로), 팔다리는 길쭉하다. 끈을 매야 하는 흰색의 레페토 운동화를 신고 있다. 젊은이 같은 몸가짐이 어딘가 가녀리고 불안정한 느낌을 자아낸다. 가운은 늘 열어 둬서, 이동할 때면 가운 자락이 펄럭이며 날개처럼 양옆으로 갈라지고, 그 사이로 셔츠, 마찬가지로 흰색에 구겨진 셔츠와 청바지가 드러난다.

커피 머신 하단에 빨간 불이 들어와 있고, 빈 채로 달아오른 전열기 판에서는 매캐한 내가 난다. 유리 포트 바닥에 깔린 커피가 미지근해진다. 아무리 쪼끄마하더라도(기껏해야 5~6평방미터) 이러한 혼자만의 공간은 병원에서는 특권이다. 사람들은 이 공간이 너무나도 무

개성적이고 난장판에 청결이 의심스러운 상태인 것을 보곤 놀란다. 의자 상판이 높긴 하지만 제법 편안한 회전의자. 온갖 종류의 처방집들과 종이, 공책, 스프링 노트, 제약 회사에서 상표가 찍힌 비닐 케이스에 넣어 떠넘긴 광고용 볼펜들이 무더기로 쌓여 있는 책상. 김빠진 산펠레그리노 탄산수 병. 그리고 액자에 넣은 에구알 산의 풍경 사진. 그런가 하면 베네치아산 유리 공과 옥돌로 만든 거북이, 단지 모양의 연필꽂이가 이등변 삼각형을 이루며 이 난장판에 방점을 찍고 있는데, 어쩌면 개인의 의도를 반영한 것인지도 모른다. 뒤쪽 벽면에 세워 놓은 철제 책상에는 연도별로 번호를 매긴 문서 박스와 잡다한 서류들, 두툼하게 깔린 먼지, 드물게 꽂혀 있는 몇 권의 책이 자리 잡고 있다. 좀 더 제대로 보려고 가까이 다가가면 책 제목이 눈에 들어온다. 필리프 아리에스의 『죽음 앞에 선 인간』과 장 클로드 아메쟁의 『생명체의 조각』이라는 푸앵 시앙스 총서 두 권. 두 가지 색상의 뇌 그림을 책 표지로 삼은 『두 번째 죽음: 장기 이식 및 죽음의 재창조』라는 마거릿 록의 책 한 권. 1959년도 『신경학 리뷰』 잡지 한 권. 그리고 메리 히긴스 클라크의 『달빛이 그대가 된다』(레볼이 무척 좋아하는 책인데, 그 이유는 곧 밝혀질 것이다)라는 탐정 소설 한 권. 이것들을 제외하면, 창문 제로, 강렬한 네온 형광등, 새벽 3시의 부엌을 밝히는 조도.

병원에서 소생의학과는 갈림길에 선 생명, 절망적인 코마, 예고된 죽음들을 맞아들이며, 그처럼 삶과 죽음의 한가운데에 걸쳐 있는 육신들을 수용하는 별도의 공간이다. 복도, 병실, 수술실들로 이루어진 서스펜스가 지배하는 영역. 레볼은 그곳, 주행성(晝行性)인 세상의 이면에서 돌아다닌다. 주행성의 세상이 지속적이고 안정적인 생명의 세계, 미래의 계획을 향해 빛 속으로 흘러 들어 가는 나날들의 세계라면, 레볼은 그 영토가 푹 꺼진 곳에서, 밀수꾼이 커다란 외투 안쪽에 잡힌 주름 사이, 그 컴컴하고 우묵한 틈을 이용해 일을 꾸미듯 작업한다. 그 모든 이유로, 그는 당직을, 일요일과 야간 당직을 좋아한다. 인턴 시절부터 그랬다(호리호리한 젊은 인턴 레볼이 당직 개념 자체에 매료당한 모습이 쉽게 상상된다. 그것은 자신이 필요한 존재이며, 자신이 있어야 할 자리에 있고, 자율적이며, 주어진 행동 반경 내에서 의료 행위의 계속성을 보장하기 위해 동원되었으며, 경계심을 늦추지 않고 책임감을 갖춘 존재라는 감정을 불러일으킨다). 그는 벌집 속의 방에 처박힌 듯한 고립감을, 그 특별한 성질의 시간을, 몸 안에서 서서히 차오르며 몸을 내달리게 하고 그 감각을 벼리는 은밀한 흥분제와 같은 피로감을, 그런 모든 에로틱한 혼란을 사랑한다. 그 떨리는 침묵을 사랑한다. 그 흐릿한 빛들도(희미한 빛에 잠겨 깜빡거리는 기계들. 푸르스름한 빛을 내는 모니터들. 혹은 라 투르의 그림 속 촛불 같은 책상 램프. 예를 들자면 라 투르의 「갓난아기」). 그리고 당직의 물리적 환경도. 그 고립된 분위기. 그 폐쇄성. 블랙홀을 향해 발사된 우주선이나, 심해를 향해, 마리아나 제도의 해저를 향해 내려가는 잠수정과 닮은 업무. 그런데 레볼은 오래전부터 거기에서 또 다른 것을 길어 올리고 있다. 자기 존재에 대한 적나라한 의식 말이다. 그건 권력에 대한 의식이나 과대망상적 흥분이 아니다. 정확히 그 반대다. 그러니까 그의 동작들을 제어하고 그의 결정들을 걸러 내는 명철함의 작용. 냉정함의 분출.

업무 인계 회의. 교대조가 왔다. 둥글게 원을 그리며 선다. 손에 컵을 들고서 벽에 등을 기대고들 있다. 전날 당직을 지휘한 의사는 30대의 남자다. 작달막하고 딱 바라진 상체에 머리숱은 빽빽하고, 팔에는 근육이 불거져 있다. 녹초가 된 그에게서 빛이 난다. 기존 입원 환자들의 상태를 일일이 설명한다(예를 들어, 소생의학과로 들어온 지 60일이 지났지만 여전히 의식이 없는 그 여든 살의 남자 환자에게서는 특기할 만한 변화가 없지만, 약물 과다로 두 달 전에 입원한 그 젊은 아가씨의 신경계 상태는 악화되었다). 새로 들어온 환자들에 대해서는 조금 더 길게 설명한다. 57세 여자 환자. 주거 부정자로 간경화가 상당히 진행됐음. 보호소에서 발작을 일으켜 실려 왔고, 혈액 순환 상태 불안정. 40대 남자 환자. 급성 뇌경색으로 밤중에 실려 옴. 뇌부종 보임(고급 운동화를 신고 머리에는 형광 주황색 밴드를 두르고 해변 산책로에서 조깅을 하던 그는 에브 곶을 향해 뛰어가다가 에스타카드 카페 앞에서 쓰러졌다. 보온 담요로 감쌌음에도 병원에 도착했을 땐 피부는 푸르스름하고 식은땀에 흠뻑 젖었으며 안색이 핼쑥했다). 지금 상태는 어떤가요? 레볼이 창문에 몸을 기댄 채 덤덤한 어조로 묻는다. 간호사 한 명이 입을 열어 바이털 사인(맥박, 혈압, 체온, 호흡)은 정상이고, 배뇨는 약하고, 정맥 수액을 연결했다고 알린다. 레볼은 이 처음 보는 간호사에게 환자의 혈액 검사 결과를 묻는다. 간호사가 검사가 진행 중이라고 대답한다. 레볼은 손목시계를 내려다본다. 좋아요, 해산합시다. 모였던 사람들이 흩어진다.

좀 전에 대답을 해줬던 간호사가 미적거리고 있다. 떠나려는 레볼에게 다가가 악수를 청한다. 코르델리아 오울, 새로 온 간호사입니다. 전에는 수술실에 있었습니다. 레볼이 고개를 끄덕인다. 그렇군요, 잘 왔어요(레볼이 좀 더 주의 깊게 바라본다면, 상대방이 상당히 묘한 얼굴을 하고 있음을 알아볼 수 있으리라. 눈빛은 또렷하나 목에는 흔적이, 마치 키스 자국 같은 흔적들이 있고, 아무것도 바르지 않은 입술은 너무 붉고 부풀어 올

랐으며, 머리카락은 헝클어진 데다 무릎에는 시퍼렇
게 멍이 들어 있다. 어쩌면 레볼이, 그녀의 얼굴에 감도
는 미소가, 그녀가 환자들의 눈과 입의 위생 관리를 위
해 몸을 숙이고 인튜베이션을 하고 바이털 사인을 확인
하고 처치를 할 때조차 그녀에게서 떠나지 않는 저 모나
리자의 미소가 어디서 온 것인지 궁금해할 수도 있으리
라. 그러다가 레볼은 그녀가 지난밤에 애인을 다시 만났
을 거라는 짐작을 하고 말지도 모른다. 그 애인이라는
작자가, 그 개자식이 몇 주간 침묵을 지키다가 그녀에게
연락을 해왔고, 그녀는 약속 장소에 나갔다. 쫄쫄 굶어
최고로 아름다운 상태로. 성골함 장식하듯 요란하게 치
장하고. 눈꺼풀엔 스모키 화장. 윤을 낸 머릿결. 뜨겁게
달아오른 가슴. 친구 사이로 거리를 두겠다고 결의를
다지며. 그런데 오히려 시원찮은 여배우가 연기하는 것
처럼 멀리서 속살거렸다. 잘 지냈어요? 다시 보니 반갑
네. 하지만 그녀의 온몸은 욕망을 피워 올렸고, 흥분을,
벌겋게 단 숯을 품고 있었다. 그 바람에 두 사람은 맥주
를 한 잔, 또 한 잔 마셨고 헛돌기만 하는 대화를 나눠
보려고 애를 썼다. 그러다가 그녀는 담배를 피우러 밖으
로 나가면서 속으로 되뇌었다. 이제 떠나야 해. 지금 가
야 해. 이건 바보짓이야. 그러고 있는데 그가 그녀를 쫓
아 밖으로 나왔다. 더는 못 있어요. 늦게 자고 싶지 않네
요. 일종의 속임술. 그러고 나서 그가 라이터를 꺼내 담

배에 불을 붙여 줬다. 그녀가 불꽃을 두 손으로 가리며 고개를 숙였고, 그 바람에 얼굴로 흘러내린 구불거리는 머리 타래에 불이 옮겨 붙을 것만 같았다. 그가 흘러내린 머리를 무심한 동작으로 귀 뒤로 넘겨 줄 때 손끝의 살이 관자놀이를 스쳤다. 그 동작이 어찌나 무심한지 그녀는 오금에 힘이 빠지며 무릎이 푹 꺾였다. 이 모든 건 속속들이 닳아빠지고 뻔했다. 그런데도 대폭발! 몇 초 뒤, 두 사람은 이웃의 포치 밑에서, 어두움과 싸구려 포도주 냄새에 휩싸여 부둥켜안고 엎어졌다. 휴지통들을 줄줄이 쓰러뜨리며 빛을 못 봐서 창백한 속살들을 드러냈다. 청바지에서, 혹은 스타킹에서 빠져나온 허벅지 윗부분. 셔츠를 들추고 허리띠를 풀자 드러나는 배. 엉덩이. 펄펄 끓는 동시에 싸늘한 그 모든 것. 두 사람은 서로의 격렬한 욕망을 포개었다). 그렇다. 만약 레볼이 그녀를 제대로 바라본다면, 코르델리아 오울 안에서 밤을 지새워 피곤한 상태로 당직을 시작했음에도 묘하게 기운이 뻗치는 젊은 여자를, 자신보다도 훨씬 더 활기 넘치는 젊은 여자를, 그가 앞으로 기대도 될 만한 여자를 알아볼 수도 있으리라.

환자를 한 명 봐주셔야겠어요. 10시 12분에 받은 연락. 객관적으로 정보를 전달하는 단어들이 쏟아져 들어온다. 남성. 키 183. 몸무게 70. 스무 살가량. 교통사고. 두개골 손상으로 코마 상태(우리는 이런 식으로 요약되는 인물이 누군지 안다. 그의 이름을 안다. 시몽 랭브르). 통화가 겨우 끝났을까 한 시점에 벌써 구급대가 소생의학과로 들이닥친다. 방화문이 열린다. 바퀴 달린 들것이 급하게 굴러 들어온다. 소생의학과의 중앙 통로를 지나간다. 사람들이 옆으로 비켜 준다. 레볼이 나타난다(그는 어젯밤에 발작을 일으킨 뒤 입원한 여자 환자의 진찰을 막 끝낸 참이고 그의 소견은 비관적이다. 그 여성은 제때에 심폐 소생술을 받지 못했다. 스캔 결과를 보면 심정지가 일어난 뒤 간세포가 죽은 걸 알 수 있는데, 이는 뇌세포도 손상을 입었다는 신호다). 이미 응급 환자에 대한 연락을 받았던 그는 복도 끝에 들것이 도착하는 것을 보면서 불쑥, 이번 일요일 당직이 몹시 힘들겠다는 생각을 한다.

구급대 소속 의사가 들것을 따라온다. 체구가 산을 타는 사람을 연상시킨다. 대머리에, 침착한 50대고, 무뚝뚝하기 짝이 없고 딱딱하다. 글래스고 혼수 척도[11] 3! 그가 커다란 목소리로 알려 줄 때 뾰족한 이가 드러난다. 그러고는 레볼에게 상세하게 설명을 한다. 신경 검사 결과 청각(호명), 시각(빛), 촉각 자극에 대한 자율 신경 반사가 없었어요. 게다가 동공 장애(동공 크기의 비대칭), 호흡계 자율 신경 장애도 있고. 그래서 직접 인튜베이션을 했습니다. 그는 이마에서 뒤통수 쪽으로 머리를 쓸면서 눈을 감는다. 두개골 외상으로 인한 뇌출혈 의심, 무반응 코마, 글래스고 혼수 척도 3(그는 그들끼리 공유하는 언어를 사용한다. 시간 낭비인 장황함을 추방하고 화려한 언변과 말들의 유혹을 금지하고 명사와 코드, 약어를 남발하는 언어를. 여기에선 〈말한다〉는 것은 우선은 〈기술한다〉는 것을 의미한다. 즉, 육체에 대한 정보를 제공하고 진단을 내리고 필요한 검사를 요구하고 치료하고 목숨을 구할 수 있도록 상황을 설명해 주는 요인들을 총망라하는 것. 간결함의 힘). 레볼은 정보

11 뇌 손상 의심 환자의 의식 상태를 평가하기 위한 진단 방법으로, 눈 뜨기, 운동, 언어 영역에서 환자의 반응을 살펴보고 그 정도에 따라 숫자를 매긴다.

하나하나를 기억해 두고 전신 스캔 결과를 예상해 본다.

코르델리아 오울이 그 젊은이를 맡아서 병실로 데려가 침대에 눕힌다. 그래야 구급 대원들이 장비(들것, 간이 인공호흡기, 산소통)를 회수해서 소생의학과를 떠날 수 있다. 이제 말초 동맥에 카테터를 삽입하고, 흉부에 전극을 부착하고, 요도관을 삽입하고, 시몽의 바이털 사인을 보여 줄 모니터(여러 색깔과 형체로 이루어진 선들이, 직선이나 지그재그선들, 선영이 깔린 분포 곡선들, 일정 리듬을 보이는 파동 등이 겹쳐져서 나타난다. 의학의 모스 부호)를 작동시켜야 할 때다. 코르델리아는 레볼과 함께 작업을 한다. 그녀의 동작들은 확실하고, 움직임은 물 흐르듯 편안하다. 어제만 해도 그녀의 몸짓에 들러붙어 끈적이던 권태가 덜어진 듯하다.

한 시간 뒤. 죽음이 모습을 드러낸다. 죽음이 자신의 도착을 알려 온다. 엑스레이가 보다 환하고 보다 넓은 형체로 투과되는 것을 막는 불규칙한 윤곽의 움직이는 얼룩. 바로 저거다. 저게 죽음이다. 난데없는 몽둥이의 가격처럼 난폭한 광경. 하지만 레볼은 눈도 깜빡하지 않고 자신의 컴퓨터 모니터에 나타난 전신 스캔 영상들에 집중한다. 지도처럼 기호 설명이 달린 그 미로 같은 영상들을 온갖 방향으로 회전시키고, 줌 인을 하고, 안

표들을 찍고, 간격을 측정한다. 책상 위, 그의 손이 닿을 거리에 병원 로고가 상단에 박힌 하드커버 파일들이 놓여 있고, 그 안에는 시몽 랭브르의 뇌를 스캔했던 방사선과에서 제공한 이른바 〈유효한〉 영상들의 출력물이 들어 있다(담당자는 이런 영상들을 구성하려고 그 젊은이의 머리를 엑스레이로 훑었고, 이른바 컴퓨터 단층 촬영법에 따라서 〈단층〉을 통해, 그러니까 관상면, 축면, 시상면, 사면 등 온갖 방향에서 잘라 낸 밀리미터 단위의 〈단면들〉을 통해 데이터를 구축했다). 레볼은 그런 영상들을 보고 환자의 상태가 어떤지, 앞으로 병세가 어떻게 진전될지를 읽어 낼 수 있다. 그는 그러한 형체들, 얼룩들과 환한 부분들을 알아보고, 유백색의 빛무리들을 해석하고, 그 검은색 흔적들을 판독하고, 기호 설명과 코드들을 해독한다. 그는 비교하고, 확인하고, 다시 검토하고, 철저하게 탐구한다. 그런데 이제 볼 수 있는 건 다 봤다. 끝났다. 시몽 랭브르의 뇌는 파괴되어 가는 중이다. 그의 뇌는 피에 잠겨 있다.

뇌 손상의 확산. 초기 단계의 넓게 퍼진 뇌부종. 이미 상당히 올라간 뇌압을 통제할 수단의 부재. 레볼은 의자에 기대어 몸을 완전히 뒤로 젖힌다. 손을 턱 밑에 갖다 댄 그의 시선은 책상 위를 떠돈다. 그 시선은 난장판 위를, 급하게 휘갈긴 메모들과 업무 회람들, 파리 공공 병원의 윤리 위원회에서 나온, 〈심정지〉 후 행해진 장기 적출에 관한 논문 복사본 위를 떠돈다. 그 시선은 거기 놓여 있는 소소한 물건들, 중증 천식으로 고통받던 젊은 여자 환자가 선물해 준 옥을 깎아 만든 거북이 위로도 맴돌다가 갑자기 눈 녹은 물에 휘감긴 에구알 산의 연보랏빛 사면에 머문다. 아마도 레볼은 발레로그의 자택에서 페요틀[12]을 처음 접하게 됐던 9월의 그날을 섬광처럼 떠올린 것인지도 모른다(마르셀과 살리가 바퀴에 말라붙은 진흙 자국이 가득한 에메랄드색 세단을 몰고 오후가 저물어 갈 무렵 도착했다. 세단이 몇 채 안 되는 가옥들로 둘러싸인 공터에 힘겹게 멈춰 섰다. 살리가 차창을 통해 손을 흔들었다. 여기야, 여기. 우리 왔어! 흰 눈이 내린 듯한 그녀의 머리카락이 차 안에서 나풀거렸고, 그 바람에 귀에 매달린 나무 귀걸이가, 니스 칠을 한 진홍빛 체리 한 쌍이 드러났다. 조금 뒤, 식사를 마치고 나서, 밤이 석회질 고원 위로 내려앉으며 별똥별들이 쏟아져 내리자 그들은 다 함께 정원으로 나갔다. 마르셀의 손이 포장지를 뜯자 가시가 돋지 않은 동그란 모양의 자그마한 회녹색 선인장들이 모습을 드러냈다. 세 친구는 선인장을 손바닥 위에 살살 굴리며 그 쌉싸래한 내음을 들이마셨다. 먼 곳에서부터 온 과실들이었다. 마르셀과 살리가 멕시코 북쪽의 탄광 지역까지 가서 그것들을 찾아내어 불법적으로 들여온 뒤, 세벤 지역으로 조심

12 환각제를 추출하는 멕시코산 선인장의 일종.

42

스럽게 날랐다. 환각 성분을 지닌 식물을 연구하던 레볼은 그 식물로 실험을 하고 싶어서 안달이 난 상태였다. 강력한 알칼로이드 성분을 함유하고 있으며 그중 3분의 1이 메스칼린인 페요틀은 기억과 무관한 무(無)로부터 솟아난 환각들을 불러일으켰고, 그러한 환각들은 주술 의식을 치르며 그 선인장을 가장 빈번하게 소비했던 인디언들의 제의(祭衣)에서 주요한 역할을 담당했다. 레볼은 환각에 사로잡히면 나타나는 공감각에 흥미를 가졌다. 환각 성분을 복용한 첫 단계에서 정신 감각이 강렬하게 확장된다고 알려져 있는 만큼, 그는 맛을, 냄새를, 소리를, 촉감을 눈으로 볼 수 있기를 바랐고, 감각을 시각적 이미지로 번역하는 것이 그가 고통을 이해하는 데에, 나아가 고통의 비밀을 꿰뚫는 데에 도움이 되기를 바랐다). 레볼은 그 눈부시던 밤을, 첩첩 늘어선 산들을 굽어보던 천공이 눈앞에서 쫙 갈라지며 생각지도 못했던 공간이 열리고, 풀밭에 등을 대고 누운 그들이 그 속으로 뛰어들려 애쓰던 그 밤을 생각한다. 팽창하는 우주, 영원히 생성 중인 우주라는 생각이 불현듯 그의 뇌리를 스친다. 세포의 죽음을 통해 변모가 일어나는 공간. 침묵이 소리를, 어둠이 빛을, 정(靜)이 동(動)을 만들어 내듯 죽음이 생명체를 만들어 내는 공간. 순간적 깨달음이 망막에 어른거리나, 그의 두 눈은 다시 시몽 랭브르의 뇌에서 모든 정신적 활동이 중단됐음을 알리는 컴퓨터 화면으로, 검은빛이 뿜어져 나오는 16인치 직사각형으로 자꾸만 되돌아가 그 위를 맴돈다. 그로서는 그 젊은이의 얼굴과 죽음이 아무래도 연결되지가 않는다. 목구멍이 죄여 든다. 그가 죽음을 이웃하며 오간 지가 이제 거의 30년이 되었음에도, 그가 이 분야에서 구른 지가 이제 거의 30년임에도.

피에르 레볼은 1959년에 태어났다. 냉전. 쿠바 혁명의 승리. 스위스의 프랑스어권 지역 보 주에서 이루어진 스위스 여성들의 첫 선거. 고다르의 「네 멋대로 해라」의 촬영. 버로스의 『알몸의 식사』 출간과 마일스 데이비스의 전설적인 명반 「카인드 오브 블루」 출시(재즈 역사상 가장 위대한 앨범이죠. 잘난 척하기를 즐기는 레볼이 자신이 태어난 해를 찬양하면서 그렇게 말한다). 그것 말고 다른 건 없나요? 물론 있어요(그는 자신의 말이 효과를 발휘하도록 일부러 초연한 어조를 택한다. 그가 상대방의 눈을 마주 보지 않고 딴짓하는 모습이, 호주머니를 뒤지거나 전화번호를 찍고 메시지를 읽는 모습이 상상된다). 그 해는 죽음에 대한 재정의가 이루어졌던 해이기도 합니다. 그리고 그 순간, 주위 사람들의 얼굴에 드러난 당혹스러움과 경악이 뒤섞인 반응이 그로서는 그다지 불만스럽지 않다. 그러고는 고개를 들고 모호한 미소를 띠면서 덧붙인다. 소생의학과에서 일하는 마

44

취과 전문의에게는 어쨌든 하찮은 일은 아니잖아요.

사실, 레볼은 1959년에 자신이 지방 상원 의원처럼 턱이 세 겹으로 늘어져서는 단추가 복잡하게 달려 있는 유아용 바디 슈트에 목까지 파묻혀 있던 태평한 젖먹이였기보다는, 연한 밀짚으로 짜서 체크무늬 천을 덮어 놓은 요람에 누워 하루의 3분의 2를 잠만 자는 데 쓰고 있는 중이었기보다는, 제23회 국제 신경 학회에서 모리스 굴롱과 피에르 몰라레가 연구 결과를 발표하려고 연단에 올랐던 그날 강연장에 있을 수 있었다면 더 좋았을 거라는 생각을 종종 하곤 한다. 그는 그 두 사람이 의료인들 앞에서, 다시 말해 그들끼리의 세계 앞에서 본인 소개를 하는 모습을 볼 수만 있었다면 그 대가가 아무리 비싸더라도 흔쾌히 치렀을 것이다. 그 두 사람. 한 명은 신경과 의사, 또 다른 한 명은 감염내과 의사. 대략 40세와 60세. 어두운색 양복 차림에 반짝이는 검은색 구두를 신고 나비넥타이를 매고 있는. 그는 그 둘의 관계에서 풍겨 나오는 것을, 나이 차가 작용한 상호 존중을 관찰할 수 있었다면 정말로 좋아했을 것이다. 친애하는 나의 동료. 존경하는 나의 동료. 과학자들의 회합에서 으레 목격되는 그런 종류의 침묵의 위계질서가 자리 잡고 있는 장면을 말이다(그런데 발표의 시작은 누가 했을까? 발표를 마무리하는 특권은 누구에게 돌아갔을까?). 정말이지, 레볼은 그 생각을 하면 할수록, 그날 두 의사를 바라보며 열기에 휘감긴 채 바짝 집중하여 경청하는 소생의학의 선구자들, 대부분이 남자들인 그들 사이에 끼어 앉을 수 있었더라면, 그들 가운데 한 명으로 그곳에 있을 수 있었더라면 좋았을 거라고 생각한다. 그곳, 클로드베르나르 병원(1954년, 이 선구자 격인 병원에 피에르 몰라레가 세계 최초로 현대적 의미의 소생의학과를 창설했다. 그는 전담 의료팀을 꾸리고, 70여 개의 병상을 수용할 수 있도록 파스퇴르관을 새로 꾸미고, 1930년대 이래로 쭉 사용되어 왔던 소위 〈철의 폐〉[13]를 대체한 그 유명한 엥스트룀 150을, 당시 북유럽에서 창궐하던 소아마비의 호흡 부전에 대응할 목적으로 개발된 전기 호흡기들을 들여놨다). 그리고 레볼이 정신을 모으면 모을수록, 그 장면이, 그가 결코 겪어 본 적 없는 그 최초의 장면이 더욱더 분명하게 펼쳐지고 두 교수의 말소리가 더욱더 또렷하게 들려온다. 그 두 사람은 낮은 목소리로 몇 마디를 주고받더니 연단 앞 책상 위의 종이들을 정리하고 마이크 앞에서 목청을 가다듬는다. 웅성거림이 그치고 침묵이 찾아들기를 차분하게 기다리다가 마침내 발표를 시작한다. 자신들이 말하려고 하는 것의 근본적인 파급력을 의식하고 있어서 거기에 뭔가를 더 덧붙이기를 자제하며 그저 기술하고 또

13 하버드 보건 대학원의 필립 드링커, 루이스 A. 쇼 등이 1928년에 개발한 인공호흡기로, 1950년대까지 널리 보급되었다.

기술하는 것에 만족하는 사람들 특유의 명료함으로 진행된 발표는 포커 판에서 에이스 넉 장을 까 보이듯 자신들의 결론을 내보이는 것으로 끝이 난다. 그리고 여전히 그 내용의 엄청남에 그는 코앞에서 폭탄이 터진 듯한 충격으로 멍하다. 왜냐하면 굴롱과 몰라레가 연단에 올라 발표한 내용은 확산탄의 위력을 지닌 하나의 문장으로 갈무리되기 때문이다. 즉 심정지는 더 이상 죽음의 징표가 아니며 이제부터 죽음을 입증하는 것은 두뇌 기능의 정지이다. 다른 말로 하자면, 〈내가 더 이상 사고하지 못한다면 나는 더 이상 존재하지 않는다〉. 심장의 폐위(廢位)와 두뇌의 대관식(상징적 쿠데타. 혁명).

그래서 그 두 남자는 청중 앞에 나섰다. 그들은 이제 자신들이 〈비가역 코마〉라고 부르는 것의 확인된 징후들을 기술하고, 더 이상의 두뇌 활동을 보여 주지 않지만 인공호흡기를 달아 놓으면 심장과 호흡 기능은 기계적으로 작동하는 환자들(소생의학에서 사용되는 기계와 기술의 개선이 없었더라면 뇌에 혈액 순환이 제대로 이루어지지 않아서 심정지에 의한 사망으로 바뀌었을 환자들)의 여러 가지 케이스를 상세히 나열했다. 그러더니 그들은 소생의학의 비약적 발전이 상황을 완전히 바꾸어 놓았으며 이 분야의 발전으로 죽음에 대한 정의를 새로이 내리게 되었다고 주장했다. 그리고 이러한 과학적 행위는 전대미문의 철학적 영향력을 갖는 것으로서 장기 적출 및 이식의 허용과 실현을 낳게 되리라고 장담했다.

굴롱과 몰라레는 학회에서의 발표가 있고 난 뒤, 『신경학 리뷰』에 〈비가역 코마〉의 스물세 가지 케이스를 정리한 획기적인 논문을 발표했다(우리는 레볼의 사무실 책장에 몇 권의 책들이 꽂혀 있으며 그중에 1959년도의 이 잡지도 들어 있음을 기억한다. 짐작할 수 있듯이, 문제의 논문이 실린 바로 그 호(號)다. 레볼은 이베이[14]에서 그 자료를 추적했고, 아무런 흥정도 하지 않고 구매했다. 고속 전철 B선에 있는 로제르에콜 폴리테크니크 역에서 11월의 어느 저녁에 입수했는데, 그날 그는 오랜 시간 추위 속에서 발을 동동 구르며 이제나저제나 판매자가 나타나길 기다리고 있었다. 황옥 색깔의 터번 모양 모자를 쓴 자그마한 여인의 형체가 어디선가 나타나 플랫폼을 종종걸음으로 걸어 그에게로 다가왔다. 그 여자는 주머니에 현금부터 챙겨 넣었다. 그러고는 타탄 체크무늬 천 가방에서 그 자료를 꺼내 놓았고, 교활하게도 그를 상대로 사기를 치려 들었다).

다시 컴퓨터 화면에 눈길을 고정시킨 레볼은 예고된 것을 받아들인다. 눈꺼풀을 내렸다가 다시 들어 올린다.

14 온라인 경매와 웹 쇼핑을 할 수 있는 사이트.

그러다가 갑자기 도움닫기하듯 벌떡 일어선다. 그가 소
생의학과 데스크에 연락을 한 시간은 11시 40분이다. 코
르델리아 오울이 전화를 받는다. 레뵐이 그녀에게 시몽
랭브르의 가족에게 알렸는지를 묻는다. 젊은 여인이 대
답한다. 네. 헌병대에서 어머니에게 연락이 갔고, 어머니
가 오고 있는 중입니다.

마리안 랭브르가 본관 입구를 통해 병원으로 들어서서 곧바로 안내 데스크를 향해 간다. 그곳, 컴퓨터 화면들 뒤에 두 여자가 앉아 있다. 연록색 가운 차림으로 나지막하게 얘기를 나누는 두 여자. 그들 가운데 한 명은 검은 머리 타래를 두툼하게 땋아서 어깨 위로 늘어뜨리고 있다. 그 여자가 마리안을 향해 고개를 든다. 뭘 도와드릴까요? 마리안은 즉각 대답하지 않는다. 무슨 과(응급의학과, 소생의학과, 외상외과, 신경생물학과)로 안내해 달라고 해야 할지도 모른다. 벽에 붙어 있는 커다란 안내판 위에 열거된 진료 과목 리스트를 읽어 내는 데도 애를 먹을 판이다. 마치 글자들이, 단어들이, 위아래 줄들이 겹쳐져 버려서 그녀가 그것들을 바르게 줄 세워 의미를 파악해 낼 수가 없는 것 같다. 겨우 입 밖으로 말이 나온다. 시몽 랭브르. 네? 여자가 눈썹(코뼈 위에서 맞닿아 무성한 숲을 이룬, 머리카락만큼이나 짙고 검은 눈썹)을 찌푸린다. 마리안이 정신을 추스른다. 가까스로 제대로 된 문장을 만든다. 시몽 랭브르를 찾고 있어요. 내 아들입니다. 아. 데스크 저편의 그 여자가 컴퓨터 위로 몸을 숙인다. 땋은 머리의 끝자락이 중국의 붓인 양 자판 위를 쓴다. 이름이……? 랭브르. L. I. M. B. R. E. S. 마리안이 철자를 불러 주고 나서 홀을 향해 몸을 돌린다. 거대하고 천장이 대성당처럼 높고 바닥은 스케이트장(소리, 반짝거림, 자국들) 같고, 여기저기 기둥이 솟은 홀. 이곳은 정말 조용하구나. 사람이 거의 없네. 실내복에 슬리퍼 차림의 남자가 목발을 짚고 벽걸이 공중전화를 향해 걸어간다. 오렌지 빛깔 깃털이 꽂힌 펠트 모자를 쓴 남자(신경 쇠약에 걸린 로빈 후드인가)는 여자가 앉아 있는 휠체어를 밀고 간다. 그리고 저 멀리 카페테리아 근처, 희미한 빛에 잠긴 채 줄지어 서 있는 문들 앞에는 흰 가운 차림의 여자 셋이 손에 플라스틱 컵을 든 채 모여 있다. 그런 이름이 보이질 않네요. 언제 병원에 들어왔나요? 그 여자는 화면에 눈길을 둔 채 마우스를 클릭한다. 오늘 아침이요. 마리안이 속삭이듯 대답한다. 그 여자가 다시 고개를 든다. 아. 그렇다면 응급의학과일 수도 있겠네요? 마리안이 눈을 내리감으며 수긍하는데, 여자가 일어서며 땋은 머리채를 등 뒤로 넘긴다. 그러고는 홀 저 안쪽의 엘리베이터들을, 추운 바깥으로 나가서 건물들을 한 바퀴 돌지 않고서도 응급의학과로 갈 수 있는 길을 손짓으로 가리켜 보인다. 마리안이 고마움을 표하고 다시 자신이 가야 할 길로 나아간다.

전화벨이 울렸을 때 그녀는 막 잠이 들어서, 희미한 꿈들과 그 꿈들의 갈피갈피로 파고들어 온 햇살과 텔레비전의 일본 만화 영화에서 흘러나오는 합성된 목소리의 날카로움이 뒤엉킨 상태에 잠겨 있었다(나중에 거기에서 어떤 징조들을 찾아내려고 애를 써본들 헛수고이리라. 그때의 꿈에 대한 기억을 뒤적이면 뒤적일수록 꿈은 갈수록 희미하게 풀어져 버렸다. 만져질 듯 또렷한 것이라고는 그 어떤 것도 건져지지 않았다. 그곳으로부터 30킬로미터 떨어진 도로 위 진창에서 발생한 그러한 날벼락에 그 어떤 의미를 부여할 만한 것이라고는 아무것도). 더구나 전화를 받은 건 그녀가 아니라 일곱 살짜리 루였다. 거실에서 만화 영화를 보고 있던 루는 장면하나라도 놓칠까 봐 후다닥 침실로 뛰어 들어와서는 어머니의 귀에 그저 전화기를 대주고는 재빨리 다시 뛰어나갔다. 그 바람에 수화기에서 흘러나온 목소리가 마리안의 꿈에 섞여 들었고, 그 목소리는 점점 톤이 올라가면서 집요함을 띠었다. 대답하세요. 시몽 랭브르의 어머니이신가요? 그 말이 들리고서야 마리안은 침대에서 벌떡 일어나 앉았다. 공포가 단번에 일깨운 뇌.

그녀가 크게, 어쨌든 제법 크게 비명을 질렀던 모양이다. 어린 딸아이가 심각한 표정으로 두 눈이 똥그래져서 느릿느릿 다시 나타났다. 문턱에서 멈추더니 꼼짝 않고서 문틀에 머리를 기댄 채 어머니를 뚫어져라 바라본다. 하지만 어머니는 아이가 눈에 들어오지 않는다. 개처럼 헐떡이며 얼굴이 뒤틀려서는 다급한 동작으로 휴대폰 자판을 두들긴다. 손에게 전화를 건다. 손은 전화를 받지 않는다(받아요, 빌어먹을, 제발 받으라고). 어머니는 급하게 옷을 꿴다. 따뜻한 부츠. 헐렁한 코트. 목도리. 그러고는 욕실로 달려가 얼굴에 찬물을 끼얹는다. 로션은커녕 아무것도 바르지 않는다. 세면대에서 고개를 들다가 거울 속 자신의 시선(한 방 맞기라도 한 듯 부풀어 오른 눈꺼풀 밑의 얼어붙은 홍채. 시뇨레의 눈. 램플링의 눈.[15] 속눈썹 선에 어른거리는 녹색의 기운)과 마주친다. 스스로도 알아볼 수 없게 변한 자신의 모습에 충격을 받는다. 벌써 흉측한 모습으로 바뀌기 시작한 것 같다. 이미 다른 여자가 된 것 같다. 그녀 인생의 중요한한 시기가, 아직까지도 따끈하고 속이 꽉 찬 육중한 한 시기가, 현재로부터 떨어져 나가 만료된 시간을 향해 기우뚱 기울어지더니 떨어져 내리며 자취를 감춘다. 그녀

15 Simone Signoret(1921~1985)는 프랑스의 배우이자 작가이며, Charlotte Rampling(1946~)은 영국의 배우지만 프랑스에서도 활발히 활동하는 배우이다. 두 여성 모두 눈두덩이 두텁다는 신체적 특징을 지니고 있다.

는 흙이 굴러떨어지고, 사태가 나고, 두 발을 딛고 선 땅
이 쩍쩍 갈라지는 균열이 일어나고 있음을 알아차린다.
무언가 닫혀 버린다. 무언가 이제부터 닿을 수 없는 곳
에 자리한다(절벽의 일부가 고원에서 떨어져 나가 바닷
속으로 무너져 내린다. 반도가 대륙에서 뽑혀 나가 홀
로 난바다를 향해 흘러간다. 멋진 동굴 입구가 갑자기
바위에 막혀 버린다). 과거가 갑자기 대번에 몸집을 부
풀렸다. 생명을 집어삼키는 걸귀(乞鬼). 그리고 현재는
가늘디가는 경계선일 뿐. 그 선 너머의 것에 대해서는
알려진 것이 하나도 없다. 전화벨 소리가 시간의 연속성
을 쪼개 놓았다. 마리안은 자기 모습이 못 박힌 듯 떠 있
는 거울 앞에서 두 손으로 세면대를 움켜쥔 채, 충격으
로 굳는다.

　그녀가 가방을 움켜쥐면서 돌아섰다. 그 자리에서 꼼
짝 않고 있던 딸아이와 맞닥뜨렸다. 오, 루. 아이는 영
문도 모른 채 끌어안는 대로 자신을 내맡겼지만, 아이
의 마음속의 모든 것은 어머니를 향해 묻고 있었고, 어
머니는 질문을 비껴갔다. 실내화 신어. 스웨터 챙기고.
가자. 마리안은 계단 통로를 향해 난 문이 등 뒤에서 쾅
닫힐 때 불현듯(선뜩한 칼날로 긋기) 다음번에 다시 자
물쇠에 열쇠를 꽂을 때면 시몽에 대해서 정확하게 알게
되리라는 생각을 했다. 한 층 아래. 마리안은 어떤 아파
트 문 앞에서 초인종을 눌렀다. 다시 한 번 눌렀다(일요

일 아침이라 아직 잔다). 그러고 나니 어떤 여인이 문을 열어 줬다. 마리안이 그녀에게 속삭였다. 병원. 사고. 시몽. 심각하대요. 상대방은 눈이 휘둥그레져서 고개를 끄덕이고 다정하게 대꾸했다. 루는 우리가 돌볼게요. 잠옷 바람의 여자아이는 아파트 안으로 들어섰다. 열린 문틈으로 엄마에게 살짝 손을 흔들었다. 그러다가 갑자기 생각이 바뀌어 문밖 계단참으로 달려 나가며 소리쳤다. 엄마! 그러자 마리안이 빠르게 계단을 되짚어 올라왔다. 딸아이의 키와 같은 높이가 되게 무릎을 굽히고 아이를 꼭 끌어안았다. 그러더니 아이의 두 눈을 깊숙이 들여다보면서 오싹한 그 후렴구를 되뇐다. 시몽. 서핑. 사고. 갔다 올게. 곧 돌아올게. 아이는 눈도 깜박이지 않았다. 어머니의 이마에 뽀뽀를 하고 이웃집으로 들어갔다.

그다음에는 차고에서 자동차를 꺼내야 했다. 지하 주차장에서의 후진. 얼이 빠진 그녀는 두 번에 걸친 시도 끝에야 차고에서 차를 꺼냈고, 도로로 이어지는 경사로까지 찔끔찔끔 나아갔다. 주차장 문이 올라갔고, 그녀는 곧 눈이 부셔 두 눈을 깜박였다. 햇빛은 뿌옇고 희끄무레한, 묽게 풀린 회색이었다. 그건 눈이 쏟아질 듯 쏟아지지 않는 하늘이었다. 거지 같다. 그제야 그녀는 이성과 기운을 긁어모아 접어든 길에 집중했다. 고지대 시가지를 가로질러 공간을 수평으로 뚫고 나가는 굴착기처럼 직선으로 뻗어 나간 도로들을 따라 곧장 동쪽을 향해 차를 몰았다. 펠릭스포르 가로 접어들었다. 그다음에는 트루아상뱅뇌비엠 가. 그리고 살바도르아옌데 가. 르아브르 근교로 접어듦에 따라서 쭉 이어지는 도로 위로 줄줄이 등장하는 이름들. 그 도시가 써 내려간 이야기와 엮인 이름들(시궁창 같은 저지대 시가지를 굽어보는 고급 빌라들. 고르게 자리 잡은 공원들. 사립 학교들과 어두운 색깔의 세단들. 이윽고 이 모든 풍경이 점차 낡아 빠진 건물들로, 베란다나 작은 정원 혹은 빗물이 고이는 시멘트 바른 안뜰이 딸린 작은 빌라들로 바뀌어 갔다. 경오토바이들. 맥주 궤짝들. 그리고 이제는 영업용 차량들과 개조 차량들이 두 사람이 나란히 걷기에도 비좁은 길들을 누비며 돌아다니고 있었다). 그녀는 투를라빌 성채와 공동묘지 앞의 장의 업체들, 높은 유리창 너머 진열된 대리석 묘비들을 지나갔다. 그라빌에서는 불을 밝힌 빵집 한 군데와 문이 열린 성당(그녀는 성호를 그었다)이 눈에 띄었다.

도시는 축 늘어져 있었다. 하지만 마리안은 그 위협적인 이면(裏面)이 느껴졌다(기름칠한 듯 매끄러운 바다 앞에서 뱃사람이 사로잡히는 두려움). 심지어 그녀에게는 주위 공간이 물질에 내재된 가공할 에너지를 가둬 두느라 표면이 살짝 부풀어 오른 듯 보이기까지 했다. 원자가 쪼개지게 되면 전대미문의 파괴력으로 변화할 수 있는 내부의 그 힘. 하지만 가장 이상했던 건(훗날 그때를 돌이켜보면서 그런 생각을 하게 됐는데), 그날 아침 그 누구도 마주치지 않았다는 것이다. 다른 차라고는 단 한 대도, 다른 사람이라고는 단 한 명도, 동물한 마리조차(개, 고양이, 쥐, 벌레도) 말이다. 온 세상이 텅 비었더랬다. 도심에 사람 그림자라고는 없었다. 주민들이 재난으로부터 스스로를 지키려고 집 안으로 숨어 버린 것만 같았다. 전쟁에서 패배하고 난 뒤 창문 뒤에 딱 달라붙어서 적군이 지나가는 것을 지켜보고 있는 것만 같았다. 저마다 전염력이 강한 불운으로부터 재빨리 비켜서 버린 것만 같았다(두려움은 눌러도 다시 튀어오르고, 이건 누구나 아는 사실이다). 상점 진열창에는 셔터들이 내려져 있거나 차양이 내려져 있었다. 강 하구의 도시 위로 흩어져 날던 갈매기들만이 그녀의 주행에 경의를 표하며 달리는 차 위를 맴돌았다. 하늘에서 내려다보면 그녀의 차가 풍경 전체에서 살아 움직이는 유일한 개체였다. 지구상에 아직 남아 있는 얼마 안 되는 생명을 모아들이고 있는 것처럼 보이는 이동 캡슐. 핀볼머신의 유리 덮개 밑의 쇠구슬처럼 바닥에 바투 붙어 튀어 나가는 이동 캡슐(완강하고, 혼자이며, 진동으로 부르르 떠는). 외부 세계가 서서히 팽창했고, 부르르 떨리기까지 하더니 희뿌얘졌다. 사막의 대지 위 공기층이, 태양열에 달궈진 도로의 아스팔트 위 공기층이 부르르 떨리면서 희뿌옇게 보이듯. 그 세계는 저 멀리 달아나는 배경으로 바뀌어 갔다. 점점 희끄무레해지다가 소실될 참이었다. 그사이 차 안의 마리안은 한 손으로는 차를 몰고 다른 한 손으로는 얼굴 위로 흘러내리는 것을 남김없이 훔쳐 냈다. 그 눈물들. 그러고는 계속해서 도로를 달리며 전화를 받은 뒤로 마음 밑바닥에 앙금처럼 깔린 직감을 떨쳐 내려고 애썼다. 그녀에게 부끄러움과 고통을 불러일으키는 직감. 아르플뢰르로 가는 내리막길이 나왔다. 그리고 르아브르를 빠져나가는 출구. 운전에 더 많은 주의를 기울인 입체 교차로. 움직임 없이 닫혀 있는 숲. 병원.

그녀는 주차장에 들어가 시동을 껐다. 그리고 다시 전화 통화를 시도했다. 그녀는 잔뜩 경직된 채 호출이 만들어 낸 신호음의 빠르고 규칙적인 소리에 귀를 기울이며 신호음이 나아가는 과정을 눈앞에 그려 보았다. 신호는 도시의 남쪽을 향해, 공기 중의 비가시 물질을 형성하고 있는 그 전파들 가운데 하나를 타고 도시의 남쪽을 향해 급하게 내달렸다. 한 주파수에서 또 다른 주파수로 끊임없이 갈아타면서 한 중계소와 다른 중계소 사이의 공간을 관통하여 다르스 드 로세앙 근처 항만 지역에 위치한 황폐해진 공단 지대에 가 닿았다. 재개발 중인 건물들 사이를 누비며 나아가 드디어 그 썰렁한 창고에, 마리안이 오래전에 발걸음을 한 뒤로 더는 가지 않은 그곳에 도달했다. 그녀는 신호음을 뒤쫓았다. 신호음은 각목들과 나무 널판자들 사이로, 합판들과 베니어판들 사이로 내달리고, 깨진 유리창으로 들이치는 바람 소리와 뒤섞이고, 구석에서 날리는 톱밥과 먼지의 소용돌이에 녹아들고, 폴리우레탄 접착제나 수지 혹은 선박용 니스에서 올라오는 냄새와 뒤섞이고, 쌓여 있는 작업용 티셔츠들의 섬유 조직과 가죽 장갑의 섬유 조직, 그 두터운 섬유 조직을 꿰뚫고, 붓통이나 재떨이나 부엌 서랍으로 개조된 통조림통들을 걷어차고(시골 장터에서 보게 되는 쌓아 놓은 통조림통 허물기 놀이처럼), 전기톱의 끈질긴 진동음과 구닥다리 휴대용 오디오에서 흘러나오는 노래(리애나의 「스테이」)의 진동음에 맞서, 쿵쾅거리고 탁탁거리고 슉슉거리는 그 모든 것에 맞서 싸웠다. 거기에는 그곳에서 일하는 사람, 손도 포함되어 있었다. 그 순간에 손은 각재들을 똑같은 폭으로 자를 수 있게 조절할 수 있는 스톱 장치와 알루미늄 레일을 갖춘 작업대 위로 몸을 숙이고 있었다. 몸놀림이 유연하고 육중한 남자로, 두 손이 거무스레했다. 그는 톱밥이 잔뜩 깔린 바닥에 자국을 남기며 천천히 이동했다. 마스크를 쓰고 소음 방지용 귀마개를 착용한 그는, 건물 페인트공이 사다리 위에서 휘파람을 불듯이 새된 휘파람 소리로 어떤 가락을 부르고 있었고, 그 날카로운 선율은

가윗날에 잘려 나간 빨간색 포장용 리본이 돌돌 말리듯 허공에서 둥글게 말렸다. 그녀는 신호음에 귀를 기울였고, 호출 신호가 그곳에 걸려 있는 파카의 안주머니에가 닿으면서 휴대폰 벨 소리(수면 위에 떨어지는 빗소리. 그가 지난주에 다운받았지만 그는 듣지 못하는 모양인 그 소리)가 울려 퍼지기 시작했다.

신호음이 멎었다. 그러고는 끔찍한 시그널이 들리더니 음성 사서함으로 넘어갔다. 그녀는 눈을 감았다. 그 창고가 눈앞에 떠올랐다. 벽을 따라 고정시킨 철제 선반에 층층이 쌓아 놓은 화려한 금갈색의 〈타옹가〉[16]들, 숀의 보물들이 갑자기 또렷하게 두드러졌다. 센 강 유역에서 흔히 보이는 외피판이 중첩되어 있는 욜,[17] 알래스카 북서 지역의 원주민들이 생산하는 물개 가죽 카약, 그리고 거기에서 그가 직접 만든 온갖 목재 카누들(그 카누들 가운데 제일 큰 카누는 뱃머리가 〈와카〉처럼, 그러니까 마오리족이 제례 행진 때 사용하는 피로그[18]처럼 섬세하게 조각되어 있었다. 가장 작은 카누는 낭창하고 가벼우며 동체는 자작나무 껍데기로 되어 있고 내부는 무늬목을 댔다. 모세의 목숨을 구하려고 모세를 나일강에 띄워 보낼 때 사용한 요람. 둥지). 마리안이에요.

16 마오리어로 〈taonga〉는 보물을 의미한다.
17 두 개의 세로 돛대가 달려 있는 세일 보트의 일종.
18 아프리카, 아메리카, 오세아니아 등의 지역에서 주로 사용되는 좁은 통나무배.

빨리 전화해 줘.

　마리안은 앞으로 고꾸라질 듯 홀을 건넌다. 홀을 가
로지르는 데 오래도 걸린다. 끝이 나질 않는다. 옮겨 딛
는 걸음마다 위급함과 공포가 가득 실린다. 드디어 지나
치게 휑뎅그렁한 승강기에 오른다. 지하에서 내린다. 널
찍한 층계참. 커다란 흰색 대리석판이 깔린 바닥. 마주
치는 사람은 없지만 서로 불러 대는 여자들의 목소리가
들려온다. 복도가 구부러진다. 갑자기, 오가거나 서 있
거나 앉아 있거나 벽에 붙여 놓은 이동 침대에 누워 있
는 수많은 사람들과 맞닥뜨린다. 기운 없는 움직임 사
이사이에 섞여 드는 신음과 속삭임. 조바심을 내는 어떤
남자의 목소리. 기다린 지 한 시간째라고요. 검은색으
로 휘감은 나이 든 여인의 끙끙 앓는 소리. 어머니 품에
안긴 아이의 울음.

　한 곳의 문이 열려 있다. 유리로 칸막이를 한 사무실
이다. 또다시 컴퓨터 앞에 앉아 있는 젊은 여자. 그녀가
마리안을 향해 동그랗고 상냥해 보이고 많아 봐야 스물
다섯 살이 넘지 않았을 듯한 얼굴을 들어 올린다. 수습
간호사다. 마리안이 또박또박 말한다. 시몽 랭브르의
어머니입니다. 젊은 여자가 당황한 듯 눈썹을 찌푸리더
니, 회전의자를 돌리며 뒤에 있는 누군가에게 불쑥 말을
건넨다. 시몽 랭브르, 오늘 아침에 들어온 젊은이라는

데? 남자가 몸을 돌리더니 고개를 젓는다. 모르겠는데. 그러고는 마리안을 쳐다보며 간호사에게 말한다. 소생 의학과에 연락해 봐야겠네. 젊은 여자가 수화기를 들고 알아본다. 전화를 끊는다. 고개를 주억거린다. 그러자 남자가 사무실 바깥으로 나온다. 마리안의 배 속 어딘 가에 아드레날린의 분출을 일으키는 동작. 갑자기 더워 진 마리안이 목도리를 풀고 외투 단추를 열고 이마에 맺 힌 땀을 훔친다. 이곳은 숨이 막히죠. 남자가 악수를 청 해 온다. 키가 작고 홀쭉하다. 수척한 목이 지나치게 깃 이 넓은 연분홍빛 셔츠 속에 파묻힌 모양이 꼭 새의 모 가지 같다. 깨끗한 가운은 단정하게 여며져 있고 명찰은 가슴팍에 제대로 붙어 있다. 마리안도 똑같이 그에게 손 을 내민다. 하지만 여기에선 으레 이러는 것인지, 아니면 평범하다고는 하지만 이런 동작이 어떤 의도를, 시몽의 상태가 불러일으킨 배려나 그 밖의 뭔가를 드러내는 것 인지 스스로에게 묻지 않을 수가 없다. 그럼에도 아무 것도 듣고 싶지 않다. 아무것도 알고 싶지 않다. 아무것 도. 아직은. 〈아드님은 살아 있습니다.〉이런 확언을 망 칠지도 모를 정보는 그 어떤 것도 듣고 싶지 않다.

의사가 복도에서 그녀를 이끌고 승강기들이 있는 곳 으로 향한다. 마리안은 의사를 따라가면서 입술을 잘 근거리고, 의사는 계속 말을 이어 간다. 아드님은 우리 쪽에 없습니다. 곧바로 소생의학과로 들어갔기 때문이죠(그의 콧소리에 〈아〉와 〈옹〉 소리가 뭉개진다. 목소리 톤은 중성적이다). 마리안이 걸음을 멈춘다. 뚫어져라 바라보며 툭툭 끊어지는 소리를 낸다. 소생의학과에 있다고요? 네, 그렇습니다. 고무 밑창이 달린 신을 신은 의사는 소리를 내지 않고 잔걸음을 떼어 놓는다. 흰색 가운이 헐렁하다. 밀랍색을 띤 코가 불빛을 받아 빛난다. 그보다 머리 하나는 더 큰 마리안의 눈에 가느다란 머리카락으로 덮인 두피가 들어온다. 그가 뒷짐을 진다. 제가 드릴 수 있는 말이 없군요. 이리로 오세요. 그쪽에서 전부 다 설명을 해드릴 겁니다. 아마도 아드님 상태 때문에 그곳에서 받아들일 수밖에 없었겠죠. 마리안이 눈을 감고 이를 앙다문다. 갑자기 배 속 전부가 오그라든다. 그가 계속 주절거리면 울부짖든가 그에게 달려들어 멍청하게 계속 떠들어 대는 그 입을 손바닥으로 막아 버리든가 하고 말겠다. 하느님, 제발, 저 입 좀 다물게 해주세요. 그 순간 기적처럼 말이 끊겼다. 의사는 곤혹스레 그녀 앞에 꼼짝 않고 섰다. 분홍빛 셔츠 칼라 사이로 솟은 고개가 흔들거린다. 딱딱한 마분지 같은 손을 펼쳐 손바닥이 천장을 향하도록 들어 올린다. 모호한 손짓. 거기에선 세계의 우연성이, 인간 존재의 연약함이 꽃봉오리처럼 벌어진다. 그 손은 곧 다리 옆으로 툭 떨어진다. 도착하셨다고 소생의학과에 알려 뒀습니다. 곧 안내할 사람이 나올 겁니다. 두 사람은 승강기 있는 곳

63

에 도착했다. 대화는 끝이 난다. 의사가 턱짓으로 복도 끝을 가리킨다. 그리고 차분하나 단호하게 만남을 마무리한다. 이만 가봐야겠군요. 일요일이라서요. 일요일에는 늘 응급실이 꽉 찬답니다. 사람들은 뭘 어째야 할지를 전혀 모르니까요. 그가 승강기 호출 버튼을 누른다. 철제 문짝이 양옆으로 서서히 열린다. 다시 두 사람이 손을 맞잡는 순간 불쑥 그가 마리안에게 미소를 보낸다. 구덩이 저 깊은 곳에서 끌어 올린 미소. 또 뵙죠. 용기를 내세요. 그러더니 온갖 소리들이 들려오는 곳으로 돌아간다.

그가 용기라고 했지. 마리안은 한 층 더 올라가는 동안(길기도 하네. 시몽에게 가는 이 길이. 미로 같은 이런 병원들은 정말 괴로워) 그 말을 되뇐다. 승강기에는 수칙들과 노조 홍보지들로 도배가 되어 있다. 용기. 그가 용기라고 했지. 두 눈은 들러붙은 듯 잘 떠지지가 않는다. 두 손은 축축하다. 열기 때문에 땀구멍은 확 열린 상태다. 얼굴선을 뭉개 놓는 피부 팽창. 염병할 용기. 염병할 난방. 도대체 여긴 통풍도 안 되나?

소생의학과는 1층의 우측 날개를 몽땅 차지하고 있다. 출입이 통제된다. 병원 직원에게만 출입이 허용됨을 알리는 팻말들이 문에 붙어 있어 마리안은 층계참에서 기다리다가 결국 벽에 기대서고 만다. 몸이 아래로 쭉 미끄러진다. 쪼그리고 앉은 채 벽에서 머리를 떼지 않은 상태로 오른쪽 왼쪽으로 머리를 번갈아 움직여 본다. 그녀는 벽을 못살게 군다. 뒤통수로 벽에 서서히 구멍이라도 낼 기세다. 천장에 길게 줄줄이 붙어 있는 네온관들을 향해 얼굴을 쳐들고 눈꺼풀을 붙인 채 귀를 기울인다. 늘 그렇듯, 복도 이 끝에서 저 끝으로 서로 정보를 묻거나 놀려 대는 분주한 목소리들. 고무 밑창을 댄 신이나 실내화 혹은 평범한 운동화를 신은 발들. 철제 도구들이 부딪는 소리. 알람 소리. 카트가 굴러가는 소리. 병원 특유의 끝없이 술렁이는 소리들. 휴대폰을 확인한다. 손에게서는 전화가 오지 않았다. 움직이기로 결심한다. 이제는 가봐야 한다. 검은색 고무를 덧씌운 두 짝짜리 방화문에 다가간다. 발돋움을 해 유리문 너머를 바라다본다. 조용하다. 문을 연다. 그리고 들어간다.

그는 누군지 즉각 알아챘기에(넋 나간 표정. 송곳 같
은 시선. 볼 안쪽 살을 깨물어 대어 쑥 들어간 뺨) 시몽
랭브르의 어머니시냐고 묻는 대신 고개를 숙이며 악수
를 청했다. 피에르 레볼, 소생의학과 의사입니다. 오늘
아침에 아드님을 맞아들인 사람이 접니다. 저하고 함께
가시죠. 그녀는 본능적으로 리놀륨 바닥으로 고개를 떨
어뜨리고 걷는다. 옆으로 눈길을 돌렸다가는 어느 어두
컴컴한 병실 저 안쪽에서 자기 자식을 발견하게 될지도
모른다. 라벤더색이 감도는 청색 계열로 칠한 복도를
나란히 20미터쯤 지난다. 명함 모양 명패가 붙은 평범
한 문. 그녀가 읽어 볼 생각도 않는 이름.
　이 일요일에 레볼은 그다지 좋아하지 않는 환우 가족
실을 버리고 자신의 사무실로 마리안을 맞아들인다. 그
녀가 우두커니 서 있다가 마침내 의자 끄트머리에 어설
프게 앉고, 그는 책상을 돌아서 자기 의자에 슬그머니

앉으며 상반신은 내밀고 양 팔꿈치는 벌린다. 마리안이 그를 주의 깊게 살펴볼수록 그녀가 병원에 도착한 뒤로 마주친 얼굴들(통짜 눈썹의 여인, 응급실의 젊은 수습 간호사, 분홍빛 옷깃의 의사)이 점점 희미해져 가는 게, 마치 그 얼굴들이 교대로 나타났던 것은 오로지 그녀를 이 얼굴로 이끌기 위해서였던 것 같다. 그 얼굴들이 서로 겹쳐져서 단 하나의 얼굴을, 그녀 앞에 앉아 있고 말할 준비를 마친 이 사람의 얼굴을 만들어 낸 것만 같다.

커피 한잔 하시겠어요? 마리안이 소스라친다. 고개를 끄덕인다. 레볼이 다시 일어선다. 돌아서서 등을 보이며 그녀가 미처 보지 못했던 커피포트를 집는다. 흰색 플라스틱 컵 둘에 커피를 따른다. 김이 오른다. 동작이 여유가 있고 수선스럽지 않다. 설탕은요? 그는 시간을 끈다. 할 말을 다듬는다. 그녀도 그걸 안다. 그 템포에 박자를 맞추지만 이 상황의 역설이 그녀에게 팽팽한 긴장감을 불러일으킨다. 이 모든 것이 상황의 급박함으로, 그 중차대함과 아슬아슬함으로 귀결되고 있는데, 시간은 커피포트로 방울방울 떨어지는 커피처럼 똑똑 일정하게 흘러가고 있으니까. 이제 마리안이 눈을 감았다. 커피를 마신다. 목구멍을 넘어가는 액체의 뜨거움에 집중한다. 그만큼 첫 문장의 첫 단어가 두렵다(턱이 움직인다. 입술이 열리고 옆으로 늘어진다. 이가 드러난다. 때로 혀

끝이). 그녀도 안다. 불행으로 꽉 찬 그 문장이 이제 곧 형체를 드러내리라는 것을. 그녀 안의 모든 것이 뒷걸음질을 치며 문제를 떠넘긴다. 등뼈가 (건들거리는) 의자 등받이로 털썩 내려앉는다. 고개가 뒤로 넘어간다. 여기에서 몸을 빼내 문으로 달려가 곧장 달아나든가 의자 밑에서 갑자기 아가리를 벌리는 함정으로 사라지고만 싶다. 철퍼덕! 구덩이. 방치된 지하 감옥(바로 그 자리에서 잊히기를. 그 누구도 자신을 발견하지 못하기를. 시몽의 고동치는 심장 말고 다른 것을 자신이 알게 되는 일이 절대 없기를). 꽉 막힌 이 방을, 푸르스름한 이 빛을 벗어나서 예고된 소식 앞에서 달아나고 싶다. 그녀는 용감하지 않다. 천만에. 그녀는 몸을 비비 꼬고 물뱀처럼 요리조리 달아난다. 누군가 그녀를 안심시켜 주고 그녀에게 거짓말을, 서스펜스가 있다지만 달콤한 해피 엔드가 보장된 이야기를 들려준다면 자신이 지닌 건 전부 다 내줄 테다. 그녀는 지독한 겁쟁이다. 그러나 꿋꿋하게 버틴다. 흘러가는 1초 1초가 전쟁에서 얻은 전리품이고, 새롭게 열리는 1초 1초가 전진하는 운명에 제동을 걸고 있다. 그 떨리는 두 손과 의자 밑에서 꽈배기처럼 꼬고 있는 두 다리와 전날 바른 아이섀도(그녀가 단 한 번의 동작으로 눈꺼풀에 펴 바르는 잿빛 아이섀도)가 거뭇하게 번진 채 잔뜩 부은 눈꺼풀을 살피면서, 홍채 (탁한 물빛의 비취옥)의 투명함이 흐려지고 부챗살처럼 퍼진 그 속눈썹이 떨리는 것을 지켜보면서, 레볼은 그녀가 알고 있음을 짐작한다. 그리고 무한한 친절함으로, 말을 꺼내기까지의 시간을 늘리는 데 동조한다. 베니스의 유리 공을 집어 들어 손바닥에서 굴린다. 그 유리 공은 차가운 네온 불빛 아래서 아롱거리며 벽과 천장을 알록달록 장식한다. 유리 공 속의 잎맥 모양이 마리안의 얼굴 위에 어른거린다. 마리안이 눈을 뜬다. 레볼에게 그건, 이젠 말을 꺼내도 된다는 신호다.

「아드님의 상태가 아주 위중합니다.」

그의 입에서 최초의 말들이 떨어지자마자(맑은 음색. 차분한 속도) 마리안은 두 눈(메마름)으로 레볼의 눈을 물끄러미 응시하고 그건 레볼도 마찬가지다. 그런 가운데 그의 문장에 시동이 걸리고, 그의 문장이 모양새를 갖춘다. 갑작스러운 구석 없이 명쾌하며(극도의 정확함에 기반한 의미 작용. 군데군데 침묵이 끼어들며 의미의 펼쳐짐에 맞춰 속도를 늦추는 〈라르고〉들), 마리안이 들려오는 음절 하나하나를 속으로 되뇌어 보고 자기 안에 새겨 넣을 수 있을 만큼 느릿하다. 사고가 일어난 순간에 아드님은 두뇌 외상을 입었습니다. 스캔을 해보니 전두엽에 심각한 상해가 있더군요(그는 자기 이마 바로 뒤에 위치한 뇌 부분에 손을 갖다 대며 몸짓으로 보여 준다). 그리고 그 엄청난 충격으로 뇌출혈이 일어났습니다. 시몽은 병원에 도착할 당시 이미 코마 상태였어요.

컵에 담긴 커피가 식어 간다. 레볼이 천천히 커피를 마시는 사이에도 맞은편의 마리안은 줄곧 돌처럼 굳어 있다. 방 안에 전화벨 소리가 울려 퍼진다. 한 번. 두 번. 세 번. 하지만 레볼은 수화기를 들지 않는다. 마리안은 그의 얼굴을 뚫어져라 바라본다. 그의 얼굴(결 고운 창백함을 띤 안색. 연회색의 쟁반만 한 두 눈 밑으로 보이는 보랏빛 그늘. 호두처럼 주름진 무거운 눈꺼풀. 생기 넘치는 길쭉한 얼굴)을 말 그대로 빨아들인다. 레볼이 다시 말을 이을 때까지 침묵이 부풀어 오른다. 걱정스럽습니다(마치 톤 조절에 문제라도 생긴 듯 목소리가 강하게 튀어나오자 제풀에 놀란다). 지금 검사가 진행 중인데, 첫번째 결과들이 그리 좋지 않아요(그의 목소리는 마리안의 귀에 낯선 소리를 불어넣어 그녀의 호흡을 빨라지게 만들지만, 그 목소리는 감언과 거리가 멀다. 묘지에서 위로한답시고 들려오는 그런 역겨운 목소리들처럼 들리지 않는다. 오히려 마리안에게 배당된 자리를 가리켜 준다. 자리를. 선을).

「깊은 코마 상태입니다.」

뒤따르는 1초 1초가 둘 사이에 공간을, 적나라하고 침묵에 잠긴 공간을 열어 놓는다. 두 사람은 그 가장자리에서 한참을 버틴다. 마리안 랭브르가 코마라는 단어를 머릿속에서 느릿느릿 굴려 보기 시작하는 동안 레볼은 자기 일의 가장 어두운 부분에 다시 착수한다. 유리 공이 여전히 그의 손바닥에서 구르고 있다. 뿌옇고 외로운 태양이. 그에게는 결코 그 어느 것도, 그 여자 곁에 자리 잡고 앉아서 죽음이 모습을 드러내는 그 언어의 취약 지역을 함께 파 들어가면서 나아가는 것보다 더 폭력적이며 더 복잡하지는 않았던 것 같다. 그가 알려 온다. 시몽은 더 이상 통각 자극에 반응을 보이지 않습니다. 동공 장애와 자율 신경계 장애가 나타났어요. 특히 호흡기 장애가 있어서 폐 협착이 시작된 걸로 보입니다. 게다가 첫 번째 스캔 결과가 좋지 않습니다(그의 말은 느리고, 사이사이 호흡이 일정하게 자리 잡는다. 말 속에 자신의 육신을 새겨 넣어 그 육신이 말 속에 자리하게 하여, 의사의 선고가 공감이 되게끔 만드는 방법. 그는 끌로 새기듯 말한다). 이제 그 둘은 서로의 눈을 놓지 않는다. 서로 마주한다. 바로 이거다. 이것, 절대적 대면 이외의 그 무엇도 아니다. 그리고 그건 어김없이 완수된다. 마치 말하기와 서로를 바라보기가 동일한 행위의 앞면과 뒷면이기라도 한 것 같다. 마치 이 병원의 병실들 중 한 곳에서 그 윤곽을 드러내기 시작한 것과 마주하는 것만큼이나 서로를 마주하는 것이 관건이기라도 한 것 같다.

시몽을 봐야겠어요(잔뜩 겁이 난 목소리. 흔들리는 시

선. 허둥거리는 두 손). 시몽을 봐야겠어요. 그게 그녀가
한 말의 전부다. 그러는 동안 몇 번째인지도 모르게 그
녀의 휴대폰이 외투 주머니 안에서 부르르 떨어 댔다(루
를 맡아 준 이웃집 여자. 크리스의 부모. 조앙의 부모).
하지만 숀으로부터는 아무런 기척도 없다. 어디 있는 걸
까? 그녀가 문자를 보낸다. 전화해 줘.

　레볼이 고개를 들었다. 지금요? 지금 시몽을 보고 싶
으신가요? 그는 손목시계에 눈길을 준다(12:30). 그러
고는 차분하게 답한다. 지금은 안 됩니다. 조금 기다리
셔야겠어요. 지금 처치가 한창입니다. 처치가 끝나는 대
로 아드님을 보실 수 있을 겁니다. 그러더니, 노르스름
한 종이 한 장을 앞에 꺼내 놓으면서 말을 이어 간다. 괜
찮으시다면 시몽에 대해 이야기를 좀 했으면 좋겠습니
다. 시몽에 대해 이야기하다. 마리안은 긴장한다. 〈시몽
에 대해 이야기하다.〉 무슨 의미로 한 말일까? 설문지
에 답하듯이 시몽의 몸에 대해 알려 주면 되는 건가? 그
가 받았던 수술들(편도선 수술과 맹장 수술. 그것 말고
는 없음)을 표시해 주는 건가? 그가 겪었던 골절들? (열
살 되던 해 여름에 자전거를 타다가 넘어져서 부러뜨린
팔뼈. 그게 전부다.) 일상생활을 꼬아 놓는 알레르기들?
(없다. 전혀.) 그가 감염됐던 병들? (다섯 살 되던 해 여
름에 걸렸던 황색 포도상 구균 감염. 그 엄청난 이름이
안겨 준 희소가치를 후광처럼 두르고는 만나는 사람들

72

마다 그 사실을 알렸더랬다. 열여섯에 걸린 선열. 입을 통해 전염되기에 키스 병, 연인 병이라고 불리는 그 병. 시몽은 사람들이 놀려 대면 삐딱한 미소를 지었더랬다. 그때 희한한 잠옷을, 그러니까 하와이풍의 반바지에 멜턴으로 안을 댄 트레이닝 상의를 입고 있었지.) 영유아들이 주로 걸리는 병을 늘어놓으라는 건가? 시몽에 대해 이야기하다. 수많은 영상들이 밀려든다. 마리안은 기겁한다. 안뜨기로 짠 배내옷을 입은 젖먹이의 홍진, 세 살짜리 아이의 수두, 두피와 귀 뒤쪽에 생긴 갈색 습진들, 딱지들, 탈수 증세를 일으키고 열흘 동안 눈의 흰자위를 노랗게 만들고 머리카락을 덩어리지게 만든 그 열병. 마리안이 단음절로 대답하는 동안 레볼은 몇 가지 사항(생년월일, 체중, 신장)을 기록하고, 시몽에게는 특별한 병력이 없으며 어머니가 알고 있거나 알려 줄 수 있는 심각한 병이나 특수 알레르기 혹은 선천성 기형도 없다고 적고 난 뒤로는 영유아기의 병력에 대해서는 살짝 무관심한 듯 보이기까지 한다(〈어머니가 알고 있거나 알려 줄 수 있는〉이라는 말에 마리안은 혼란스럽다. 갑작스레 솟구치는 기억. 콩타민몽주아에서 열린 스키학교. 시몽은 열 살이었고 극심한 복통을 느꼈다. 시몽을 진찰하던 스키장의 의사가 왼쪽 옆구리를 만져 보더니 급성 맹장염의 가능성을 제기하며 〈전도된 생체 구조〉라는 진단을 내렸다. 달리 말하자면 심장이 오른쪽에 있고, 모든 게 그런 식이라는 것이다. 그 누구도 의심하지 않았던 말. 그래서 그런 경이로운 비정상적 신체 구조 덕분에 그는 스키 학교가 끝날 때까지 아주 특별한 인물로 통했더랬다).

고맙습니다. 그러더니 손바닥으로 종이를 잘 펴서 시몽의 서류들 속에 다시 집어넣는다. 옅은 녹색 파일. 그가 마리안을 향해 고개를 든다. 검사가 끝나는 대로 아드님을 보실 수 있습니다. 무슨 검사죠? 사무실 안에 곧게 뻗어 나가는 마리안의 목소리와 아직 진행 중인 검사가 있다면 그 무엇도 확정된 게 아니라는 막연한 생각. 번뜩이는 그녀의 눈빛이 레볼의 경각심을 일깨우자 그는 상황을 휘어잡고 희망에 재갈을 물리려 든다. 시몽의 상태는 계속 변하고 있습니다. 그런데 그 변화가 좋은 방향으로 나아가고 있지 않아요. 마리안이 엄청난 충격을 받은 티가 난다. 고작 아! 하고 응수한다. 그럼 대체 어느 방향을 향해 나아간다는 말이죠? 시몽의 상태가? 이런 말을 꺼냄으로써 그녀는 자신을 고스란히 노출시키는 위험을 자초하게 된다는 것을 안다. 레볼은 대답하기 전에 숨을 들이쉰다.

「시몽이 입은 손상은 돌이킬 수 없습니다.」

그는 그녀에게 한 방 먹인 것 같은 고약한 기분, 폭탄을 터뜨린 듯한 느낌이 든다. 그러고 나서 몸을 일으킨

다. 면회가 가능해지면 즉시 연락드리겠습니다. 그러고
는 좀 더 목소리를 띄워서 덧붙인다. 시몽의 아버지에게
는 알리셨나요? 마리안은 시선으로 그를 붙잡는다. 오
후 일찍이 도착할 거예요(하지만 손에게서는 전화가 없
다. 여전히 아무 신호도 없다. 마리안은 갑자기 격렬한
두려움에 사로잡힌다. 어쩌면 손은 작업실에도, 자기 집
에도 없을지 모른다. 빌키에나 튀클레르 혹은 코드베캉
코나 센 강가의 조정 클럽에 욜을 배달할 일이 있어서
타지로 떠났을 수도 있겠다는 생각이 든다. 어쩌면 바로
지금 이 순간에도 손은 구매자와 함께 배를 시험 운행해
보고 레일 달린 의자에 앉아서 노를 저어 보며 배의 움
직임을 관찰하고 그에 대해 낮은 목소리로 전문적인 용
어를 활용하여 평을 주고받고 있을 수도 있었다. 차츰
차츰 마리안의 눈앞에 하나의 장면이 떠올랐다. 옆으로
뻗어 나가는 식물들, 물이끼, 거대한 고사리, 통통한 칡,
아찔한 절벽을 따라서 서로 뒤엉켜 있거나 강을 향해 폭
포처럼 휘어져 내리는 피스타치오 색깔의 식물들로 뒤
덮이고 두터운 이끼가 들러붙어 있는 우뚝 솟은 암벽들
이 나타났고, 그 사이로 강물이 흘러들어 가면서 강폭
이 점점 좁아 들었다. 그러더니 빛이 약해지면서 유백색
하늘만이 보트 위로 가느다랗게 도드라져 보였다. 물의
흐름이 묵직하고 잔잔하며 느리게 바뀌었다. 곤충들 ──
청록색으로 아롱거리는 잠자리들. 속이 투명하게 들여

다 보이는 모기들 — 로 가득한 수면은 청동색을, 은빛 반짝임이 깔린 거무스레한 빛을 띠었다. 그러다가 마리안은 느닷없는 공포에 사로잡혀 멋대로 상상을 했다. 숀은 이미 뉴질랜드로 돌아갔으며, 그곳의 강 하구 지역에 위치한 도시를 떠나 쿡 해협에서부터 왕거누이 강을 거슬러 올라가고 있었다. 그는 자기 카누에 홀로 앉아 내륙을 향해 깊숙이 들어가는 중인데, 그녀가 그를 알게 됐던 그 시절에 그랬듯이 그는 평화롭고, 절대적으로 평화롭고, 눈길은 차분했다. 그는 규칙적으로 노를 젓고, 강변을 따라 위치한 마오리족 마을들을 지나가고, 폭포를 만나면 가벼운 카누를 등에 지고 걸어서 돌아 나가고, 북쪽을 향해, 중앙 고원과 신성한 강이 그 기원을 두고 있는 통가리로 화산을 향해 줄곧 전진하며, 새로운 땅을 향한 이주 길을 되밟고 있었다. 그녀의 눈에는 숀이 또렷하게 보였고, 그녀의 귀에는 반향실에서처럼 협곡 안에서 증폭된 그의 숨소리가 들려왔다. 그곳은 숨 막힐 듯한 고요가 지배하고 있었다). 레볼이 그녀의 넋 나간 표정에 불안해져서 그녀를 바라본다. 하지만 마무리는 지어야 한다. 그럼 그때 두 분을 같이 뵙죠. 마리안이 고개를 끄덕인다. 그러죠.

의자가 바닥을 긁는 소리. 문이 삐걱거리는 소리. 두 사람은 이제 복도 끝을 향해 걸어간다. 다시 한 번 층계참으로 나서자 그들의 초라한 대화에 한마디도 더 덧붙이지 않고 마리안이 돌아선다. 어디로 가는지도 모르는 채 천천히 멀어져 간다. 건강한 치아와 윤기 흐르는 머리카락, 탄력 있는 회음부를 자랑하는 중년 여인들이 미소 짓고 있는 낡아 빠진 잡지들이 여기저기 흩어져 있는 낮은 테이블과 ㄴ자형 의자들이 놓인 대기실 앞을 지나간다. 곧 저기, 수많은 발자국이 남은 대리석 바닥 위를, 유리와 시멘트로 지은 거대한 중앙 홀의 천장 아래를 되걸어 나오는 그녀가 보인다. 카페테리아(진열대에 놓인 알록달록한 스낵 봉투들, 과자, 껌, 줄 맞춰 높이 붙여 놓은 포스터 위에 원색으로 인쇄된 피자와 햄버거 종류들, 유리문 달린 냉장고 안에 눕혀 놓은 물병들과 탄산수 병들)를 따라 걸어간다. 돌연 비틀거린다. 시몽이 여기 어딘가에 누워 있다. 어떻게 그 아이를 남겨 놓고 갈 수 있을까? 돌아서고 싶지만 충동을 억제한다. 나가서 쑨을 찾아내야만 한다. 무슨 대가를 치르더라도 그와 연락을 취해야 한다.

그녀는 정문을 향해 걸어간다. 한참 떨어진 곳의 그 문이 천천히 열린다. 네 명의 실루엣이 문을 지나 그녀 앞으로 다가온다. 근시인 그녀의 눈에 흐릿하게 보이던 실루엣들이 곧 또렷해진다. 〈3인의 기사〉 중 나머지 두 명의 〈기사〉들의 부모. 나란히 다가오는 크리스토프와 조앙의 부모다. 그들의 어깨를 짓누르는 늘 보던 겨울 외투들. 자꾸 수그러드는 머리를 지탱하려는 듯 석고 붕대 감듯 둘둘 감은 늘 보던 목도리들. 늘 보던 장갑들. 그들이 그녀를 알아본다. 걸음이 느려진다. 그러더니 두 남자 중 한 명이 걸음을 재촉해 열에서 빠져나온다. 마리안 앞에 당도하자 그녀를 두 팔로 안는다. 그러고는 나머지 세 명도 차례대로 그녀를 안는다. 시몽은 어떤가요? 말을 꺼낸 이는 크리스의 아버지다. 네 사람이 바라본다. 그녀는 몸이 뻣뻣하게 굳는다. 중얼거린다. 코마라는데, 아직 몰라요. 어깨를 한 번 추어올린다. 그리고 입매가 일그러지며 묻는다. 어떤가요, 모두? 아이들은요? 조앙의 어머니가 대답을 한다. 크리스는 왼쪽 엉덩이뼈와 넙다리뼈 골절, 조앙은 양쪽 손목과 쇄골 골절에 흉곽 함몰. 하지만 장기 손상은 없대요(대답이 간결하다. 그들 네 사람 모두 자기네의 행운을, 끝내주는 행운을 의식하고 있음을 마리안에게 알려 주려는 목적의 극단적 간결함. 그들의 경우는 그저 부러진 것뿐이니까. 그들의 자녀는 안전벨트를 맨 덕분에 충격에서 보호됐다. 그리고 그 여인이 자기네의 근심은 아무것도 아닌 것으로 치부하며 이 소리 저 소리 늘어놓기를 삼가는 것은, 그들 모두 시몽에 대해 알고 있고, 소생의학과에서 그들의 아들들이 머물고 있는 외상 치료 및 정형외과로 소문이 퍼졌을 거고, 시몽이 위중하다는 것을, 그것도 아주 위중하다는 것을 인지하고 자신이 그에 대해 주절거릴 정도로 무례하지는 않다고 마리안에게 분명히 전하기 위함이기도 하다. 그리고 마지막으로, 그녀가 느끼는 혼란스러움, 그녀를 억누르는 그 죄책감이 있다. 안전벨트 문제는 자기 아들과 마리안의 아들, 두 아이들 사이에서 벌어진 거였다. 크리스는 당연히 운전을 해야 했으니, 조앙이 시몽 대신 얼마든지 가운데 좌석에 앉았을 수도 있는 일이었다. 그랬더라면 지금 이 순간 마리안의 자리에, 정확이 그 자리에 얼굴까지도 변해버린 모습으로, 바로 그 불행의 구렁텅이를 마주하고 있을 사람이 자신이었을 수도 있는 일이다. 그런 생각만으로도 그녀는 현기증에 사로잡히고 두 다리가 풀리며 눈동자가 뒤로 돌아간다. 그녀의 몸이 꺾이려는 걸 느낀 남편이 다가와 팔짱을 껴 부축한다. 마리안 역시 뒤로 넘어가는 그 여자를 바라보면서 자신과 그 여자 사이에, 그들과 그녀 사이에 놓인 구렁텅이를, 이제 그들을 갈라놓는 그 심연을 의식한다). 고마워요. 이젠 가봐야 해요. 나중에 소식 주고받아요.

그녀는 자신이 집으로 돌아가고 싶어 하지 않는다는 사실을 돌연 깨닫는다. 다시 루를 보고 어머니와 전화 통화를 하고 시몽의 할머니와 할아버지, 친구들에게 알리는 일을 해야 할 때가 아직은 아니다. 그들이 경악하고 힘들어하는 소리를 들어 줘야 할 때가 아니다. 어

떤 이들은 수화기에 대고 비명을 지르겠지. 아니야. 하
느님. 염병할. 제길. 사실이 아니지. 어떤 이들은 울음을
터뜨릴 테고 또 어떤 이들은 그녀에게 질문을 해대며 괴
롭히고 그녀가 이름도 들어 본 적 없는 의학 검사들을
늘어놓고 가망 없다고 생각했는데 살아난 사람이 있다
며 자신이 아는 사람의 경우를 들이대고 자신들이 알고
있는 범위 안에서뿐만 아니라 그 너머에서까지 찾아낼
수 있는 눈부신 회복과 관련된 온갖 얘기들을 긁어모으
고 병원, 진단, 치료를 문제 삼고 그녀와 면담을 나눴던
의사의 이름이 뭐냐고 묻기까지 할 것이다. 아, 저런, 누
군지 모르겠는데. 오, 물론 좋은 의사겠지. 그러고는 그
래도 예약이 2년씩 밀려 있다는 대학교수인 의사의 이
름을 적어 두라고 끈질기게 권하고 자기네가 직접 전화
를 해줄 수도 있다고 제안할 것이다. 자기가 아는 의사
라거나 그 의사를 아는 친구가 있다면서. 어쩌면, 어리
석거나 완전히 정신 나간 누군가는 비가역 코마와 혼동
할 수 있는(주의해야 해) 그와 비슷한 다른 상태들을 굳
이 알려 줄지도 모른다. 예를 들자면 알코올 중독으로
인한 코마, 진정제 과용, 저혈당, 혹은 저체온증. 그러면
그녀는 그날 아침의 차디찬 바닷물에서의 서핑이 떠올
라 욕지기가 치밀어 오를 테고 다시 정신을 수습하며 그
녀를 괴롭히는 사람에게 극도로 참혹한 사고가 있었다
는 것을 일깨워 주겠지. 그녀가 꿋꿋하게 버티며 시몽은

제대로 보살핌을 받고 있고 기다리는 수밖에 없다고 모두에게 아무리 되풀이해서 말해도 소용없을 것이다. 그들은 온갖 말들로 그녀를 뒤덮다시피 하면서 그들의 애정을 그녀에게 보여 주려 들겠지. 안 돼. 아직은 그럴 때가 아니야. 그녀가 원하는 것, 그것은 기다릴 수 있는 장소다. 시간을 죽일 수 있는 장소. 그녀는 피신처를 원한다. 주차장에 닿자 돌연 자기 차를 향해 달리기 시작한다. 헐레벌떡 차 안에 틀어박힌다. 그러고는 운전대를 내리치는 주먹질. 계기판 위로 흐트러지는 머리 다발들. 키 박스에 시동 키를 꽂는 게 어려울 정도로 허둥대는 동작들. 마침내 차가 움직인다. 속도를 제대로 조절하지 못해 주차장 바닥에 닿는 바퀴가 끽끽거린다. 그러더니 똑바로 앞을 향해, 서쪽을 향해, 해 지는 쪽을 향해 차를 몬다. 그 도시의 하늘이 조금 더 환해졌다. 한편, 사무실로 돌아온 레볼은 자리에 앉지도 않고 소생의학과에서 뇌사 환자가 발생할 경우 법이 그에게 명하는 일을 시행한다. 그는 휴대폰을 연다. 장기 이식 코디네이터의 번호를 누른다. 전화를 받은 사람은 토마 레미주다.

하지만 그는 전화를 놓칠 뻔했다. 벨 소리를 듣지 못할 뻔했다. 그가 새장 속 방울새가 찬란하고 우아하게 지저귀는 가운데 그 미약하게 쩍쩍대는 전화기의 새소리를 가려 낸 것은 활기찬 긴 프레이즈(다성부 합창, 새들의 날아오름, 벤저민 브리튼의 「캐럴의 제전 op. 28」)가 끝나고 숨을 고르고 있을 때였다.

그 일요일 아침에, 코망당샤르코 가에 위치한 1층 원룸 아파트에서 토마 레미주는 블라인드의 슬랫들을 내린다. 혼자이고 벌거벗었다. 그가 노래한다. 방 한가운데에(늘 서는 그 자리에) 자리 잡고 선 상태다. 양발에 몸무게를 고루 분산시키고, 등은 꼿꼿이 펴고, 어깨는 뒤로 살짝 젖히고, 흉곽을 활짝 열어 가슴을 펴고 목을 쭉 늘인 채 일단 자세가 안정되자 목뼈에 유연성을 주려고 머리를 느릿하게 돌리는 동작을 취한다. 양쪽 어깨로도 똑같은 동작을 반복한다. 그러고는 복강에서부터 목 구멍까지 중심 뼈대가 되어 주는 공기 기둥을, 숨을 밀어내고 목청을 떨리게 하는 그 내부 통로를 눈앞에 그려 보는 데 집중한다. 그가 자세를 가다듬는다. 마침내 입을 벌린다. 크게 열린 화덕(이 순간 살짝 궁금증을 불러일으키며 어딘가 우스꽝스럽기도 한) 안으로 빨려 들어간 공기가 허파를 가득 채우며 복부 근육의 수축이 일어난다. 그러고는 길을 뚫듯 숨을 내쉰다. 그리고 횡격막과 관골근을 동원해 가능한 한 오랫동안 그 행위를 유지한다(귀머거리라 해도 그의 몸에 손을 갖다 대는 것만으로 그의 소리를 들을 수 있으리라). 누군가 그 장면을 관찰한다면 태양을 향한 경배나 수도사와 수녀들의 새벽 찬양과 연관을 지을지도 모른다. 그 중세의 여명 시와. 어쩌면 그로부터 육신의 유지와 보존을 꾀하는 육체의 제의(찬물 한 잔 마시기. 양치하기. 텔레비전 앞에 고무 매트를 펴놓고 스트레칭을 하기)를 떠올릴 수도 있으리라. 그렇지만 토마 레미주에게는 그건 완전히 다른 문제다. 그것은 자가 진찰이다(그의 몸 안으로 들어가서 그를 자극하는 것을 모두 외부로 전달하는 내시경과 같은 목소리. 청진기와 같은 목소리).

가족이 운영하는 농장을, 그의 누나와 매부가 훗날 맡아 운영하게 될 노르망디의 풍요로운 경작지를 떠날 무렵 그의 나이 스무 살이었다. 통학 버스와 마당의 진창, 젖은 건초 냄새, 혼자 떨어져 나와 젖을 짜주기를 요구하는 젖소의 음매 소리, 풀이 우거진 경사지에 빽빽하게 솟은 포플러 나무들과는 이제 안녕이다. 그때부터 그는 부모님이 루앙 중심지에 빌려준 콧구멍만 한 원룸 아파트에서 산다. 전기 라디에이터. 접이식 침대. 1971년산 오토바이 혼다 500을 몬다. 그는 간호학교에 등록했다. 여자도 좋고 남자도 좋다. 잘 모르겠다. 파리에 짧게 여행을 오게 된 어느 날 저녁 그는 벨빌에 있는 어느 가라오케에 들른다. 레코드판처럼 새까만 머리에 광대뼈 부근에 윤기가 흐르는 중국인들이 잔뜩 와 있는 곳. 무대 매너를 갈고 닦으려고 온 단골들이다. 특히 커플들이 많은데, 그들은 텔레비전 프로에서 본 몸짓이나 자세를 흉내 내는 서로의 모습에 감탄을 하고 사진을 찍어 댄다. 갑자기, 함께 온 사람들에게 등 떠밀린 그가 얼결에 노래를 한 곡 고르고 있다. 짧고 단순한 걸로(보니 타일러의 「이츠 어 하트에이크」였던 것 같다). 자기 차례가 되어 그가 무대에 오른다. 그러자 그에게서 서서히 변화가 일어난다. 무기력증에 걸린 그의 몸이 차츰차츰 자리를 잡는다. 그의 입으로부터 하나의 목소리가 나온다. 그의 것임이 틀림없으나 그가 알지 못하는 목소리. 난생처음 듣는 음색, 짜임, 결. 마치 그의 몸 안에 그 자신의 다른 버전들을(줄무늬 맹수. 깎아지른 절벽. 쾌락을 파는 여자) 여러 개 품고 있기라도 한 것 같다. 확실히 디제이가 잘못 본 게 아니었나 보다. 노래하는 사람은 정말로 그다. 그때부터 자신의 목소리를 자기 몸의 표징으로 이해하고, 자신의 목소리를 자기 개성의 형식으로 이해하게 된 그는 자기 자신을 알아 가려는 계획을 수립하고 노래를 시작한다.

노래를 발견하면서 그는 자신의 몸을 발견한 것이다. 일은 그렇게 벌어지게 된다. 격렬한 운동(달리기. 자전거. 체조)을 하고 난 다음 날의 스포츠 애호가처럼 그때까지 모르고 있던 근육의 뭉침을, 맺힌 곳과 풀린 곳을, 이런저런 지점들과 부위들을 느낀다. 마치 자신의 자아로부터 태어났으나 미처 탐험해 보지 못한 그 자신의 가능태들이 드러나는 것만 같다. 그는 자신을 구성하는 모든 것을 파악하고, 그 정확한 해부도와 기관들의 형태, 근육들의 다양함, 그 생각지도 못했던 가능성을 이해해 보려고 한다. 그는 자신의 호흡 시스템을 탐험하고, 노래하는 행위가 어떻게 자신을 다시 짜 맞추고 자신을 유지시키며 자신을 인간의 육체로, 어쩌면 더 나아가 노래하는 육체로 일으켜 세우는지를 연구한다. 그건 제2의 탄생이다.

그가 노래에 바치는 시간과 돈은 세월이 흐르면서 점점 불어나다가 마침내 병원의 당직 근무로 불린 급여와 일상의 상당 부분을 잡아먹게 되고 만다. 그는 매일 아침 발성 연습을 하고 매일 저녁 연구하고 일주일에 두 번씩 몸매가 알전구(기린 목에 갈대 같은 두 팔, 거대한 가슴과 납작한 배, 그에 상응하는 볼륨감 넘치는 골반. 이 모든 건 무릎까지 굽이치며 플란넬 치마를 따라 흘러내리는 긴 머리 타래에 덮여 있다)를 연상시키는 오페라 가수에게서 개인 교습을 받는다. 밤이면 인터넷에서 이런저런 리사이틀, 오페라, 새로운 음반을 추적하고 몽땅 다운로드하고 불법 복제하고 복사하고 저장한다. 여름이면 이곳저곳에서 열리는 오페라 아리아 페스티벌에 가기 위해 프랑스를 누비고 다니며 텐트에서 자거나 그와 비슷한 취향의 다른 애호가들과 방갈로를 나눠 쓴다. 그러던 중 모로코 음악 그나와의 전문가이자 다채로운 음색의 바리톤 우스만과 만난다. 그러다 갑자기 지난여름엔 알제리로 여행을 떠나, 콜로 골짜기의 방울새 구입에 할머니로부터 받은 유산 전부를 한꺼번에 쏟아붓는다(흰 삼베 손수건에 돌돌 만 3천 유로 현찰).

소생의학과 간호사로 보낸 초창기 몇 해의 경험은 그를 온통 뒤흔들어 놓는다. 그는 저 너머의 세계로 들어선다. 이 세계의 아래 혹은 옆, 가장자리에 존재하며 서로의 경계가 끊임없이 스쳐서 혼란스러운 공간으로. 수천 가지의 잠들이 흘러 다니나 그는 결코 잠드는 법이 없는 그 세계로. 초기에 그는 체내 지도를 작성하듯 소생의학과를 누비며, 자신이 시간의 또 다른 반쪽과, 두뇌가 잠든 밤과, 노심(爐心)과 조우하게 된 것임을 자각한다(그의 목소리가 트이고 뉘앙스는 더 풍성해진다. 첫 〈리트〉를 공부한 것도 그 즈음이다. 바로 브람스의 자장가. 아주 단순한 형식. 아마도 그는 그 노래를 상태가 불안한 어느 환자의 머리맡에서 처음으로 부르게 될 것이다. 진정제의 어루만짐과 같은 멜로디). 유연한 시간표. 막중한 책임. 부족한 것투성이. 소생의학과는 닫힌 공간이며 자기만의 규칙에 복종한다. 토마는 자신이 차츰차츰 외부 세계와 단절된 채, 밤과 낮의 나뉨이 자기 안의 그 무엇에도 더 이상 영향을 미치지 못하는 장소에서 살아간다는 느낌을 받는다. 때로는 발이 허공에 뜬 느낌이 든다. 그는 바깥바람을 쐬려고 연수를 늘리며, 연수를 마칠 때면 진이 빠지지만 늘 눈빛은 더 깊어지고 목소리는 더 풍요롭다. 몸을 사리지 않고 일을 하여 업무 회의에서는 좋은 평가를 받고, 깨어나는 단계까지 포함해서 마취 상태의 모든 단계에서 취해야 할 적절한 조치를 완벽하게 습득하고, 심장 모니터링 기기와 심장 보조 장치를 능숙하게 조작하며, 통증의학에도 관심을 갖는다. 이런 리듬으로 보낸 7년의 세월 뒤, 동일 반경 내에서 다른 방식으로 돌고 싶다는 욕구의 분출. 그는 3백 명의 장기 이식 코디네이터 중 한 명이 되어 르아브르 병원에 합류한다. 그는 스물아홉 살이고, 근사하다. 보나마나 추가 교육이 필요했을 텐데도 새로운 길로 접어든 이유를 물으면 토마가 대답으로 내놓는 것. 환자 가족과의 관계, 심리학, 법학, 업무 과정의 협업적 측면. 그런데 이 모든 건 일반 간호사 업무에서도 넘쳐나지 않는가. 물론, 그렇다. 그렇긴 하다. 하지만 다른 게, 보다 복잡한 다른 뭔가가 있다. 만약 그가 자신이 신뢰할 만한 사람과 함께 있다고 느낀다면, 대답에 시간을 들이기로 결정을 내린다면, 삶의 문턱에서의 그 특별한 탐색, 육체와 육체의 기능에 대한 전반적 문제 제기, 죽음의 접근과 그 표상들에 대한 이야기를 할 것이다(문제는 바로 그거니까). 그는 자기를 둘러싸고 놀리는 사람들에게는 관심도 없다(뇌파 검사에 문제가 있었던 거면 어쩔 건데? 고장이라든가, 순간적으로 기능이 떨어졌다든가, 전기적 문제가 생겼다든가 말이야. 그리고 환자는, 그 양반은 진짜 사망 상태가 아니었던 거지. 그런 일이 일어난다니까. 실제로. 안 그래? 이런, 이런, 톰, 넌 죽음 속에서 구르는구나. 짜식, 아주 음침한데, 다크해). 그러면 그는 미소를 띠며 벌써 몇 번째인지도 모를 성냥개비를 씹는다. 소르본에서 철학 석사를 우수한 성적으로 졸업한 날 저녁 그가 한턱내기로 한 자리에서다(그는 팀원들 사이에서 오가는 당직 거래의 대가답게 자기 대신 동료에게 당직을 맡기는 데 성공하여 생자크 가의 소르본에서 5회에 걸쳐 진행되는 반나절짜리 세미나에 참석할 수 있었다. 생자크 가. 그가 도시의 웅성거림을 들으며, 가끔은 노래를 부르며 센 강까지 쭉 따라 내려가기를 좋아하는 그 길).

오늘은 무엇이든 예측이라는 것이 불가능하다. 토마 레미주는 대기 중이다. 앞으로 24시간 동안 언제 소생의학과에서 전화가 올지 모르니까. 그게 원칙이다. 매번 그렇듯이, 텅 비었으나 사용할 수 없는 그 시간들(어쩌면 권태의 또 다른 이름일 수 있는 그 역설적인 시간들)과 타협하고 이런 대기 시간을 다스려야 하지만, 어쩔 줄을 모른 채 쉬는 것도 아니고 이 자유 시간을 활용하는 것도 아닌 대기 상태에 묶여 망설임으로 몸이 굳는다. 나갈 채비를 하다가 결국 남기로 한다. 케이크, 영화, 소리의 디지털화와 저장(방울새의 노래)에 찔끔찔끔 손을 대보다 결국 내던지고 다시 시작했다가 또 집어치우고 뒤로 미룬다. 나중에 하자. 하지만 나중이란 결코 존재하지 않는다. 나중이란 예측 불가능한 시간표를 따라 출렁이는 풀타임 근무의 밀려듦이니까. 그래서 휴대폰 화면에 나타난 병원 번호를 발견하자, 토마는 실망의 아픔과 위안을 동시에 느낀다.

그가 주도하는 장기 이식 센터는 병원의 울타리 안에 위치하고 있지만 병원과는 무관한 조직처럼 움직인다. 하지만 레볼과 레미주는 아는 사이이고, 이 젊은 간호사는 레볼이 그에게 무슨 소식을 알려 올 참인지 정확히 알고 있다. 그가 하려는 말을 대신할 수도 있으리라. 보다 높은 효율성을 위해 비극을 표준화해 표현하는 그 문장을. 소생의학과의 환자 한 명이 뇌사 상태입니다. 최종 선고처럼 울려 퍼지는 사실 확인이지만 천만에, 토마에게는 그 선고의 의미가 완전히 달라서 행동 개시를, 절차의 시작을 가리킨다.

「소생의학과의 환자 한 명이 뇌사 상태입니다.」

레볼의 목소리는 정확하게 예상하고 있던 문구를 뽑아 놓는다. 오케이. 레미주가 대답하는 것 같지만 사실 그는 입을 열지 않고 고개만 끄덕이고 있다. 그 찰나의 순간에 그는 치밀한 동시에 엄격한 법의 틀 안에서 그가 진행시키게 될 극도로 세분된 절차를, 정확한 시간대에 따라서 펼쳐질 고도로 정확한 동작을 되새긴다. 지금 그는 손목시계를 들여다보기까지 한다(앞으로 다가올 시간 동안 그가 종종 하게 될 행위. 끝이 날 때까지 관련자 전원이 그치지 않고 되풀이하게 될 행위).

대화가 시작된다. 빠르게. 시몽 랭브르의 육체와 밀착된 말들이 오간다. 레미주는 세 가지 사항에 관해 레볼의 생각을 알아본다. 뇌사 진단이 내려진 맥락(지금 어느 단계인가요?), 환자에 대한 의학적 소견(사망 원인, 병력, 이식 실현 가능성), 그리고 끝으로 가족과의 관계(급작스러운 사고였는데 가족에게 알릴 수 있었나요? 가족이 와 있나요?). 이 마지막 질문에 대해 레볼은 아니라고 대답한 뒤 부연 설명을 한다. 방금 환자 어머니만 만났습니다. 오케이. 준비하죠. 레미주는 소름이 돋는다. 추워서다(그는 벌거벗은 상태다. 그 사실을 떠올려야 한다).

잠시 뒤, 헬멧을 쓰고 장갑을 끼고 부츠를 신고 점퍼를 입고 끝까지 지퍼를 올리고 목에 인디고 블루 빛깔의 머플러를 칭칭 감은 토마 레미주가 오토바이에 올라 병원 쪽을 향해 시동을 건다(헬멧을 쓰기 전, 산속 협곡이나 협로에서 소리가 울리듯 조용한 거리에서 자신의 발걸음이 만들어 내는 울림에 귀 기울였을 것이다). 엔진에 시동 거는 일은 손목 한 번 돌리는 것으로 충분하다. 그러고는 저지대를 가르며 곧게 뻗어 나가는 도로(그보다 조금 앞서 마리안이 달렸던 길과 나란히 뻗은 도로)를 따라서 마찬가지로 동쪽을 향해 달린다. 유명 정치인이나 군인의 이름을 딴, 르네코티 가, 르 마레샬조프르 가, 아리스티드브리앙 가(염소수염과 턱수염을 떠올리게 하는 이름들. 불룩 나온 배와 조끼 호주머니에 넣은 회중시계를 떠올리게 하는 이름들. 펠트 모자를 떠올리게 하는 이름들), 베르딩 가를 차례차례 뚫고 지나간다. 도시를 벗어나는 곳의 입체 교차로까지 그런 식으로 달려간다. 풀페이스 헬멧 때문에 그는 노래를 부를 수는 없다. 하지만 어떤 날들엔 두려움과 행복감이 뒤섞인 감정이 넘쳐흘러, 안면 가리개를 올리고 회랑 도시의 도로를 달리며 목청을 울려 본다.

얼마 뒤, 병원. 토마는 대양처럼 넓은 이 공간을 훤히 꿰고 있다. 2층의 장기 이식 센터 사무실로 통하는 계단까지 가려면 목적지를 향해 대각선을 그리며 쭉 나아가야 하는 그 공간을. 하지만 그날 아침, 그는 그 조직 바깥에 있는 사람인 양 잔뜩 경계심을 보이며 외부인처럼 그곳으로 들어간다. 그 지역의 다른 병원(장기를 적출할 권한이 없는 기관들)에 들어서듯 그렇게 그곳에 들어선다. 붉게 충혈된 두 눈에 청바지와 두툼한 검은색 패딩을 입은 남자 둘이 조용히 기다리고 있는 안내 데스크 앞을 빠르게 지나치다가 통짜 눈썹의 여자에게 손짓으로 인사를 건넨다. 그가 대기 중임을 알고 있던 그녀는 그가 급하게 들어오는 것을 보며 어떤 소생의학과 환자가 방금 잠재적 기증자가 되었음을 짐작하고 그저 눈짓으로 그의 인사에 답하고 만다(병원에서 코디네이터 간호사의 등장은 늘 미묘한 시퀀스가 된다. 무슨 일이 진행 중인지를 알지 못하는 환자의 가족들이 코디네이터가 자신이 등장한 이유를 제3자에게 알리는 말을 듣고서 그들의 아이나 형제나 연인의 상태를 파악하게 되고, 그 소식에 정통으로 맞닥뜨리게 될 수도 있다. 그건 앞으로 치러야 할 면담을 생각하면 좋을 것이 하나도 없다).

자신의 본거지에 자리 잡은 레볼은 책상 뒤에 선 채로 눈썹을 들어 올리며(두 눈이 커지고 이마에는 주름이 잡힌다) 토마에게 시몽 랭브르의 의료 차트를 내민다. 그리고 둘 사이의 전화 대화를 이어 가기라도 하듯 그에게 말을 건넨다. 열아홉 살 청년, 신경학적 검사 무반응, 통증 자극 무반응, 뇌 신경 반사 전혀 없음, 동공에 움직임 없음, 혈액 순환 상태는 안정적. 환자 어머니는 만났고 아버지는 두 시간 뒤 도착한답니다. 토마가 손목시계를 흘깃 바라본다. 두 시간 뒤요? 커피포트 바닥에 깔려 있던 예의 그 커피를 삐걱대는 소리가 나는 컵에 졸졸 따른다. 레볼이 말을 잇는다. 조금 전에 첫 번째 EEG[19]를 부탁했고, 지금 진행 중이에요. 달리기 경주의 출발선에서 울리는 총소리와 같은 말. 레볼은 그 검사를 지시함으로써 젊은이의 사망을 증명하는 데 필요한 법적 절차(이를 위해 레볼이 사용할 수 있는 매뉴얼은 두 가지. 하

19 *electroencephalogram*. 뇌파 검사, 혹은 뇌전도 검사라고 한다. 뇌의 활동에 의하여 일어나는 전류인 〈뇌파〉의 흐름이 그래프의 선으로 나타나게 된다.

나는 스캐너를 이용한 뇌혈관 촬영술로서 뇌사라면 영상에 두강 내 혈류 부재가 나타난다. 다른 하나는 30분짜리 EEG를 네 시간 간격을 두고 두 차례 실시하여 모든 두뇌 활동이 사라졌음을 가리키는 그 평탄 뇌파가 나타남을 보여 주는 것이다)를 밟기 시작했음을 의미하기 때문이다. 토마는 그 신호를 포착하고 입을 연다. 장기들에 대한 평가에 곧 들어갈 수 있겠군요. 레볼이 고개를 끄덕인다. *I know*(그래요).

두 사람은 복도로 나가자마자 제 갈 길을 간다. 레볼은 오전에 들어온 환자들을 한 번 더 들여다보기 위해 집중 관찰실로 다시 올라간다. 레미주는 자기 사무실로 돌아가 지체 없이 녹색 서류 파일을 연다. 그는 주의 깊게 서류들(마리안이 넘겨준 정보들, 긴급 구조대의 보고서, 그날의 검사 및 스캔 결과들)을 넘겨 보면서 그 일에 빠져든다. 수치들을 외우고 데이터들을 비교한다. 차츰차츰 시몽의 육체가 어떤 상태인지에 대한 판단이 또렷이 형성된다. 일종의 우려가 그를 엄습한다. 앞으로 밟아 나갈 절차의 단계들과 지표들을 익히 알고 있다 해도, 그 절차가 기름칠이 잘 되어 있는 소형 기계 장치와 얼마나 다른지 또한 잘 알고 있어서다. 그건 정해진 문장들을 읊조린다고, 체크 리스트의 각 항목에 사선으로 줄을 긋는다고 굴러가는 톱니바퀴가 아니다. 그것은

Terra incognita(미지의 세계)이다.

그리고 나서 그는 목청을 틔우고 생드니에 있는 생체 의학국에 전화를 건다. 이제 그 단계까지 갔다.

거리 또한 고요하다. 세상의 나머지 다른 곳과 마찬
가지로 고요하고 모노톤이다. 그 참사가 주변과 장소,
사물로까지 번졌다. 재앙. 모든 것이 그날 아침 절벽 뒤
편에서 일어났던 일, 울긋불긋하게 칠한 소형 트럭이 전
속력으로 달려오다가 도로 푯말에 부딪혀 박살이 나고
튀어 나간 젊은이가 머리부터 유리창과 충돌한 사건, 그
일에 맞추려는 것만 같다. 바깥세상이 그 사건의 여파
를 흡수하고 여진을 집어삼키고 마지막 떨림까지 남김
없이 빨아먹기라도 한 듯. 충격파의 진폭이 줄어들며 길
게 늘어지다가 약해져 평평한 하나의 선이 되기라도 한
듯. 공간 속으로 뻗어 나가 다른 선들 전부와 뒤섞이고
세상의 폭력을 구성하는 무수히 많은 다른 선들과 한데
합쳐져 버린 그 단순한 선. 그 슬픔과 잔해의 뭉치. 시선
을 아무리 먼 곳까지 던져 보아도 아무것도 없다. 빛의
터치도, 황금색이니 양홍색이니 하는 선명한 색의 반짝

임도, 열린 창문으로 흘러나오는 노랫가락도(솟구치는 록 한 구절이나 그토록 감상적인 노랫말을 외우고 있다는 사실이 살짝 민망해도 행복하게 웃음을 터뜨려 가며 후렴구를 따라 부르던 선율 한 자락도), 커피나 꽃향기도, 향신료 냄새도, 아무것도 없다. 공을 쫓아 달려가는 빨간 뺨의 어린아이도, 보도 위로 굴러가는 납작 구슬을 눈으로 쫓으며 무릎에 턱을 괴고 쭈그려 앉아 있는 어린아이도 없다. 외침도, 서로를 부르거나 사랑의 말을 속살거리는 사람 목소리도 없다. 신생아의 울음소리도 없다. 일상의 흐름 속에서 겨울철 아침의 무의미하고 단순한 행위에 열중하는 단 하나의 생명체도 없다. 그 무엇도 기계적인 걸음과 흐느적거리는 모습으로 자동인형처럼 나아가는 마리안의 비탄을 모욕하려고 끼어들지 않는다. 이 비통한 날에. 그녀는 나지막하게 그 말을 되뇐다. 그 말이 어디서부터 흘러나오는지 알지 못한다. 신발 코에 눈길을 준 채 그 말을 한다. 그 말은 그녀의 주눅 든 발소리에 맞추어 반주처럼 울린다. 규칙적인 발소리가 지금으로선 그녀가 해야 할 일은 오직 한 걸음 또 한 걸음 내딛다가 어딘가 자리 잡고 앉아서 뭔가를 마시는 일이라는 생각조차 하지 못하게 막는다. 그녀가 느릿하게 카페를 향해 나아간다. 일요일에도 연다는 것을 알고 있는 곳. 그녀가 기진해서 가 닿은 피난처. 이 비통한 날에, 오 하느님, 간구합니다. 그녀는 묵주 알을 넘기듯 그 말의 음절 하나하나를 끊어 발음하면서 계속해서 속삭이고 또 속삭인다. 그녀가 입 밖으로 소리 내어 기도를 올리지 않게 된 것이 언제부터였던가? 멈추지 않고 계속 걸을 수 있다면 좋으련만.

그녀가 문을 밀었다. 실내는 어둡다. 간밤의 일탈의 흔적들. 식은 재 냄새. 바슝의 노래. 「작은 만(灣) 안쪽 항아리 도둑」. 카운터로 다가간다. 카운터 너머로 몸을 기울인다. 목이 마르다. 기다리고 싶지 않다. 누구 없어요? 어떤 남자가 부엌에서 나타난다. 체구가 엄청나고 면 스웨터를 맨살에 껴입고 부드러운 천의 청바지를 걸치고 침대에서 막 뛰쳐나온 듯 머리 타래가 뒤엉켜 있다. 있어요, 암, 있지요, 누구 있답니다. 일단 그녀와 마주하자 다시 점잖게 응대한다. 자, 뭘 드릴까요? 진(가까스로 알아들을 수 있는 마리안의 목소리. 다급한 숨소리). 남자는 반지 낀 두 손으로 머리를 쓸어 넘긴다. 그리고 나서 이곳에서 본 적이 있는 그 여자를 흘끔거리면서 컵을 하나 헹군다. 괜찮아요? 마리안은 눈길을 피한다. 좀 앉을게요. 카페 저 안쪽 벽에 고정시켜 놓은 커다란 거울이 그녀가 알아볼 수 없는 얼굴을 되돌려 준다. 그녀가 고개를 돌려 버린다.

두 눈 감지 않기. 노래 듣기. 카운터 위쪽에 진열되어 있는 병들 세기. 컵 모양 관찰하기. 포스터 읽기. 〈너의

98

메아리가 아직도 남아 있는 그곳.〉속임수를 써서 폭력 따돌리기. 빠르게 생겨난 시몽의 이미지들이 노략질하듯 잇달아 그녀를 공격해 오면 그 파상 공격을 막아 낼 제방을 쌓고 가능하다면 그 이미지들을 각목을 휘둘러 멀리 쫓아 보내기. 하지만 그 이미지들은 벌써 추억으로 구축된다. 기억의 시퀀스들로 이뤄진 19년. 하나의 덩어리. 그 모든 것을 멀찌감치 떼놓기. 그녀가 레볼의 그 골방 같은 사무실에서 시몽을 떠올렸을 때 갑자기 들이닥쳤던 기억의 폭발이 그녀로서는 무능하게도 통제도 축소도 할 수 없는 고통을 그녀의 가슴속에 심어 놓았다. 고통을 다스리려면 기억을 뇌 속에 자리 잡게 한 뒤 초정밀 컴퓨터가 인도하는 주사기 바늘로 마비 용액을 주입해야 하리라. 하지만 그녀가 모르고 있는 것이 하나 있다. 기억은 몸 전체의 소관이라서, 그녀는 뇌 속에서 그저 행위의 동력, 기억할 수 있는 능력만을 발견하게 될 것이다. 〈난 그 머리통 속에서 한 철 일했네.〉

차분하게 생각을 해보고 모아들이고 정리를 해서 손이 무방비 상태로 도착하면 명확한 문장으로 말할 수 있어야 한다. 조리 있게 문장들을 엮어 가야 한다. 첫째, 시몽은 사고를 당했다. 둘째, 지금 코마 상태다(진 한 모금). 〈스피츠 조련사, 수로 폭파범.〉셋째, 시몽의 상태는 돌이킬 수 없다(그녀는 진을 꿀꺽 삼키면서 이 말에 대해 생각한다). 그에게 또박또박 들려줘야 할 돌이킬 수 없다는 말. 현재의 상황을 굳혀 버리는 그 표현. 생명은 끊임없이 움직인다고, 그 어떤 상황도 역전이 가능하다고 주장하면서 절대로 입에 담지 않는 그 말. 그 무엇도 돌이킬 수 없는 건 없어, 그 무엇도. 그녀는 걸핏하면 그렇게 주장해 버릇한다(그럴 때 그녀는 가벼운 어조를 취하고, 낙담한 사람을 부드럽게 다독이듯이 문장을 리드미컬하게 말한다. 그 무엇도 돌이킬 수 없는 것은 없어, 죽음이나 장애를 빼면. 그러고는 어쩌면 뱅글, 제자리에서 한 바퀴 돌려나. 어쩌면 스텝을 밟으려나). 하지만 시몽, 그 아이는 아니다. 시몽, 그 아이는 돌이킬 수 없다.

손의 얼굴(인디언다운 눈꺼풀 아래 옆으로 길게 자리 잡은 눈매)이 휴대폰 화면에 환하게 떠오른다. 마리안, 전화했었네. 갑자기 눈물(고통의 화학적 작용)이 쏟아져서 한마디 말도 할 수 없는데 손이 다시 부른다. 마리안? 마리안? 그는 아마도 좁은 부두에서 울려 퍼지는 파도 소리의 훼방으로 소리가 잘 들리지 않는다고 생각했을 것이다. 아마도 침, 콧물, 눈물을 전파의 잡음으로 혼동했을 것이다. 그동안 그녀는 손등을 깨물며 그토록 사랑하는 목소리가, 오직 하나의 목소리만이 그럴 수 있듯이 친숙했던, 그러나 갑자기 낯설게 바뀐 그 목소리가 불러일으키는 공포로 얼어붙었다. 끔찍하도록 낯설 수

밖에 없다. 그 목소리는 시몽이 겪은 사고가 일어난 적이 없었던 시공간에서, 이 텅 빈 카페로부터 몇 광년은 떨어진 흠결 없는 세계에서 솟아난 것이니까. 그건 이제 불협화음을 낳았다. 그 목소리는. 세상을 혼란에 빠트렸고 그녀의 뇌를 찢어발겼다. 그건 이전의 삶의 목소리였으니까. 마리안은 자신의 이름을 부르는 그 남자의 목소리를 듣고 눈물을 흘리며, 시간의 흐름 속에서 무사히 살아남아 시간의 되돌림이 불가능함을 보여 줌으로써 고통을 촉발하는 것들을 마주하면 가끔씩 느끼게 되는 감정에 휘둘린다(시간이 어느 방향으로 흐르는지, 시간이 선적인지 아니면 훌라후프처럼 빠르게 도는 원들을 그리는지, 시간이 완결된 원들을 만드는지 아니면 소라 껍질의 나선형처럼 말리는지, 시간이 파도가 꺾이며 생성된 튜브, 그 어두운 이면으로 바다와 우주 전체를 빨아들이는 거대한 튜브의 형체를 띠는지를 어느 날엔가는 그녀가 알아야 하리라. 그렇다. 흐르는 시간이 무엇으로 이루어지는지를 그녀가 이해해야 하리라). 마리안은 손에 든 휴대폰을 꼭 쥔다. 말해 줘야 한다는 두려움. 손의 목소리를 파괴하는 것에 대한 두려움. 지금 그대로의 손의 목소리를 다시 들을 기회가 그녀에게 더 이상 주어지지 않으리라는, 시몽이 비가역 코마 상태에 빠지기 이전의 그 사라진 시간을 체험할 기회가 다시는 결코 주어지지 않으리라는 것에 대한 두려움. 하지만 그녀는 자신이 그 목소리의 시간 착오에 종지부를 찍고 그 목소리를 여기, 비극적 사건의 현재 속에 다시 뿌리내리게 해야 한다는 걸 안다. 그녀는 자신이 그래야만 한다는 것을 안다. 그녀가 마침내 이야기를 꺼내는 데 성공한다. 구체적이지도 정확하지도 않은 횡설수설이다. 그래서 손마저 공포에 먹혀 버려(무슨 일인가 벌어졌구나. 뭔가 아주 심각한 일) 침착함을 잃고서 짜증을 내며 캐묻기 시작한다. 시몽 이야기야? 시몽이 뭐? 서핑이 어쨌다고? 사고라니, 어디서? 그의 목소리의 결에서도 화면에 뜬 사진처럼 뚜렷하게 그의 얼굴이 떠오른다. 그녀는 그가 시몽이 익사했다고 추론할 수도 있겠다는 생각이 들자 말을 고친다. 단음절들이 모여서 문장이 되고, 문장들은 차츰차츰 정돈이 되면서 의미를 띠어 간다. 곧 그녀가 자신이 알고 있는 모든 것을 조리 있게 쏟아 놓고, 손이 비명을 지르자 눈을 감고 휴대폰을 흉골 부위에 갖다 댄다. 그러고는 다시 정신을 추스르며 재빨리 정확하게 상황을 보고한다. 그래, 시몽의 생존 가능성은 희박하대. 코마 상태야. 하지만 아직 살아 있어. 이번에는 손이 얼굴이 일그러져서, 그녀처럼 일그러져서 대답한다. 곧 갈게. 금방 갈 수 있어. 지금 어디지? (이제 그의 목소리는 투항을 선언한다. 그 목소리가 마리안과 합류했다. 행복한 사람들과 저주받은 사람들을 가르는 얇을 막을 꿰뚫었다.) 기다려.

마리안은 기운을 짜내어 카페 이름 르 발토(그 항구
도시에서 같은 이름을 사용하는 카페가 한두 개가 아
니다)와 그 위치를 정확하게 그에게 알려 주었다(그녀
가 처음 이곳에 들어섰던 날은 장대비가 쏟아졌더랬다.
10월이었다. 그러니까 4개월 전. 그녀가 문화유산 관리
국의 청탁으로 기사 작성에 매달려 있던 시기였다. 그
녀는 생조제프 성당과 오스카르 니에메예르가 르아브
르의 예술의 전당에 만든 문화 공간 〈볼캉〉, 그리고 페
레가 디자인한 건물의 모델 하우스를 꼭 다시 둘러보고
싶었다. 그녀는 그 콘크리트 구조물들의 동선과 조형적
급진성을 사랑했다. 하지만 수첩이 빗물에 젖어 들기
시작하자, 빗물을 뚝뚝 떨구면서 바에 들어섰고 곧바로
위스키를 스트레이트로 한 잔 쭉 들이켰다. 손은 아무
것도 안 들고 아파트를 나가서 이미 작업실에서 지내기
시작했을 때였다).

그녀는 구석의 거울에서 자신의 실루엣을 알아본다.
그러고 나니 얼굴이 눈에 들어온다. 그 모든 시간 뒤에,
그렇게 침묵을 쌓아 온 뒤에 그가 다시 보게 될 얼굴. 그
녀는 오랫동안 이 순간을 생각해 왔고, 그때가 되면 아
주 예쁘게, 아직 그렇게 보일 수 있으니까 예쁘게 보이
리라고, 그의 마음을 움직이지는 못하더라도 눈부셔하
며 바라보게는 만들겠다고 다짐했더랬다. 하지만 눈물
이 마르면서 피부가 땅겼고 진흙 마스크라도 덮어쓴 듯

건조했고, 그가 찬찬히 들여다보기를 좋아하는 그 아주
연한 녹색의 눈빛은 부어오른 눈꺼풀의 미약한 팔랑임
사이로 간간히 드러날 뿐이다.

그녀는 진이 든 술잔을 단번에 비운다. 그러자 그가
거기, 그녀의 눈앞에 와 있다. 해쓱하고 초췌하다. 미세
한 톱밥 가루들이 머리카락 여기저기에 들러붙어 있고
옷 주름마다, 스웨터의 올마다 박혀 있다. 그녀가 일어
선다. 급작스러운 움직임. 의자가 뒤로 나동그라진다
(바닥을 울리는 요란한 소리). 하지만 그녀는 뒤돌아보
지 않는다. 한 손은 흔들리는 몸을 지탱하려고 탁자를
짚고 다른 한 손은 축 늘어뜨린 채 그의 앞에 똑바로 선
다. 두 사람은 찰나의 순간 서로를 바라본다. 그리고 내
딛는 한 걸음. 서로를 껴안는다. 무시무시한 힘의 포옹.
마치 상대방을 자기 안에 으깨어 넣기라도 하려는 것 같
다. 머리통이 쪼개져라 밀착된 머리들. 가슴팍에 파묻혀
산산조각 날 것 같은 어깨들. 죽어라 껴안느라 고통스
러운 팔들. 두 사람은 목도리, 윗도리, 외투의 회오리 속
에서 뒤엉킨다. 사이클론에 맞서 암벽처럼 버티려고 부
둥켜안을 때, 허공으로 몸을 날리기 전 돌처럼 굳어 끌
어안을 때의 그런 포옹. 어쨌든 세상 끝 날의 그 무엇.
그 순간, 그것은 그 둘을 같은 시간, 정확하게 같은 시
간 속에서 서로 접속하게 만드는 몸짓이자(입술끼리 부

덫힌다) 둘 사이의 거리를 강조하는 동시에 없애 버리는 몸짓이기도 하다. 그 둘이 서로를 풀어 줄 때, 그 둘이 마침내 서로를 놓아줄 때, 얼이 빠지고 기진맥진한 그 두 사람은 흡사 조난자들이다.

일단 자리에 앉자 숀은 마리안의 잔을 냄새 맡는다. 진? 마리안이 미소 짓고(억지웃음) 그에게 메뉴판을 보여 주며 이 일요일에 점심으로 주문할 수 있는 것들을 몽땅 읽어 주기 시작한다. 예를 들어, 크로크무슈, 크로크마담, 페리고르 지방식 샐러드, 감자를 곁들인 대구 훈제 요리, 계란 오믈렛, 프로방스풍의 타르틴, 튀긴 소시지, 캐러멜 크림, 바닐라 크림, 사과 타르트, 그러고도 할 수만 있다면 메뉴판 전체를 읽고 처음부터 전부 다시 읽고 또 읽어 불행을 알리는 검은 새의 역할을 할 시간을, 그 어둠과 눈물의 깃털을 둘러써야 할 순간을 늦추리라. 그는 아무 말도 없이 바라보면서 그녀가 하는 대로 내버려 둔다. 그러다가 초조함에 굴복하여 그녀의 손목을 잡는다. 그의 손아귀가 가느다란 손목에 수갑처럼 감기며 동맥을 눌러 온다. 제발, 그만해. 그 역시 진을 한 잔 청한다.

그 순간 마리안이 용기로 무장했다(무장, 그렇다. 바로 그거다. 그녀가 갑옷처럼 둘러쓴 이 노골적 공격성이 두 사람이 포옹하고 난 뒤로 계속해서 증가하고 있다.

마치 전방을 향해 단도 날을 휘둘러 자신을 보호하려는
것 같다). 그러고는 의자 위에 꼿꼿이 앉은 채로 그녀가
준비했던 세 가지 문장을 쏟아 냈다(그녀의 두 눈은 흔
들림 없이 응시한다). 숀은 마지막 문장(〈돌이킬 수 없
다〉는 말)을 듣자 고개를 흔든다. 그의 얼굴이 동요하며
뒤틀린다. 아니야, 아니야, 아니야. 그러더니 몸을 일으
킨다. 육중하다. 테이블이 밀쳐진다(진이 잔 밖으로 넘
친다). 무거운 물건을 운반하는 사람처럼 두 팔을 축 늘
어뜨리고 주먹을 꼭 쥔 채 문을 향해 걸어간다. 누군가
의 면상을 갈기려고 나서는, 이미 시비 붙을 사람을 찾
고 있는 남자의 걸음걸이. 문을 열고 문밖으로 나서는가
싶더니 급하게 몸을 돌려, 바닥에 길게 뻗어 있는 빛줄
기 속을 걸어 그들이 차지하고 있던 테이블 쪽으로 되돌
아온다. 역광을 받은 그의 실루엣은 잿빛 후광에 감싸여
있다. 그를 뒤덮은 톱밥이 그의 발이 바닥을 찰 때마다
허공으로 날아오른다. 그의 몸에서 김이 난다. 게다가
곧 공격에 나설 듯 상반신이 앞으로 기울어져 있다. 일
단 테이블에 도달하자 진이 든 술잔을 집어 든다. 이번
에는 그가 한 번에 비워 버린다. 그러더니 이미 목도리
를 다시 매고 있는 마리안을 향해 말을 던진다. 가자.

병실은 흐릿한 빛 속에 잠겨 있다. 바닥에는 블라인드 사이로 응결된 하늘이 비친다. 사실 방 안에 있는 기계 장치, 가구, 사람을 알아보려면 눈이 적응해야 한다. 시몽 랭브르가 거기 있다. 두 겹의 시트는 가슴까지 끌어올려지고 침대에 등을 대고 누워 있다. 호흡 보조 장치가 달려 있다. 숨을 들이쉴 때마다 시트가 살짝 들린다. 미약하지만 알아차릴 수 있는 움직임. 잠이 든 것만 같다. 병동의 웅성거림은 한풀 꺾인 채로 스며들 뿐이다. 전기 장치에서 발생하는 항시적 진동음이 바로크 음악의 통주저음(通奏低音)처럼 침묵을 파고드나, 침묵을 더욱 두드러지게 할 뿐이다. 이건 그저 평범한 병실로 보일 수도 있다. 그렇다. 한껏 누그러뜨린 어슴푸레한 빛과 마치 그 장소가 병원 밖에 위치하기라도 한 것 같은 그 후미진 느낌이 없다면, 그렇게 믿을 수도 있으리라. 더는 아무런 시도도 일어나지 않는 기압 낮춘 우묵한 공간.

그들은 차 안에서 아무런 말도 나누지 않았다. 아무 말도, 더 할 말이 없었다. 숀은 바 앞에 세워 둔 자신의 차(그가 만든 경주용 보트들과 시몽이 모아들이고 여기 저기서 빌린 서프보드들, 〈쇼트보드〉나 〈피시〉들을 마구 쟁여 둔 낡아 빠진 라이트 밴)를 내버려 두고 마리안의 차에 올랐다. 처음 있는 일이었다. 그녀가 두 팔을 나란히 장작개비처럼 뻣뻣하게 뻗고서 운전을 했다. 그동안 숀은 차창 쪽으로 얼굴을 향한 채 가끔씩 교통 상황에 관한 말을 한마디씩 내뱉었다. 흐름이 좋군(그들과 한편이 되어 병상에 누운 아들 곁으로 서둘러 그들을 데려다 주는 흐름. 하지만 꼭 그만큼, 전화벨 소리가 처음 울린 뒤로 도망갈 구멍이라고는 없는 불행을 향해 그들을 내모는 흐름. 그 무엇도 병원으로 가는 그들의 걸음을 방해하거나 늦추러 오지 않을 테니). 당연히, 반전에 대한 생각이 같은 순간 두 사람의 뇌리를 스쳐 갔다(스캔 이미지의 전도, 사진의 뒤바뀜, 판독 실수, 검사 결과서의 오타, 컴퓨터의 버그. 그런 일이 발생하기도 하지 않던가. 그렇다. 가끔 갓난아이 둘이 분만실에서 바뀐다든가, 아니면 수술실로 실려 온 환자가 수술 예정이었던 그 환자가 아닌 일이 벌어지는 것과 마찬가지다. 병원은 무오류의 장소가 아니다). 그렇다 해도 두 사람이 그런 걸 정말로 믿을 수는 없었고, 특히 그런 생각을 서로에게 털어놓을 수는 없었다. 그러는 새 외관이 매끈하고 유리를 끼운 건물들이 눈앞에서 점점 커지더니 앞 유리창을 덮칠 듯이 다가왔다. 그리고 지금, 두 사람은 그 병실에서 더듬더듬 시몽을 찾아간다.

마리안이 시몽에게, 그녀의 눈에 그토록 길어 보인 적이 없었던 시몽의 그 육체에 가까이 다가갈 수 있는 한 가까이 다가간다. 이렇게 가까이에서 본 것이 얼마나 오랜만인지 모른다(욕실에 틀어박혀 나오질 않던 시몽의 수줍음. 그때부터 그는 자기를 제외한 사람들은 모두 자기 방에 노크하기를 요구하거나 젊은 수도승처럼 타월로 온몸을 감싸고 집 안을 가로지르곤 했다). 마리안은 아이의 숨결을 느껴 보려고 아이의 입 위로 몸을 수그리고, 아이의 심장 소리를 들어 보려고 가슴에 뺨을 갖다 댄다. 아이가 숨을 쉰다. 그것이 느껴진다. 아이의 가슴이 뛴다. 그 소리가 들린다(그녀는 어느 가을날 오후, 오데옹의 초음파 검진 센터에서, 화면 위에서는 빛나는 얼룩들이 그저 덩어리를 이루고 있을 뿐인데도 최초의 심장 박동이, 또렷하게 쿵쿵거리는 원초적 뜀박질 소리가 들렸던 것을 생각하고 있을까?) 그녀가 몸을 일으켜 세운다. 시몽의 머리에는 붕대가 감겨 있다. 앞모습은 상하지 않고 그대로다. 그렇다. 그런데 표정도 그대로일까? 궁금증이 솟구쳐 오르자 아이의 이마를, 안와골을, 눈썹 선을, 눈꺼풀 밑의 눈의 형태(오목하고 매

끄러운 피부로 이루어진 눈의 안쪽 끝부분의 작은 공간
까지)를 꼼꼼하게 살핀다. 억센 코, 끝이 살짝 말려 올
라가는 두툼한 입술, 움푹한 볼, 가느다란 수염이 돋아
난 턱을 알아보겠다. 그렇다. 그 모든 게 여기 있다. 하
지만 시몽의 표정은, 그 아이 안에서 살며 사고하는 그
모든 것은, 그에게 생명력을 부여하는 그 모든 것은, 과
연 그것은 전부 다 되돌아올까? 그녀의 다리가 풀어지
며 비틀거린다. 이동식 침대에 매달린다. 링거 병이 흔
들린다. 그녀를 둘러싼 공간이 출렁인다. 손의 실루엣
이 빗줄기가 세차게 때리는 유리창 뒤에 서 있기라도 한
듯 흐릿하다. 그는 침대의 반대편 가장자리로 다가가서
마리안과 마주 보는 위치에 서 있었다. 지금 그가 아들
의 손을 잡는다. 그는 가까스로 살짝 벌린 입술로 싸늘
하게 얼어붙은 배 안쪽으로부터 그 이름을 어렵게 끌어
올린다. 시몽. 우리가 왔다. 너와 함께 있어. 내 말 들리
니, 시몽, 〈마이 보이〉, 우리가 여기 있어. 그는 누워 있는
젊은이의 이마에 자신의 이마를 갖다 댄다. 피부에는 여
전히 온기가 돈다. 그리고 이건 분명히 그 아이의 냄새
다. 모직물과 면직물의 냄새, 바다 냄새. 그리고 아마 그
는 그들 둘만을 위한 말들, 그 누구도 들을 수 없고 우리
로서는 절대로 알 수 없을 말들을 속삭이기 시작하리라.
폴리네시아 섬의 시원적 언어. 혹은 변질되지 않고 언어
의 그 모든 두터운 층들을 가로질렀을 마나의, 영적 힘

을 지닌 언어. 오롯이 타오르는 불길로 붉은빛 도는 조약돌들. 고갈되지 않는 그 조밀하고 느릿한 물질. 그 지혜. 그렇게 2~3분 동안 있다가 그가 몸을 일으킨다. 그의 눈과 마리안의 눈이 마주치고, 두 사람의 손이 그들의 아이의 가슴 위에서 서로 스친다. 그 바람에 젊은이의 상반신에서 시트가 미끄러지며 그들이 만져 본 적 없는 그 마오리족의 문신이, 어깨에서부터 시작되어 움푹 파인 쇄골을 지나 견갑골로 뻗어 나간 식물 모티브의 디자인이 드러난다(시몽은 열다섯 살이 되던 여름, 바스크 지방에서 열렸던 방학 서핑 캠프에서 피부에 표식을 남겼다. 내 몸은 나의 것임을 단호하게 밝히는 방법. 자신도 등 전체에 문신을 새겨 넣은 손이 차분하게 그 의미에 대해서, 그런 도안의 선택과 문신의 위치에 대해 질문하며 혹시 아들이 자신의 눈두덩에 남아 있는 혼혈의 흔적을 가리키려 한 것인지를 이해하려고 애쓸 때, 마리안은 그 행위를 쉽게 받아넘기지 못했다. 시몽은 너무 어렸다. 그녀는 신경질적으로 아들에게 말했더랬다. 네 문신, 그거 평생 돌이킬 수 없다는 건 알지? 그리고 그 말이 부메랑이 되어 그녀에게 되돌아온다. 돌이킬 수 없음. 비가역).

레볼이 막 병실로 들어섰다. 손이 돌아보고 레볼에게 설명을 요구한다. 아이의 심장이 뛰는 소리가 들립니다

(그 순간 기계가 웅웅거리는 소리가 더 커진 듯하다). 그러더니 한 번 더 힘주어 말한다. 아이 심장이 뛰어요, 그렇지 않나요? 그럼요. 레볼이 동조한다. 기계 장치 덕분에 심장이 뛰고 있습니다. 나중에 뵙겠습니다. 그러고는 레볼이 병실에서 나가려는 기미가 보이자, 숀이 다시 그를 불러 세운다. 왜 아이가 도착하자마자 수술을 하지 않았죠? 의사는 공격적인 긴장감을, 분노로 급선회할 절망을 간파한다. 게다가 아이 아버지는 술을 마셨다. 그의 숨에서 살짝 풍기는 알코올 냄새를 잡아낸다. 그래서 조심스럽게 설명을 시작한다. 수술을 할 수 없는 상황이었습니다. 피를 너무 많이, 너무 오랫동안 흘렸더군요. 시몽이 병원에 들어오자마자 응급으로 행한 스캔 결과를 보면 분명히 나와 있지요. 너무 늦었습니다. 대재앙 속에서 내보이는 그 확신, 동요의 강도가 점점 심해지는데도 오만에 가까워 보일 정도로 흔들림 없는 그 침착함 때문일까. 숀은 갑자기 언성을 높이면서 터져 버리고 만다. 당신들은 아무런 시도도 하지 않았잖아요! 레볼은 잠자코 인상을 쓸 뿐이다. 뭔가 대꾸해 보려다가 자신이 할 수 있는 일이라고는 입을 다무는 것밖에 없음을 느낀다. 게다가 누군가 노크를 한다. 그러더니 대답도 기다리지 않고 코르델리아 오울이 병실 안으로 들어온다.

그 젊은 여인은 얼굴에 약간의 물칠이나마 한 후 커피

도 한 잔 마시고 왔다. 밤샘 근무를 하고 난 다음 날 어떤 여자들은 그렇듯이 그녀 역시 아름답다. 그녀는 마리안과 숀에게 보일 듯 말 듯한 미소로 인사를 건네고 군말 없이 병상으로 다가간다. 체온을 잴 거예요. 그녀가 시몽에게 말을 건넨다. 레볼이 굳어 버린다. 마리안과 숀은 어리둥절해서 두 눈이 휘둥그레진다. 젊은 여인은 그들에게 등을 보인 채 중얼거린다. 자, 좋아요. 그러더니 모니터에서 혈압을 확인하고 말한다. 이제 요도관을 체크할 거예요. 소변을 봤는지 확인하려는 거죠(그녀는 거의 참아 내기 힘들 정도로 다정하게 군다). 레볼은 마리안과 숀 랭브르가 아연실색한 눈빛을 주고받는 것을 알아차린다. 간호사에게 중단하고 나가라는 지시를 내려야 하나 망설인다. 그러다가 움직이는 쪽을 택한다. 우리는 사무실로 가서 이야기를 나눠야겠군요. 이리 오세요. 병실에서 나가지 않으려고 버티면서 펄쩍 뛰는 마리안. 난 시몽과 있겠어요(머리 다발들이 얼굴 위로 늘어져서 허공에서 머리가 오가는 대로 따라서 움직인다). 그리고 숀도 마리안과 함께 제자리에서 버티기 시작한다. 그러자 레볼이 밀어붙인다. 아드님은 치료를 받아야 합니다. 그다음에 아드님을 보러 다시 오시면 됩니다.

다시 한 번 미로. 정신없이 뻗어 나가는 복도들. 다시 한 번 일하는 사람들의 모습, 소리들, 대기 줄. 링거를 확인하고, 처치하고, 혈압을 재고, 정성스레 위생 관리 (씻기기, 욕창)를 하고, 병실을 환기하고, 시트를 갈고, 바닥 청소를 하는 모습들. 그리고 다시 한 번 레볼과 그의 휘청거리는 걸음걸이. 다시 한 번 그의 등 뒤에서 펄럭이는 하얀 가운 자락. 무척 협소한 사무실과 얼음장처럼 차가운 의자들. 다시 한 번 회전의자와 손바닥에서 굴리는 유리 공. 바로 그 순간 토마 레미주가 문을 똑똑 두드린다. 그는 곧바로 방 안으로 들어와 시몽 랭브르의 부모에게 자신을 소개하고 신분을 밝힌다(저는 간호사고, 소생의학과에서 일하고 있습니다). 그러더니 그곳으로 밀어 준 등받이 없는 의자 위에, 레볼의 옆에 자리 잡는다. 그러니까, 이제 그 골방에 넷이서 앉아 있는 것이다. 레볼은 여기서는 숨이 턱턱 막혀 오니 자신이 속도를 내야겠다고 느낀다. 그래서 그는 차례차례로 그들을, 그 남자와 그 여자를, 시몽 랭브르의 부모를 조심스럽게 바라보며(다시 한 번, 말을 시작할 거라는 예고의 눈길) 분명하게 말한다. 시몽의 뇌는 더 이상 어떤 활동도 보이지 않고 있습니다. 30분짜리 EEG를 막 실시했는데, 평탄 뇌파를 보일 뿐이더군요. 이제 시몽은 비가역 코마 상태인 겁니다.

피에르 레볼은 다시 몸을 곧추세웠다. 등을 쫙 펴고 목을 쭉 뽑았다. 마치 윗 단계의 속도로 옮겨 가려는 듯.

114

오케이, 잔꾀는 이제 그만, 밀고 나가야 해. 마치 스스로를 격려하려는 듯. 근육이 빳빳하게 긴장했다. 아마도 그런 동작이, 둘 다 〈비가역〉이라는 용어를 받아들이고 대단원의 임박을 이해하고 있음을 보여 주는 마리안의 몸서리와 손의 비명을 뚫고 나가게 해주는 모양이다. 선고의 임박은 그들에게는 견딜 수 없는 것이다. 손은 눈꺼풀을 내리고 고개를 숙이며 엄지와 검지로 콧잔등을 누르며 중얼거린다. 해볼 건 다 해봤는지 확인하고 싶군요. 레볼이 상냥하게 그를 다독인다. 사고가 발생했을 때 충격이 너무 컸어요. 오늘 아침 병원에 왔을 당시 시몽의 상태는 절망적이었습니다. 우린 스캔 결과를 신경외과 전문의들에게 전달했고, 불행히도 외과적 수술을 해도 아무런 상태 변화가 없을 거라는 소견이 나왔습니다. 틀림없음을 제가 장담합니다. 그가 〈절망적이었다〉고 말했고 부모는 바닥만 뚫어져라 바라본다. 그들 안에서 균열이 일어나고 붕괴되려는 그 순간 갑작스럽게, 마지막 선고를 늦추려는 듯, 마리안이 끼어든다. 그래요. 하지만 코마에서 깨어나는 경우도 있죠. 그런 일이 벌어지잖아요. 심지어 몇 년씩이나 흐른 뒤에도. 그런 경우는 잔뜩 있어요, 안 그런가요? 이런 생각만으로도 그녀의 표정이 바뀐다. 빛의 번쩍임. 두 눈이 커다래진다. 그럼요. 코마 상태라면 그 무엇도 결정된 건 없는 거잖아요. 그녀도 그런 걸 알고 있다. 몇 해가 흐른 뒤

코마에서 깨어난 사람들의 이야기가 넘쳐흐르고 그런 이야기가 블로그, 포럼에 돌아다니고 그런 이야기들은 경이롭다. 레볼은 그녀의 시선을 단단히 붙든다. 그리고 단호하게 대답한다. 그렇지 않습니다(죽음으로 내모는 말). 그가 되풀이해서 말한다. 아드님에게서는 관계적 삶의 기능들이, 달리 말하자면 의식, 감각, 운동성이 완전히 사라졌습니다. 자율 신경 기능도 마찬가지고요. 호흡과 혈액 순환도 기계에 의존해야만 가능합니다(레볼은 풀어내고, 또 풀어낸다. 마치 증거 누적 방식을 택하기라도 한 것 같다. 그는 정보들을 나열하고, 정보를 하나 푼 뒤엔 반드시 잠깐의 시간을 둔다. 그러면서 어조는 줄곧 상승한다. 나쁜 소식들이 쌓여 가고 있음을, 그것들이 시몽의 육체 안에 빼곡히 들어차고 있음을 나타내는 방식. 어느덧 그의 말이 잦아들다가 마침내 완전히 멈춰 버리며 느닷없이 공간을 해체하듯 자기 앞에 펼쳐진 허공을 가리킨다).

「시몽은 뇌사 상태예요. 사망했어요. 죽었습니다.」

당연히, 그런 걸 입에 올리고 났으니 숨을 고르고 쉼표를 찍고 바닥으로 무너져 내리지 않기 위해 내이(內耳)의 흔들림을 안정시켜야 한다. 시선들이 서로 떨어진다. 레볼은 허리춤에서 울리는 호출 소리를 무시하며 손을 펴서 손바닥 위의 따뜻해진 오렌지빛 유리 공을 살핀다. 그는 기진맥진한 상태다. 그 남자와 그 여자에게 그들의 자식의 죽음을 통고하며 헛기침 한 번 하지 않고 목소리도 낮추지 않고 그 말들을 뱉었다. 〈사망〉이라는 말. 그리고 한술 더 떠서 〈죽음〉이라는 말을. 육체를 경직 상태로 굳히는 그 말들을. 그런데 시몽 랭브르의 육체는 경직되지 않았다. 바로 그게 문제다. 그 겉모습은 시체에 대해 사람들이 품는 생각에서 어긋나 있었다. 어쨌든 그의 육체는 차갑고 푸르스름하고 꼼짝 않고 있는 대신 따뜻하고 선명한 선홍색이었으며 움직임을 보이고 있었으니까.

비스듬한 눈길로 레볼은 마리안과 숀을 관찰한다(마리안은 홍채를 불태울 듯이 천장에 설치된 노란색 네온 등을 응시하고 있고, 숀은 허벅지에 팔뚝을 대고 바닥을 향해 고개를 푹 숙이고 있어서 솟아오른 양어깨 사이에 머리가 푹 파묻혔다). 두 사람은 아들의 병실에서 무엇을 볼 수 있었을까? 시몽의 망가진 내부와 평온한 외부 사이를, 안과 밖 사이를 연결 지을 수가 없는 문외한인 그들의 눈으로 무엇을 납득할 수 있었을까? 그들 아이의 육체는 그 어떤 가시적 징후도 내보이지 않았다. 육체를 읽는 것으로 진단을 가능하게 해주는 어떠한 육체적 징후도 내비치지 않았다(발바닥을 자극하는 것만으로도 뇌 손상 발견이 가능한 그 근사한 〈바빈스키 반사〉가 생각난다). 그곳에 누워 있는 육신은 그들이 무언가를 찾아내는 것을 용납하지 않고서 입을 꼭 다문 채 궤짝처럼 닫혀 있었다. 레미주의 휴대폰이 울린다. 죄송합니다. 펄쩍 뛰어 일어난 레미주가 재빨리 전화기를 꺼버리고 다시 자리에 앉는다. 마리안은 소스라치고 손, 그는 고개조차 들지 않는다. 미동도 없는 그의 널찍한 등은 굽은 채 암울하다.

레볼은 그 둘을 자신의 시야에서 놓지 않는다. 두 사람을 끈질기게 쫓는다. 그 둘의 존재 위로 렌즈를 옮겨다니듯 하는 시선. 그 두 사람은 그보다 살짝 어리다. 1960년대 말에 태어난 세대. 그들은 늘어난 평균 수명이 지금도 계속해서 늘어나고 있는 세상을, 죽음이 사람들의 시선에서 빠져나가 일상의 공간에서는 자취를 감추고 대신 전문가들이 죽음을 도맡는 병원으로 달아나 버린 세상을 살아간다. 저들이 시신과 그저 조우라도 해봤던 적이 있을까? 할머니의 임종을 지켰다든가, 익사자를 끄집어냈다든가, 생의 마지막에 이른 친구의 곁을 지켰다든가, 그런 경험이 있을까? 그들이 「바디 오브 프루프」, 「CSI」, 「식스 피트 언더」 등의 미국 드라마들에서 말고 다른 곳에서 죽은 사람을 본 적이 있을까? 레볼, 그는 가끔씩 텔레비전에 등장하는 영안실을 기웃거리기를 좋아하는데, 그곳에는 응급실 의사, 법의학자, 장의사, 시체 방부 보존 기술자, 과학 수사대의 거물들이 어슬렁거리고, 그들 사이에는 섹시하고 맛이 살짝 간 여자들이 섞여 있다(걸핏하면 혀의 피어싱을 내보이는 고딕풍으로 차려입은 여자나 세련되었으나 감정 기복이 심하고 늘 사랑에 목말라 있는 금발 여자가 제일 자주 보인다). 레볼은 그 작은 세계를 들여다보는 것이 재미있다. 푸르스름한 화면을 가로지르며 길게 누워 있는 시체를 둘러싸고서 그 세계의 구성원들이 수다를 떨고, 속내 이야기를 나누고, 서로를 뻔뻔하게 꼬시면서도 일에 집중하여 핀셋 끝으로 터럭 한 올을 들고 흔들거나 확대경으로 뾰루지를 꼼꼼히 관찰하고, 구강 점막에서 채취한 세포를 현미경 렌즈 밑에 놓고 분석하기도 한다. 늘 시간은 흘러야 하고 밤은 깊어져 새벽을 맞아야 하니까. 피부에 새겨진 흔적들을 밝히고, 그 피해자가 클럽을 갔는지, 감초 사탕을 빨았는지, 붉은색 육류를 탐식했는지, 위스키를 마셨는지, 어둠을 무서워했는지, 머리를 염색했는지, 화학 약품을 다뤘는지, 여러 명의 파트너와 성관계를 맺었는지를 말해 주는 육체를 판독하는 작업은 늘 긴급한 일이니까. 그렇다. 레볼은 가끔씩 그런 드라마들을 보는 걸 좋아한다. 하지만 레볼이 보기에 그런 드라마들은 죽음에 대해서 말해 주는 게 아무것도 없다. 시체를 관찰하고, 절단하고, 뒤집으면서 포커스를 온통 시체에 맞춰도, 시체가 화면을 가득 채워도 아무 소용없다. 그것은 시뮬라크르다. 그것이 자신의 비밀을 전부 다 넘기는 법이 없는 만큼, 그것이 하나의 잠재태

(서사와 드라마)로 남아 있는 만큼, 모든 게 마치 그것이 죽음과 멀찌감치 떨어져 있는 것처럼 진행된다.

숀과 마리안은 여전히 아무런 움직임도 보이지 않는다. 낙담? 용기? 존엄성? 레볼로서는 그들의 상태에 대해 알 길이 없다. 그런 만큼 그는 그들이 폭발하여 책상을 타고 넘고 서류 뭉치를 집어 던지고 지저분한 장식품들을 둘러엎고, 나아가 그를 구타하고 그를 모욕(개자식, 넝마주이 같은 놈)할 수도 있다고 예상했다. 정신이 돌아 버려 벽에 스스로 머리를 짓찧고 분노로 울부짖을 만했으니까. 하지만 그러는 대신 마치 그 두 사람은 서서히 나머지 인류 전체로부터 떨어져 나와 지구 표면의 저 변방을 향해 옮겨 가더니 시간과 공간을 떠나 우주를 떠돌기 시작한 것 같았다.

순수 절대(죽음. 이야말로 가장 순수한 절대) 그 자체였던 것이 육체의 이러저런 상태로 재형성되고 재구성되었는데, 그들이 자식의 죽음에 대해 어떻게 사고인들 할 수 있겠는가? 살아 있음을 입증하는 것이 더는 가슴팍의 오목한 부분에서 펄떡이는 그 리듬(군인이 군모를 벗고 몸을 숙여 참호 바닥의 진창에 누워 있는 동료의 흉부에 귀를 갖다 댈 때)이 아니고, 생기를 가리키는 것이 더는 입으로 뿜어져 나오는 숨(물을 뚝뚝 흘리는 수영 코치가 살색이 푸르스름하게 변한 소녀에게 마우스 투 마우스를 실시할 때)이 아니고 뇌파를, 주로 베타파를 발산하며 전기적 활동으로 움직이는 뇌이니 말이다. 시몽의 살이 아직도 분홍빛이고 말랑거리는데, 아이의 목덜미는 싱싱한 푸른 물냉이 사이에 잠겨 있고 길게 누워 있는 아이의 두 발은 글라디올러스 꽃들에 파묻혀 있는데,[20] 그들이 어떻게 그것을, 그 시몽의 죽음을 생각인들 해볼 수 있겠는가? 레볼은 자신이 안다고 생각하는 시체의 모습들을 긁어모아 본다. 그건 늘 그리스도의 이미지들이다. 창백한 육신과 면류관에 긁힌 이마, 검고 윤기 흐르는 나무에 못 박힌 손과 발을 내보이며 십자가에 매달린 그리스도들. 혹은 십자가에서 떼어 내 바닥에 내려놓은 그리스도들. 이들은 고개가 뒤로 넘어가고 눈꺼풀이 반쯤 감기고 납빛에 뼈가 앙상하며 만테냐[21]풍으로 보잘것없는 염포를 둔부에 두르고 있다. 또한 그건 홀바인 2세의 「무덤 속 그리스도의 주검」(도스토옙스키가 그 그림을 보면 신앙을 잃어버릴지도 모른다고 신도들에게 경고했을 정도로 리얼리즘에 충실한 그림)이다. 혹은 방부 처리한 왕들, 성직자들, 독재자들과, 클로즈업된 채 모래 위로 쓰러지는 영화 속의 카우보이들이다. 그 순간 그는 볼리비아 군사 정권이 병적 연출을 통

---

20 랭보의 시 「계곡에서 잠든 이」의 한 구절.
21 Andrea Mantegna(1431?~1506). 이탈리아의 화가. 대표작으로 「죽은 그리스도」가 있다.

해 공개한 체 게바라의 사진을, 그리스도처럼 포즈를 취하고 역시 두 눈을 뜬 상태인 그 사진을 기억해 낸다. 하지만 그는 시몽의 경우와 유사한 그 어떤 것도 찾아내지 못한다. 그 육체는 훼손된 곳도 없고 피를 흘리지도 않고 미동은 없지만 건장한 게, 휴식을 취하는 젊은 신의 육체와 흡사하고, 잠자는 듯하고 살아 있는 듯하다.

사망 통고 후 그들은 얼마 동안이나 그렇게 앉아서, 의자 가장자리에 너부러져서, 그때까지 그들의 육체가 상상조차 해본 적 없는 정신적 경험에 사로잡혀 있었을까? 어느 정도의 시간이 흐른 뒤에야 그들이 죽음의 체제 속으로 들어와 자리 잡게 될까? 지금으로서는 그들이 느끼고 있는 것은 어찌해도 번역이 불가능한 것으로서, 언어 이전의 언어로 그들을 후려친다. 공유할 수 없는 언어. 말 이전의, 문법 이전의 언어. 아마도 고통의 다른 이름일 언어. 그들은 거기에서 빠져나올 수 없다. 그들은 그 어떤 묘사로도 그것을 대체할 수 없다. 그들은 그 어떤 이미지로도 그것을 재구축할 수 없다. 그들은 스스로부터 단절된 동시에 그들을 둘러싼 세상으로부터도 단절된 상태다.

토마 레미주는 다리를 꼰 채, 레볼 옆의 등받이 없는 철제 의자에 잠자코 앉아 있었다. 어쩌면 그도 레볼과 같은 것들을 생각했을지도 모른다. 그도 같은 이미지들을 떠올렸을지도 모른다. 그는 자신의 성냥갑을 정리했다. 그리고 그들과 함께 기다린다. 시간이 흐른다. 머릿속의 들끓어 오름과 소리 없는 울부짖음. 레볼이 몸을 일으킨다. 거대하고 창백하다. 침통함으로 가득한 그의 긴 얼굴은 이제 사무실에서 나가 보아야 함을 알린다. 저는 기다리고 있는 일이 있어서. 이제 토마 레미주 혼자, 일어서지 않고 서로 더 가까이 몸을 붙여 어깨에 어깨를 맞댄 채 침묵 속에서 통곡하는 랭브르 부부 곁에 남았다. 그는 잠시 기다렸다가 조심스러움이 배어 나는 목소리로 시몽의 병실에 다시 들르고 싶은지 물었다. 그들은 대답 없이 몸을 일으켰다. 간호사가 바로 그들의 뒤를 따랐다. 하지만 복도로 나서자 손이 고개를 저었다. 아니, 난 가고 싶지 않아요. 난 못 해요. 지금은 아니에요. 그가 심호흡을 해댔다. 허파가 부풀고 가슴이 솟는다. 한 손을 입에 갖다 댄 마리안이 그의 어깨 밑에 자기 몸을 밀어 넣었다(그를 부축하기 위해서. 그곳에 안전하게 숨기 위해서). 세 사람이 멈춰 섰다. 토마가 그들에게 다가가서 부연 설명을 했다. 제가 함께 가드릴 거고 곁에 있어 드릴 겁니다. 질문 있으면 제게 하시면 됩니다. 손은 숨이 턱턱 막혀 왔다(그가 어떻게 입 밖으로 말을 꺼낼 기운을 발견했을까?). 그가 단번에 말을 뱉었다. 이제 앞으로 어떻게 되는 거죠? 간호사가 침을 꿀꺽 삼킨 반면 손은 내친 김에 말을 이어 갔다. 반발심과 슬

123

품으로 황량한 목소리. 더 이상 희망이 없다면서 왜 소생의학과에서 계속 아이를 잡아 두고 있는 거죠? 뭘 기다리고 있는 거요? 이해를 못 하겠군. 얼굴로 머리 다발이 쏟아져 내려온 채 멀거니 한곳을 응시하며 충격에 빠져 있는 마리안의 귀에는 아무 말도 들리지 않는 것 같았지만 토마는 해결책을, 어떻게 답을 해야 할지를 모색했다. 숀은 그런 질문을 함으로써 매뉴얼에 언급된 시점 고려를, 비극의 급박한 전개와 통고의 갑작스러움을 피하고 시간이 힘을 발휘하게끔 여유를 둬야 한다는 생각을 시원하게 날려 버렸다. 그것은 그가 정면 대응해야만 하는 비명이다. 그는 지금 그들에게 말을 꺼내 보기로 결심한다.

코르델리아 오울은 시몽의 머리 양옆으로 베개를 탁
탁 쳐서 모양을 잡아 주고 시트를 잘 펴서 가슴까지 덮
어 주고 커튼을 당긴 뒤 병실 문을 닫고 나온다. 복도에
서 아라베스크 자세를 취하면서(갑갑하고 몸에 꼭 맞는
이놈의 가운은 지옥에나 떨어져라. 이 순간에는 가운이
좀 더 헐렁해서 천의 주름들이 서로 스칠 때 나는 바스
락 소리를 들을 수 있고, 뼈가 툭 튀어나왔지만 유연하
고 잘 움직이는 자신의 무릎에 천의 스침을 느낄 수 있
다면 좋았을 것이다) 소생의학과 데스크를 향해 걸어간
다. 그녀는 도중에 가운 주머니에 손을 넣는다. 휴대폰
을 꺼내 든다. 들어와 있는 문자가 없다. *Niet*(無). *Nada
de nada*(全無). 14시 20분. 그는 자고 있을 것이다. 그는
잔다. 그는 어딘가에 등을 대고 상반신은 벌거벗은 채
아무렇게나 길게 누워 있다. 그녀가 미소 짓는다. 전화
하지 말 것.

다시 팬티를 올리고 다시 단추를 채우고 허리띠 버클을 새로 조이고, 두 사람은 인도 위에서 서로 마주 보았더랬다. 그래, 이제 가봐야겠어. 어머, 너무 늦었네. 아니 차라리 너무 이른 시간인 것 같지? 그래. 바이 바이. 볼 키스. 다정한 미소. 그러고 두 사람은 적절한 느린 춤 동작을 따라서(양발에 번갈아 체중을 실어 부드럽게 몸을 흔들다가 한 다리를 뒤로 빼고 피케 턴으로 마무리) 서로에게서 떨어졌고, 같은 길의 반대 방향으로 멀어져 가다가 각기 어둠 속으로 녹아들었더랬다. 코르델리아는 처음에는 펜슬 스커트를 꼭 맞게 입은 1950년대의 젊은 여배우인 양 구두 굽을 울리며 한 손으로 외투 깃을 꼭 여민 채 천천히 걸었다. 돌아보지 않았다. 그것만은 특히 절대로 안 한다. 하지만 일단 길모퉁이를 돌자마자 머리를 뒤로 젖혀 하늘을 보고 입을 벌려 바람을 마시며 두 팔을 양옆으로 활짝 뻗어서 회전 춤을 추는 이슬람의 수도승처럼 제자리에서 뱅글뱅글 돌았다. 그러다가 다시 똑바로 가던 길을 달리기 시작해서 이 블록과 저 블록 사이를 전속력으로 질주하며, 마치 강을 뛰어넘어야만 한다는 듯이 도로변으로 흘려보내는 청소용 물 위를 때때로 펄쩍펄쩍 건너뛰기까지 했다. 두 팔은 리본 나부끼듯 했고 밤의 냉기가 얼굴을 후려쳤고 차가운 공기가 이제는 활짝 열어젖힌 외투 자락 사이로 밀고 들어왔다. 그 모든 게 좋았다. 그녀는 자신이 아름답고 나긋하다고 여겼고, 두 사람이 대형 쓰레기통에 격렬하게 부 딪히며 부둥켜안은 뒤로, 그녀의 팬티가 땅바닥으로 미 끄러져 떨어지고 그가 손으로, 그러니까 그녀를 벽에 기 대 세우려고 오므린 손바닥으로 그녀의 음부를 받쳐 올 린 뒤로, 그녀가 한쪽 발끝으로 발돋움을 하고 다른 쪽 다리는 접어서 상대방의 가슴 높이로 들어 올리며 그를 자기 쪽으로 잡아당겨 그의 몸을 자기 안에 받아들이고 불이 화로를 집어삼키듯 서로의 혀가 서로의 입술을 집 어삼키다가 결국 이로 깨물어 댄 뒤로, 자기 키가 적어 도 20센티미터는 더 자랐다고 여겼다. 그녀는 달리면서 웃었다. 자신의 욕망을 당당하게 받아들이고 자신의 행 위를 다스릴 줄 아는 도시의 아마존을, 고독한 여주인 공을 여봐란 듯 과장되게 연기하는 닳고 닳은 여자의 냉 온(冷溫)의 공존. 그녀는 바람 부는 대로를, 새벽 5시의 꼼짝 않는 거리를 거슬러 올라 내달렸고, 속도를 늦추 며 그녀에게 다가와선 유리창을 내리며, 어이 걸레 여기 탈래, 성적인 모욕을 날리는 자동차에는 신경도 쓰지 않 았다. 그녀는 공간을 마구 집어삼켰다. 연소. 어찌나 정 신없이 뛰었는지 그녀는 하마터면 크리스의 〈밴〉이 카 트르슈맹 사거리에서 왼쪽으로 빠져나가는 그 순간 에 트르타 가를 가로지를 뻔했고, 인도 끝에서 급정거를 했다. 밴의 몸체에 그려진 그림이 그녀의 눈앞에서 길 게 이어졌다(그녀는 마치 비키니를 입고서 서핑을 즐기는 캘리포니아의 여자들이 자신에게 눈을 찡긋해 보이고 같은 부류의 여자에게 그러듯이 미소를 보내오는 것처럼 느꼈다). 그러고는 몇 걸음 더 걸어 집에 들어갔고, 깃털 이불 속에 폭 파묻혀 두 눈을 감았지만 잠을 이루지는 못했다. 그녀는 정말 오래전부터 그녀를 괴롭혀 오던 그 남자에게 아무것도 요구하지 않았다. 단 한 개의 질문도 던지지 않았다(용감한 여자).

그녀는 유리로 막아 놓은 사무실로 들어간다. 수족관 같다. 의자 하나. 털썩 앉는다. 갑작스러운 피로감. 컴퓨터 화면에는 흰동가리들이 누비고 다닌다. 그녀는 다시 휴대폰을 살핀다. 아무것도 없다. *Of course*(물론), 아무것도. 그녀가 결코 위반할 일 없을 암묵적인 지령. 세상의 황금을 몽땅 다 준다 해도. 그녀가 아무리 빠른 목소리와 상큼한 어조에 말을 실어 보낸다 해도 그녀가 뱉은 별거 아닌 말 한마디마저도 질척거리고 작위적이고 무겁게 여겨질 수밖에 없으리라는 생각. 아무리 짤막한 문장이라도 불안해하는 그녀의 이중적 속내를, 그녀 안의 감상적인 얼치기를 드러내고 말 거라는 생각. 꿈쩍도 하지 마. 커피와 말린 과일과 로열 젤리 앰플 하나를 삼켜. 바보짓 하지 마. 전화 꺼버려. 염병, 기가 쫙 빨렸네.

그녀가 포토 부스 앱 창 앞에서 몸을 비틀며 목에 난 자줏빛 흔적들을 살피고 있을 때, 피에르 레볼이 들어온다. 전철에서 옆 사람이 보는 신문을 예의 없이 넘겨다 보는 사람처럼 그의 얼굴이 영상 속에 나타나는 바람에 그녀가 비명을 지른다. 이곳에서의 근무는 처음이라고 그랬죠? 레볼이 그녀 뒤에 버티고 서 있고, 소스라친 그녀는 몸을 돌리다가 머리가 팽그르르 돌며 눈앞이 까매진다. 뭔가 먹어야겠다. 그녀가 머리카락을 귀 뒤로 넘겨 불안정해 보이는 얼굴을 말끔하게 드러낸다. 예. 이틀 전부터 근무 시작했습니다. 단호한 손길로 가운의 깃을 바로잡는다. 할 말이 있는데, 아주 중요한 일이고, 이곳에서 근무하다 보면 부딪히게 될 일이죠. 코르델리아가 고개를 끄덕인다. 알겠습니다. 지금요? 오래 걸리지 않을 거예요. 조금 전 병실에서 벌어졌던 일에 대한 얘긴데. 그런데 바로 그 순간에 코르델리아의 휴대폰이 호주머니 속에서 윙 윙 울어 대고, 그녀는 감전이라도 된 사람처럼 온몸이 뻣뻣해진다. 오, 안 돼, 안 돼, 이럴 순 없어, 염병할! 책상 가에 털썩 앉아 바닥을 향해 고개를 떨군 레볼은 팔짱을 끼고 발목도 마찬가지로 꼰 채 이야기를 시작한다. 아까 병실에서 봤던 청년은 뇌사 상태예요. 윙 윙. 레볼은 분명히 의사를 표명하는 중이지만 그의 말이 코르델리아에게는 외국어 발음 연습처럼 들릴 뿐이다. 그녀가 그러모을 수 있는 주의력을 그 얼굴을 향해 전부 다 쏟아부어도, 앞에서 이야기 중인 그 목소리를 두뇌 활동의 중심축으로 삼아 보아도 소용

없다. 마치 그녀가 흐름을 거슬러, 윙 윙, 일정한 간격을
두고 그녀의 엉덩이를 따라 솟아나서 살고랑을 누비며
다리 사이로 흘러가는 그 열파(熱波)를 거슬러 헤엄을
치기라도 하듯 모든 것이 돌아간다. 그녀는 맞서 싸워
본다. 급류에 휘말려서 그녀로부터 멀어져 가는 듯한 그
남자 쪽으로 되돌아가려 한다. 그런데 그의 설명이 진행
될수록 그의 말이 들리지가 않는다. 그래요. 그 젊은이
는 사망했습니다. 그런데 그런 죽음을 현실로 받아들인
다는 게 가족들에게는 어려운 일이죠. 그걸 인정하려 해
도 멀쩡한 겉모습 때문에 혼란스러우니까요. 이해하겠
어요? 코르델리아는 그의 말에 귀를 기울이려고 애쓰며
거품을 톡 터뜨려 주듯 예라는 답을 내놓는다. 알겠어
요. 하지만 살짝 맛이 간 그 여자는 실제로는 아무것도
알지 못한다. 심지어 그녀의 머릿속은 온통 뒤죽박죽이
다. 윙 윙. 아주 미세한 전화기의 진동음에 이젠 지난밤
의 영화에서 뽑아낸 컷들이, 한 무더기의 성적 이미지들
이 실린다(살짝 벌어진 부드러운 입술과 뜨거운 숨결이
그녀의 목덜미에 닿는다. 그녀의 이마, 뺨, 배, 그리고 가
슴은 오톨도톨한 회벽과 튀어나온 자갈들에 쓸려 벌겋
게 되고 벽에 긁혀서 상처가 난다. 남자는 그녀의 뒤에
있다. 그녀의 손은 그를 자기에게로 더 가까이, 더 깊게,
더 세게 끌어당기려고 남자의 엉덩이를 움켜쥐었다).
윙. 마지막 진동음. 이제 끝났다. 그녀는 눈썹 한 올 까

딱 않는다. 침을 삼키고 딱딱한 목소리로 대답한다. 알겠습니다. 완벽하게 이해합니다. 어찌나 똑 부러지는지 레볼은 그녀에게 호의적인 시선을 던진 뒤 말을 맺는다. 환자를 돌볼 때 뇌사 판정을 받은 환자에게는 좀 전에 했던 것처럼 말하지 말아요. 병실에는 부모가 함께 있었고, 그런 극단적 상황 속에 놓인 그들에게 그건 상반되는 신호인 거죠. 치료 목적에서 한 그 말들이 우리가 그들에게 건넨 메시지를 흐려 놓습니다. 상황은 안 그래도 이미 충분히 지독한데. 그렇게 생각하죠? 예(너무 괴로워서 한 가지만을, 레볼이 나가 주기만을 기다리는 코르델리아의 목소리). 자, 꺼져, 이제 그만 꺼지라고. 그래요, 이해했습니다. 그러고는 돌연, 전혀 그럴 조짐이 보이지 않았었는데, 반발한다. 고개를 쳐든다. 그런데 환자 관리에 절 참여시키지 않으셨죠. 환자 부모를 혼자서만 만나셨고요. 그런 식으로 일하지는 않죠. 레볼은 놀라서 그녀를 바라본다. 아, 그래요? 그럼 어떻게 일하죠? 코르델리아가 한 발 앞으로 내딛더니 대답을 내놓는다. 팀으로 일을 하죠. 길게 늘어지는 침묵. 그 둘은 서로를 바라본다. 그러다가 의사가 일어선다. 아주 창백하군요. 부엌을 보여 줬던가? 거기 가면 비스킷이 있을 겁니다. 조심해야지요. 열두 시간을 소생의학과에서 보내는 건 장거리 달리기니까. 끝까지 버텨야 하는 일입니다. 예, 그래요, 맞습니다. 레볼이 마침내 자리를 뜬다.

코르델리아는 주머니에 손을 넣는다. 그녀가 눈을 감는
다. 일요일 저녁마다 통화를 하는 브리스틀에 사는 할
머니를 떠올린다. 할머니는 아니야. 이 시간에 전화할
리가 없지. 스스로를 납득시키려고 혼잣말을 한다. 눈
꺼풀을 들어 올려 터치스크린에 나타난 숫자를 읽기 전
에 운을 시험해 보는 테스트라도 기꺼이 해볼 판이다.
룰렛 게임에서처럼 보드에 불이 들어올 숫자 칸에 기꺼
이 돈을 걸어 볼 텐데. 뭉친 종이를 휴지통에 던져 넣는
게임이라도 해볼까. 혹은 단순하게 동전을 던져서 앞면
이 나올지 뒷면이 나올지에 걸어 보는 것도 좋으리라(멍
청한 여자 같은 짓은 그만. 너 대체 뭐에 씌었니?)

코르델리아 오울은 방 한가운데에 자리 잡고 서서 고
개를 들고 어깨를 활짝 폈다. 천천히 손가락을 벌려 자
신에게 걸려 왔던 번호를 확인하려고 손가락을 한마디
또 한마디씩 움직인다. 모르는 번호. 그녀는 마음이 가
벼워져 웃는다. 이젠 자신이 그가 나타나기를 원하는지
조차 자신하지 못한다. 더는 그의 목소리가 듣고 싶어서
안달이 나지도 않는다. 그녀가 갑자기 냉혹해진다. 그
를 생각해도 냉철해지고 웃음이 날 뿐이다. 그녀는 스물
다섯 살이다. 연애의 긴장감이 안겨 주는 그 피로, 그 태
산 같은 피로(흥분, 불안, 튀는 짓, 터무니없는 충동)를
미리 생각해 보면 만정이 떨어진다. 그런 격렬함이 왜

자기 인생의 가장 탐나는 부분으로 남아 있는지를 스스로에게 묻는다. 그러다가 빙글 돌아선다. 그런 질문으로부터 멀찌감치 비켜선다. 마치 몸을 내던져 끝없이 빠져들려고 갔던 진창에서 아슬아슬하게 발끝을 빼버리는 것처럼. 휴식이라고는 절대 모르는 그녀에게 필요한 것, 그것은 지난밤을 연장하기. 축제의 여운처럼 계속 우려먹는 것이다. 여자들 특유의 우아함과 아이러니를 간직하기. 부엌에 도착하자, 그녀는 찬장을 열고 산딸기 맛 웨이퍼 한 상자를 집어 가느다랗고 게걸스러운 손가락 아래서 비단처럼 바스락거리는 종이를 벗겨 내고, 느릿느릿 남김없이 해치운다.

레불은 복도를 되돌아간다. 사람들이 그를 부르든 그에게 차트를 들이밀든 그가 걸어가는데도 종종걸음을 치며 따라오든 무시한다. 3분, 난 그저 3분을 바랄 뿐이야, 제길. 그가 이 사이로 중얼거린다. 엄지, 검지, 중지 세 손가락을 허공에 펴 보이며 목소리로는 단호하게 〈셋〉에 힘을 준다. 소생의학과 사람들이라면 잘 알고 있는 손짓이다. 일단 사무실에 들어가 혼자가 되면 이 마취과 전문의는 앞뒤 좌우로 출렁이는 예의 그 회전의자에 앉아 빙글빙글 돌다가 시계를 들여다보고 카운트다운을 시작할 것이다(3분, 계란 반숙, 이상적 시간). 감압실 같은 그 고독한 틈을 이용하여, 점심 먹고 유치원 아이들이 교실에서 낮잠을 잘 때 그러듯이 두 팔을 접어 책상 위에 올린 뒤 엎드린 자세를 취하며 팔꿈치 위에 머리를 뀔 것이다(그리고 방금 일어난 일을 다스려 보려고, 어쩌면 잠을 자보려고, 잠의 울퉁불퉁한 공

134

간 속으로 파고들어 갈 것이다). 기운이 쏙 빠진 그는 엇갈린 팔 위에 머리를 올리고 잠이 든다. 그가 그 시간을, 그 3분을 움켜쥐는 게 이해가 간다. 다른 사람들을 잠재우는 데 그토록 여러 해(스물일곱 해)를 보냈으니, 사람의 몸을 재충전하는 데 보통 권장하는 시간에 비하면 터무니없이 짧다 해도 고도의 효율성을 갖춘 초단시간의 낮잠 기술을 본인을 위해 갈고 닦았어야 한다. 오래전부터 레볼이 다른 종류의 잠을, 밤잠, 깊은 잠, 편한 잠을 잃어버렸다는 것은 모두 알고 있다. 그가 살고 있는 파리 가의 아파트에는 엄밀한 의미로 침실이라고 할 만한 공간이 더는 존재하지 않는다. 그저 커다란 통짜의 공간에 낮은 테이블로 전락한 2인용 침대가 있을 뿐이고, 그 위에는 그가 수집한 레코드판들(밥 딜런과 닐 영 전집)과 문서들, 향(向)정신성 식물들에 관한 실험이 진행 중인 기다란 초화(草花) 박스들(이건 일과 관련된 거야. 그는 어쩌다 이곳에까지 들어온 사람들이 집 안에 인도 대마가 무성하게 자라고 있고, 거기다 양귀비, 라벤더, 개양귀비, 그리고 환각을 일으키는 풀인 샐비어 디비노럼, 이른바 〈예언자들의 샐비어〉까지 키우는 것을 보고 깜짝 놀라면 그렇게 말했다. 그가 약리학 잡지에 발표한 논문들에는 그런 풀의 약효가 기술되어 있다)이 놓여 있다.

  어젯밤 파리 가의 아파트에서, 그는 처음으로 폴 뉴먼

의 영화 「감마선은 금잔화에 어떤 영향을 끼쳤나」를 홀로 감상했다(그 제목은 기발한 식물학적 상상력을 예상하게 했지만 완전히 다른 힘을 발휘하는 영화여서, 환각과 과학 사이에서 길을 냈고, 그 점에 레볼은 대번에 사로잡혔다). 감동하고 충격을 받은 레볼은 자기 거실에서 영화 속의 어린 여자 주인공 머틸다가 했던 실험을 재연해 볼 생각을 하게 됐다. 안 될 이유가 뭐 있겠는가? 머틸다는 금잔화 꽃에 각기 조사량을 다르게 하여 감마선을 쏘면서, 감마선의 영향 아래서 여러 날이 지나면 나타나는 꽃들의 서로 다른 모양과 성장 속도를 관찰했다. 어떤 꽃들은 엄청나게 커지고 또 다른 꽃들은 쪼그라들면서 부진한 발육을 보였고 또 다른 꽃들은 그저 여전히 예뻤다. 외톨이인 그 소녀는 차츰차츰 생명체의 무한한 다양성에 대해 뭔가를 깨닫게 된 동시에 세상 속에서 자기 자리를 찾아내게 됐고, 학교 축제 때 연극 무대에 올라 언젠가는 경이로운 돌연변이가 인간을 변모시키고 개량하는 것이 가능하다는 단언을 한다. 그 후, 생각에 잠긴 그는 계란 프라이들(금잔화 꽃의 중심만큼이나 선명한 노란색)을 만들고 냉장고 문에서 가져온 맥주를 따서 천천히 한 번에 다 비우고는 두 눈을 감고 거위 털 이불로 몸을 말았다.

레볼이 잔다. 잠에서 깨면 기록을 할 수 있도록, 꿈에서 얼핏 본 이미지, 행동, 맥락, 얼굴을 기술할 수 있도록 손 닿는 곳에 노트가 놓여 있다. 어쩌면 시몽의 얼굴(응고된 핏속에서 뻣뻣하게 굳은 검은색 머리 타래들, 거무스레하고 부어오른 피부, 하얀 돔 모양의 감은 눈꺼풀, 자줏빛 얼룩에 먹힌 이마와 오른쪽 관자놀이, 사후 반점)이나 경계성 인격 장애를 가진 머틸다의 어머니 비어트리스 헌스도퍼 역으로 출연한 조앤 우드워드의 얼굴이 거기에 묘사될지도 모른다. 비어트리스는 학교 축제가 끝난 뒤 강당에 나타나는데, 파티에 가듯 반짝이와 검은색 깃털로 장식하고 술에 취해 비틀거리며 눈빛은 흐릿한 채 어두컴컴한 곳에서 갑자기 튀어나와 한 손을 흉골 부위에 얹고 어눌한 말소리로 선언한다. *My heart is full, my heart is full*(심장이 터질 것 같구나, 심장이 터질 것 같구나).

그들은 손을 잡고 토마 레미주의 뒤를 따랐다. 방금 검은색 운석이 그들을 정통으로 후려쳤고 그들이 기진 맥진한 상태임이 뚜렷했지만, 그럼에도 결국 그들이 토마를 따라 나서 복잡하게 얽힌 복도와 에어록들을 다시한 번 지나가는 일을 묵묵히 따르기로 했다면, 개폐 장치가 달린 문들을 전부 다 지나가고 문을 연 뒤엔 문마다 어깨로 잡고 있어 주기로 했다면, 사실 그건 아마도 토마 레미주가 그들에게 공정한 시선(그들을 산 자들의 편에 잡아 두는 그 시선, 이미 더없이 귀중해진 그 시선)을 보여 주었기 때문이리라. 그래서 길을 가며 그 두 사람은 손가락들을 서로 얽었고, 깨물어 댔던 손끝과 가장자리의 죽은 피부가 물어뜯긴 손톱을 움직거렸고, 그러면서 메마른 손바닥과 반지, 반지 알에 손이 스쳤다. 두 사람의 그런 행동은 무의식적인 것이었다.

다시 한 번 병원의 또 다른 장소, 모델 하우스의 거실을 본뜬 듯한 가구 갖춘 골방이다. 방은 환하고, 가구는 평범하긴 하지만 상큼하고(벨벳 질감의 초록 사과 색깔 합성 섬유를 씌운 소파와 앉는 부분에 속을 채워 놓아 폭신한 주홍색 의자 두 개), 벽에는 칸딘스키 전시회를 알리는 컬러 포스터 한 장(보부르, 1985)을 빼면 아무런 장식도 없고, 낮은 테이블 위에는 가늘고 긴 잎사귀가 달린 식물과 깨끗한 잔 네 개, 미네랄워터 한 병, 오렌지 향과 계피 향이 나는 말린 꽃잎을 담은 오목한 접시가 놓여 있다. 창문을 살짝 열어 놓아서 커튼이 살랑살랑 흔들린다. 드물게 병원 주차장을 오가는 자동차 소리와 그 모든 것을 할퀴고 지나가는 소리처럼 갈매기들의 새된 울음이 들려온다. 날씨가 쌀쌀하다.

손과 마리안은 나란히, 어색하게 소파에 앉아 혼란스러운 와중에도 궁금해한다. 그리고 두 개의 주홍색 의자 중 하나에 토마 레미주, 그가 손에 시몽 랭브르의 의료 차트를 들고 앉아 있다. 하지만 이 세 명의 인물들이 같은 공간을 공유하고 있고 그 순간에 동일한 시간의 흐름을 타고 있다 하더라도, 지상의 그 무엇도 고통에 잠긴 그 두 존재와, 목적을 품고(그렇다. 목적이 있다), 그들의 아이의 장기 적출에 대한 동의를 얻어 낼 목적을 품고 그들 앞에 와서 앉은 그 젊은이의 사이보다 더 벌어진 것은 없으리라. 그곳에는 충격파에 휩쓸려 바닥에서 튕겨져 나가면서 해체된 시간 속에(시몽의 죽음이 끊어 놓은 연속성. 하지만 머리가 잘려도 농가 마당을 계속 달려가는 오리처럼 계속되는 연속성. 미치고 팔짝 뛸 일), 고통이 짜나간 질료로 이루어진 시간 속에 내팽개쳐진 한 남자와 한 여자가 있다. 세상의 절대적 비극을 오롯이 머리에 이고 앉아 있는 한 남자와 한 여자가. 그리고 그곳에는 하얀색 가운을 입고 적극적이면서도 조심스럽고 단계를 건너뛰는 법 없이 면담을 이끌 준비가 되어 있으나, 머릿속 한 귀퉁이에서는 카운트다운을 시작했으며 뇌사 상태의 육체는 상태가 점점 나빠지기 때문에 일을 빨리 처리해야 한다는 사실을 의식하고 있는 (이렇게 뒤틀린 상황에 휘말린) 그 젊은이도 있다.

토마는 잔에 물을 따른다. 창문을 닫으려 다시 몸을 일으킨다. 방을 가로지른다. 그러면서도 그 커플을 관찰한다. 시야에서 그 둘을, 그 남자와 그 여자를, 시몽 랭브르의 부모를 놓지 않는다. 이 순간 그는 정신적으로 후끈 달아오른 상태임이 분명하다. 본인이 두 사람을 몰아붙이고, 그들이 아직까지 생각지도 못한 질문을 그들의 고통 속에 새겨 넣고, 그들이 고통에 얻어맞아 좀비 같고 꼭두각시 같은 지금 그것을 생각해 보기를, 분명하게 대답해 주기를 그들에게 요구할 태세임을 알고 있으니까. 아마도 그는 노래할 준비를 하듯이 말할 준비를 하나 보다. 그가 근육을 이완시키고 호흡을 가다듬는다. 구두법이 언어의 해부학이자 의미의 구조임을 의식하고 있기에 스타트를 끊을 문장과 그것의 가락을 눈앞에 그려 보고, 자신이 발음하게 될 첫 번째 음절을, 메스가 살을 가르듯(계란 껍질에 생기는 금이나 지진이 나서 벽을 타고 오르는 균열이라기보다는 칼자국) 적확하고 재빠르게 침묵을 가르게 될 그 음절을 꼼꼼히 따져 본다. 그는 정연하게 현재 상황의 앞뒤를 되짚어 주면서 천천히 말을 꺼낸다. 두 분께서는 시몽의 뇌가 파괴되어 가는 중이라는 걸 이해하셨으리라고 생각합니다. 그렇지만 장기들은 여전히 기능하고 있어요. 예외적인 상황이죠. 숀과 마리안은 눈을 깜박인다. 일종의 동의. 용기를 얻은 토마가 계속 말을 잇는다. 두 분이 느끼는 고통은 잘 압니다. 하지만 민감한 이야기를 두 분과 나눠야 하는 것이 제 입장이라서요(그의 얼굴이 투명한 빛으로 둘러싸이고 그의 목소리가 감지하기 힘들 정도로 살짝 올라간다. 그가 다음의 말을 꺼내는 순간에는 완벽하게 맑은 목소리다).

「시몽의 장기 기증을 고려해 볼 수도 있는 상황입니다.」

쾅. 대번에 토마가 자신의 목소리를 최적의 진동수에 맞췄고, 방은 거대한 마이크처럼 울리는 것 같다. 극도의 정밀함을 자랑하는 터치(항공 모함의 비행갑판 위를 굴러가는 라팔 전투기의 바퀴. 일본 서예가의 붓. 테니스 선수의 드롭 샷). 숀이 고개를 들고 마리안은 소스라친다. 둘 다 토마의 시선 속에 자신들의 시선을 쏟아붓는다(두 사람은 자신들이 메달 속 모델처럼 단아하게 생긴 그 젊은이, 차분하게 말을 잇는 그 잘생긴 젊은이와 마주 앉아 지금 이곳에서 무슨 일을 벌이고 있는지가 어렴풋이 느껴지자 공포에 질리기 시작한다). 아드님이 이런 문제에 대해 본인의 의사를 밝힐 기회가 있었는지, 부모님과 그 이야기를 나눈 일이 있었는지를 알고 싶습니다.

벽이 춤을 춘다. 바닥이 출렁인다. 마리안과 숀은 거세게 얻어맞았다. 벌어진 입. 낮은 테이블 표면에서 떠도는 시선. 비비 꼬이는 맞잡은 두 손. 두텁고 어둡고 아찔한 그 침묵이 무너져 내린다. 두려움과 혼란의 뒤섞임. 구렁이 저기, 그들 앞에 입을 벌렸다. 무(無)는 사고 가능한 것이 아니니 그들로서는 〈그 무언가〉로밖에는 달리 떠올려 볼 수 없는 허방. 비록 그 허공의 구렁이 두 사람에게서 휘저어 놓는 의문들과 감정들이 동일한 종류의 것은 아니지만(숀은 세월이 흐르면서 가장 투명한 무신앙 위에 오세아니아 지역의 신화에 뿌리를 둔 서정적 영성을 결합시켜 나갔고 고독을 좋아하게 되고 말이 적어졌다면, 마리안, 꽃무늬 원피스를 입고 테니스 양말을 신고 머리에는 갓 딴 꽃들로 만든 화관을 두르고 첫 영성체를 하면서 면병이 입천장에 들러붙는 경험을 했던 그녀는 저녁이면 동생과 함께 쓰는 2층 침대의 위층에서 무릎을 꿇고 오랫동안 기도를 했고 피부를 간질이는 그 잠옷을 입고 커다란 목소리로 찬양을 했다. 그녀는 요즘에도 성당에 출입하며 결마다 신비를 품고 있는 침묵을 탐구하고 제단 뒤에 켜놓은 자그마한 빨간 불빛을 찾고 밀랍과 향의 냄새를 들이마시고 원화창(圓華窓)을 통과한 형형색색의 빛들과 두 눈을 색칠해 놓은 나무 조각상들을 관찰한다. 하지만 목을 죄던 신앙의 굴레를 벗어던졌던 순간 온몸을 꿰뚫던 강렬한 감각은 여전히 기억한다) 둘 다 그 앞에서 발버둥을 친다. 그들이 불러들인 죽음의 환영들이, 피안의 이미지들이 주위를 맴돈다. 영원 속에 잠긴 사후의 공간들이. 그건 우주의 주름 속에 둥지 튼 심연. 그건 검게 일렁이는 호수. 그건 신도들의 왕국이며 신의 손길 아래에서 부활하는 육신의 소유자들이 활동하는 정원. 그건 고독한 영혼들이 날아다니는 정글 속 잃어버린 골짜기. 그건 재의 사막, 잠, 표류, 바다 저 깊은 곳의 무시무시한 구렁. 그리고 또한 그건 정교하게 세공한 카누를 타고 가 닿는 형용할 수 없는 연안. 두 사람은 몸을 숙였고 충격을 견디려는 듯 두 팔을 엇갈려 배를 가렸다. 그리고 그들의 생각은 그들로서는 표현할 길 없는 질문들의 회오리 속으로 빨려 들어갔다.

토마가 다시 말을 잇는다(이번엔 다른 길을 택한다). 아드님이 장기 기증 거부 국가 대장에 등록되어 있나요? 아니면 아드님이 그런 생각에 반대 의사를 표명했는지, 거부했는지를 알고 계신가요? 복잡한 문장. 두 사람의 얼굴이 일그러진다. 마리안은 고개를 젓는다. 모르겠어요. 그랬을 것 같진 않은데. 그녀가 더듬거리고 있는데 숀이 갑자기 기운을 차린다. 거무스레하고 네모진 그의 얼굴이 서서히 토마를 향하더니 의견을 말한다. 둔탁한 목소리에 공간이 움푹 패는 것 같다. 열아홉 살(입술을 완전히 벌리지 않아서 또박또박 발음되지 않은 그 말들이 흘러나오자 흔들리던 그의 상체가 단단하게 덩어리를 이룬다), 그런 문제에 대해, 그에 필요한 조처를 취하는 열아홉 살 남자애들이 있나요? 그런 일이 존재하나요? (〈조처를 취하다〉. 그는 목소리를 쥐어짠다. 잇소리의 난사, 차디찬 불길.) 그런 일이 있가도 합니다. 토마가 상냥하게 대답한다. 가끔 그런 경우가 있지요. 숀은 물을 한 모금 삼키고 육중한 동작으로 잔을 내려놓는다. 어쩌면요. 하지만 시몽은 아닙니다. 토마는 자신이 대화에 생겨난 틈이라고 파악한 것 속으로 슬그머니 비집고 들어가며 목소리를 한 톤 올려 묻는다. 왜 〈시몽은 아니〉죠? 숀은 그를 꼬나보고 웅얼거린다. 그 아이는 너무나도 삶을 사랑하니까요. 토마는 고개를 끄덕인다. 알겠습니다. 하지만 계속 밀고 나간다. 삶을 사랑한다는 것이 자신의 죽음을 고려해 보지 않았다는 걸 의미하지는 않습니다. 가까운 사람들과 그런 얘기를 나눴을 수도 있죠. 한곳으로 쏠리며 새끼줄처럼 꼬이는 침묵의 선들. 그러다가 마리안이 반응을 보인다. 모호하며 다급하다. 가까운 사람들이라고요, 그렇죠, 난 모르지만, 그래요, 걔 누이 동생이라면, 그러네, 시몽은 동생을, 루를 사랑하죠. 두 아이는 개와 고양이 사이지만 한 명이 없으면 나머지 하나가 어쩔 줄을 몰라요. 그리고 걔 친구들, 그래요, 확실해, 서핑 친구들요, 조앙, 크리스토프, 그리고 학교 친구들, 그래, 난 잘 모르지만, 맞을 거예요, 그 아이들을 자주 보는 게 아니라서, 하지만 시몽과 가까운 사람들이라니, 그들이 누굴까, 잘 모르겠네. 할머니나 미국에 있는 사촌도 있겠고, 또 쥘리에트가 있네. 쥘리에트, 시몽의 첫사랑이죠. 그래요, 그 정도가 걔랑 가까운 사람들이에요. 우리라고 부를 만한 사람들이죠.

두 사람은 아들에 대해 현재형으로 말한다. 좋은 징조가 아니다. 토마가 계속 말한다. 제가 두 분께 그런 질문들을 하는 이유는 사망자가, 그러니까 두 분의 아드님 시몽이 생전에 거부 의사를 밝히지 않았다면, 분명한 반대 의사를 표명하지 않았다면, 우리가 함께 사망자가 무엇을 원했을지에 대해 생각해 봐야 해서입니다(〈사망

자가, 그러니까 두 분의 아드님 시몽〉. 토마는 이 부분
에서 목소리를 높였고 낱말 하나하나를 분명하게 발음
했다. 못을 박는 것이다). 뭣에 대한 동의죠? 고개를 들
어 올리며 이 말을 한 사람은 마리안이다(하지만 그녀
는 알고 있다. 그저 마지막으로 대못을 박아 주길 원하
는 것이다). 토마가 분명하게 말한다. 장기 이식을 할
수 있게 아드님의 장기 적출에 동의하는 걸 말합니다
(돌돌 말린 플래카드가 펼쳐지면서 슬로건이 드러나듯
이 문장들이 펼쳐지며 발생하는 난폭함을 거쳐 가야만
한다. 그 말들의 대대적인 공격을, 시퍼런 멍을 남기는
그 말들의 육중한 주제를 거쳐 가야만 한다. 모호함을
질질 끌고 가는 면담은 고통의 덫일 뿐이다. 토마는 그
걸 알고 있다).

긴장이 지표면의 그 지점에서 대번에 고조된다. 식물
의 잎사귀들은 파르르 떨고 물컵 표면에 맺힌 물에는 잔
물결이 이는 것만 같다. 또한 햇빛도 더 강렬해져 그들
의 눈을 부시게 하고 그들의 머리 위에서 원심 가속기
의 모터가 천천히 작동하여 공기가 떨려 오기 시작하는
것만 같다. 토마만이 완벽하게 부동을 유지하는 유일한
인물이다. 그 어떤 감정도 발산하지 않는다. 고통으로
마구 문댄 그들의 얼굴에서 시선을 떼지 않는다. 턱이
꿈틀거리고 어깨가 부들부들 떨리는 것도 무시한다. 피

하지 않고 진격한다. 그가 말을 이어 나간다. 우리 대담의 목적은 의향을, 시몽의 의향을 찾아내어 표현해 보는 겁니다. 두 분을 위해서 두 분이 무엇을 할까를 생각해 보는 게 아니라 아드님이라면 어떤 결정을 내렸을지를 우리 스스로에게 물어보는 거죠(토마는 잠시 숨을 멈춘다. 그는 이 마지막 말에 서린 폭력을 가늠해 본다. 그들의 육체와 자식의 육체를 근본적으로 갈라놓으며 그와 동시에 성찰을 유도하는 그 말들). 역시나 마리안이 희미하며 길게 끄는 목소리로 묻는다. 어떻게 알아내죠?

그녀는 방법을 묻고 있다. 손이 그녀를 바라본다. 그리고 토마가 지체 없이 반응한다(그 순간 그는 연수 과정 중 세미나에서 습득한 표현에 따르자면 아마도 마리안이 〈조력자〉, 달리 말하자면 길 내기 효과를 만들어 낼 수 있는 사람이라고 속으로 생각하고 있을지도 모른다). 우리는 시몽에 대해, 그가 어떤 사람이었는지에 대해 생각해 보려고 여기 있는 겁니다. 장기 적출 절차는 늘 특정 개인으로, 그의 삶을 우리가 어떻게 읽어 낼 수 있는가로 이어지기 마련이지요. 예를 들자면, 시몽이 신자였는지 혹은 그가 너그러웠는지를 자문해 볼 수 있습니다. 너그러움이라고요? 마리안이 어안이 벙벙해서 되뇐다. 예, 너그러움이요. 토마가 확언한다. 시몽이 타인과의 관계에서 어땠는지, 호기심이 많았는지, 여행을 잘 다녔는지, 이런 질문들을 제기해 봐야 합니다.

마리안이 손을 향해 눈길을 던진다. 그녀의 얼굴은 초췌하고 피부에는 핏기가 없고 입술은 흑색이다. 그러 더니 녹색 식물을 비스듬히 바라본다. 그녀는 코디네이 터의 질문들과 장기 기증 사이에 무슨 연관이 있는지를 찾아내지 못한다. 마침내 중얼거린다. 손, 그 애가, 시몽 이 너그러웠어? 눈길들이 구석으로 달아난다. 그들은 무어라고 답해야 할지를 모른다. 숨만 거세게 내쉰다. 그녀가 자기 아들처럼 검은 머리카락이 빽빽한 그 남자 의 목에 팔을 두른다. 자신을 향해 잡아당긴다. 두 사람 의 머리가 맞닿는다. 그의 머리는 수그러들고, 그의 죄 여 오는 목구멍에서 흘러나오는 말, 그래(실제로, 두 사 람의 아들이 보여 준 너그러움과는 별 관계가 없는 〈그 래〉. 사실, 시몽이 그렇게까지 너그러웠던 것은 아니다. 그는 퍼주는 행위, 배려를 즐겨 하는 젊은이라기보다는 차라리 고양이처럼 이기적이고 동작이 가뿐했으며 냉 장고에 머리를 들이밀고 꿍얼거리곤 했다. 염병, 이놈의 집구석에는 어째 콜라 한 병이 없냐? 하지만 시몽을 대 번에 낚아챈 〈그래〉가 그에게서 빛이 뿜어져 나오게끔 그를 다시 우뚝 일으켜 세운다. 수줍음을 타면서도 정 면으로 치고 나가는 젊음의 힘에 사로잡힌 청년으로).

갑자기 마리안의 목소리가 내쉬는 숨을 뚫고 솟아오 른다. 툭툭 끊어지기는 하지만 이제 문장은 깔끔하다. 한 가지가 있군요. 우린 가톨릭 신자예요. 시몽은 세례를 받았습니다. 그녀의 말이 툭 끊긴다. 토마는 말이 이어지기를 기다리지만 침묵이 길어진다. 그러자 그가 묻는다(지원 사격). 신앙이 있었다고요? 육신의 부활을 믿었나요? 마리안이 손을 바라본다. 손은 여전히 앞으로 숙인 옆모습만 보여 주고 있다. 그녀가 입술을 깨문다. 모르겠군요. 우리 가족은 열심히 성당에 나가지는 않았어요. 토마가 긴장했다(작년에, 자기네는 육신의 부활을 믿는다면서, 장기 적출은 다른 형식의 존재 가능성을 빼앗는 신체 훼손이니 딸아이의 몸에서 그 어떤 장기도 떼어 내기를 거부했던 부모가 있었다. 토마가 장기 기증에 긍정적인 가톨릭 교회의 공식 입장을 말해 주었지만 그들은 이렇게 대꾸했다. 아니, 우린 딸아이를 두 번 죽이고 싶지 않아요). 마리안이 손의 어깨에 머리를 올려놓더니 다시 말을 이어 간다. 작년 여름에 시몽이 책을 한 권 읽었는데, 폴리네시아 지역의 샤먼이라나 산호 인간이라나, 잘 모르겠네요. 어쨌든 그를 만나러 그곳으로 갈 계획을 짰었죠. 손, 기억나? 환생에 관한 책이었는데. 손이 두 눈을 감은 채로 끄덕인다. 그리고 거의 들리지 않는 목소리로 덧붙인다. 에너지를 소비하는 것, 시몽에게는 그게 중요했어. 그 아이의 중심에는 육체가 있었지. 그래, 그 아이는 그런 애였어. 자기 육체 안에서 살아 있었지. 내가 보는 그 아이는 그래. 자연. 자연 안에서도 그 아이는 무서워하지 않았어. 마리안이 잠시 뜸을

들이다가 불안해하며 묻는다. 그런 거겠지? 너그럽다는
건? 난 모르겠어. 어쩌면(이제 그녀가 눈물을 흘린다).

그들, 어머니와 아버지는 과거 시제로 이야기를 나눈
다. 그들이 옛날이야기하듯 말하기 시작했다. 토마에
게 그건 현저한 진전이다. 그들의 아이가 죽었다는 생각
이 서서히 굳어 간다는 징후. 그는 테이블 위에 서류를
내려놓는다. 자유로워진 두 손을 허벅지 위에 내려놓는
다. 말을 이어 가려고 입을 벌리려는 순간 갑자기, 아무
런 예고도 없이 모든 게 다시 기우뚱거린다. 갑작스러운
기울어짐. 손이 튕기듯 일어난 것이다. 이제 잔뜩 흥분해
서 방 안을 이리저리 누빈다. 갑자기 말을 던진다. 전부
다 엿 같은 얘기요. 너그러움이니 뭐니 하는 이야기는.
너그럽다거나 여행을 다닌다는 게 어떤 점에서 그 아이
가 자기 장기를 기증하기를 바랐을 거라는 결론을 내려
도 된다고 병원 측에 허용하는 건지 난 잘 모르겠군. 그
건 너무 편한 생각 아닌가. 그럼 내가 걔가, 시몽이 이기
적이었다고 말하면 이 면담은 끝내는 거요? 갑자기 그
가 토마에게 다가가 귀에 대고 중얼거린다. 우리가 아니
라고 답할 수 있는 건지만 말해 보라고. 자, 어서. 마리안
이 깜짝 놀라 그를 향해 돌아선다. 손! 하지만 그의 귀에
는 그녀의 목소리가 들리지 않는다. 다시 몸을 바로 세
운 그가 방 안을 왔다 갔다 한다. 그 속도가 점점 빨라진

다. 마침내 창가로 가서 등을 기대고 선다. 역광을 받아 시커멓고 육중하다. 자, 어서, 진실을 말해 보라고. 거절할 수 있나, 없나? 그는 황소처럼 씨근덕거린다. 토마는 눈도 깜빡하지 않는다. 등뼈는 꼿꼿하고 축축한 두 손은 청바지 위에 놓인 채다. 자리에서 일어난 마리안이 손에게 다가가 두 팔을 내밀지만 그는 비켜난다. 벽을 따라 세 걸음. 휙 돌아섬. 그리고 벽에 주먹을 메다꽂는다. 그의 힘 전체가 실린 한 방. 칸딘스키 포스터 위쪽의 유리창이 덜덜 떨린다. 그러더니 그가 신음처럼 내뱉는다. 염병, 이럴 순 없어! 황폐한 모습의 그가 이제는 일어서 있던 토마에게로 돌아간다. 삶은 빨래처럼 낯빛이 허옇게 질린 채 미동도 않던 토마가 단호한 목소리로 말한다. 시몽의 육체는 마음대로 약탈해도 되는 장기 저장고가 아닙니다. 가족과 함께 고인의 의사를 드러내기 위한 노력을 해본 뒤 거부로 결론 나면 절차는 중단됩니다.

마리안이 마침내 손의 손을 잡는다. 이 행위가 필요하기라도 하다는 듯 손을 쓰다듬으며 중얼거린다. 잘하는 짓이다. 그녀가 그를 소파로 이끈다. 두 남녀는 다시 자리 잡고 앉아 이전의 모습으로 돌아간다. 일시적 소강 상태. 꼭 목이 마른 건 아니지만 제각기 물 한 컵을 단숨에 비운다. 때를 기다려야 하고 끊임없이 뭔가를 시도해 봐야 하고 말이 가능한 통로를 찾아야 한다.

그 순간 토마는 다 망쳤다고 생각한다. 너무 어렵다. 너무 복잡하고 너무 폭력적이다. 어쩌면 어머니 쪽은 혹시라도. 하지만 아버지는. 거리 두기가 전혀 없이 모든 것이 너무 빠르다. 그들에게 닥친 비극을 겨우 실감할까 싶었는데 장기 적출에 대해 결정을 내려야만 한다. 이번에는 토마가 다시 자리에 앉는다. 낮은 테이블 위에 뒀던 서류를 집어 올린다. 졸라 대고 영향력을 행사하고 심리적으로 조종하고 권위를 휘두르지 않을 테다. 젊고 온전한 기증자들이 드문 만큼 이번 경우에는 보다 무겁게 느껴질 무언의 협박, 보다 강하게 느껴질 압력을 행사하는 역할은 하지 않을 것이다. 예를 들어, 장기 기증 거부 국가 대장에 이름을 등록하지 않은 경우 동의 추정 원칙을 채택하게 되어 있다는 법을 들려주지는 않을 것이다(기증자가 사망했는데, 정확하게는 기증자가 더는 말을 할 수 없고 더는 동의 의사를 표명할 수 없는데 어떻게 동의 추정이 원칙이 될 수 있는지 자문하게 되는 일을 겪게 하지는 않겠다. 생전에 아무 말도 하지 않은 것은 예라고 말한 것과 같다는, 즉 수상쩍은 격언의 또 다른 버전인 〈말하지 않은 자는 동의한 것〉이라는 단언을 듣는 일을 겪게 하지는 않겠다). 그렇다. 지금껏 나눴던 대화의 의미를 그토록 허망하게 날려 버릴 그 법조문들은 끝끝내 들먹이지 않을 테다. 법이 다른 결론을, 그러니까 상호성과 교환에 입각한 보다 복잡한 개념을 이

끌어 낸다면, 즉 개개인이 잠재적으로 수혜자로 추정될 수 있기 때문에 사망할 경우 개개인을 기증자로 추정하는 것이 논리적이지 않은가라는 생각이라면, 그 순간 그 면담은 단순한 절차나 위선적 관례로 변해 버릴 것이다. 지금은 그는 기증에 대한 질문을 받아도 아무것도 떠올리지 못하는 사람들 앞에서 길을 트기 위해서만, 혹은 난간이 손을 떠받치듯 법이 그들을 떠받친다며 기증 행위를 하는 가족들을 북돋아 주기 위해서만 법적인 내용을 거론한다.

그는 시몽의 서류를 덮고 무릎 위에 얌전히 내려놓음으로써 숀과 마리안에게 그들이 원한다면 면담을 연기하고 방에서 나가도 됨을 알린다. 결과는 거부이고, 이런 일은 일어난다. 거부의 자리도 인정할 줄 알아야 한다. 거부 가능성 역시 기증의 조건이기도 하다. 이제 서로 인사를 나누고 악수를 해야 한다. 면담은 실패다. 자, 각오해야 한다. 토마는 가족들의 의견을 절대적으로 존중하는 것을 원칙으로 삼아 왔고, 고인의 주변 사람들이 고인의 육신을 신성시하는 것은 그 성질 자체가 토론의 대상이 될 수 없음 또한 알고 있다(장기가 부족한 상황에서 법에 의해 그 정당성을 강화해 가며 우격다짐으로 밀고 나가는 현행 절차에 제동을 거는 그의 방식이다). 그의 시선이 벽을 훑는다. 창문 너머에서 새가 들여다보고 있다. 참새 한 마리. 토마가 새를 보고 소스라친다.

우스만이 방울새 마자르에게 먹이를 주고 깨끗한 물과 무공해 곡물을, 바브 엘우에드의 발코니에서 재배한 알록달록한 그 곡식 알갱이들을 채워 주러 집에 들를지 궁금해진다. 그가 눈을 감는다.

오케이. 뭘 적출하는 거요? 손이 고개를 숙이고 시선은 땅바닥에 둔 채 다시 공격에 나섰고 토마는 그 갑작스러운 선회에 놀라 눈썹을 찌푸리며 즉각 이 새로운 템포에 맞춘다. 심장, 신장, 폐, 간을 적출하게 될 겁니다. 절차에 동의하시고 나면 전 과정에 대한 정보를 드릴 거고요. 그리고 아드님의 육체는 복원이 될 겁니다(그는 늘 회피의 모호성보다 건조한 정확성을 선호하는 성향대로 물러서지 않고 장기들을 나열했다).

심장이요? 마리안이 다시 묻는다. 예. 심장이요. 토마가 따라 한다. 시몽의 심장. 마리안은 멍해진다. 시몽의 심장이라니(17일째에, 혈도(血島)들이 최초의 혈관계를 형성하기 위해 작은 주머니로 몰려간다. 21일째에 펌프질 — 아주 미약한 진폭의 수축 운동이지만 심장 발생 과정을 추적하도록 고안된 고도로 민감한 장비를 사용하면 그 소리를 들을 수 있다 — 이 시작되고, 형성 중인 관에 피가 흐르면서 세포 조직, 정맥, 관상 기관들과 동맥에 신경이 분포되며, 네 개의 강(腔)이 만들어진다. 50일째 되면 비록 불완전하기는 하지만 모든 것이 제자리를 잡는다). 시몽의 심장이라니(유아용 접이식 이동 침대에서 부드럽게 오르내리던 둥그런 배. 아이의 가슴 속에서 밤의 어둠이 두려워 퍼덕이던 새. 애너킨 스카이워커[22]의 운명에 맞춰 스타카토를 찍던 북. 첫 번째 파도가 솟구칠 때 피부 밑에서 타닥 튀어 오르던 불길 — 어느 날 저녁 시몽이 그녀에게 말했더랬다. 엄마, 여기 이 가슴 근육 좀 만져 봐요. 팽팽하게 긴장한 근육에 인상을 잔뜩 쓴 얼굴. 열네 살이었고, 틀 잡혀 가는 육체를 갖게 된 소년답게, 못 보던 번쩍임을 담은 눈동자. 가슴 근육 좀 만져 보라니까요 — 그의 눈길이 티셔츠 타입의 줄무늬 원피스를 입고 빨간색 에나멜 닥터 마틴 신발을 신고 겨드랑이에 스케치북을 끼고 마리팀 대로의 버스 정류장에 서 있는 쥘리에트를 포착할 때면 피가 몰리며 녹아내릴 듯하던 심장. 크리스마스 날 저녁에 마닐라지로 포장된 선물들 사이에서 멈춰 버리던 호흡. 싸늘한 헛간 한가운데에서 연애편지를 담은 편지 봉투를 자를 때처럼 세심함과 열정의 뒤섞임으로 포장을 풀고 열어 보던 서프보드). 그런데 심장이라니.

눈은 아니죠. 눈은 떼어 내지 않는 거죠? 그렇죠? 그녀는 벌어진 입에 손바닥을 갖다 대며 비명을 억누른다. 손이 소스라치더니 연이어 소리 지른다. 뭐? 눈? 절대로, 눈은 절대로 안돼요. 그의 헐떡임이 방 안에 고이고

22 영화 「스타워즈」의 등장인물.

눈을 내리뜨고 있던 토마가 답한다. 이해합니다.

이건 또 다른 난류 구역이다. 그가 오한을 느끼며 헤쳐 나간다. 각각의 장기에 실리는 상징의 무게가 같지 않음은 잘 알고 있다(마리안은, 심지어, 신장이나 간, 폐의 적출은 더 쉽게 수긍이 되기라도 한다는 듯 심장 적출에 대해서만 반응을 보이지 않았던가. 세포 조직이나 피부와 마찬가지로 각막 적출에 가족이 동의하는 일은 드물고 마리안 역시 거절했다). 그리고 타협을 하고 원칙에서 벗어나 유보 조건들을 받아들이며 그 가족을 존중해야 한다는 것도 잘 이해하고 있다. 그건 감정 이입이다. 왜냐하면 시몽의 눈, 그건 그저 그 아이의 신경 망막, 그 아이의 호박단 천처럼 빛에 따라 변하는 홍채, 그 아이의 수정체 앞에 위치한 순수하게 검은 동공이기만 한 게 아니었다. 그건 그 아이의 눈빛이기도 했다. 그의 피부, 그건 그저 그 아이의 표피의 그물 조직, 그 아이의 땀구멍이기만 한 게 아니었다. 그건 그 아이의 빛이자 그 아이의 촉감, 그 아이의 육신에 달린 살아 있는 탐지기들이기도 했다.

「아드님의 몸을 원래 모습대로 되돌려 놓겠습니다.」
이건 약속이고, 어쩌면 이 대화의 끝을 알리는 조종일 수도 있겠는데, 잘은 모르겠다. 원래 모습대로 되돌린다라. 토마는 손목시계를 들여다본다. 시간을 따져 본다

(30분짜리 EEG 두 번째 촬영이 두 시간 후면 있을 예정이다). 잠시 두 분만 있고 싶으신가요? 마리안과 숀이 서로를 바라본다. 고개를 끄덕인다. 토마가 일어서서 덧붙인다. 두 분의 아드님이 기증자가 된다면 다른 사람들이, 장기 이식을 기다리고 있는 다른 사람들이 목숨을 구할 수 있게 됩니다. 부모는 외투와 가방을 챙긴다. 둘다 어서 이곳에서 나가고 싶은 마음에 조급한데도 동작은 느릿하다. 그러니까 개죽음은 아니다, 이건가요? 숀이 파카 깃을 올리며 토마의 눈을 똑바로 바라본다. 알아요. 다 압니다. 이식 덕분에 생명을 구할 수 있고, 누군가의 죽음이 다른 사람에게 생명을 부여할 수 있죠. 하지만 우린, 그게 시몽이란 말입니다. 우리 아들이요. 이걸 이해하겠소? 이해합니다. 마리안이 문지방을 넘으려다가 몸을 돌린다. 토마의 눈을 똑바로 바라본다. 바람 좀 쐬고 돌아올게요.

혼자 남자 토마는 의자에 털썩 주저앉는다. 두 손으로 푹 숙인 고개를 지탱한다. 머리카락 밑에 묻힌 손가락들이 머리통 속으로 파고들 것 같다. 그러고는 길게 숨을 쉰다. 힘든 일이라는 생각을 하고 있을 게 틀림없다. 어쩌면 그도 말을 내뱉고 주먹으로 부서져라 벽을 치고 휴지통을 발로 차고 컵들을 깨버리고 싶어 하는지도 모른다. 어쩌면 수락 의사를 밝혀 올 수도 있다. 거절이기가 더 쉬워 보이지만. 그런 일이 벌어지니까(면담의 3분의 1은 거부 의사로 끝이 난다). 하지만 토마 레미주에게는 혼란 속에서 우격다짐하듯 이끌어 내고 가까스로 얻어 냈으나, 동의했던 가족들이 회한에 시달리며 잠도 못 이루고 슬픔에 잠겨 2주 뒤면 후회하게 될 수락보다는 투명한 거절이 훨씬 더 나았다. 산 사람들 생각도 해야지. 그는 종종 그렇게 말한다. 성냥개비 끝을 질겅거리면서 말한다. 남아 있는 사람들 생각도 해야지(그의 사무실에 가면, 문 뒤쪽에 「플라토노프」의 한 페이지를 복사해서 스카치테이프로 붙여 놓았다. 「플라토노프」라는 희곡을 그는 본 적도 없고 읽은 적도 없지만, 무인 빨래방에서 굴러다니던 신문에서 건져 올린 보이니 체프와 트릴레츠키 사이에서 오간 대화의 한 토막은 포켓몬 카드 더미에서 리자몽을, 초콜릿 상자 안에서 황금 티켓을, 보물을 발견한 사내아이가 그러하듯 그를 전율에 떨게 만들었더랬다. 어떻게 해야 할까, 니콜라이? 죽은 자들은 땅에 묻고 살아 있는 자들은 고쳐야지).

쥘리에트는 침실에 있다. 약간 비스듬히 서서 발돋움을 하면 창문에서 랭브르 가족이 살고 있는 아파트 건물 지붕이 보인다(시몽이 처음으로 여기, 소녀다운 공간에 들어왔을 때 그는 창문에 바짝 붙어 서 있다가 갑자기 그녀를 향해 몸을 돌렸다. 봐, 우리 서로 볼 수 있어. 그는 아래쪽에 쪽매붙임으로 이어져 펼쳐져 있는 회색빛 표면들 가운데에서 갈매기들이 앉아 있는 굴뚝들이 군데군데 서 있는 메탈색 부분에 눈길이 가 닿게 그녀의 시선을 한참을 이끌었더랬다. 저기). 그녀가 그곳에 다정한 눈길을 던진다.

그날 밤 둘은 다퉜다. 어쨌든 그들은 따뜻한 깃털 이불을 덮고, 거기, 벌거벗은 채 옆으로 누워 서로 꼭 끌어안고 얼굴을 맞대고 있었다. 너무나 사랑이 넘쳐서 사랑을 나누고 나서도 서로를 계속 쓰다듬었고 야릇하게

도 말이 많아져 어둠 속에서 얘기를 나눴고, 그런 순간
이면 늘 두 사람의 말은 훨씬 더 투명했다. 그때 문자가
도착하며 고요함을 깨뜨렸고, 문자 도착을 알리는 수
중 음파 탐지기 소리도 이번에는 그녀를 웃게 하지 못했
다. 그녀에게는 그것이 적대적인 침입으로 여겨졌다. 서
핑 일정이 잡힌 것이다(너희 집 아래에서 6시에). 무슨
일로 시몽이 돌아가려는지를 눈치채고 그가 초저녁부
터 그 신호가 떨어지기를 기다리고 있었음을 이해하는
데는 시몽이 그 메시지를 다 읽도록 기다릴 필요도 없었
다. 그러자 그녀 안에서 뭔가가 딱딱하게 굳어 버렸다.
갑자기 침대 밖으로 튀어 나가 입술을 앙다물고 옷을
주워 입었다. 팬티, 러닝셔츠. 왜 그래? 그가 한쪽 팔꿈
치를 세워 고개를 받친 채 눈썹을 찌푸리며 물었다(하지
만 그도 그녀가 왜 그러는지 알고 있었다. 순진한 척하
지 마. 그렇게 대꾸해 줄 수도 있었지만 그저 이렇게 중
얼거리고 말았다. 아니, 아니, 아무것도 아니야. 그러자
그의 얼굴이 씁쓸함으로 뒤덮였다). 그러고는 그 역시
옷을 찾아 입고 그녀를 찾아 부엌으로 왔고, 모든 게 엉
망이 되고 말았다.

오늘, 그녀는 텅 빈 아파트의 침묵에 파묻혀, 플렉시
글라스 상자 안에 쌓아 나가기 시작한 지 얼마 되지 않
은 3D 미로 위로 몸을 수그리고서, 그 일에 대해 다시

생각한다. 어떻게 그런 고약한 역할을, 남자가 바깥 활동을 하러 나가고 난 뒤 남겨진 여자의 역할을, 아내들이 취하는 그런 태도를, 열여덟 살인 그녀가 어른들이나 하는 그런 짓을, 나이든 사람들이나 하는 그런 짓을 할수 있었을까. 상냥했다가 못되게 굴다가를 번갈아 하며 졸라 댈 정도로 어떻게 그렇게까지 제정신이 아닐 수 있었을까. 가지 마. 나랑 있어. 자기 자신의 말투가 아니라 연약하며 열정적인 여배우의 말투를 취하다니. 웬 상투성. 이번 주말엔 혼자라고, 부모님은 일요일 저녁이나 되어야 돌아오시니 둘이서 오랜 시간을 함께 보낼 수 있을 거라고 되풀이해서 말했다. 하지만 시몽은 뻗댔다. 서핑이 그렇잖아. 늘 임박해서야 정해지잖아. 그런 게 서핑이지. 그 역시 어른 남자처럼 굴었다. 두 사람은 딱딱한 시선과 추위에 푸릇푸릇해진 피부로 타일 바닥에 맨발로 가만 서 있었다. 그가 그녀를 껴안으려고 했다. 충동. 러닝셔츠 아래로 드러난 날씬한 허리와 살짝 솟은 골반 뼈를 건드리는 그의 두 손. 하지만 그녀의 동작은 거칠었다. 그를 밀어내 버렸다. 됐어. 어서 가. 안 잡아. 그렇게 그는 떠나갔다. 오케이. 갈게. 그는 문을 쾅닫기까지 했다. 그 전에 마지막으로 그녀에게 눈길을 주며 말했다. 내일 전화할게. 그러고는 문간에서 그녀에게 손 키스를 날렸더랬다.

조형 예술 계열에 등록한 졸업반 학생들은 학년 말에 개인 프로젝트를 제출해야 하기에, 그녀는 크리스마스 방학이 끝난 뒤 규칙적으로 미로를 만들어 나가고 있다. 그녀는 플렉시글라스로 1미터짜리 정육면체를 세우는 일부터 시작했고, 그 정육면체의 두 면은 맨 마지막에 붙일 예정이었다(그녀는 재료를 선택하기 전에 견본들을 오랫동안 조사했다). 그리고 지금은 내부를 만드는 중이다. 서로 다른 크기의 도면들이 책상 위 벽면에 압정으로 꽂혀 있다. 그녀가 벽에 다가가 도면들을 관찰한다. 그러고는 작업대 위에 두꺼운 흰색 판지를 내려놓는다. 여러 자루의 연필, 금속 자 두 개, 깨끗한 지우개들, 연필깎이, 글루 건을 준비한다. 그러고는 욕실로 가서 손을 씻고 미용사에게서 얻은 투명 비닐장갑을 낀다(비닐장갑들은 염색 전문 미용사의 수레 속에, 염색약 용기들 아래에, 컬 클립들과 색색 가지의 핀들 그리고 작은 스펀지들 사이에 가지런히 정리되어 있었다).

그녀가 작업을 시작한다. 밀리미터 단위로 그려 뒀던 본대로 흰색 판지에 칼로 금을 긋고 커터로 잘라 다양한 형태의 얇은 판들을 만든 뒤 번호를 매겨 둔다. 이 본대로라면, 모형이 완성된 후에는 각각의 길이 다른 길과 교차되며 입구도 출구도 중심도 존재하지 않고 오로지 무한대의 길과 연결 통로와 갈림길, 소실점과 투시도들이 존재할 뿐인 그 복합적인 뒤얽힘의 세계가, 그 뿌리줄기의 방사상의 세계가 나타날 것이다. 그녀는 온 감각을 집중해 작업에 몰두한 나머지 미세한 진동마저 감지한다. 마치 포화 상태에 이르러 진동하는 침묵이 그녀를 중심으로 보석함을 짜자, 그녀가 세상의 중심이 된 것 같다(그녀는 그리고 조작하고 자르고 붙이고 꿰매는 것을 좋아한다. 늘 그래 왔더랬다. 그녀의 아버지와 어머니는 그녀가 글자를 깨치기도 전부터 손으로 소품들을 만들어 냈고 하루 종일 종이를 잘게 찢어서 그 조각들을 배열했으며 굵은 양털 실로 재료들을 이어 붙여 모자이크를 만들었고 퍼즐들, 모빌들이 점점 더 정교해지는 동안 점토 작업에도 손을 대더라는 이야기를 종종 한다. 그러고는 그녀가 창의적인 아이였음을, 섬세하고 열정적이며 특별한 여자아이였음을 떠올린다).

그녀가 처음으로 시몽에게 그 투명한 상자를 보여 주며 자신의 프로젝트를 설명했을 때, 시몽은 당혹스러워하며 그녀에게 물었더랬다. 두뇌 지도야? 그녀는 놀라 그를 바라보다가 자신 있게 빠른 속도로 대답했다. 이를테면, 그래, 바로 그런 거지. 그건 기억과 우연, 질문들로 가득하니까. 그건 우연과 조우의 공간이야. 그녀는 자신이 그에 대해 얼마나 뼈저린 경험을 했는지를 그에게 말로 전할 수 있는 법을 몰랐다. 매번의 작업은 그녀를 멀리, 아주 멀리로 이끄는, 적어도 눈 아래에서 분주하게 움직이고 있는 자신의 두 손으로부터는 먼 곳으로 이끄는 일종의 이탈을 불러왔고, 얇게 썰어 낸 판지들이 테이블 위에 쌓여 가고 반복적인 동작으로(글루 건의 방아쇠에 놓인 검지의 압력이 그 백색의 따뜻한 물질을 필요한 양만큼 정확히 짜내는 동안 그녀는 그 냄새에 슬며시 취해 갔다) 구조물 위에 부착한 그 판지들이 제자리를 잡아갈수록 그녀의 생각은 저 멀리로 달아났고, 극도로 정밀한 기억과 욕망의 회오리, 거대한 몽상이 뒤섞여 존재하는 정신의 어떤 구역에서 미로의 입구를 향해 서서히 흘러가다가 그 여정의 끝에서는 늘 시몽에게로 되돌아가 그의 몸에 새긴 문신의 흔적을, 선들과 점들을, 녹색 잉크로 정성 들여 그려 넣은 섬세한 소용돌이 문양을 다시 발견하게 되니, 이미지를 따라 결국에는 그와 만나고야 말았다. 그녀는 사랑에 빠졌으니까.

햇살이 쥘리에트의 침실로 길게 들이친다. 백색의 미로가 차츰차츰 9월의 그날로 통하는 길을 열어 준다. 그 첫날, 마침내 두 사람이 나란히 걷게 됐을 때, 마치 눈에 보이지 않는 입자들이 갑작스러운 가속 효과 때문에 그들 주위로 응집되기라도 한 듯 공기라는 질료가 서서히 구조를 갖춰 가던 그날, 일단 학교 철책을 넘어서자 그들의 육체는 이미 욕망의 언어인 그 무음의 태곳적 언어로 서로서로에게 신호를 보냈고, 그러자 그녀는 친구들이 먼저 가도록 내버려 두고는 시몽이 옆에 와서 설 수 있게 걸음을 늦추며 보도 위에 혼자 뒤떨어졌고, 그녀는 마음의 백미러를 통해 오른발을 왼쪽 페달 위에 올리고 자전거에 올라타려던 시몽이 그녀를 에스코트하기 위해 땅으로 내려와 핸들 위에 올려놓은 한 손으로 자전거를 밀고 있으리라고 짐작했다. 그 모든 것이 그녀에게 말을 걸기 위해서였다. 그 모든 것이 서로 이야기를 나누기 위해서였다. 먼 데 사니? 난 저 위에 사는데, 너는? 아주 가까워. 모퉁이만 돌면 돼. 소나기가 쏟아진 뒤라 햇살은 환장하게 투명하고, 비를 맞고 나무에서 떨어진 노란 나뭇잎들이 길 여기저기에 점점이 흩어져 있다. 시몽은 옆으로 슬며시 눈길을 돌려 본다. 쥘리에트의 피부가, 옅은 화장 아래의 피부 결까지 올올이 보일 정도로 아주 가까이에 있다. 그녀의 피부가 생생하다. 그녀의 머리카락이 생생하다. 그녀의 입이 생생하다. 이미테이션 귀고리를 단 그녀의 귓불도. 속눈썹 뿌리에는 아이라인을 그려 넣었다. 한 마리의 새끼 사슴. 너 프랑수아 비용이 쓴 「목 매달린 자들의 발라드」 아니? 그가 고개를 젓는다. 글쎄. 그날 그녀는 산딸기 색깔 루즈를 발랐다. 우리 다음에 살아갈 인간 형제들이여, 우리에게 날 세운 무정한 마음을 갖지 마시게. 알겠어, 모르겠어? 아, 그래, 알겠다. 하지만 그는 아무것도 모른다. 눈에 보이는 게 아무것도 없는 상태다. 눈이 멀었다. 잔잔하게 떨리는 물방울마다 수천 개의 거울들이 생겨나 아롱거린다. 두 사람은 땅바닥을 향해 고개를 숙이고 물웅덩이를 요리조리 피해 간다. 자전거도 발맞춰 댕그랑거린다. 말 한마디마다, 몸짓 하나마다 동일 사건의 안과 밖처럼 도도함과 수줍음이 함께 실린다. 그건 개화(開花)다. 두 사람은 유리알처럼 투명한 빛 속에 잠긴 채 군주처럼 대로를 거슬러 올라간다. 흥분 상태지만 가능한 한 느리게. 〈피아니시모, 피아니시모, 피아니시모, 알라르간도로.〉 서로에게는 상대방 그 자체인 놀라움 속에 휩싸여 걷는다. 두 사람의 세심함은 상상을 넘어서서, 거의 분자 단위급이다. 뱅글뱅글 미친 듯이 돌아가는 템포로 둘 사이에서 무언가가 오간다. 그래서 케이블 전차에 가까워질 무렵 두 사람 다 숨이 차고 관자놀이께 혈관에서 맥이 툭툭 뛰고 두 손은 축축하다. 이제 모든 것이 무너지려는 순간이니까. 종소리가 전차의 출발을 알리는 순간, 그녀가 그의 입술에 입을 맞춘다. 재빠른 키스. 눈꺼풀의 깜박임. 그러더니 훌쩍 전철에 올라탄다. 그녀가 몸을 돌려 지저분한 유리창에 이마를 찰싹 붙이고 몸을 바싹 갖다 댄다. 그의 눈에 그녀가 미소를 지으며 입 맞추는 모습이 보인다. 두 눈을 꼭 감고 두 손은 활짝 펴 유리창에 갖다 대어 손바닥의 뚜렷한 보랏빛 손금들을 내보이며 창에 입술을 짓누른다. 그러다가 그녀는 몸을 돌리고, 믿을 수 없을 정도로 심장이 팽창한 시몽은 꼼짝 않고 굳어 있다. 무슨 일이 일어났지? 전차가 멀어져 가더니 털털거리며 오르막을 끈질기게 공격한다. 시몽도 같은 일을 하기로 결심한다. 좀 더 힘차게. 크게 곡선을 그리며 올라가야 해서 거리가 더 늘어나지만 경주에 참가한 사이클 선수가 속력을 낼 때처럼 납작 엎드려 전속력으로 페달을 밟는다. 등에 맨 책가방이 혹처럼 불룩하다. 그때 하늘이 어두워진다. 땅바닥에 끌리던 그림자들이 사라진다. 또 비다. 바닷가의, 묵직한 비. 단 몇 분 만에 아스팔트 위로 빗물이 줄줄 흐르고 보도는 미끄럽다. 시몽은 기어를 바꾸고 안장에서 엉덩이를 들어 올려 온 무게를 실어 페달을 밟는다. 등이 불룩 솟고, 눈썹 뼈를 따라 매달린 물방울들이 시야를 가린다. 하지만 어찌나 행복한지 바로 그 순간 하늘을 향해 고개를 젖히고 입을 벌려 저 높은 곳에서부터 흘러내리는 것을 몽땅 다 마실 수도 있을 것만 같다. 허벅지와 장딴지 근육이 기를 쓴 통에 팽팽하게 땅기고 팔뚝에는 고통이 느껴진다. 그가 침을 뱉어 낸다. 헐떡거린다. 그래도 마지막 커브에서 근사한 곡선을 그리는 데 필요한 추진력을 자기 안에서 찾아낸다. 정확한 각도로 자세를 잡아서 가속이 붙자, 그 힘을 그대로 이어받아 언덕의 평평한 꼭대기로 올라선다. 전차가 날카로운 비명을 울리며 멈춰 서는 순간, 그 역시 전차 역을 향해 돌진한다. 입구에서 옆으로 미끄러지며 자전거를 세운다. 흠뻑 젖어 물이 뚝뚝 듣는 몸으로 자전거에서 내린다. 두 손으로 무릎을 짚고 고개를 땅바닥으로 떨구며 몸을 반으로 꺾는다. 입가에는 거품이 고이고 마치 제국의 젊은 원수(元首)처럼 얼굴 주위로 검은색 머리 타래가 들러붙어 있다. 그가 자전거를 벤치에 기대어 세우고 호흡을 고른다. 점퍼를 열고 셔츠의 단추를 위에서부터 몇 개 푼다. 드러난 문신 아래에서 심장의 박동이 서서히 느려진다. 그건 난바다에서 헤엄치는 사람의 심장, 스포츠맨의 심장이어서 휴식을 취할 때면 분당 40 아래로까지 심박수가 떨어질 수 있다. 외계인의 느린 맥박. 하지만 쥘리에트가 출입구의 회전 막대를 밀자마자 모든 것이 다시 빨라지기 시작한다. 밀려드는 파도. 폭주. 하지만 주머니에 손을 넣고 어깨를 세우고 똑바로 그녀를 향해 다가간다. 그녀가 미소를 지으며 방수복을 벗어 팔을 쭉 뻗어서 허공에 펼친다. 그건 처마, 우산, 침대 위로 드리우는 커튼, 무지개의 모든 색채들을 모아들일 수 있는 태양광 집광판. 둘이 얼굴을 마주하자 그녀가 발돋움을 해 그에게 방수복을 씌운다. 그와 그녀, 두 사람은 함께 비닐 천의 달큰한 냄새 속에 잠긴다. 둘의 얼굴은 방수 천 아래에서 붉게 물들고 둘의 속눈썹은 짙푸른 색을 띠고 둘의 입술에는 보랏빛이 돌고 둘의 입속이 한없이 깊고 둘의 혀는 끝없는 호기심으로 움직인다. 두 사람이 자리한 방수 천 아래는 울림으로 가득한 바람막이 밑과 같아서, 빗방울이 밖에서 두드리며 만들어 낸 소리의 풍경에 숨소리와 침 섞이는 소리가 섞여 든다. 두 사람이 자리한 방수 천 아래는 마치 세상의 표면 아래와 같아서, 둘은 습하고 축축한 공간 속에 잠긴다. 그곳에서 두꺼비들이 울고, 그곳에서 달팽이들이 기어오르고, 그곳에서 목련 꽃잎과 갈색 나뭇잎, 보리수 열매와 솔잎이 뒤섞인 부식토가 부풀어 오르며, 그곳에서 구슬 껌과 비에 젖은 담배꽁초들이 뒹군다. 그들은 지상의 햇빛을 재창조해 내는 스테인드글라스 아래와 같은 그곳에 있다. 그리고 입맞춤이 이어진다.

줄리에트가 고개를 든다. 숨이 가쁘다. 어느덧 햇빛이 약해졌다. 불을 켜고 부르르 떤다. 그녀 앞에는 어느새 몸집을 더 불린 미로가 놓여 있다. 그녀가 손목시계에 눈길을 준다. 곧 17시. 오래지 않아 시몽이 신호를 보내 올 것이다.

바깥으로 나오자 무덤덤한 하늘에 두 사람은 어지러 움을 느꼈다. 창백하고 칙칙한 우윳빛 하늘. 그래서 두 사람은 고개를 숙이고 발끝에 시선을 고정시킨 채 자동 차를 향해 나란히 걸었다. 손은 주머니에 넣고 코, 입, 턱 은 목도리와 옷깃 속에 파묻었다. 자동차 안은 얼음처 럼 차갑다. 이번에는 손이 운전대를 잡는다. 두 사람은 천천히 주차장을 빠져나간다(이 빌어먹을 차단기만 오 늘 대체 몇 번째인가?) 두 사람은 곧 작은 도로로 접어 든다. 병원에서 멀어지고 싶지는 않다. 그저 세상으로부 터 벗어나고, 사고의 범위를 벗어난 이날의 흘수선(吃水 線) 밑을 통과해서 흐릿한 섬유질의 공간으로, 반투명의 지하 세계로, 그들의 상심을 닮은 세계로 사라지고 싶을 뿐이다.

　도시가 길게 늘어지며 헐렁해진다. 마지막 동네들은

윤곽이 풀려 있다. 보도도 보이지 않는다. 울타리도 더는 보이지 않고 높은 철책들과 창고 몇 채, 환상형 입체교차로 밑의 낡은 주거 지대의 잔재들만 꺼뭇하게 보인다. 그러고 나니 지형이 그들의 노정을 이끈다. 자기력선처럼, 정처 없는 그들의 길을 안내한다. 두 사람은 절벽 아래 도로 위를 달린다. 외톨이 떠돌이들이나 사내아이들 패거리(대마초와 페인트 스프레이)가 어슬렁거리는 굴들이 산재한 그 비탈을 따라 달린다. 비탈 아래 웅크린 가건물들과 공프르빌로르셰에 위치한 정유 공장 지대를 지난다. 마치 휘돌아 나가는 강물이 깊숙이 파고든 모습에 덜컥 덜미라도 잡힌 양 결국 옆길로 빠져 강가로 나아간다. 이제 하구다.

그러고도 두 사람은 2~3킬로미터를 더 달린다. 아스팔트 도로의 끝에 이르러서야 엔진을 끈다. 그들 주변은 텅 비어 있다. 공장 지대와 목초지 사이의 폐쇄된 공간. 그들이 왜 이런 곳에 멈춘 것인지 이해하기 힘들다. 정유 공장의 굴뚝 위로 나선 모양을 그리며 빠르게 올라가던 짙은 연기가 기운을 잃고서, 가늘고 긴 띠 모양으로 풀어지다가 먼지와 일산화탄소를 퍼뜨리며 얼룩을 남기고 있는 하늘 아래에. 세상의 종말 같은 하늘. 갓길에 차를 세우자마자 쉰이 말보로 한 갑을 꺼내어 차창도 열지 않고 담배를 피우기 시작한다. 담배 끊었다고 생각했는데. 마리안이 그가 쥔 꽁초를 슬며시 잡아당겨

한 모금 빤다(그녀의 담배 피우는 방식은 독특하다. 손
가락을 쫙 붙인 상태에서 손바닥을 입으로 향하고 담배
는 엄지와 검지가 갈라지는 곳에 끼운다). 연기를 삼키
지 않고 내뱉는다. 그러더니 손의 손가락에 다시 끼워
준다. 손이 중얼거린다. 됐어. 생각 없어. 그녀가 좌석 위
에서 움직거린다. 아직도 당신이 담배를 입에 문 채 이를
닦는 유일한 사람일까, 아닐까? (1992년 여름. 산타페
근처 사막에서의 야영. 홀치기 염색을 한 듯, 산호 빛깔
의 붉은색과 원숭이 손바닥의 분홍색 사이에서 번져 나
가던 여명. 푸르스름한 불꽃. 냄비 안에서 탁탁 튀며 구
워지던 베이컨 한 줄. 양철 컵에 담긴 커피. 자갈 사이의
서늘한 그늘에 웅크리고 있을 전갈들에 대한 두려움. 둘
이 함께 부르던 그 노래, 「리오 브라보」의 삽입곡 「마이
라이플, 마이 포니 앤드 미」. 그리고 손. 한쪽 입귀로 삐
죽이 나와 있던 치약 범벅의 칫솔 손잡이. 미소를 문 다
른 쪽 입귀에는 그날의 첫 번째 말보로가 타들어 가고 있
었다.) 그가 고개를 끄덕인다. *Yes*(그럴걸). (캐나다산 텐
트에는 새벽이슬이 줄줄이 맺혀 있었다. 마리안은 맨몸
에 술 달린 남미풍 망토만을 걸치고 엉덩이까지 내려오
는 머리 타래를 늘어뜨리고서, 그들을 타오스에 내려 줬
던 그레이하운드 버스의 구석에서 발견한 리처드 브로
티건의 시집을 과장된 낭독풍의 어조로 읽어 내려갔다.)

아이에게 그놈의 서프보드를 만들어 주는 게 아니었어. 손이 재떨이에 담배를 비벼 끄는가 싶더니 갑자기 몸을 숙여 머리로 운전대를 세게 내려친다. 쿵. 그의 이마가 고무 위에서 거세게 튀어 오른다. 손! 마리안이 놀라 비명을 지른다. 하지만 그는 되풀이한다. 더욱 속도를 낸다. 되풀이되는 부딪기. 계속 동일한 이마 부위. 쿵, 쿵, 쿵. 그만해. 당장 그만뒤. 마리안이 그의 어깨를 붙잡아 꼼짝 못 하게 눌러 놓으려고 한다. 하지만 그가 팔꿈치로 밀어 버리는 바람에 몸이 한쪽으로 쏠린 그녀가 자동차 문에 오른쪽 옆구리를 부딪는다. 그녀가 몸을 추스르는 동안 그는 운전대를 이로 물고 늘어진다. 고무를 물어뜯는다. 숨넘어가는 소리를 귀가 먹먹하게 내지른다. 야생의 음울한 헐떡임. 견디기 힘든 그 무엇. 그녀로서는 듣고 싶지 않은 비명. 다 좋은데 그것만은 제발. 그녀는 그가 입을 다물기를 바란다. 그래서 그의 목덜미를 잡고, 머리 가죽을 뚫을 기세로 그녀의 열 손가락을 그의 더부룩한 머리 타래 깊숙이 파묻는다. 이를 악물었지만 거친 목소리가 튀어 나간다. 당장 그만해! 계속 거세게 뒤로 잡아당기자 운전대를 물고 있던 그의 턱뼈가 벌어지며 등이 좌석 등받이에 부딪혀 튀어 오른다. 어느덧 등받이에 부딪혔던 머리가 머리 받침대 위에 얌전히 놓인다. 두 눈은 감겼고 눈 사이의 이마 부위는 충격으로 벌겋다. 헐떡임이 탄식으로 바뀌고 나서야 그녀가 부들부들 떨면서 놓는다. 중얼거린다. 그러지 마. 자해하지 마. 벌써 손이 어떻게 됐는지 좀 봐. 그녀가 고개를 숙인다. 그의 손가락들은 집게발처럼 무릎을 움켜쥐고 있다. 쉰, 난 우리가 돌아 버리기를 바라지는 않아 (어쩌면 바로 그 순간 그 말은 그녀가 자기 자신에게 건넨 것일지도 모르겠다. 자기 안에서, 그들 두 사람 안에서 커져 가는 광기를, 유일하게 가능한 사고의 형식이자 전대미문의 진도(震度)를 기록한 이 악몽 속에서 단 하나의 이성적 출구로서의 광기를 헤아려 보고 있으니까).

두 사람 모두 진이 빠진 상태다. 차 안에서 웅크리고 있다. 평온을 되찾은 것처럼 보이나 그것은 환상일 뿐이다. 쉰의 탄식이 마리안의 고막을 뚫고 들어가고 있으니까. 갑자기 마리안은 그 사고가 없었더라면, 녹초가 되지 않았더라면, 서핑을 하지 않았더라면, 서핑에 대한 그 빌어먹을 열정이 없었더라면, 이 일요일이 어떤 모습이었을지에 대해 생각이 미치고, 그렇게 떨리는 손으로 꼬아 나가는 인과론의 밧줄 끝에는 바로 쉰이 있다. 그러네. 쉰이네. 바로 그거야. 그다. 그런 성향을 부추기고 그런 성향이 생겨나게 하고 그런 성향을 키워 줬던 것은 바로 그다. 카누, 마오리, 문신, 삼,[23] 바다, 미지의 대륙으로의 여행, 자연과의 합일, 그녀의 꼬맹이를 홀려 낸 신화적인 그 모든 잡동사니, 자라나는 그 아이를 둘러쌌

23 배의 바닥에 대는 널.

던, 시네마스코프로 펼쳐지던 그 모든 상상 세계(그녀는 이를 악물었다. 할 수만 있다면 옆에 있는 그 남자를, 신음하고 있는 그 남자를 패줬을 것이다). 두 사람은 함께 경주용 보트를 배달한다며 루와 그녀를 따돌리고, 〈여자들끼리〉 남겨 두고 떠났었다. 둘은 익스트림 스포츠 영화 「라 뉘 드 라 글리스」를 놓치는 법이 절대 없었다. 그 뒤로 시몽 혼자서 너무 차갑고 너무 세찬 파도가 이는 바다로 나가는 위험을 서슴지 않는 일이 점점 더 잦아졌지만 아이 아버지는 그에 대해 단 한마디도 하는 법이 없었다. 그는 말수 적은 고독한 아버지, 수수께끼 같은 아버지, 식구들과 섞이지 않는 아버지였기에 결국 어느 날 저녁 그녀가 그에게 별거 이야기를 꺼냈다. 당신이 떠나. 더는 당신하고 함께 살고 싶지 않아. 이렇게는 아니야. 그럼에도 그녀가 사랑한 남자. 하지만 염병할, 그래, 서핑이라니, 미친 짓이지. 정말로 위험한 미친 짓. 그리고 그녀 마리안은 어떻게 그렇게까지 강렬한 감각을 추구하는 중독 증세가 자기 집에서 점점 자라나게 내버려 두고, 자기 아들이 그 아찔함의 회오리 속으로, 배럴 파도 속으로, 그 바보 같은 짓 속으로 빠져들게 내버려 둘 수 있었을까? 아들이 날씨에 따라 생활하기 시작하면서 파도가 친다는 예보가 있으면 모든 것을, 숙제도 그 외의 것도 다 내팽개치고 때로는 새벽 5시에 일어나 1백 킬로미터 떨어진 곳까지 파도를 찾아 가기도 했지만, 그래, 그녀 역시 아무 행동도 하지 않았고 그 어떤 말도 하는 법이 없었다. 손을 사랑해서이기도 했지만, 아마도 배를 만들고 눈 아래서 불을 피우고 온갖 별과 성운의 이름을 꿰며 복잡한 멜로디를 휘파람으로 부는 남자라는 그 고약한 상상의 산물에 그녀 스스로도 홀렸을 테고, 자기 아들 역시 그처럼 강렬한 삶을 살아갈 수 있다는 것에 경탄했을 테고, 그가 남다르다는 것에 자부심을 느꼈을 테다. 그렇다. 둘 다 아무것도 하지 않았다. 둘 다 아이를 보호할 줄을 몰랐다.

창에 서렸던 김이 물이 되어 흘러내리기 시작할 무렵 마리안이 말한다. 그 서프보드가 당신이 그 아이에게 준 것 중 가장 아름다운 거였어. 그가 속삭인다. 난 모르겠어. 그러고는 둘 다 입을 닫았다. 가장 아름다웠던 것, 그건 보드를 만드는 손길 그 자체였다. 그 손길로 인해 그의 안에서 생겨난 변화. 카누를 만들 때 나무 졸대 대신 폼과 레진 사용하기. 12월 초에 그는 바닷가의 어떤 〈셰이퍼〉[24](이슬람교의 고행자 같은 몸피의 50대 남자로 이마에는 아파치족처럼 붉은색 천을 두르고 수염을 길렀으며, 회색빛 머리는 하나로 묶고 꽃무늬 반바지에 기모 등산 재킷을 입고 형광색의 해변용 슬리퍼를 신고 있었다. 그러니까 한물 간 타입으로 말수가 거의 없

24 *shaper.* 서프보드를 수작업으로 제작하는 장인.

고 그를 똑바로 바라보지도 않았으며 가능하기만 하면 나가서 서핑을 했고, 휴대용 기상 관측기의 번쩍거리는 화면에서는 풍속과 파고에 대한 예보가 계속 흘러나왔다)에게서 폴리스티렌 판들을 구해오려고 랑드 지방으로 내려갔다. 그는 자신이 잘 알지 못하는 그 재료들을 고르기 전에 심사숙고하여 그것들의 밀도와 내구성을 검토했고, 그 결과 폴리우레탄보다는 압출을 통해 만든 폴리스티렌 폼을 선택하고 폴리에스테르 레진이 더 싼데도 에폭시 레진을 골랐다. 그는 오랫동안 〈셰이퍼〉의 일하는 모습을, 대패의 속도와 샌딩 작업을 지켜보고 난 뒤 자신의 라이트 밴에 구입한 물건들을 전부 싣고 한밤중에 고속도로를 달리면서 보드 제작에 대해 생각하고 마음속으로 그 모양을 그려 보고 그것의 내구성에 대한 생각에 사로잡혔더랬다. 그는 그 일을 몰래 했었다.

두 사람은 걸으려고 차 밖으로 나갔다. 우리 밖으로 나갈까(어느새 벌써 차 문을 열어 잡고 서서 그렇게 말한 사람은 마리안이었다). 두 사람은 삐죽거리는 잎들을 땅바닥에 늘어뜨린 길가 가시덤불 옆에 차를 놔두고 가시 철조망 울타리 밑으로 차례차례 빠져나가(그녀가 먼저, 그다음에 그가. 한 발 먼저 내딛고 나머지 발 옮기고, 등은 납작하게 숙이고, 각자 상대방의 머리 위와 배 아래로 철조망을 벌려 준다. 머리카락 조심해. 코, 눈,

외투 자락도) 벌판을 가로질렀다.

　겨울 숲. 풀밭 저 안쪽은 그들의 신발창 밑에서 철벅
거리는 차가운 수프 같고 풀잎들은 바스락거리고 서리
맞아 단단하게 굳은 쇠똥들은 여기저기 검은색 포석을
이루고 포플러나무들은 하늘을 향해 날카로운 발톱을
치켜세운 것 같다. 심지어 관목림에는 까마귀들이 있는
데, 암탉만큼이나 살찐 까마귀들이다(이건 좀 심하잖아.
마리안이 생각한다. 너무해. 죽을 것 같아.)

　두 사람은 마침내 강이 보이는 곳에 도착한다. 환장
하게 탁 트인 하늘. 둘 다 깜짝 놀라 숨이 턱 막힌다. 발
이 젖는데도 강둑을 향해 걸어간다. 자석에 끌리듯 바
로 강가까지 다가가서 풀밭이 완만히 강물 속으로 빠져
들기 시작하는 곳에서야 걸음을 멈춘다. 휘어진 가지들
과 썩어 들어가는 그루터기들, 겨울이 생명을 빼앗고 썩
게 만들었을 곤충의 사체들로 가득한 이곳의 강물은 시
커멓다. 바닷물과 민물이 뒤섞인 미동도 없는 진흙탕.
옛이야기에 나올 법한 연못. 그 너머 하구의 강물은 완
만히 흐르고 광채가 없다. 연한 샐비어빛. 염포(殮布)의
주름. 그것을 건너는 것은 가능하나 위험해 보인다. 그
러려는 생각을 품게 할 만한 부교 하나 없고 위험을 무
릅써 보려 해도 매어 둔 보트 한 척 없다. 납작한 조약돌
로 주머니를 가득 채워 와서 물수제비를 뜨는 어린아이

한 명 없고, 그 바람에 가볍게 통통 튀며 길게 이어지는 움직임이 수면에 생겨나서 거기 살고 있는 물의 정령들을 춤추게 할 일도 없다. 두 사람은 그곳, 적대적인 강물 앞에서 발목이 잡혔다. 주머니에 손을 찔러 넣고 진흙에 발이 빠진 채 강물과 대면하며 옷깃 사이에 턱을 묻는다(여기서 대체 뭘 하고 있는 걸까? 마리안이 생각한다. 소리를 질러 대고 싶지만 커다랗게 벌린 입에서는 아무런 소리도 나오질 않는다. 아무것도. 순전한 악몽). 하지만 저 멀리 왼편에 짙은 색깔의 선체를 지닌 배가 모습을 드러낸다. 강물의 상류 쪽과 하류 쪽을 통틀어 유일하게 눈에 띄는 배. 저 혼자만으로 다른 배들 전부의 부재를 가리키는 외로운 배 한 척.

난 그들이 아이의 몸을 가르는 게 싫어. 가죽을 벗기는 것도. 내장을 꺼내는 게 싫다고(손의 허옇게 질린 무채색의 목소리. 장작을 태운 재로 벼린 칼날처럼 추위에 날이 선 목소리). 마리안이 왼손을 손이 입고 있는 파카의 오른쪽 주머니에 집어넣는다. 그의 손의 손가락과 손바닥 사이 컴컴한 공간에 닿은 검지와 중지가 그의 주먹을 풀면서 사이 공간을 비집고 들어가 통로를 더 넓히자 약지와 소지까지 따라 들어간다. 그러는데도 손은 고개를 돌리지 않는다. 왼쪽에서 화물선의 웅웅거리는 소리가 점점 다가온다. 선체의 색깔이 서서히 드러난

179

다. 번쩍거리는 빨간색. 정확히, 피가 말랐을 때의 색깔. 그건 곡물을 실은 배다. 강을 따라 내려간다. 바다를 향해 내려간다. 갑자기 모든 것이 나팔 모양으로 탁 트여버리는 이곳에서 물길을 잡으며 내려간다. 물도 의식(意識)도 모두 다 난바다를 향해, 사라짐의 무정형과 무한을 향해 몰려간다. 배의 모습이 갑자기 어마어마해지면서 너무나 가까워 보여 두 사람은 손가락을 뻗으면 닿을 것 같다는 생각을 한다. 배가 그들 위로 싸늘한 그림자를 던지며 지나간다. 전부 뒤흔들어 놓는다. 구겨지고 뒤섞인다. 마리안과 손이 배를, 긴 선체를, 180미터짜리 선체를, 최소 3만 톤은 됨 직한 선체를 눈으로 쫓는다. 배가 나아간다. 현실 위를 미끄러지는 빨간 커튼(그 순간 두 사람이 생각하는 것, 그게 뭔지는 모른다. 아마도 그들은 시몽에 대해서, 태어나기 전에 그는 어디에 있었으며 앞으로는 어디에 있게 될까를 생각하는 건지도 모른다. 차츰차츰 사라지다가 또다시 모습을 드러내는 세계, 만질 수 있는 세계, 절대적으로 이해 불능인 그 세계의 유일한 광경에 사로잡혀서 아무런 생각도 하지 않는 건지도 모른다). 물살을 쪼개며 나아가는 선수(船首)는 그들이 느끼는 고통의 강렬한 현재성을 확인해 준다.

배가 지나가며 남긴 흔적이 부글거리다가 가라앉으며 매끈해진다. 화물선이 멀어지며 소리와 움직임을 함께 가져가 버린다. 강은 다시 원래의 결을 되찾는다. 하구 전체가 불타오른다. 빛의 번쩍임. 마리안과 숀이 몸을 돌려 서로를 마주 본다. 양팔을 쭉 뻗어 손을 맞잡고 얼굴로 얼굴을 쓰다듬다가(그 무엇도 이렇게 비벼 대는 행위보다 더 다정할 수는 없다. 그 무엇도 피부 아래에서 미끄러지는 이 얼굴뼈들의 도드라진 곳들보다 더 매끄러울 수는 없다) 어느덧 이마와 이마를 맞대고 가만히 서 있다. 그때 마리안의 입에서 나온 말들이 정체된 공기에 선명한 자국을 남긴다.

그 사람들이 해로운 짓은 하지 않을 거야. 어떤 해로운 짓도 안 할 거야. 마리안의 목소리가 천의 조직에 한 차례 걸러지며 들려온다. 그러자 숀이 손을 놓고 그녀를 품에 끌어안는다. 그의 오열은 자연의 숨결의 연장이다. 그가 동의한다. 그래. 이제 그곳으로 돌아가야지.

「기증하겠습니다.」

이 말을 한 사람은 숀이다. 그러자 토마 레미주가 의자에서 벌떡 일어선다. 몸이 흔들리고 얼굴이 붉게 달아오르고 마치 피가 빠르게 돌기라도 하는 양 열기가 확 피어나며 흥분이 확장된다. 그가 갑자기 그들을 향해 다가간다. 고맙습니다. 마리안과 숀은 눈길을 떨어뜨린다. 망연자실해서 사무실 문간에 막대처럼 우두커니 서 있다. 그들의 신발이 바닥을 더럽힌다. 진창과 시커먼 풀들을 흘려 놓는다. 두 사람 본인들도 그들이 방금 저지른 일에, 그들이 막 입 밖에 낸 일에 압도당한 상태다 (기증, 기부, 거부, 거절. 말들이 그들의 고막 저 안쪽에서 서로 충돌을 일으킨다. 그것들이 잇달아 고막을 뚫어 댄다). 전화가 울린다. 레볼이다. 토마가 재빨리 〈좋습니다〉라고 알린다. 숀과 마리안이 알아챌 수 없게 암호처럼 빠르게 흘러나온 네 음절. 다른 사람들은 알아듣

지 못하게 하려는 약어와 재빠른 말의 속도. 곧 두 사람
은 센터의 사무실을 떠나 면담이 이루어졌던 방으로 되
돌아간다. 레볼이 거기서 그들을 기다리고 있다. 그들은
이제 네 명이고 대화는 곧 다시 재개된다. 대뜸 마리안
이 나지막이 물어 오고 있으니까. 이제, 무슨 일이 벌어
지는 거죠? 이제?

17시 30분이다. 이전 대화로 공기가 다 소진되고 탁
해져서(탄식, 눈물, 땀) 방 안을 신선한 공기로 다시 채
워야만 했다는 듯 창문이 열려 있다. 바깥에는 벽 바로
아래로 벽을 따라 띠를 이룬 잔디밭이, 그리고 아스팔
트 보도가 있고, 그 둘 사이에는 사람 키만큼 올라오는
울타리가 서 있다. 토마 레미주와 피에르 레볼이 진홍빛
의자에 자리를 잡고 마리안과 숀은 다시 초록 사과 색
깔 소파에 앉는다. 그들의 불안감이 손에 잡힐 듯하다
(여전히 활짝 열린 두 눈과 그 바람에 이마에 잡힌 주름
과 동공을 둘러싼 흰자위의 확장. 여전히 언제라도 소리
지를 준비가 된 벌어진 입술. 기다림과 두려움 속에서
딱딱하게 굳은 몸 전체에서 발산되는 긴장. 방 안이 춥
지는 않다. 아직은).
　　우선 장기에 대한 전반적 평가를 시행하고 나서 생체
의학국 의사에게 그 자료들을 전달하게 될 겁니다. 그러
면 의사가 그 정보들을 검토하고서 하나 혹은 여러 개의

장기 적출을 제안할 수 있지요. 그다음에 수술실에서
진행되는 수술은 우리 관할입니다. 자녀분의 신체는 내
일 아침에 가족에게 인계될 겁니다. 레볼은 매번 새 문
장이 시작될 때마다 손짓을 곁들여서 다음 단계의 절차
들을 허공에 그려 가면서 말했다. 그 문장들에는 수많은
정보가 담겨 있지만 한가운데에 구멍이 있다. 그들의 공
포를 촉발시키는 어두운 부분이. 그러니까 수술 그 자
체가.

불쑥 손이 말한다. 대체 아이에게 뭘 하겠다는 겁니
까? 구체적으로요. 그가 〈구체적〉이라고 말했다(목이 졸
린 듯이 더듬거리는 소리를 내지 않고 그 순간 용감하게
도 자신의 질문을 내질렀다. 전장으로 나가는 병사. 총
탄에 내준 가슴팍. 반면 마리안은 외투 소맷자락을 악
문다. 이날 밤에 수술실이라는 고립된 공간에서 벌어질
일. 그에 대해 그들이 품고 있는 생각. 시몽의 육체를 갈
가리 나누고 여기저기 흩어 놓기. 그 모든 것이 두 사람
을 공포에 질리게 하지만 그래도 그들은 알고 싶어 한
다. 레미주는 답하기 전에 길게 숨을 들이쉰다. 몸을 절
개하고 들어내고 다시 닫습니다. 단순한 동사들. 행위
동사들. 육체의 신성성이나 육체를 가르는 행위의 위반
성과 결합된 극적 과장을 방지하기 위한 무조(無調)의
정보들.

수술은 당신이 합니까? 손이 고개를 쳐들었다(여전히

184

권투 선수처럼 밑에서 위로 한 방 날릴 것만 같은 그 느낌). 한 몸처럼 사고하는 레볼과 레미주는 그 질문에서 원초적 공포라는 대륙의 일부가 수면 위로 떠오른 것임을 간파한다. 의사들이 직접 입으로 죽었다는 판정을 내리지만 실제로는 살아 있다는 생각(기억하겠지만, 레볼은 사무실에 메리 히긴스 클라크의 『달빛이 그대가 된다』라는 추리 소설을 한 권 갖고 있는데, 그 책에는 영국의 흔한 장례 풍습에 관한 얘기가 나온다. 〈이제 땅에 묻힐 사람의 손가락에 반지를 끼워 줬다. 혹시라도 땅밑에 묻힌 사람이 깨어난다면 지표면에 놓인 종을 울릴 수 있게 끈과 묶어 놓은 반지였다.〉). 그런데 장기 적출이 가능하도록 고안된 죽음의 기준에 대한 〈맞춤형〉 정의가 그 시원적 공포와 뒤섞인 것이다. 레미주가 몸을 돌려 손을 마주 보고 허공에 엄지와 검지로 엄숙한 신호를 그린다. 환자의 사망을 증명한 의사들은 장기 적출 과정에 절대로 참여하지 않습니다. 절대로요. 게다가(그는 한 음 한 음을 분명하게 발음하고 그의 목소리는 더 깊어진다) 항상 이중으로 절차를 진행합니다. 두 명의 의사가 동일한 매뉴얼을 준수해야 하며 사망 확인 조서에는 각기 다른 두 사람의 서명이 요구됩니다(환자의 속을 깡그리 긁어 가려고 일부러 사망 선고를 내리는 범죄자 의사라는 황당한 시나리오를 즉각 날려 버리기. 의료계의 마피아와 국제 장기 밀매를 한데 엮은, 다카나 프리슈티나 혹은 뭄바이의 복잡한 근교로 파고든 눈에 잘 띄지 않는 무료 진료소들과 CCTV의 보호를 받으며 종려나무가 그늘을 드리운 서양 대도시의 부유한 지역에 자리 잡은 은밀한 클리닉들을 한데 엮은 루머들을 뭉개 버리기). 레미주가 끝맺음을 한다. 부드럽게. 장기를 적출하는 외과의들은 이식 대기자들이 있는 병원에서 오시는 분들입니다.

침묵의 흐름. 그러다가 다시 마리안의 목소리. 얇은 막을 통과해서 나오는 듯 둔탁하다. 그러면 누가 시몽 곁에 있게 되나요? (돌멩이처럼 꾸밈없고 힘이 없던 〈누가〉.) 접니다. 토마가 대답한다. 제가 있을 겁니다. 수술이 진행되는 내내 제가 있습니다. 마리안이 서서히 그의 눈길(빨아 놓은 유리의 투명함)에 자신의 눈길을 쏟아붓는다. 그럼 눈에 대해서 그 사람들에게 말해 줄 사람도 당신이겠군요. 눈은 원치 않는다고, 그렇게 말해 주세요. 토마가 동의한다. 그렇게 말하죠, 그럼요. 그가 일어서는데도 손과 마리안은 움직이지 않고 기다린다. 어떤 힘이 그들의 어깨를 내리누르며 그들을 바닥을 향해 잡아당긴다. 이런 상태가 잠시 계속되다가 마리안이 다시 입을 연다. 누가 시몽의 심장을 받을지는 알 수 없겠죠, 그렇죠? 그건 익명이니까, 절대로 알 수 없겠죠? 그죠? 토마는 질문의 형식을 빈 그 단언을, 단언의 형식을 빈 그 질문을 수긍한다. 그는 그 흔들림을 이해한다. 하지만 분명하게 밝힌다. 피이식자의 성별, 나이는 알 수 있습니다. 그럼요. 하지만 신원을 알 수는 없고요. 그렇긴 하지만, 만약 원하신다면, 이식에 관한 소식들을 전해 들으실 수 있습니다. 그러더니 조금 더 설명을 한다. 심장 이식이 이루어진다면 심장은 의학적 기준에 따라서, 성별과는 무관한 적합성 기준에 따라서 환자에게 이식될 겁니다. 그런데 시몽의 나이를 고려한다면 장기 이식 대상자들은 우선적으로 아이들이 될 것 같습니다. 숀과 마리안은 귀 기울여 듣다가 낮은 목소리로 서로 의논한다. 숀이 말을 꺼낸다. 이제 시몽 곁으로 가봐야겠네요.

레볼이 일어난다. 소생의학과 안의 다른 장소에서 그를 필요로 하고 있다. 토마는 마리안과 숀을 병실 문간까지 데리고 가준다. 세 사람은 말없이 걷는다. 시몽 곁에 잠시 계세요. 제가 다시 오겠습니다.

어둠이 내리고 있어 병실은 어둡고 침묵은 더욱 두터워진 것처럼 보인다. 두 사람은 시트에 잡힌 주름이 그대로인 침대를 향해 다가간다. 어쩌면 두 사람은 시몽의 죽음을 통고받은 뒤로 시몽의 겉모습이 손상되었을 거라고 생각했을 수도 있다. 혹은 적어도 겉모습에 저번과는 뭔가 다른 변화(피부의 색깔, 피부의 결, 윤기, 체

187

온)가 있을 거라는 생각을 했을지도 모른다. 하지만 천만에, 아무것도 변하지 않았다. 시몽이 저기, 전혀 변하지 않은 모습으로 누워 있다. 그의 몸의 미세한 움직임에 시트가 여전히 아주 살짝 오르내린다. 거기에는 그들이 겪었던 것과 들어맞는 것이 아무것도 없고 그에 대한 신속한 응답도 전혀 없다. 그리고 그 타격이 너무나 강력해서 그들의 생각이 흐트러진다. 그들은 동요하고 더듬거린다. 한바탕의 로데오. 시몽이 그들의 말을 들을 수 있기라도 한 듯 시몽에게 말을 걸다가 시몽이 더는 그들의 말을 들을 수 없다는 듯 시몽에 대한 이야기를 나누는 것이, 마치 문장들이 와해되고 단어들이 서로 부딪혀 조각 나고 회로에서 벗어나고 있는데 두 사람은 언어에서 떨어져 나오지 않으려고 버둥거리고 있는 것 같다. 마치 이제 그들은 모든 언어로부터 추방당한 것처럼 애무의 말들이 서로 부딪히다가 한숨으로 변하고 소리와 기호가 가슴팍에서 흘러나오는 지속적 웅웅거림으로, 미세한 진동으로 곧 가늘어지고 만다. 그들의 행위는 스스로를 새겨 넣을 만한 시공간을 더 이상 찾아내지 못한다. 그래서 숀과 마리안은 현실의 갈라진 틈바구니들 사이에서 길을 잃고 그 단층들 사이에서 헤매며 그 자신들도 금이 가고 부서지고 해체된 채 아이의 육체에 최대한 다가가기 위해 침대 위로 올라갈 힘을 짜낸다. 마리안은 침대 가장자리에 몸을 누이고 그녀의 머리카락은 침대 밖 허공으로 떨어져 내린다. 손, 그는 한쪽 엉덩이를 매트리스 위에 붙이고 몸을 숙여 머리를 아이의 가슴에 댄다. 그의 입술은 정확히 문신 자리에 닿는다. 그리고 부모는 함께 눈을 감고 입을 다문다. 마치 그들 역시 잠을 자는 것처럼. 밤이 되었고 그들은 어둠 속에 있다.

두 층 아래에서는 토마 레미주가 집중할 수 있게 혼자가 된 것을 다행으로 생각하며 중간 점검을 한 뒤 생체 의학국에 전화를 건다. 지금 장기들에 대한 정밀 평가가 진행 중입니다(전화선 저쪽의 여자는 그 분야의 선구자이다. 토마는 낮고 걸걸한 목소리를 듣고 누구인지 알아챈다. 그녀가 책상들이 U자 모양으로 놓여 있는 강의실 한가운데에, 안경에 매달린 호박색 플라스틱 고리들로 이어진 안경 줄에 얼굴이 가려진 채 서 있던 모습을 떠올린다). 그러더니 그가 컴퓨터 앞에 자리 잡는다. 긴 숫자로 이루어진 아이디와 암호화된 패스워드를 집어넣어야 하는 미로처럼 복잡한 과정을 밟아 데이터베이스의 소프트웨어를 하나 열고 새 문서를 만들어 시몽 랭브르의 육체와 관련된 정보 전체를 조심스럽게 옮긴다. 크리스털 폴더라는 명칭의 소프트웨어는 자료 저장고이자 이제 생체 의학국과 주고받을 대화의 도구로서, 이식 조직의 이력과 기증자의 익명성을 보장해 준

다. 그가 고개를 든다. 창가에서 새 한 마리가 팔짝거린
다. 여전히 아까 전의 그 새다. 그 새가 동그란 눈으로
뚫어져라 바라보고 있다.

토마가 방울새를 구입했던 날, 수중기의 구름 속에 짓눌린 알제[25]는 더위에 잡아먹힐 듯했다. 호신은 인디고 색깔의 덧문을 내린 아파트 안에서 맨 다리에 줄무늬 젤라바[26]만 걸치고 소파에 벌렁 드러누워 부채질을 하고 있었다.

　계단이 있는 곳의 벽은 푸른색으로 칠해져 있었고 소두구[27]와 시멘트 냄새가 풍겼다. 우스만과 토마는 어스름에 잠겨 있는 계단을 따라 세 층을 올라갔다. 흔들리는 노르스름한 빛이 지붕에 있는 무광택의 유리판을 통과하여 1층까지 겨우 가 닿았다. 사촌들의 재회로(힘찬 포옹. 그러더니 이로 피스타치오를 깨물어 먹으며 오도독거리는 소리에 장단을 맞추듯 빠르게 진행되는 아랍

25 아프리카 알제리의 수도.
26 모로코의 전통 의상으로, 아랍 문화권인 아프리카 북서부 지역의 국가들에서 주로 착용하는 옷.
27 생강과 식물의 일종으로, 열매로 가루를 내어 향신료로 사용한다.

어 대화) 토마는 한 옆에 밀려나 있다. 우스만의 얼굴은 모국어를 말하기 시작하자 다르게 바뀌어서 토마가 알아보지 못할 지경이다(오그라드는 턱. 드러나는 잇몸. 굴러가는 눈알. 목구멍 저 깊숙이에서, 목젖 저 뒤쪽의 복잡한 부위에서 나오는 음들. 눌렸다가 입천장에 부딪히는 새로운 모음들). 그건 거의 누군가 다른 사람이라고 할 만하다. 거의 낯선 사람. 그래서 토마는 혼란스럽다. 우스만이 프랑스어로 두 사람의 방문 목적을 알리자 방문은 완전히 다른 양상을 띠게 된다. 여기 내 친구가 방울새들의 노래를 듣고 싶어 해. 아, 그래. 호신이 토마를 향해 돌아선다. 한 마리 데려가려고? 그가 묻는다. 그가 약삭빠름을 부러 내보이며 눈을 찡긋거린다. 어쩌면. 토마가 미소를 짓는다.

난생처음 지중해를 건너 전날 도착한 그 프랑스인 젊은이는 완벽하게 휘어 들어간 알제 만과 그 뒤편의 언덕을 따라 올라가며 형성된 도시, 도시의 흰색과 푸른색, 기운찬 젊음, 물 뿌린 보도의 냄새, 늘어진 가지들이 서로 얽혀 환상적인 옛날이야기에나 나올 법한 궁륭을 만들고 있는 자르댕 데세[28]의 용혈수(龍血樹)[29]들에 홀린 상태다. 관능적인 데는 거의 없지만 정련된 아름다움. 그

---

28 알제리에 있는 식물원.
29 아프리카에서 자생하는 거대한 나무로, 높이가 20미터 정도까지 자라며 수령이 5천~7천 년에 달한다.

는 도취된 상태다. 새로운 감각들이 그를 유혹하고 그를 뒤흔든다. 감각적 흥분과 그를 둘러싼 것들에 대한 의식 과잉 상태의 뒤섞임. 생명이 걸러지지 않은 상태 그대로 여기에 있다. 그 또한 여기 있다. 그는 돌돌 만 지폐를 손수건에 싸서 주머니에 넣어 뒀는데, 행복감이 뒤섞인 흥분에 감싸여 그 지폐 뭉치를 톡톡 두드려 대고 있다.

발코니로 나간 호신이 덧창을 밀어 연다. 거리를 향해 몸을 숙이더니 손뼉을 친다. 뭔가를 명령한다. 이에 우스만이 아랍어로 소리를 지른다. 이렇게 말하는 것 같다. 그러지 마, 제발, 아니, 그런 짓 하지 마. 애원에도 불구하고 수프와 꼬치들, 거품처럼 가벼운 곡물 요리들, 박하 잎을 뿌린 오렌지 샐러드, 꿀 넣은 과자들을 올려보낸다. 식사를 마친 뒤 호신이 바닥을 덮은 도자기 타일의 문양을 기준 삼아 새장들을 일렬로 가지런히 진열한다. 새들은 정말 자그마한데(12~13센티미터), 모이주머니가 커다란 부분을 차지하고 배가 불룩 나왔으며 그다지 화려하지 않은 깃털에 성냥개비같이 가느다란 다리, 그리고 예의 그 뚫어져라 바라보는 눈을 갖고 있다. 새들은 나무로 만들어 준 자그마한 사다리꼴 그네에 올라앉아 그네를 살짝 구르고 있다. 토마와 우스만은 새장으로부터 1미터쯤 떨어진 곳에 쭈그려 앉아 있고 호신은 방구석의 팔걸이 없는 쿠션 의자에 너부러져 있다. 그가 요들과 비슷한 소리를 내자 합창이 시작된다. 새들이 한 마리씩 차례차례 노래하더니 그다음에는 다 함께 노래한다(돌림노래). 두 사내는 감히 서로를 바라볼 엄두도, 서로를 건드릴 엄두도 내지 못한다.

하지만 방울새가 사라져 가고 있다는 말은 사방에서 들려왔다. 바이넴 숲의 방울새도 카두스의 방울새도 델리 이브라힘의 방울새도 수크 아라스의 방울새도. 더는 방울새들이 보이지 않았다. 맹렬한 사냥으로 이전에는 그토록 풍부했던 그 개체군이 멸종 위기에 놓였다. 카스바에서는 집집이 문에 걸어 둔 새장들이 텅 비어 삐걱거리고 있었고, 그때부터 새 장수들의 새장은 카나리아와 앵무새들로 채워질 뿐 방울새는 전혀 보이지 않았는데, 새 장수들은 방울새가 있다 하더라도 희귀해진 덕분에 가격이 엄청 부풀었기에(자본주의의 법칙) 상점 뒷방의 어둠 속에 감춰 두고 보물처럼 지켰다. 어쩌면 아직도 금요일 저녁에 도시 동쪽의 엘하라시에 가면 방울새를 살 수 있는지는 모르겠지만, 그곳에 전시된 새들은 바브 엘우에드 시장의 새들과 마찬가지로 알제의 언덕에서 파닥거리며 날아 본 적도 없고 그곳에서 자라고 있는 소나무나 코르크나무 가지에 둥지를 틀어 본 적도 없으며, 끈끈이로 포획하며 노래하지 않는 암컷들은 잡히자마자 번식을 염려해서 즉각 놓아주는 전통 방식으로 포획된 새들이 아니라는 것쯤은 누구나 알고 있는 사실이었다. 그 새들은 노래할 능력을 갖고 있지 못했다. 그 새들은 조류 포획망이 암컷 수컷 가리지 않고 수천 마리씩 무차별로 쓸어 담는 일이 흔히 발생하는 모로코 국경 지대나 마그니아 지역에서 왔으며, 스무 살도 채 안 된 사내들과 뼈 빠지게 고생만 하는 일자리를 내던지고 보다 짭짤한 수입을 기대하면서 살벌한 경쟁을 뚫고 새 밀수 조직에 끼어든 젊은 실업자들과 새에 대해서 아는 거라고는 하나도 없는 작자들이 우글거리는 밀수 루트를 따라 수도로까지 들어오게 됐다(게다가 그렇게 잡힌 새들 대부분은 그물망에 옭매여 이동하는 동안 스트레스로 죽기 일쑤였다).

호신은 트루아조를로주 광장 뒤쪽에서 고가의 새들을, 알제의 방울새들을, 진짜배기들을 키웠다. 그는 늘 적어도 10여 마리 정도의 방울새들을 보유하고 있었으며 바브 엘우에드와 그 너머에서까지 전문가로 통할 정도여서 그 외의 직업은 가진 적이 없었다. 각각의 종과 그들의 특성 및 물질대사를 꿰고 있었고 귀로 듣고서 새의 원산지와 새가 태어난 숲을 정확하게 말해 줄 수 있었다. 진품인지 확인하고 감정을 받고 사기를 피해 가기 위해서(때때로, 모로코 원산지를 알제 원산지로 둔갑시켜 열 배 비싼 가격으로 팔아먹기도 하고 암컷을 수컷으로 속여 팔아먹기도 한다) 그의 능력을 청하는 사람들이 멀리서부터 그를 찾아왔다. 호신은 밀매 조직과 함께 일하지 않고 혼자 끈끈이를 사용해 직접 사냥을 했고 몇 날이고 숲속을 헤매고 다녔으며 베자이아와 콜로 골짜기에 〈자기만〉 알고 있는 장소들이 있다고 주장했다. 사냥에서 돌아오면 잡힌 새들을 애지중지하는 데 대부분의 시간을 썼다. 어떤 방울새가 다른 방울새보다 더 우월한가는 노래의 아름다움을 척도로 삼기 때문에 그는 그 새들에게 이러저런 노랫가락을 가르치느라 애를 썼고(수크 아라스의 방울새들은 수많은 레퍼토리를 기억할 수 있는 걸로 명성이 높았다), 그래서 낡은 녹음기를 사용하여 아침마다 멜로디를 반복하여 들려줬지만 보다 젊은 조류 조련사들의 방식(새장을 천으로 덮은 뒤 천 두 군데를 절개하고 그곳에 MP3 이어폰을 끼워 넣어 밤새도록 작동시키기)을 따르는 법은 거의 없었다. 하지만 방울새의 감정은 그 노래에 담긴 음악을 넘어서는 것으로, 무엇보다도 지형을 닮은 것이었다. 그러니까 방울새의 노래는 지형의 구현이었다. 골짜기, 도시, 산, 숲, 언덕, 냇물. 새는 풍광을 드러내 주었고 지형지물을 겪게 해주었고 흙과 기후를 느끼게 해주었다. 지구라는 퍼즐의 한 조각이 그 부리에서 형태를 갖췄고, 옛날이야기에 등장하는 마녀가 두꺼비와 다이아몬드를 줄줄이 뱉어 내고 우화 속 까마귀가 치즈 한 덩어리를 툭 떨어뜨렸듯이, 방울새는 단단하고 향내 나고 만져지고 색채를 지닌 개체를 뱉어 냈다. 호신의 방울새 열한 마리, 이

다양한 품종들은 그렇게 거대한 지역의 지도를 소리로 그려서 보여 주고 있었다.

　그의 고객들, 그러니까 황금빛 금속 안경테의 선글라스를 끼고 넥타이를 매고 종종 연회색이나 베이지색의 정장에 푹 파묻힌 사업가들은 약 기운이 떨어진 약물 중독자인 양 오후가 한창일 때 그의 집으로 쳐들어왔다. 방울새들이 노래하면, 구매자들은 솔잎이 깔린 길에서 샌들을 신고 달리던 일들과 두 팔로도 다 안을 수 없을 만큼 넘쳐 나는 시클라멘[30]과 분홍빛 버섯들을 떠올렸고, 단추를 풀어 헤치고는 레모네이드를 홀짝였다. 어떤 새가 다른 새에 비해 갖게 되는 가치는 노래가 정해 주는 만큼 새의 가격은 저가에서 고가까지 등급별로 존재했다. 호신은 잘 살았다. 어느 날, 정유 공장의 젊은 후계자가 호신의 수중에 있던 바이넴의 마지막 방울새를 갖는 대신 자기 소유의 차 205 GTI를 호신에게 건넸고, 이 한바탕 소동으로 조류 조련사에 관한 전설이 생겨났지만 그는 의연했다. 그 새는 그만한 가치가 있었지. 옛이야기에 나오는 요정 진이나 요술 램프의 정령보다도 더 뛰어났으니까. 그건 그저 단순한 새가 아니라 위협받는 숲이요, 넘쳐흐르는 바다였으며, 거기에 살고 있는 것들 전부, 전체를 대신하는 부분, 창조 그 자체였다. 그

---

30 앵초과에 속하는 다년생 식물. 주로 관상용으로 온상 또는 실내에서 재배한다.

건 유년기였다.

　새들의 콘서트가 끝나자 길고 장황한 이야기가 시작되었다. 어느 게 마음에 드는데? 호신이 토마에게 물었다(그는 얼굴을 바싹 들이대고 이야기했다). 우스만이 친구를 바라보며 재미있다는 표정으로 그 상황을 즐겼다. 어느 게 좋냐고, 말해 봐. 두려워 말고. 난 저놈들 전부가 다 좋지만! 토마가 새장 하나를 향해 손가락질했다(새장 안의 새가 움직이기를 멈췄다). 호신이 우스만에게 눈짓을 하더니 고개를 끄덕였다. 두 사람은 아랍어로 몇 마디를 나눴다. 우스만이 웃기 시작했다. 토마는 우롱당하는 느낌이었다. 그가 한 걸음, 새장들의 뒤쪽으로 물러났다. 방 안에 침묵이 부풀어 올랐다. 토마는 슬그머니 손을 주머니 안에 넣고 손가락으로 손수건을 헤집었다. 그는 대놓고 그 자리를 맴돌면서 그만 가보겠다는 말을 꺼내질 못했다. 호신이 그에게 지목당한 새의 가격을 알려 줬다. 우스만이 조용한 목소리로 좀 더 정확한 설명을 해줬다. 그건 콜로 지역의 새래. 그렇다면 물푸레나무, 느릅나무, 유칼립투스지. 아직 어리니 자네가 길들이고 노래를 가르칠 수 있을 거야. 내가 살던 마을의 새라고. 토마는 갑자기 홀려서 새장의 창살 사이로 새의 등을 쓰다듬었고, 오래 생각에 잠겼다가 돌돌 만 지폐들을 폈다(네 몫의 구전은 챙겼기를 바라. 그가 계단을 내려가면서 우스만에게 말했다).

손과 마리안이 병실에서 나간다. 토마가 거기 문간에서 두 사람을 기다리고 있다. 두 사람이 입을 벌린다. 말이 나오지 않는다. 말을, 서로 협의한 말을 하고 싶은 모양이다. 토마가 두 사람의 말문을 터준다. 하실 말씀이 있으면 제게 하십시오. 그러시라고 제가 여기 있는 거니까요. 손이 힘들게 소리를 내며 그들의 청을 내놓는다. 들어낼 때, 시몽의 심장, 그때, 시몽에게, 그러니까 정지시킬 때, 심장을, 말해 줘요, 내가, 그 애에게 꼭 말해 줘요, 우리가 있다고, 함께한다고, 우리 모두 그 애를 생각한다고, 우리 모두의 사랑을. 마리아가 뒤를 받는다. 그리고 루와 쥘리에트도요, 그리고 할머니도. 그러더니 다시 손. 바닷소리, 들려줘요. 그가 토마에게 이어폰과 MP3 플레이어를 내민다. 7번 트랙이에요. 맞춰 놨어요. 아이가 바닷소리를 듣게요(두 사람의 머릿속에서 두서없이 튀어나오는 생각들). 그러자 토마가 그 의식을 두 사람의 이름으로 완수하겠노라고 다짐한다. 그렇게 하겠습니다.

세 사람이 이제 자리를 뜨려고 한다. 그런데 마리안이 마지막으로 한 번 더 침대로 돌아간다. 그녀를 그 자리에서 꼼짝 못 하게 하는 것은 이제부터 하나의 물체처럼 그곳에 홀로 남게 된 시몽에게서 흘러나오는 고독이다. 그는 이제 인간의 몫을 벗어던진 것만 같다. 더는 공동체와 결부되지 않고 의도와 감정의 그물망으로 연결되지 않고 절대적 사물로 변해 떠돌고 있는 것만 같다. 시몽은 죽었다. 그녀가 처음으로 그 말을 입에 올리고 나서 갑작스레 밀어닥친 공포에 손을 찾으나 보이지 않는다. 급하게 복도로 달려 나간다. 완전히 탈진해 벽에 기댄채 쭈그려 앉은 손을 발견한다. 그 역시 시몽에게서 발산되는 고독에 노출되었고, 그 역시 이제는 그의 죽음을 확실히 믿는다. 그녀가 그의 앞에 쭈그리고 앉는다. 그의 턱 아래 두 손을 받쳐 얼굴을 들어 올리려고 한다. 나가자. 가자. 여기를 떠나자(그녀가 그에게 하고 싶은 말은 이거다. 끝났어. 가자. 시몽은 이제 존재하지 않아).

휴대 전화가 울린다. 토마가 화면을 읽는다. 자신의 사무실을 향해 급하게 걸음을 재촉한다. 지체 없이 달려가고 싶은 마음이 불현듯 인다. 그의 곁에서 걷던 손과 마리안이 그가 서두르는 기색을 알아차린다. 이제는 자신들이 자리를 내줘야 할 때임을 본능적으로 이해한다. 두 사람은 갑자기 추위를 느낀다. 피부가 건조해지고 입안이 바싹 마를 정도로 난방이 지나쳤던 바로 그 복도가 이제는 차디찬 통로가 되어서, 두 사람은 다시 윗도리의 단추를 채우며 옷깃을 세운다. 시몽의 몸은 곧 감쪽같이 사라질 것이다. 출입이 통제되는 비밀 장소로, 수술실로, 수술이 펼쳐질 무대로 사라질 것이다. 그의 몸을 갈라 열고 장기들을 들어내고 다시 닫고 꿰맬 것이다. 시간이 흘러간 뒤엔(하룻밤) 두 사람은 더는 사건의 흐름에 그 어떤 영향도 주지 못하게 된다.

상황은 갑자기 또 다른 종류의 긴급함으로 기운다. 두 사람의 움직임과 행위를 짓누르던 압력이 툭 떨어진다. 그들의 의식 속에서도 더는 고집스레 버티지 않는다. 그 압력은 다른 곳으로, 토마 레미주가 벌써 생체 의학국의 의사와 대화를 시작한 장소인 병원 내의 장기 이식 센터로, 그들의 아들의 몸을 어딘가로 데려가기 위해 이동 침대를 미는 사람들의 행위 속으로 빠져나간다. 모니터 화면에 나타난 영상들을 분석하는 그 시선들 속으로 빠져나간다. 저 멀리로, 다른 병원들과 다른 진료과들로, 마찬가지로 새하얀 시트가 깔린 또 다른 병상들 위로, 마찬가지로 실의에 잠긴 또 다른 가정으로 빠져나간다. 이제 그들은 무엇을 해야 할지 더는 알지 못한다. 어쩔 줄을 모른다. 물론 소생의학과에 남아 묵은 신문들과 옆면이 더러워지고 모서리가 꺾인 잡지들을 앞에 놓고 앉아서 법적으로 시몽의 죽음을 확인해 줄 두 번째 EEG가 끝나는 18시 50분까지 기다리거나 혹은 자판기 커피를 뽑아 마시려고 로비로 내려가도 된다. 두 사람이 하고 싶은 일을 하는 것이다. 하지만 여러 가지 장기를 적출하는 일을 매듭짓자면 여러 시간이 걸린다고 누군가 두 사람에게 귀띔을 해준다. 그들도 알아둬야 한다며. 그 뒤 수술이 진행되는데, 그게 또 그렇게 금방 해결 나는 게 아니란다. 그러니 차라리 집으로 돌아가라고 권한다. 가서 좀 쉬셔야죠. 곧 남은 기운을 다 그러모아야 할 테니까요. 시몽은 우리가 잘 보살피겠습니다(두 사람이 다시 한 번 병원 중앙 홀의 자동문을 나선다. 이젠 세상에 혼자다. 피로가 무섭게 밀려든다. 그건 해일이다).

그녀는 동틀 무렵 라 플렌스타드 드 프랑스 고속 전철역을 빠져나와 대부분의 사람들이 가는 방향과 정확히 반대 방향으로 걸어갔다. 끊임없이 쏟아져 나오는 사람들은 시합 시간이 가까워 옴에 따라 점점 더 **빽빽해지**며 집단적 열기 속에 녹아들었다(시합 전의 흥분과 추측. 응원가와 욕설 연습. 델포이 신전의 신탁들). 그녀는 밤사이에 불시착한 비행접시처럼 기괴하고 당당하게 떡 버티고 있는 엄청난 규모의 스타디움에는 아무런 관심도 두지 않고 그것을 등지고 걸었다. 철로 밑을 지나가는 짧은 터널을 지나며 발걸음을 재촉했고 다시 바깥으로 나오자 스타드 드 프랑스 대로를 2백 미터쯤 빠르게 올라가서 건물 외관이 매끈하고 새하얗고 투명하며 금속성의 느낌인 용역 회사와 은행, 보험 회사 본사들과 그 밖의 기관들을 지나갔다. 1번지 앞에 도착하자 그녀는 한참 동안 가방 안을 뒤지다가 장갑까지 벗고는, 결국 입구 앞 땅바닥에 내용물을 몽땅 쏟아 낸 뒤 차디찬 바닥에 무릎을 꿇었는데, 건물 안에서는 근사한 감색 정장에 한 방울이라도 튈까 봐 엄청나게 조심하면서 액상 요거트 병뚜껑을 따고 있던 어떤 남자가 그 모습을 무심한 눈길로 바라보고 있었다. 이윽고 주머니 안을 더듬던 그녀의 손가락에 기적처럼 마그네틱 카드가 걸려들자 그녀는 소지품들을 다시 주워 담아 현관 홀로 들어갔다. 오늘 당직입니다. 생체 의학국에서 근무하는 의사예요. 그녀가 그 남자를 쳐다보지도 않고 거만한 말투로 말을 던졌다. 홀을 가로지를 때 그녀의 단련된 눈에 태블릿 PC 옆에 놓인 말보로 라이트 담뱃갑이 들어왔다. 밤 동안 태블릿 PC로 영화들을 봤겠지. 축구와 싸구려 영화들. 그녀가 신경질이 나서 생각했다. 2층에 들어서자 왼쪽으로 20여 미터 들어간 곳에 자리한 전국 이식 조직 분배 총괄국의 문을 밀었다.

마르트 카라르는 60세쯤 되어 보이는 자그마한 여자로, 거무스레한 피부에 통통하며 적갈색 머리카락에 가슴이 크고 맨살에 걸친 희끄무레한 갈색 카디건 안에 든 배는 지방질로 겹겹이 늘어지고 밤색 모직 바지 속의 둥그런 엉덩이는 푸짐하다. 다리는 오히려 날씬한 편이고 납작한 모카신 신발 속의 발은 아주 작지만 발등은 비죽 솟아 있다. 그 여자는 치즈버거와 니코틴이 들어 있는 껌을 입에 달고 산다. 그리고 늦은 오후가 되면 그녀의 오른쪽 귀는 하루 종일 온갖 종류의 수화기(업무용 휴대폰, 개인 휴대폰, 호출기, 유선 전화기)를 대고 있는 바람에 빨갛게 부어 있다. 그리고 별거 아닌 일로 그 여자를 방해하지 않는 게 좋다. 그 여자가 토마를 상대로 상황을 알아보고 있는 동안 눈에 띄지 않게 조용히 있는 것이 좋다. 그럼, 지금 상황은? 토마가 대답한다. 순조롭습니다. 그녀는 침착하다. 오케이. 나한테 사망 확인서 보내 줘요. 파일 좀 들여다보게. 토마가 대답하는 목소리가 들린다. 방금 팩스로 부쳤어요. 그리고 기증자의 크리스털 폴더도 완성했습니다.

마르트가 수화기를 내려놓고 팩스 쪽으로 간다. 코바로 위 미간에 세로로 주름이 잡혔고 두꺼운 안경테에 체인 모양의 안경 줄이 달렸으며 입가 주름 부분에 입술연지가 번져 있고 향수 냄새가 지독한데 옷깃 아래에서는 담배 쩐 내가 솔솔 풍겨 나온다. 팩스(18시 36분에 시몽 랭브르가 사망했음을 증명하는 사망 확인서)가 저기 들어와 있다. 마르트는 이제 그곳과 연결된 사무실로 들어간다. 그 방에는 장기 기증 거부 국가 대장이 보관되어 있고, 그것을 참조할 수 있는 권한은 불과 10여 명의 사람들만이 갖고 있는데, 그마저도 합법적 서류로 환자의 사망이 증명되고 난 뒤에야 가능하다.

사무실로 돌아온 마르트 카라르는 토마에게 오케이 신호를 준 뒤 컴퓨터 화면에 눈길을 박는다. 크리스털 폴더를 열고 그 안에 들어 있는 여러 가지 서류들, 일반 정보 파일과 각 장기에 대한 의학적 평가, 스캔, 초음파, 이러저런 분석 등을 차례로 열어 보며 전체를 훑다가 시몽 랭브르의 혈액형이 비교적 희귀한 것(B 네거티브)임을 즉각 집어낸다. 서류는 완벽하다. 마르트가 승인한 뒤, 기증자의 익명성을 보장하는 등록 번호인 인식 번호를 부여한다. 앞으로 시몽 랭브르라는 이름은 생체 의학국과 의사 타진 대상인 다른 병원들 사이에서 오가게 될 교신에 다시는 등장하지 않을 것이다. 이제 이식 조직 분배 절차를 밟아 나가기 시작한다. 간 하나, 폐 둘, 신장 둘. 그리고 심장 하나.

밤이 찾아든다. 대로 끝에 자리한 타원형 고리 모양(강낭콩 모양)인 스타디움에 불이 환히 켜지자 하늘에 회색의 빛무리가 둥실 떠오르고 그 사이를 일요일 저녁 비행기들이 뚫고 지나간다. 이제는 대기 중인 사람들을 돌아봐야 할 때다. 국내뿐만 아니라 가끔은 국경 너머까지 이곳저곳에 흩어져 있는 사람들을. 이식해야 할 장기별 명부에 이름을 올려놓고 아침마다 눈 뜨면 순위에 변동이 생겼을지, 한 칸이라도 위로 올라갔을지 궁금해할 사람들을. 그 어떤 미래도 가꿀 수 없고 장기 상태에 꼼짝없이 매여서 생명 줄이 줄어들었을 사람들을. 머리 위에 다모클레스[31]의 검이 늘어져 있다는 것, 그게 어떤 건지 생각해 봐야 한다.

장기 이식 대기자들의 의료 서류는 마르트 카라르가 현재 니코틴 정제를 빨아먹으며 들여다보고 있는 컴퓨터에서 집중 관리된다. 그녀는 그러다가 손목시계를 흘 낏 보고는 앞으로 두 시간 후 딸과 사위네에서 있을 예정인 저녁 모임 취소를 깜빡 잊고 있었다는 데 생각이 미친다. 그녀는 그 집에 가는 것을 좋아하지 않는다. 곧바로 그녀는 그 사실을 자신에게 똑똑히 말해 준다. 나는 그곳에 가고 싶어 하지 않아. 거긴 추워(하지만 그녀를 소름 돋게 하는 것이 예쁜 카세인 흰색 도료로 매끈하게 발라 놓은 아파트 벽인지, 아니면 그 집에서는 재떨이도, 발코니도, 고기도, 무질서도, 긴장도 찾아볼 수 없다는 점인지, 아니면 말리풍의 등받이 없는 의자들과 디자인 가구인 메리디엔 소파, 그리고 무어 양식의 작은 잔에 담아 내오는 채식주의자의 수프와, 〈마른 풀〉, 〈장작불〉, 〈야생 박하〉라고 이름 붙인 향초들과 인도산 벨벳 솜이불을 덮고 초저녁부터 잠자리에 드는 사람들

31 기원전 4세기 경 시칠리아 시라쿠사의 참주(僭主) 디오니시우스 1세의 신하. 〈다모클레스의 검〉 전설로 유명하다. 다모클레스가 디오니시우스 1세의 행복을 찬양하는 아첨을 하자, 디오니시우스 1세는 화려한 잔치에 그를 초대하여 머리 위에 한 올의 말총으로 매달아 놓은 칼 밑에 그를 앉히고 권력자의 운명이 그만큼 위험하다는 것을 보여 주었다고 한다.

의 지나친 법도 존중인지, 그도 아니면 그들의 왕국 여기저기에 퍼져 있는 달달한 무기력인지는 알 수 없으리라. 혹은 어쩌면 그녀를 겁에 질리게 하는 것은 바로 그 부부인지도 모른다. 2년이 채 안 된 시간 동안에 그녀의 외동딸을 집어삼키고 그 애를 부부의 정이란 것으로, 고독한 방랑 속에서 여러 해를 보내고 난 그 애에게 위안이 되어 준 안전하고 말랑거리는 그 정이란 것으로 녹여 없애 버린 그 부부. 이제 열정적이며 수많은 외국어에 능통했던 모습은 온데간데없어진 딸아이).

마르트 카라르가 특별하게 프로그래밍해 놓은 소프트웨어에 시몽 랭브르의 심장, 폐, 간, 신장에 관한 의학적 자료를 전부 집어넣고 검색 엔진을 돌려 대기자 명단에서 이식에 가장 적합한 환자들을 추린다(간이나 신장의 경우에는 적합한 피이식자를 찾기가 보다 복잡하다). 적합한 피이식자들이 특정되고 나면 지리적 현실에 대한 고려가 추가되는데, 장기 적출 장소와 장기 이식 장소는 제한된 시간 안에, 그러니까 장기의 생존 시간 안에 감당할 수 있는 거리 내에 위치해야 하고, 따라서 수송 수단을 고려하고 거리와 시간을 계산하고 공항과 고속도로, 역, 조종사와 비행기, 특수 운송 수단과 숙련된 운전사의 위치를 표시한 역동적 지형도가 작성된다. 이렇게, 소수에 불과한 적합한 환자들을 특정하는 작업에 지형적 측면이 새로운 변수로 덧붙여지게 된다.

기증자와 피이식자 사이의 첫 번째 적합성은 혈액의 적합성이다. 그러니까 ABO 혈액형의 적합성이다. 심장 이식은 동일 혈액 그룹과 동일 RH인자를 필요로 하는데 시몽 랭브르는 B 네거티브에 속하기 때문에 첫 번째 비적합자 제외 과정을 거치고 나면, 약 3백여 명의 환자들이 이식 대기자로 올라 있는 원래의 명단은 대번에 줄어든다(마르트 카라르는 더 빠르게 자판을 두드려 댄다. 어쩌면 그 순간 그 일에 취한 나머지 전부 다 잊고 피이식자를 찾아 맹렬하게 질주하는 것 같기도 하다). 그다음으로 그녀는 HLA 시스템을 이용해 조직 적합성을 검토한다. 이 또한 아주 중요하다. HLA 코드는 환자의 생물학적 신분증으로 면역에 관여한다. 만약 기증자들 가운데에서 HLA 코드가 피이식자의 코드와 정확하게 일치하는 사람을 찾는 것이 거의 불가능하다면, 장기 이식이 최상의 조건에서 이루어지도록 그 코드들이 최대한 근접해야 거부 반응의 위험이 줄어든다.

마르트 카라르는 소프트웨어에 시몽의 나이를 집어넣었다. 그러자 어린이 대기자 명단이 우선적으로 뜬다. 그다음, 그녀는 이식에 적합한 대기자들 가운데 극도로 위급한 상태의 환자, 그러니까 생명이 위험한 지경이어서 이제고 저제고 사망할 가능성이 있으며, 따라서 우선순위에 이름을 올렸던 환자가 이 명단에 있는지부터 확인한다(그녀 역시 각 단계는 전 단계와 연결된 동시에 그다음 단계를 결정하는 만큼 복잡한 규정들을 주의 깊게 적용해 나간다). 심장의 경우, 혈액과 조직 적합성 말고도 장기의 형태, 외형, 규모가 고려 대상에 들어가므로, 이전 단계에서 선별된 환자들을 키와 몸무게라는 기준으로 다시 한 번 추린다(예를 들어 크고 기운 찬 어른의 심장은 아이의 몸에 이식될 수 없고, 그 반대의 경우도 마찬가지이다). 이식의 지형도는 어쩔 수 없는 조건, 즉 심장이 기증자의 몸에서 정지되는 순간과 피이식자의 몸에서 다시 가동되는 순간까지 장기가 보존될 수 있는 최대 시간이 네 시간이라는 사실을 변수로 한다.

피이식자 선별 작업이 점점 구체화될수록 마르트는 얼굴을 화면에 갖다 붙이다시피 한다. 두 눈이 안경알 뒤에서 크고 일그러져 보인다. 끝이 노랗게 물든 손가락들이 마우스를 움직이다가 갑자기 멈춘다. 심장 이식 대기자들 가운데 위급한 케이스가 잡혔다. 여자, 51세, 혈액형 B, 1미터 73센티미터, 65킬로그램, 피티에살페트리에르 병원의 아르팡 교수가 이끄는 의료진이 담당하는 환자다. 그녀는 천천히 시간을 들여서 화면에 나타난 정보들을 읽고 또 읽는다. 그녀가 준비 중인 전화 연락이 전화선 저쪽에 시간을 다투는 비상 상황과 두뇌의 전기 임펄스 발산과 몸 안의 에너지 분출을, 달리 말하자면 희망을 불러일으키리라는 것을 잘 안다.

여보세요. 여기는 생체 의학국입니다(병원 사무국 쪽의 빨라지는 움직임과 커지는 집중력). 전화 교환국에서부터 전화선을 타고 수술실까지 전화 호출이 토스된다. 이윽고 등장하는 꼿꼿한 목소리. 아르팡입니다. 말씀하세요. 마르트 카라르가 빠르고 분명하게 말을 꺼낸다. 생체 의학국의 의사 카라르입니다. 심장이 하나 있어요(이런 식으로 표현하다니, 대단하다. 성대는 40년간 피워 온 담배로 녹이 슬었고, 니코틴 덩어리들이 혓바닥의 움직임에 따라 구강 안에서 굴러다닌다). 선생님이 진료하는 여자 환자 한 명이 장기 이식 대기자로 등록되어 있던데, 적합한 심장이 있습니다. 즉각적 반응(찰나의 침묵도 없다). 오케이. 서류 보내 주십시오. 그러고 카라르가 마무리를 짓는다. 그러죠. 20분 드립니다.

그러고 나서 마르트 카라르는 화면에 떠 있는 피이식자 명단에서 한 줄 아래로 내려간다. 낭트의 대학 병원의 또 다른 심장외과에 전화를 걸고, 약 40일 전부터 이식을 기다리고 있는 일곱 살짜리 여아를 놓고 동일한 대화를 주고받는다. 마르트 카라르는 분명하게 밝힌다. 피티에 병원으로부터 답변이 오기를 기다리고 있습니다. 그러고 다시 한 번 같은 말. 20분 드립니다. 그러고 나서 세 번째로, 마르세유의 티몬 병원 의료진과 접촉한다.

기다림이 시작된다. 그 사이사이에 생드니에 있는 의사 마르트와 르아브르의 코디네이터 토마는 그 작전의 구상과 세팅을 동시에 추진하고 미리 수술실을 준비시키고 기증자의 혈류 역학 상태(현재로서는 아주 안정적)를 최대한 정확하게 알아내기 위해 연방 전화를 주고받는다. 마르트 카라르는 토마 레미주를 잘 안다. 생체 의학국에서 주최한 연수 과정과 그녀가 마취과 전문의이자 생체 의학국 창설의 선구자로서 강의를 했던 세미나에서 그를 여러 차례 보았다. 그리고 지금 그가 자신의 대화 상대자인 것이 흡족하다. 그녀는 그에 대한 신뢰가 있고 그가 확실하고 전문적이고 섬세하다는 걸 알고 있다. 그는 소위 끝까지 달릴 줄 아는 부류의 인물이다. 그가 극도로 집중하면서도 흥분을 억제하여 절제된 강함 말고 다른 것을 내비치는 법이 없기에, 이식 과정의 매 단계에서 기폭제 역할을 하는 인간의 비극을 철저히 이용한다면 종종 일이 수월하게 풀릴 텐데도 화려무쌍한 히스테리 부근에는 아예 눈길도 주지 않기에, 그녀가 그를 더욱 높이 산다는 건 확실하다(이 세상 전체를 위한 행운이다. 그런 인물은).

동일한 절차를 밟은 뒤, 간과 신장 그리고 폐에 관한 답변들이 줄줄이 들어온다(스트라스부르에서 간을 ─

여섯 살짜리 여자아이, 리옹에서 폐를 — 열일곱 살짜리 소녀, 그리고 루앙에서 신장을 — 아홉 살짜리 남자아이 — 갖고 간다). 그사이 저 아래 스타디움의 코너 자리에 있는 관중들이 마치 작전을 개시하듯 단호한 동작으로 점퍼의 지퍼를 내린다. 찌익(그들이 걸친 점퍼들은 로커들의 가죽 점퍼와 오렌지색 안감을 댄 카키색 군용 점퍼들이다). 역마차를 습격하려는 순간의 강도들이나 최루탄 앞에서 시위 중인 대학생들이 그러듯이 머플러로 얼굴을 가리고, 몇몇은 스웨터 밑 등허리 쪽 허리띠에 끼워 놓은 연막탄을 능숙한 전문가의 손으로 꺼내 든다(대체 어떻게 그런 물건들이 검사를 통과할 수 있었을까?). 선수들을 싣고 온 차량들이 포르트 드 라 샤펠을 지나고 있음을 알리는 방송이 나가자 첫 번째 연막탄들이 터진다. 붉은색 연기, 초록색 연기, 흰색 연기. 계단식 좌석에서 함성이 더욱 요란해지는 가운데 기다란 현수막이 펼쳐진다. 〈경영진, 선수, 코치, 전부 다 아웃!〉 관중석의 모습은 정말로 인상적이다. 빽빽하게 서로 들러붙어 있는, 힘과 공격성으로 다져진 하나의 블록. 하나로 엉킨 적대적인 덩어리. 어찌나 강렬한지 그들과 합류하려는 사람들이 홀린 듯이 발걸음을 재촉한다. 반면에 안전 요원들은 이마에 주름이 잡혔고 급하게 내달리기 시작한다. 그들은 입고 있는 옷 때문에 목이 답답해 보이며 윗도리 단추는 풀어 놓았고 넥타이는 배

위에서 퍼덕인다. 워키토키에 대고 고함을 질러 댄다. 북쪽 코너 달아올랐어. 과열되면 안 돼. 온갖 육두문자가 난무한다. 유리창에 선팅을 한 차들이 막 고속 도로를 벗어났다. 이제 그 안락하고 놀라울 정도로 흔들림이 적은 차들은 선수 전용 입구 앞에 차를 세우려고 경기장을 감고 도는 VIP 전용 도로로 들어섰다. 마르트가 일어선다. 그녀가 창문을 연다. 사람 형체 여럿이 생체 의학국 건물 앞을 지나 스타디움을 향해 대로를 뛰다시피 하며 오른다. 그 지역을 잘 아는 동네 젊은이들이다. 그녀는 딸에게 간결한 문자를 보낸다(생체 의학국 긴급 상황. 내일 연락할게. 엄마). 그러고 난 뒤 그녀는 껌 통을 발코니 난간에 톡톡 치더니, 그 주둥이에 오므린 손바닥을 갖다 댄다. 그러다가 통이 빈 것을 발견하고 입술을 지그시 깨문다(스스로도 다시 찾기 힘들 만한 장소들을 고르기는 했지만, 사무실 여기저기에 담배들을 숨겨 놓긴 했다. 하지만 지금으로서는 씹던 껌을 계속 씹기로 한다).

그녀는 저 아래, 수천 명의 사람들이 잔디밭 주위로 둥글게 모여 있는 광경을 그려 본다. 잔디의 초록색이 어찌나 번쩍거리는지 붓으로 니스 칠을 한 거라고, 풀잎 하나하나에 레진에 테레빈유나 라벤더유를 섞은 물질을 발라 놓아서, 용매가 휘발한 뒤 왁스 천이나 새 광목 천에 맴도는 광택처럼, 은빛 반사광처럼 견고하고 투명한 필름막이 생겨난 거라고 해도 믿을 정도이다. 시몽 랭브르의 살아 있는 장기에 적합한 대상자들을 찾고 있는 이 순간에, 병든 몸에 그 장기들을 분배하고 있는 이 순간에 수천 개에 달하는 폐들이 저곳에서는 다 같이 부풀어 오르고 수천 개에 달하는 간들이 맥주를 흠뻑 머금고 수천 개에 달하는 신장들이 육체의 노폐물을 동시에 걸러 내고 수천 개의 심장들이 들뜬 분위기 속에서 펌프질을 해대는 걸 상상한다. 그러다가 갑자기 세상의 파편화에, 이 공간의 현실의 절대적 단속성에 소스라친다. 무한히 갈라지는 서로 다른 경로로 산산이 흩어지는 인간 군상(그녀가 이미 겪은 적 있는 불안감. 1984년 3월의 그날, 69번 버스에 앉아서, 혼자 키우고 있던 첫 딸이 태어난 지 채 반년도 되지 않아 들어선 아이를 지우려고 19구에 있는 어떤 병원으로 가는 중이었다. 빗물이 차창에 줄줄 흘러내리고 있었다. 그녀는 자기 주위에 서 있는 승객 몇몇의 얼굴을 차례차례 쳐다보았다. 아침나절에 파리 지역을 운행하는 버스에서 마주치게 되는 얼굴들. 먼 곳을 바라보고 있는 듯한 얼굴들. 혹은 두 눈이 그림 문자로 표현된 안전 수칙에 못 박혀 있거나 정차 버튼에 고정되어 있거나 남의 귀 안쪽을 하염없이 헤매고 있는 얼굴들. 서로를 회피하는 시선들. 장바구니를 든 안노인네들. 아이를 앞쪽에 매단 젊은 가정주부들. 신문을 보려고 시립 도서관으로 가는 길인 퇴직자들. 깨꿋지 못한 넥타이를 매고 정장 차림에 신문에 얼굴을 박고 있으나 글자가 눈에 들어오지 않으며 종이 위로 아주 자그마한 의미의 파편조차 떠오르지 않는데, 더 이상은 그들을 위한 자리가 없고 머지않아 더 이상은 생계 수단을 찾아내지 못하게 될 세상에 붙어 있기 위해서인 듯 악착같이 신문을 들여다보는 실업자들. 가끔은 그녀에게서 20센티미터도 채 떨어지지 않은 곳에 서 있지만 전부 다 하나같이 그녀가 하려는 일을, 두 시간 후면 돌이킬 수 없을 그녀가 내린 그 결정을 알지 못하는 사람들. 각자의 삶을 사느라 그녀와 아무것도 나눌 수 없는 사람들. 아무것도. 소나기가 쏟아지는 가운데 올라탄 그 버스, 닳아 버린 그 좌석들, 목매려고 준비한 밧줄처럼 천장에 매달려 있는 그 더러운 플라스틱 손잡이들 말고는 아무것도. 아무것도. 저마다 자신의 삶을, 자기 것을 살아 낸다. 그렇다. 그녀는 두 눈이 눈물에 젖어 드는 것을 느끼고 넘어지지 않으려고 금속 기둥을 더 세게 잡았다. 그 순간 아마도, 그녀는 고독을 경험했을 것이다).

경찰차의 첫 번째 사이렌 소리가 들려온 시각은 19시 30분경이다. 그녀가 다시 창문을 닫아 버린다(추위). 킥오프까지는 아직도 한 시간이 남았다. 보아하니 팬들의 흥분을 억제하기가 쉽지 않겠다. 그 모든 심장들이 함께하다니, 대단하군. 오늘 저녁엔 무슨 팀이 나오나? 시간

이 흐른다. 마르트 카라르가 한 번 더 첫 번째 서류를 검
토한다. 기증자의 서류에 따라 그녀가 맞춰 놓은 조합
이 희한할 정도로 만족스럽다. 그보다 더 좋을 수가 없
다. 피티에에서는 대체 뭘 하고 있는 거람? 바로 그 순간
전화벨이 울린다. 아르팡입니다. 우리가 갖죠.

마르트 카라르는 전화를 끊고 나서 곧장 르아브르
로 다시 전화를 걸어, 피티에살페트리에르 병원 의료진
이 도착 시간을 상의하기 위해 접촉할 거라고 토마에게
알려 둔다. 피이식자는 아르팡 교수가 이끄는 의료 팀
의 여자 환자야. 자네도 그 교수 알지? 이름만요. 그녀
가 미소를 짓는다. 덧붙인다. 그곳 의료 팀은 훈련이 잘
돼 있지. 무엇을 해야 하는지를 알고 있다고. 토마가 손
목시계로 시간을 확인하고 분명하게 말한다. 좋아요.
적출 준비를 시작해야겠어요. 약 세 시간 뒤에 수술실
에 들어가게 될 걸로 예상합니다. 다시 전화하죠. 두 사
람은 전화를 끊는다. 아르팡. 그녀 역시 그를 안다. 그를
만나 보기도 전에 그를, 그 근사한 이름을 알고 있었다.
그 야릇한 이름은 1세기도 더 전부터 파리의 병원 복도
를 돌아다니던 터라, 사람들은 집도의의 탁월함을 이야
깃거리로 삼다가 대화를 마무리하기 위해 그저, 아르팡
인데 뭘, 이라고 말하든가 혹은 무려 십여 명에 달하는
의과 대학 교수들과 임상의들을 배출한 그 가문에 대해

이야기하기 위해 〈아르팡 왕조〉라는 말을 곧잘 입에 담
곤 했다. 샤를르앙리와 루이, 쥘, 그리고 로베르와 베르
나르, 오늘날의 마티외와 질과 뱅상에 이르기까지, 대대
로 그 가문 출신의 의사들은 하나같이 공영 병원에서 줄
곧 근무해 왔고(우리는 공복(公僕)들이죠. 그들은 그렇
게 생각하기를 좋아하지만 실제로는 뉴욕의 마라톤 대
회에 출전하고, 겨울이면 쿠르슈벨에서 스키를 타거나
모르비앙 만에서 카본 소재 모노코크 요트를 몰며 요트
경주에 참가한다. 그렇게 자신들은 돈벌이에 혈안이 된
천민 의료인들과는 다르다는 것을 과시하지만 그들 가
운데 상당수는, 특히 나이가 젊을수록, 대학 병원에서
의 진료 활동으로 만족하지 못하고 조용하고 가로수가
우거진 지역에 따로 개인 병원을 열었고, 가끔은 아르
팡 가문 의사들끼리의 협업을 통해 인체 병리학의 전 영
역에 대한 서비스를 제공했고, 체중 과다인 사업가들에
게, 그러니까 콜레스테롤 증가와 탈모, 골치 아픈 전립
선과 성욕 저하가 근심거리인 사람들에게 익스프레스
건강 검진을 권해 댔다), 또한 그 가문에서는 5대에 걸
쳐 호흡기 전문의들을 배출하기도 했는데, 이는 정교수
직을 물려주고 과를 통솔하는 직책을 물려주어야 할 시
기가 되면 장남 우선의 부계 원칙을 적용한 결과였으며,
또한 그 가문에서는 브리지트라는 이름의 딸이 1952년
도 인턴 자격시험에 수석으로 합격했으나 2년 뒤 포기

해 버리고 만 일도 있었는데, 그 당시 본인은 아버지가
밀어주는 아버지의 제자를 사랑한다고 믿어 의심치 않
았지만 사실은 그 세도가의 젊은 남자들의 생존 공간을
넓혀 주기 위해서 자리를 양보하라는 은밀한 압력에 굴
복하고 말았던 것이다. 그리고 그들 가운데에 그가 있었
다. 외과의 에마뉘엘 아르팡이.

그녀는 인턴 시절에 잠시 아르팡 가문의 사촌 두 사
람이 주축인 패거리들과 어울려 다녔던 기억이 있다. 한
명은 소아심장과에 있었고 다른 한 명은 부인과에 있었
다. 둘 다 이마 한가운데에 곤두서 있는 똑같은 흰색 머
리 타래를 갖고 있었다. 〈아르팡의 깃털〉을. 뒤로 빗어
넘긴 이 흰색 갈기는 어두운 색깔의 머리카락 위에서 도
드라졌다. 가문의 문장이자 식별 기호. 전설의 흔적. 내
가 쓴 투구의 흰 깃털 아래로 집결. 그들이 만나는 여자
들의 경계심을 누그러뜨리기에 아주 적합한 과시. 그들
은 리바이스 501 청바지에 옥스퍼드 셔츠와 체크무늬
천으로 안감을 댄 베이지색 방수 외투를 깃을 세워 입었
고, 운동화를 신고서 외출하는 법이 없었고 술 달린 모
카신은 거들떠보지도 않았으며 처치스 구두를 신었다.
그들은 중키에 말랐고 피부는 창백했고 눈은 황금색이
었으며 입술은 얄팍했고 목젖이 어찌나 튀어나왔던지
피부 아래에서 목젖이 꿀렁이는 것을 보게 되면 마르트
는 저도 모르게 침을 꿀꺽 삼키게 되었다. 두 사람은 서

로 닮아 있었고 또한 피티에살페트리에르에서 심장을 고치고 이식하는 일을 하는 열 살 더 젊은 그 에마뉘엘 아르팡과도 닮아 있었다.

심포지엄에서 에마뉘엘 아르팡은 어김없이 정각에 맞춰 똑바로 앞만 보며 강당 계단을 내려오다가 마지막 계단은 훌쩍 건너뛰어 육상 선수인 양 그 기세 그대로 단번에 강연대 앞에 가서 섰고, 절대로 읽는 법 없는 원고를 손에 든 채 청중에게 건네는 인사조차 생략하고 곧장 발표를 시작했다. 그는 그처럼 건조한 시작과 급작스러운 공격을 선호했다. 마치 강당 안의 모든 사람이 그가 누구인지를, 그러니까 아르팡임을, 아르팡의 아들이고 아르팡의 손자임을 알고 있는 것으로 간주한다는 듯 본인의 성을 밝히지 않고 관습 따위는 무시하며 곧바로 목표를 향해 가는 방식. 그리고 또한 어쩌면, 행사를 맞아 예약해 둔 근처의 몇몇 레스토랑에서 점심을 들고 난 뒤인 오후 초입이라 살짝 멍해져서 졸음에 시달리는 청중을 다시 일으켜 세우는 방식일 텐데, 이들은 종이 식탁보 위에 주둥이 긴 유리병들이 일렬로 놓여 있는 그 급조한 구내식당에서 레어로 구운 고기와 그와 잘 어울리는 적포도주를, 그러니까 늘 그래 왔듯 소박하고 타닌 성분이 강한 코르비에르 포도주를 곁들인 그 유명한 식사를 한 참이었다. 아르팡의 입에서 첫 단어들이 떨어지자마자 강당 전체가 식곤증에서 빠져나왔고, 각자 그토록 날씬하고 스포츠맨다운 모습의 그를 보면서 그가 이러저런 선발 경기에 병원 깃발을 달고 나가는 선수들을 거느린 일류 사이클 단체의 중심인물임을 떠올렸다. 그 단체의 선수들은 업무와 마찰을 빚지만 않는다면 일요일 아침마다 사이클을 타고 2백 킬로미터를 달릴 수 있는 그런 남자들이었다. 더 자지 못하고, 더 아내를 쓰다듬고 사랑을 나누거나 아이들과 놀거나 그저 라디오나 들으면서 뒹굴지 못하는 게 절망스러우면서도 그 일을 하겠다고 일어날 준비가 되어 있는 남자들. 그런 날 아침이면 늘 욕실은 한결 더 환하고 늘 구운 빵 냄새는 한결 더 식욕을 자극하지만, 그럼에도 거기에 속할 수 있기만을, 그 야릇한 친목회에 들어갈 수 있기만을 바라며 이를 위해 얼마든지 대가를 치르고 경쟁자들을 은근슬쩍 밀어붙이고서라도 아르팡에게 선택받기를(〈지목받다〉가 적절한 단어였다. 아르팡이 갑자기 그들의 존재를 인식할 때면 그는 그들을 검지로 가리켰고, 옆으로 고개를 비스듬히 기울이며 그들의 체격을 저울질하고 경쟁 상대로 쓸 만한지를 확인했다. 그러고는 야릇한 미소로 비틀린 얼굴로 그들에게 물었다. 자네, 자전거 좋아하나?) 바라는 그런 남자들.

몇 시간 동안 아르팡 옆에서 페달을 밟거나 그 뒤에 바싹 붙어서 달려 보는 것, 그건 일요일 오후가 다 지나가도록 아이들을 혼자서 감당하느라고 성이 난 아내들

과 아내들의 심술궂게 빈정거리는 말(여보, 걱정하지
마. 당신이 가족을 위해 희생한다는 거 잘 알아)까지도
무릅쓸 만한 가치가 있는 일이었고, 아내들의 질책(당
신은 당신 생각만 하지)과 아내들이 그들의 뚱뚱한 배
를 평가하는 눈길로 그들을 위아래로 꼬나보면서 내뱉
는 성질을 돋우는 말들(심근 경색이나 일으키지 않게 조
심해)을 옴팡 뒤집어쓸 만한 가치가 있는 일이었고, 그
러고는 뻘겋게 익은 채 녹초가 되어 집으로 돌아올 만한
가치가 있는 일이기는 했지만, 두 다리는 그들의 몸뚱어
리를 지탱하지 못할 지경이 되었고, 엉덩이가 너무나 아
파서 좌욕 생각밖에 나지 않는데도 그들은 욕실까지 가
지도 못하고 지나가다 걸리는 첫 번째 소파나 침대 위에
아무렇게나 몸을 부려 버렸다. 고된 경주 뒤에 마땅히
누려야 할 낮잠(그러면 물론 그 부당하게 누린 휴식이
다시 한 번 아내들의 분노를 촉발하여 아내들은 남자들
의 이기주의와 그들의 어리석은 야망과 복종심과 늙는
것에 대한 그들의 두려움에 대한 잔소리를 하고 또 해대
며 하늘을 향해 두 팔을 쳐들고는 커다란 목소리로 맹
렬한 비난을 퍼붓거나 두 손을 허리에 올리며 양 팔꿈치
를 쫙 벌리고 배를 앞으로 내민 채 그들을 괴롭혔다. 한
편의 이탈리아 희극). 그러다 일단 기진맥진한 상태에
서 벗어나면 다급하게 전용 사이트에서 전립선 보호 장
구와 사이클 복장 일습과 적절한 모든 장비를 사느라고

222

컴퓨터 앞에 죽치고 있다가 끝내 아파트 저쪽에서 성질을 부리고 있는 아내에게 닥쳐!라고 소리를 질러 그만 아내를 울리고 말더라도, 그건 그럴 만한 가치가 있는 일이었다. 어쨌거나 신기한 건, 수컷들의 그러한 시도를 지지하는 아내는 단 한 명도 없었다는 것이다. 자신의 남편더러 자전거에 올라타 아르팡을 따라서 슈브뢰즈 계곡의 도로를 민첩성과 경쾌함, 지구력을 뽐내면서 달리라고 부추기는 아내는 출세주의자든 아니면 단순히 순종적인 여자든 간에 단 한 명도 없었다. 그랬다. 속아 넘어가는 아내는 단 한 명도 없었다. 음흉하게 남편을 징발해 간다고 탄식하면서 아내들끼리 이야기를 나눌 때면, 리시스트라테[32]를 들먹여 가며 남자들이 그 비굴한 아부를 그만두게 섹스 파업을 하자고 계획하거나 혹은 경주 뒤에 엉망진창이 된 남편들의 모습을 서로에게 묘사하여 들려주면서 포복절도를 하기도 했다. 그러고는 결국엔 재미있게도 결론은 이렇게 났다. 그게 그렇게 즐겁다면 가라고 하지 뭐. 가라고 해. 그들이 거기서 동맹을 맺든 적군이 되든 총애를 받든 경쟁을 하든, 거기 가서 녹초가 되라지 뭐. 그리고 곧 그녀들 중에서 아침 6시에 일어나서 커피를 준비하여 사랑스러운 손길로

32 기원전 411년에 그리스의 작가 아리스토파네스가 지은 희극. 아테네의 젊은 부인 리시스트라테가 주모자가 되어 아테네와 스파르타의 모든 여성으로 하여금 남자들이 전쟁을 그만두지 않으면 남편과 동침하지 않겠다고 선언하게 하여, 마침내 양국이 평화를 실현한다는 내용이다.

남편에게 내미는 아내는 단 한 명도 남지 않게 되었고, 아내들은 모두 침대에 머무르며 머리가 잔뜩 헝클어진 채로 따뜻한 깃털 이불 속에 푹 파묻혀서 한탄을 했다.

마르트 카라르가 아르팡의 목소리를 마지막으로 들었던 때는 그가 1980년대 초에 장기 이식에 혁신을 몰고 왔던 거부 반응 억제 치료에서의 면역 억제제 사용 방식에 관한 탁월한 논문을 발표했던 때였다. 그는 12분에 걸쳐서 면역 억제제(수혜자의 생체 조직의 면역 작용을 억제하고 이식된 장기의 거부 위험을 줄이기 위해 사용하는 제품)의 역사를 훑었고, 그 말미에 한 손을 들어 올려 머리카락 속에 넣더니 자신의 성을 밝히지 않아도 되게 해주는 그 유명한 흰색 머리 타래를 이마에서부터 뒤로 쓸어 넘기고는 갑작스럽게 물었다. 「질문 있습니까?」 그러더니 머릿속으로 셋을 세고는 발표를 마무리하면서, 심장 이식은 곧 종말을 고할 거라고, 이제는 프랑스 실험실에서 발명하고 개발해 낸 기술적 경이로움의 구현체인 인공 심장을 고려해야 할 시기가 마침내 도래했고, 폴란드, 슬로베니아, 사우디아라비아, 벨기에 등의 국가들에서 인공 심장에 대한 테스트 허가가 떨어진 상태니, 심장 이식은 곧 낙후될 거라고 이야기했다. 세계적으로 명망 높은 프랑스의 한 외과의가 20년 동안 개발한 9백 그램짜리 생체 인공 삽입물이 심각한 심장

질환에 시달려 생명의 위험에 처한 환자들에게 이식될 겁니다. 이 결론에 청중들이 당황했다. 웅성거리는 소리가 좌중 위로 퍼져 나가며 졸고 있는 사람들을 깨웠고, 인공 심장이라는 상상만으로도 심장은 자신의 상징적인 힘을 빼앗겨 버렸다. 대부분의 머리통들은 아르팡의 말을 전보문 형식으로 기록하기 위해 스프링 노트를 향해 쏟아졌지만, 그 가운데 몇 명은 충격을 받고는 막연히 당혹스러워져서 머리를 설레설레 흔들었고, 몇몇 세심한 이들은 윗도리 안으로, 넥타이 뒤로, 셔츠 밑으로 손을 집어넣고는 심장이 뛰는 것을 느껴 보려고 그 위에 손을 갖다 대는 것이 보였다.

킥오프와 함께 경기가 시작됐고, 스타디움에서 흘러나오던 웅웅거리는 소리가 지속적인 엄청난 소음으로 변하더니 들쭉날쭉한 간격으로(정확한 숏, 갑작스러운 볼 가로채기, 재주 부리며 공 몰기, 격렬한 태클, 골) 더욱 거세진다. 마르트 카라르는 의자 등받이에 몸을 기댄다. 기증자의 장기 분배와 이동 경로 확정, 의료진 구성이 끝났다. 모든 것이 궤도에 올랐다. 이제 상황 통제는 레미주의 몫이다. 장기 적출 때 고약한 돌발 상황이 없기를. 스캐너와 초음파와 여러 가지 검사들로는 볼 수가 없었거나 그저 의심을 할 수 있었을 뿐인 그 뭔가가 튀어나오지 않기를. 그녀는 맥주 한 잔과 바비큐 소스를 친 근사한 치즈버거를 먹으면서 기꺼이 담배 한 대를 피울 것이다. 마지막 한 방울의 니코틴까지 뽑아내려고, 희미해졌다 하더라도 맛과 향의 기억이라도 우려내려고 활발하게 껌을 씹는다. 손 닿는 곳에 말보로 라이트를 놔두고 태블릿 PC로 경기를 보고 있을 안전 요원에게 생각이 미친다.

엘리베이터 문이 닫히는 중에 코르델리아 오울이 눈 앞에 보이는 레볼을 향해 담뱃갑을 흔든다. 잠깐 쉬러 내려갑니다. 5분 정돕니다. 그녀가 서서히 좁아지는 틈 사이로 그를 향해 신호를 보낸다. 곧 엘리베이터의 금속 제 문에 그녀의 얼굴이 흐릿하게 떠오르지만, 제대로 된 거울이 아니라서 마스크를 전사해 놓은 것 같다(부드러 운 피부와 반짝이던 두 눈, 지난밤의 여운으로 여전히 빛 나던 그 아름다움은 간데없다). 그녀의 얼굴은 우유가 맛이 가듯 맛이 가버렸다. 무너진 윤곽선. 탁한 안색. 거 무스레하게 그늘진 눈언저리는 카키색이 감도는 잿빛 올리브색. 목에 생겼던 흔적들은 검게 변했다. 엘리베이 터 안에 혼자 있게 되자, 담배는 다시 호주머니에 집어넣 는다. 다른 쪽 호주머니에서 휴대폰을 꺼낸다. 눈길 주 기. 여전히 아무것도 없음. 화면에 떠 있는 이러저런 표 시들을 확인한다. 소스라친다. 좀 더 자세히 들여다본

227

다. 이런, 네트워크가 안 잡히네. 약하게라도 잡히질 않는다. 잡혔다 안 잡혔다 하는 것도 아니다. 전혀 안 잡힌다. 그녀는 즉각 희망을 되찾는다. 그 사람이 전화를 했는데 연결이 안 됐을 수도 있어. 1층에 내려서자마자 병원 직원 전용인 측면 출구를 향해 달린다. 가로 막대를 민다. 이제 밖이다. 조명 간판 불빛으로 단단한 추위 속에 생겨난 희뿌연 공간에서 서너 명이 발을 동동 구르며 담배를 태우고 있었다. 그녀가 모르는 간호 보조사들과 간호사 한 명. 공기가 어찌나 차가운지 담배 연기와 그들이 다 함께 입김으로 내뿜는 이산화탄소를 구별하는 것이 불가능할 정도다. 그녀는 휴대폰을 껐다가 다시 켠다. 전 과정을 원점에서부터 다시 해보려는 의도. 조금치의 의심도 남기고 싶지 않다. 밖으로 드러난 두 팔이 눈에 보일 정도로 시퍼렇게 얼어 간다. 곧 그녀가 온몸을 벌벌 떤다. 여기서는 잡혀요? 그녀가 모여 선 사람들을 향해 몸을 돌린다. 대답하는 목소리들이 겹친다. 그럼요. 나는 잡혀요. 나도요. 그녀는 휴대폰이 재부팅되자마자 확인한다(본인 스스로도 믿지 않으면서 이런 일련의 행위들을 실행한다. 이제는 그녀에게 온 메시지가 아무것도 없었음이 분명하다. 무슨 일이라도 일어나려면 이제 이 일만 생각하는 것은 그만두어야 한다는 것도.)

강력한 통신망, 신호 무(無). 그녀가 담배에 불을 붙인다. 그녀 앞에 있는 남자들 가운데 한 명이 그녀에게 말을 건넨다. 소생의학과에 있죠? 키가 껑충한 적갈색 머리의 남자로, 왼쪽 귀에는 귀고리를 달았고 바투 깎은 손톱에 불그스름한 손가락이 길쭉하고 머리는 스포츠형이다. 네. 코르델리아가 덜덜 떨리는 자그마한 턱을 내리면서 대답한다. 그녀는 기운이 하나도 없고, 닭살이 돋을 정도로 몸이 얼었고, 얇은 가운 차림으로 덜덜 떨어 댔더니 배가 다 아파 온다. 담배를 움켜쥐고 넋 나간 여자처럼 피워 댄다. 갑자기 두 눈알이 불타는 것 같더니 두 눈에 눈물이 어린다. 그 남자가 미소를 보내며 그녀를 바라본다. 오, 괜찮아요? 무슨 일이에요? 아무것도 아니에요. 그녀가 대답한다. 아무것도. 춥고, 그게 다예요. 하지만 남자는 그녀에게 다가간다. 소생의학과가 힘들죠? 별의별 일을 다 보게 되니까. 그렇지 않아요? 코르델리아가 코를 훌쩍이고 담배 연기를 내뿜는다. 추위 때문에 그래요. 진짜예요. 피로해서요. 눈물이 볼 위로 흘러내린다. 천천히. 마스카라 색을 띤 눈물이. 환상에서 깨어난 여자아이의 눈물.

그녀 안에서 생생하고 열렬하게 휘몰아쳤던 그 모든 것, 잔인함과 즐거움으로 나부끼던 그 가벼움, 오늘 오후만 해도 소생의학과 복도를 걸으며 보여 줬던 여왕의 걸음걸이, 그 모든 것이 빠르게 물을 먹더니 그녀의 머릿속에서 무겁게, 푹 젖은 채, 축 늘어진다. 스물세 살인가 싶으면 어느새 곧 스물여덟이고, 스물여덟인가 하면 곧 서른하나다. 시간이 계속 달아나는 동안 그녀는 자신의 삶에 대해 차가운 시선, 가차 없는 시선을 던지며 그녀의 삶의 갖가지 영역들을 하나씩 하나씩 검토한다 (타일 틈새로 맹렬하게 곰팡이가 피어나고 바퀴벌레가 우글거리는 축축한 원룸 아파트. 여윳돈을 쪽쪽 빨아먹는 은행 빚. 한때는 죽고 못 사는 사이였던 친구들이 그녀의 관심 밖인 갓난아기를 중심으로 가정을 꾸리자 그 주변으로 밀려나 버린 우정. 스트레스로 꽉 찬 나날들. 짝은 없어도 제모는 말끔하게 하고 음산한 〈라운지 바〉에 모여 수다 떠는 여자들과의 저녁 모임. 두름 엮듯 늘어서서 언제든지 부름에 응할 암컷들과 억지웃음, 그리고 결국엔 그 웃음에 합류하고 마는 소심한 데다 기회주의자인 그녀. 그게 아니라면 구질구질한 매트리스 위나 때가 타서 찐득거리는 주차장 문에 기대서 어쩌다 갖는 섹스. 종종 서툴고 성급하고 인색한, 요컨대 사랑스러움과는 거리가 먼 남자들. 그 모든 것에 윤을 내자면 반드시 들이부어야 할 술. 그랬다. 그녀의 심장을 뛰놀게 한 유일한 만남은 흘러내린 머리카락을 넘겨 주며 그녀에게 담뱃불을 붙여 주고 관자놀이께와 귓불을 슬쩍 만지던 남자다. 그리고 홀연히 모습을 드러내는 기술이 최고도에 달하는 남자. 사실, 그 남자는 아무 때나 나타나기에 그 움직임을 예측하기란 불가능하다. 마치 기둥

뒤에 숨어 있다가 하루가 저물 무렵의 황금빛 햇살 속에
서 그녀를 놀라게 하려고 갑자기 머리를 내밀기라도 하
는 것 같다. 한밤중에 근처 카페에서 전화를 걸어오든
가 아침에 저기 길모퉁이에서부터 그녀를 향해 다가오
는데, 늘 마지막에는 한결같이 홀연히 자취를 감춘다.
놀라운 솜씨. 그러고는 다시 나타나기). 철저하게 벗겨
내니 그 무엇도, 그녀의 얼굴도, 그녀가 가꾸어 대는 그
녀의 몸도(주간지, 바르는 다이어트 약, 독 보방의 차디
찬 문화 센터에서 배우는 발레 다이어트 시간) 당해 내
질 못한다. 그녀는 혼자고 버림받은 것이다. 실망스럽
다. 발을 구르며 이를 딱딱 부딪는 지금 그녀를 엄습한
환멸이 그녀의 영토와 배후지까지 휩쓸어, 사람들의 얼
굴은 음울해 보이고 동작들에서는 썩은 내가 풍기며 의
도는 비틀려 보인다. 그 환멸이 부풀어 무섭게 퍼져 나
가 강과 숲이 오염되고 사막으로까지 더러움이 번지고
지하수층이 감염되고 꽃잎들이 찢어지며 동물들의 털이
윤기를 잃는다. 그녀의 환멸로 극권 너머의 거대한 빙산
에 더러움이 오르고 그리스의 여명에 얼룩이 지고 가장
아름다운 시들이 침울함의 때로 개칠이 된다. 그것은 지
구와 빅뱅부터 미래의 로켓에 이르기까지 지구에 살고
있는 모든 것을 망가뜨리고 세상 전체를 뒤섞어 버린다.
그 공허하게 울리는 세상을. 그 환멸에 잠긴 세상을.
   전 그만 가볼게요. 그녀가 땅바닥에 담배꽁초를 버린

다. 천으로 만든 납작한 신발 끝으로 그것을 짓이긴다. 적갈색 머리의 꺽다리가 그녀를 지켜본다. 좀 괜찮아졌어요? 그녀가 고개를 끄덕인다. 그럼요. 그럼, 이만. 몸을 반쯤 돌려 건물 안으로 급하게 들어간다. 돌아가는 길을 막간으로 삼아, 그 틈을 이용해 소생의학과에 도착하기 전에 다시 정신을 추스른다. 이 시간이면 그곳의 업무 강도는 더 세진다. 저녁 즈음의 신경질적 흥분 상태, 동요하는 환자들, 밤이 되기 전의 마지막 치료, 마지막 수액 주사, 마지막 알약들. 그리고 몇 시간 뒤에 있을 그 장기 적출(레볼이 대체 근무를 할 수 있는지, 수술실 근무를 위해 당직 시간을 연장할 수 있는지를 물어보려고 그녀에게 들렀고, 그녀는 그 예외적 부탁을 수락했더랬다).

그녀는 따뜻한 음료를 파는 자판기에서 토마토 수프를 사려고 카페를 거치기로 한다. 그녀가, 턱을 앙다문 자그마한 말라깽이가 싸늘한 공기가 느껴지는 커다란 홀을 거슬러 올라가는 모습이, 조금 있다가는 빨리 나오라고 기계를 주먹으로 치는 모습이 보인다. 수프는 맛이 고약하고 용기가 그녀의 손가락 밑에서 우그러들 정도로 몹시 뜨겁다. 그래도 단번에 들이마시자 곧 몸이 따뜻해진다. 홀연, 그녀 앞을 지나가는 그 사람들의 모습이 눈에 들어온다. 7호실 환자의 어머니와 아버지. 그녀가 오늘 오후에 카테터 삽입을 했던 그 젊은이, 사망 판정을 받아 오늘 저녁이면 장기 적출을 하게 될 젊은이의 부모. 그들이다. 높은 유리문을 향해 천천히 걸어가는 그들의 모습을 눈으로 쫓다가 좀 더 제대로 바라보려고 기둥에 등을 기댄다. 이 시각이 되니 유리문은 거울로 변했다. 겨울밤 연못 수면에 유령들의 모습이 비치듯 그 사람들의 모습이 거기에 비친다. 그 모습을 묘사하라고 한다면, 그 사람들의 겉가죽을 둘러쓴 허깨비 같다고 말했을 것이다. 그 표현의 상투성은 그 두 사람의 내면의 붕괴를 보여 주기보다는 바로 오늘 아침만 해도 그들이 어땠는지를, 그저 이 세상에 두 발 딛고 서 있는 한 남자와 한 여자였음을 강조한다. 그리고 두 사람이 차가운 불빛으로 덧칠한 바닥 위를 나란히 걸어가는 모습을 보면, 이제 이 두 사람은 몇 시간 전에 들어섰던 여정을 계속 밟아 나갈 것이며 더 이상 코르델리아나 지상의 다른 존재들과 같은 세상에서 살아갈 수 없을 뿐만 아니라 그런 세계로부터 돌이킬 수 없이 멀어지고 완전히 벗어나서 다른 영역으로, 어쩌면 아이를 잃어버려 위로받을 길 없는 사람들이 잠시 한데 모여 꾸역꾸역 살아가는 그런 영역으로 옮겨 갔다는 것을 누구나 이해할 수 있을 법했다.

코르델리아는 주차장 출구를 향해 점점 작아지다가 어둠에 삼켜지는 그들의 모습을 자신의 시선에 담는다. 그러더니 비명을 지르며 기둥에서 떨어져 나와 망아지

같이 부르르 떤다. 휴대폰을 잡는다. 그녀의 얼굴선이 다시 뚜렷해지고 안색이 살아난다. 놀라운 진폭으로 운동하는 시계추처럼 마음의 바닥을 치고 되튀어 오르며 발딱 일어선다. 재기의 신호인 그 도약. 재빨리 아침 5시에 사라진 그 남자의 전화번호를 입력한다. 자신의 손이 절로 움직임을 깨닫는다. 능숙하게 자판을 친다. 마치 거기에서 얼른 벗어나고 싶은 동시에 슬픔에 몰려 갇혀 있던 순종 상태에 반기를 들고 싶다는 듯. 마치 그녀를 엄습한 심리적 불안 상태를 물리치고 사랑의 가능성을 돌이키고 싶다는 듯. 하나, 둘, 세 번의 신호. 그러더니 세 가지 언어로 메시지를 남겨 달라는 그 남자의 목소리가 들린다. 사랑해요. 그러고는 전화를 끊는다. 이상할 정도로 다시 기운이 샘솟고 짓눌러 대던 무게가 사라진다. 돌연 그녀의 앞에 다시금 삶 전체가 오롯이 놓인다. 피곤하면 늘 눈물이 나더라고, 마그네슘이 부족한 모양이라고 혼잣말을 한다.

루. 그들은 루에게 전화를 하지 않았다. 아이에게 말해 주려고 애써 보지도 않았다. 오빠의 심장을 멈추는 순간에 오빠 귀에다가 그 아이의 이름을 말해 달라고 부탁할 때를 제외하고는 아이 생각을 하지 못했다. 하지만 루. 그 일곱 살짜리 어린아이. 어머니가 다급하게 병원으로 달려가는 것을 보고서 느꼈을 그 아이의 불안, 그 아이의 기다림, 그 아이의 외로움, 그 모든 것. 그들은 미처 거기까지는 생각하지 못했더랬다. 그들이 아무리 비극에 휘말려 거세게 휘몰아치는 죽음의 공격에 맞닥뜨린 상황이었다고 해도 그들은 스스로 변명거리를 찾아내지 못했다. 마리안의 휴대폰 화면에 표시된 이웃의 전화번호와 차마 들을 기운이 나지 않는 그 옆의 음성 메시지 알림을 보고 그들은 기겁을 한다. 이제 마리안은 액셀러레이터를 밟으면서 전면 유리창에 대고 중얼거린다. 곧 도착이야. 집에 돌아가는 거야.

생뱅상 성당의 용마루에서 종이 울린다. 하늘은 녹아내린 양초처럼 주름진 모양새를 하고 있었다. 18시 20분에 두 사람은 앵구빌 언덕의 커브길을 올라 건물의 지하 주차장으로 빨려 들어간다. 드디어 돌아왔다. 오늘 저녁은 함께 있어. 마리안이 시동을 끄면서 말했다(그런데 이날 밤 그들이 서로 헤어져서 마리안은 이곳에 루와 함께 머물고, 숀은 지난 11월에 급하게 빌린 돌마르의 두 칸짜리 집으로 돌아갈 기운이 있기라도 했을까?). 마리안은 열쇠 구멍에 열쇠를 넣는 데 애를 먹는다. 열쇠가 딱 맞물려지지 않는다. 열쇠 구멍 안에서 열쇠가 딸그락거리는 소리만이 계속되고 숀은 뒤에서 초조하게 발을 구른다. 마침내 문이 열리자 두 사람은 균형을 잃고 집 안으로 쓰러지다시피 들어간다. 불을 켤 생각은 전혀 없이 소파에 나란히 너부러진다. 그 소파는 어느 비 오는 날, 사탕을 싸듯 투명한 방수 천으로 포장된 상태로 시골 도로변에 놓여 있던 것을 갖고 온 것이다. 그들 주변의 벽은 이제 압지(押紙)로 변해서 하루가 저묾을 알리는 그 쉿빛 도는 커피색을 빨아들인다. 몇 점의 그림들 위로 다른 형상들과 형체들이 떠오르고, 가구들은 몸집을 부풀리고, 양탄자의 무늬들은 지워져 간다. 방 안은 마치 인화액이 담긴 용기에 담가 두고 잊어버린 인화지 같다. 그들을 둘러싼 세계의 윤곽이 풀어져 감에 따라 이러한 변모(모래 물결에 차츰차츰 뒤덮여 가듯 사위가 점점 어두워지는)가 그들에게 최면을 건다. 지금 그들이 겪는 육체적 고통의 감각만으론 그들을 현실에 붙들어 매기에 충분하지 않다. 이건 악몽이야. 곧 깨어나게 될 거야. 천장에 시선을 고정한 채 마리안은 그런 생각을 한다(게다가 시몽이 지금 집으로, 저기로 들어온다면, 이번엔 열쇠 구멍에서 딸그락거리다 아파트 안으로 들어서는 사람이 그 애라면, 그 애가 들어올 때마다 늘 그랬듯이 어설프고 시끄러운 동작으로 문을 쾅 닫아서, 시몽, 문 좀 쾅쾅 닫지 마렴, 영락없이 엄마의 잔소리를 끌어내는 사람이 그 애라면, 그 아이가 이 순간에 커버를 씌워 부스럭거리는 서프보드를 겨드랑이에 끼고 머리는 젖어 있고 손과 얼굴은 추위에 시퍼렇게 언 채 바다에 시달려 녹초가 된 모습으로 들이닥친다면, 마리안은 가장 먼저 그 사실을 믿을 테고 일어나 아이에게 다가가서 파프리카를 잘게 썰어 넣은 찐 달걀과 국수, 따뜻하고 기운 나게 하는 음식을 권할 것이다. 그렇다. 그녀에게는 유령이 보이는 게 아니라 아이가 돌아온 것이리라).

마리안의 손이 숀의 손이나 팔이나 허벅지, 그녀의 손이 닿을 수 있는 그의 신체 어느 부위든지 만지려고 앞으로 나간다. 하지만 그녀의 손은 허공을 더듬을 뿐이다. 숀이 막 일어서더니 파카를 벗었기 때문이다. 루 찾으러 내려갈게. 그가 문을 향해 가는데 초인종이 울린다. 그가 문을 연다. 마리안의 입에서 비명이 튀어나온다. 아이다.

아이는 흥분해서 아파트로 뛰어 들어온다. 옷 위에다가 알록달록한 기다란 티셔츠를 걸치고, 머리에는 스카프를 묶었다. 또 누군가 아이 등에 찍찍이를 이용해 아롱거리는 얇은 망사로 날개 두 개를 달아 줬나 보다(아이 역시 머리카락이 검고 빳빳하고 피부색이 어둡고 살짝 째진 혼혈의 눈을 갖고 있다). 실내에서 스웨터를 입고 있는 아버지를 보고 깜짝 놀라 아버지 앞에서 갑자기 멈춘다. 이제 집에 돌아온 거예요? 아이 뒤에 서 있던 이웃 여자는 여전히 층계참에 머물면서 고개만 빠끔 아파트 안으로 들이민다(기린의 몸짓). 그녀의 표정은 공공연한 의문 그 자체다. 순, 두 사람 다 돌아와 있었네요? 막 도착했어요(그가 더 이상 말을 잇지 않는다. 말을 하고 싶은 생각이 없다). 그의 앞에서 루가 폴짝대며 가방속에 손을 넣고 휘젓는다. 마침내 흰색 종이 한 장을 꺼내어 그에게 내민다. 시몽 주려고 그랬어요. 거실로 가더니 소파에 너부러져 있는 엄마를 보고 갑작스럽게 묻는다. 어딨어요, 시몽은? 아직도 병원에 있나요? 아이는 대답을 기다리지 않고 몸을 휙 틀더니 복도를 달린다. 팔랑거리는 날개와 쿵쾅거리는 발소리. 아이가 방문을 열고 오빠를 부르는 소리가 들린다. 그러더니 다른 방문들 여닫는 소리와 그 똑같은 이름을 부르는 소리가 들려온다. 그러더니 아이가 다시 입구에, 그곳에 서서 고통으로 일그러진 채 아무 말도 못하고 그저 다정하게, 루, 하는 것 말고는 아무 말도 못하고 기다리고 있는 자신의 부모 앞에 다시 모습을 드러낸다. 그러자 이웃 여자가 창백하게 질려서 층계 쪽으로 물러나며 검지로 이해한다는, 방해하고 싶지 않다는 신호를 보내고는 문을 닫아 준다.

아이가 부모와 마주 보는 사이 해가 서쪽으로 기울며 도시는 천천히 어스름 속에 잠긴다. 이제 그들은 어렴풋한 형체일 뿐이다. 마리안과 손이 서로에게 다가간다. 아이는 꿈쩍도 않고 침묵을 지키며 두 눈으로 어둠만 빨아들인다(도자기 흙처럼 희게 빛나는 아이 눈의 흰자). 손이 아이를 들어 올린다. 그다음엔 마리안이 그들을 껴안는다(아일랜드 남쪽 항구에 세워진 조난자들을 기리는 기념비처럼 눈꺼풀을 내리고 한 덩어리가 된 세 개의 육체). 그리고 세 사람은 소파로 간다. 서로 떨어지지 않고 대각선 방향으로 이동한다. 외부로부터 자신을 지키는 카피톨리움 신전의 삼신(三神). 그곳에서 자기들의 숨결과 살 내음 속에 웅크린다(아이에게서는 브리오슈와 젤리 냄새가 난다). 재앙을 통고받은 뒤로 처음, 그들은 다시 숨을 쉰다. 그들의 폐허 한가운데에 처음으로 우묵한 공간을 짓는다. 조금이라도 그들에게 가까이 다가가고, 조금이라도 차분하게 숨죽인다면, 그들의 심장이 남아 있는 생명을 다 같이 펌프질하고 요란스럽게 두드려 대는 소리를 들을 수 있으리라. 마치 민감 센서가 방실 판막이나 반월 판막에 설치되어 그로부터 초저주파를 발산하기라도 하는 것처럼. 그 파동은 공간을 질주하고 물질을 관통하여 확실하고 정확하게 일본에, 세토 내해에, 어떤 섬에, 야생의 바닷가에, 그 목재 오두막에 가 닿고, 거기에서는 인간의 심장 박동을 정리하는 작업이, 온갖 곳을 다 돌아다녔을 사람들에 의해 등록되거나 기록된, 전 세계에서 모아들인 심장의 형적을 정리하는 작업이 이루어진다.[33] 마리안과 쇤의 심장이 공동의 템포를 기록할 동안 아이의 심장은 북 치듯 뛰놀고, 그러다가 아이가 이마가 땀으로 젖은 채 갑자기 벌떡 일어선다. 왜 깜깜하게 있는 거예요? 부모의 포옹에서 벗어나 고양이처럼 빠져나가서는 방마다 돌며 불이란 불은 몽땅 켠다. 그러고는 부모를 향해 돌아와서는 똑똑하게 말한다. 배고파요.

계속 들려오는 메시지 도착 알림음이 음성 사서함으로 메시지가 들어왔음을 알려 댄다(이제 말해 줘야 할 일을, 사람들에게 알려 줘야 할 일을 생각해 봐야 한다). 그건 서서히 모습을 드러내는 또 다른 시련이다. 마리안은 발코니로 나간다(외투를 입고 있었다). 담배에 불을

33 일본의 데시마 미술관에는 프랑스의 설치 미술가 크리스티앙 볼탕스키가 기획하고 추진한 프로젝트인 〈심장 박동 소리 저장고〉가 있다.

붙인다. 크리스와 조앙의 소식을 물으려고 전화를 걸려다가 쥘리에트의 신호를 알아본다. 갑자기 무얼 어찌해야 할지 더는 모르겠다. 말을 해야 하는 두려움. 들어 줘야 하는 두려움. 목구멍이 좁아붙을지도 모른다는 두려움. 왜냐하면 쥘리에트, 그 아이는 특별했다(시몽은 작년 12월에 우연히 마지못해하며 쥘리에트를 소개해 줬더랬다. 어느 수요일, 그녀가 평상시 귀가 시간이 아닌 시간에 돌아와 보니 두 아이가 부엌에 있었다. 시몽은 〈어머니〉라는 말을 하지 않고 그저 〈쥘리에트, 마리안〉이라고만 하더니 곧 웅얼거렸다. 가자. 할 일이 있어요. 하지만 마리안은 이미 그 아이와 대화를 시작한 상태였다. 그러니까 시몽과 같은 학교에 다닌다고? 마리안은 자기 아들의 심장 안에 둥지를 튼 소녀가 어떤 생김새의 아이인지 보고서는 깜짝 놀랐다. 그 아가씨는 그녀가 놀랄 정도로 충분히 독특한 타입이었고, 그 누구와도, 적어도 해변의 죽순이와는 전혀 닮은 구석이 없었다. 가냘프고 가슴이 납작했으니까. 야릇한 얼굴이었는데, 두 눈이 얼굴을 거의 다 잡아먹었고 귀는 여러 군데를 뚫었으며 그 행복을 불러온다는 사이가 살짝 벌어진 앞니에, 옅은 금발은 「네 멋대로 해라」의 진 시버그처럼 커트를 했다. 그날, 그 여자아이는 발목이 긴 풀빛 농구화를 신고 몸에 꼭 맞는 연분홍 코르덴 바지를 입고 빨간색 방수외투 밑에는 자카드 가디건 세트를 걸치고 있었다. 시몽

241

은 소녀가 마리안에게 대답하는 동안 짜증스러운 표정으로 참고 있다가 곧 팔꿈치를 붙잡고는 문 쪽으로 이끌었다. 그 뒤로 시몽은 여기저기에 소녀의 이름을 흘리고 다니기 시작했고 어쩌다가 드물게 들려주는 이야기 속에 그 이름을 뿌려 대기 시작했다. 그러더니 그 이름이 거론되는 횟수가 친구들이나 태평양의 서핑 포인트들이 거론되는 횟수와 경쟁하기에까지 이르렀다. 애가 달라지고 있네. 마리안은 생각했더랬다. 왜냐하면 맥도널드를 버리고 비에 젖은 개 냄새를 풍기는 아이리시 펍에 드나들기 시작하고 일본 소설들을 읽고 바닷가에 굴러다니는 나무 조각들을 거두러 다니더니 가끔씩 그 소녀와 화학, 물리, 생물학 등 그가 뛰어난 반면 소녀는 그렇지 않은 과목들을 함께 공부하기까지 했으니까. 어느 날 저녁 마리안은 시몽이 쥘리에트에게 파도의 형성에 관해 묘사하는 말을 얼결에 듣게 됐다. 봐봐(아마 시몽은 도식을 그리고 있었겠지). 너울은 바닷가를 향해 움직여. 수심이 얕아질수록 치솟지. 여기, 이곳을 물마루라고 불러. 파도가 꺾이는 지점이야. 가끔은 정말 무섭게 휘지. 그러고 나면 너울이 부서지는데, 그 지점의 바닥이 바위 지역이면 부서진 파도는 1백여 미터는 너끈히 간다고. 그게 〈포인트 브레이크〉야. 그러고 나면 파도가 서핑 구역에서 부서지지. 하지만 그게 바닷가까지 계속돼. 이해하겠니? (그 아이가 그 작은 턱을 까닥거리면서 그렇다고 했을 것이다.) 그리고 그렇게 파도를 타고 가다가 정말로 운이 좋으면 바닷가에 여자애가 있는 거야. 썩 괜찮은 애가. 빨간 방수 외투를 입고서. 두 아이는 온 집 안이 다 잠든 밤, 늦은 시각에 이야기를 나누었다. 어쩌면 그때 두 아이는 서로에게 끊임없이 속삭였을지도 모른다. 널 사랑해. 그들 자신마저도 본인들이 무슨 말을 주고받고 있는지 모를 판이었지만 서로에게 그 말을, 사랑해라는 말을 하고 있다는 건 알았다. 중요한 건 그거였다(쥘리에트, 그 아이는 시몽의 심장이었으니까).

마리안이 발코니에 서 있다. 추위에 언 손가락이 철제 난간에 붙어 버린 것 같다. 이 높은 지점에서 그녀가 도시와 강 하구와 바다를 내려다본다. 오렌지색 전구에 불을 밝힌 둥근 모양의 가로등들이 대간선 도로와 항구, 연안 지대를 표시해 주고 있다. 하늘에 청회색을 띤 뿌연 빛무리들을 만들어 내는 차가운 불빛. 커다란 방파제 끝에서는 등불이 항구의 입구를 알려 주고 있는데 해안선 너머 저 먼 곳은 이날 저녁엔 온통 검다. 정박 중인 배 한 척 없고 불빛의 반짝임도 없이, 그저 완만하게 철썩이는 덩어리. 암흑. 시몽의 심장이 모르는 사람의 육체 안에서 다시 뛰기 시작하면 쥘리에트에 대한 사랑은 어떻게 되는 걸까? 그 심장을 가득 채우고 있던 그 모든 것들, 이 세상에서 첫날을 맞은 뒤로 서서히 켜를 지었을 감정들, 혹은 흥분이 솟구치거나 분노가 폭발하며 여기저기로 튀었을 감정들, 우정, 그리고 미움과 원한, 격정, 진중하고 다감한 성향은 어떻게 되는 걸까? 파도가 다가올 때면 그의 심장을 세차게 파고들던 그 짜릿함은 어떻게 되는 걸까? 그 충만한, 가득한, 터질 듯한 심장은, 그 〈풀 하트〉는 어떻게 되는 걸까? 마리안은 정원을 내려다본다. 꼼짝 않는 소나무들. 움츠린 잡목들. 가로등 밑에 정차한 자동차들. 어둠 속에 따뜻한 불빛을 쏟아 내고 있는 마주 보이는 집들의 유리창들. 거실의 불그스름한 빛, 부엌의 노르스름한 빛(토파즈색, 사프란색, 미모사색, 그리고 유리창에 서린 김 뒤에서 보다 환하게 빛나는 그 나폴리의 노란색), 그리고 스타디움에 장방형으로 깔린 잔디의 형광 녹색. 곧 일요일 저녁 식사 시간이다. 여느 날과는 다르게 하던 식사. 셀프서비스로 쟁반에 담아 텔레비전 앞에서 먹는 음식. 프렌치토스트, 크레프, 반숙 달걀. 그날 저녁엔 그녀가 요리를 할 생각이 전혀 없음을 의미하던 하나의 의식. 그러고 나면 그들은 다 같이 모여 앉아 바닥에서 뒹굴면서 그저 축구 경기를, 혹은 영화를 함께 보곤 했다. 램프 불빛 속에서 뚜렷이 보이던 시몽의 옆얼굴. 그녀가 뒤돌아본다. 숀이 거기 있다. 유리창에 이마를 붙이고 그녀를 바라보고 있다. 그사이 루는 소파 위에서 잠이 들어 버렸다.

또다시 전화. 또다시 테이블 위에서 진동하는 전화기. 그걸 집는 손(손에는 금반지가 끼워져 있는데, 넓고 무광택에 나선 문양이 새겨진 반지다). 또다시 진동음의 뒤를 잇는 목소리(그 목소리는 뾰족하게 갈려 나온다. 그 이유는 충분히 짐작된다. 〈아르팡 외과의〉가 화면에 떴으니까). 여보세요? 또다시 통고(그 사실은 수화기에 귀를 대고 있는 여자의 얼굴에서 읽을 수 있다. 생생한 감정이 피부 아래로 빠르게 스쳐 간다. 그러더니 얼굴 표정이 딱딱하게 굳으며 똘똘 뭉친다).

「심장을 구했습니다. 적합한 심장을. 의료 팀이 적출을 위해 곧 출발합니다. 지금 오세요. 오늘 밤에 장기를 이식하려고 합니다. 자정 무렵에 수술실로 들어가게 될 겁니다.」

그녀가 수화기를 놓는다. 호흡이 가쁘다. 그 방의 유

일한 창문을 향해 몸을 돌린다. 몸을 일으켜 창문을 열려고 두 손으로 책상 위를 짚고 일어선다. 그 뒤를 잇는 세 번의 걸음이 힘에 부친다. 창문의 빗장쇠를 돌리려고 힘을 쏟는데, 더욱 그렇다. 겨울이 문틀 안에 단단하게 엉겨 있다(딱딱한 반투명의 차가운 막). 거리에서 울려퍼지는 소음들이 거기에 가로막혀 지방 도시에서 저녁나절에 들려오는 웅성거림처럼 들리고, 슈발르레 역 입구에서 정차하는 지상 전철의 비명 소리가 누그러지고, 냄새가 한풀 꺾이고, 그녀의 얼굴에는 차가운 필름이 덧씌워진다. 그녀가 소스라친다. 천천히 두 눈을 뱅상오리올 대로 쪽으로 옮기며 피티에살페트리에르 병원의 심장외과가 속해 있는 건물의 창들을 바라본다. 3일 전에 그곳에 검사를 받으러 갔다가 심장 상태가 급격하게 악화되었음을 알게 되었고 심장외과의는 당연히 장기 피이식자 명단에 그녀를 우선순위로 올려 달라고 생체 의학국에 요청하였다. 그녀는 자신이 이 순간, 이곳에서 겪고 있는 일에 대해 생각한다. 그녀는 속으로 혼잣말을 한다. 어딘가에서 누군가가 급작스럽게 죽었나 보다. 그녀는 속으로 혼잣말을 한다. 지금이야. 오늘 밤이야. 그녀는 통고라는 이 사건을 온몸으로 겪어 낸다. 그녀는 이 번쩍이는 현재의 파편이 표상 속으로 멀어지는 일이 없기를, 그대로 그 잔상이 남기를 바란다. 그녀가 생각한다. 나도 언젠가는 죽겠지.

그녀가 한참 동안 겨울을 들이마신다. 두 눈을 감고 서. 기체로 감싸인 푸르스름한 지구가 침묵 속에 매어 달린 채 우주의 주름 속을 떠돌고, 직선의 길들이 숲을 방사형으로 누비고, 붉은 개미들은 끈적이는 젤리처럼 뒤엉켜 나무둥치에서 움직이고, 정원이 팽창하고(이끼와 돌, 비 온 뒤의 풀, 묵직한 가지들, 종려나무 갈퀴 잎), 불룩한 도시는 수많은 것을 품고, 아이들은 어둠에 파묻힌 채 2층 침대에 누워 두 눈을 크게 연다. 그녀가 자신의 심장을 그려 본다. 축축하고 힘줄이 퍼져 있고 사방으로 혈관이 지나가는 어두운 붉은색의 살덩어리. 괴사가 진행 중인 그 기관. 기능이 저하되고 있는 그 기관. 그녀가 창문을 다시 닫는다. 준비를 해야만 한다.

클레르 메장이 방 하나, 거실 하나인 이 아파트에서 살기 시작한 지 거의 1년이 되어 간다. 〈피티에살페트리에르〉와 〈2층〉이라는 말에 집을 둘러보지도 않고 어마어마한 금액의 수표에 즉시 사인을 한 뒤 부동산 업자에게 건네고 말았다(더럽고 좁고 어둡다. 툭 튀어나온 위층 발코니가 모자챙처럼 그늘을 드리우고 있어 창문으로 빛이 들어오지 않는다). 하지만 그녀에게는 선택의 여지가 없다. 아프다는 건 그런 것이다. 그녀가 속으로 혼잣말을 한다. 선택의 여지가 없다는 것(그녀의 심장이 더는 그녀에게 선택의 여지를 남겨 주지 않는다).

심근염이란다. 3년 전에 피티에살페트리에르 병원에서 진찰을 받다가 그 사실을 알았다. 그 일주일 전만 해도 또 감기인 줄로 알아서, 창가에서 내다보이는 정원의 금어초와 디기탈리스가 불어오는 바람에 몸을 뉘는 가운데, 어깨에 담요를 두른 채 탁탁 튀어 오르는 난롯불을 쑤셔 대고 있었다. 열, 근육통, 피로감을 호소하며 퐁텐블로의 의사를 찾아갔지만, 가끔씩 심장이 두근거리고 가슴에 통증이 있고 힘을 쓰면 숨이 차다는 증세를 알리는 것은 소홀히 했다. 그런 증세는 피로해서, 그리고 겨울에 햇빛이 부족해서 생기는 일종의 전반적 무기력감이라고 생각했다. 그녀는 감기에 대한 처방을 받아서 병원을 나왔더랬다. 외출을 삼가고 침대에서 일을 할 생각이었다. 그러고 나서 며칠 뒤, 어머니를 뵈러 올라간 파리에서 힘겹게 걷다가 쇼크 상태에 빠지고 만다. 혈류량이 떨어지고 피부에서 핏기가 가시면서 차가워지고 땀이 솟는다. 사이렌을 울려 대는 구급차가 그녀를 싣고 간다(미국 드라마의 상투적 장면). 응급 심폐 소생술을 받은 뒤 기초 검사가 시작된다. 혈액 검사로 대번에 염증이 확인되자 심장을 검사한다. 그러더니 여러 가지 검사들이 줄을 잇는다. 심전도 검사로 전기적인 이상 신호가 발견되고 흉부 엑스레이 촬영으로 심장이 살짝 부어오른 상태임이 드러나고 마지막으로 심초음파 검사로 심장 기능 상실이 확인된다. 클레르는 병원에 머문다. 심장외과로 옮겨진 뒤, 그곳에서 다시 받아야 할 검사가 정해진다. 관상 동맥 조영술 결과가 정상으로 나와서 심근 경색이라는 가정은 제외하고 다시 심장 조직 검사를 시행하기로 결정한다. 목의 정맥을 통해 클레르의 심장 근육 내부로 관이 들어간다. 그로부터 몇 시간 후, 검사 결과가 적대적 세 음절을 내놓는다. 심근염.

치료는 두 가지 방향으로 진행된다. 심장 기능 상실(심장이 헐떡거리는 상태이며 더 이상 효율적으로 펌프질을 못하고 있다)과 심장 박동 이상 문제. 병원에서는 클레르에게 절대적 안정과 무리한 육체적 활동 엄금, 그리고 항부정맥 약과 베타 차단제를 처방한다. 심지어 급작스러운 죽음을 예방하기 위해 체내에 제세동기를 삽입한다. 동시에 강력한 면역 억제제와 소염제를 처방해서 바이러스 감염을 치료한다. 그런데도 병은 가장 심각한 상태로 끈질기게 계속되어 근육 조직으로까지 번지고 심장은 계속해서 점점 더 탄력을 잃어 간다. 매 순간이 죽음의 위협을 매달고 있다. 기관의 파괴는 돌이킬 수 없는 것으로 판정 난다. 이식하는 수밖에 없다. 장기 이식. 또 다른 인간의 심장을 그녀의 심장이 있는 바로 그곳에 옮겨 심는 것(그때도 역시 의사는 손짓으로 수술 행위를 보여 준다). 결국 그녀에게는 그것이 유일한 해법이다.

그녀는 그날 저녁 바로 집으로 돌아간다. 막내아들이 병원으로 그녀를 데리러 왔다. 돌아가는 길에 운전대를 잡는 건 그 아이다. 수락할 거죠? 아들이 그녀에게 조용히 묻는다. 그녀가 기계적으로 끄덕인다(그녀는 기진한 상태다). 그녀는 숲 부근에 자리한 자기 집, 아이들이 장성한 뒤로 그녀 혼자 살고 있는 동화 속에 나올 법한 그 집에 도착하자 침실로 올라가 침대에 똑바로 누워 천장을 쳐다본다. 공포가 그녀를 침대에 못 박고, 빠져나갈 구멍이라고는 찾을 길 없는 앞으로의 나날들에까지 스며든다(그건 죽음에 대한 공포이자 고통에 대한 공포, 수술에 대한 공포, 수술 후 치료에 대한 공포, 거부 반응이 와서 모든 것이 다시 시작될지도 모른다는 것에 대한 공포, 자신의 몸 안에 낯선 이의 몸이 들어온다는 것에 대한, 키메라가 된다는 것에 대한, 더 이상 자기 자신이 아니라는 것에 대한 공포이다).

그녀로서는 이사를 하지 않을 수 없다(파리에서 75킬로미터나 떨어진 거리에 있으며 대간선 도로에서 벗어나 있는 그 마을에서 사는 건 위험을 자처하는 짓이다).

클레르는 대번에 이 새 아파트가 싫어진다. 여름이고 겨울이고 가릴 것 없이 너무 더운 실내. 한낮에도 필요한 전깃불. 소음. 그녀는 수술실로 들어가기 전 마지막으로 거쳐 가는 장소인 이곳을 죽음의 대기실로 간주하며, 거기서 탈출하지 못하고 죽을 거라는 생각을 한다. 병상에 누워 있는 처지는 아니라 하더라도 덫에 걸린 셈인 것이, 외부 출입에는 초인적 노력이 요구되고 한 계단 한 계단이 그녀에게는 고통의 연속이며 동작 하나 하나가 심장이 나머지 육체에서 분리되어 흉곽 안에서 떨어져 내리면서 산산조각이 난다는 느낌을 불러일으키니까. 그녀를 후들거리고 절뚝거리며 부서지기 직전의 생명체로 만들어 버리는 철저한 해체. 그렇게 하루하루가 지날수록 공간이 그녀 주위로 좁혀 들며 그녀의 행위들을 제한하고 그녀의 움직임을 가둔다. 모든 것의 졸아붙음. 비닐 봉투, 스타킹, 그녀의 숨을 막고 그녀의 삶에 끈적거리며 달라붙는 섬유질의 그 무언가가 머리에 들씌워진 것만 같다. 그녀는 점점 침울하게 변해 간다. 저녁마다 그녀를 보러 오는 막내아들에게 말한다. 죽은 사람의 심장을 들으려고 기다리다니, 웃기는 상황이지. 너도 알겠지만. 그리고 그게 사람을 몹시 피곤하게 하는구나.

처음에는 이곳에 본격적으로 자리 잡는 것에 대해 콧방귀를 뀐다. 죽든 살아남든 여기 계속 머물 생각은 없다. 여긴 임시 거처일 뿐이다(하지만 그녀의 허세에 불과했다). 이 아파트에서 보낸 처음 몇 주가 그녀가 시간과 맺고 있는 관계를 변화시킨다. 그것은 시간이 그녀의 무기력, 유예 상태에 대한 불안감, 혹은 거치적거리는 그 모든 것들 때문에 속도가 느려져서도 아니고, 시간이 클레르의 폐에 고여 있는 피처럼 고여 있어서도 아니다. 그렇다. 시간은 음울하게 꾸준히 흘러가며 부슬부슬 부서진다. 곧 밤과 낮 사이의 구분이 희미해진다(그 집에는 희미한 빛만 들어올 뿐이어서 그런 느낌을 더해 준다). 그녀는 마지못해 한 이사가 안겨 준 충격을 다스린다는 구실로 계속 잠만 잔다. 큰아들과 둘째 아들은 차츰차츰 일요일을 방문일로 정하기 시작하고, 그게 정확히 왜인지는 알 수 없지만 그녀를 슬프게 한다. 아들들은 그녀에게 좋아하는 기색이 전혀 없다고 가끔씩 그녀를 나무란다(어쨌든 피티에 병원 바로 앞이니 이보다 더 좋을 수도 없잖아요. 아이들은 정색을 하고 말한다). 반면에 막내아들은 아무 때나 들이닥쳐서 그녀를 오래 품에 안아 준다(그 아이는 그녀보다 머리 하나가 더 크다).

음산한 겨울, 잔인한 봄(숲에 다시 초록물이 드는 것도, 색채들이 다시금 싱싱하게 터져 나오는 것도 보지 못한다. 나지막한 초목들도 그립다. 황금빛 도는 나무둥치들과 고사리들. 공간의 깊이를 재듯 수직으로 내리꽂히는 햇살들. 무수한 소리들. 시월 중순쯤 한적한 오솔길의 덤불 뒤쪽에 씨를 뿌려 뒀던 디기탈리스), 절망스러운 여름. 그녀는 시들어 간다(너에겐 생활의 틀이

252

필요해. 규칙적인 식사라든가 일상의 틀 말이야. 그녀를
보러 들른 사람들이 그녀에게 되뇐다. 그들 눈에 그녀는
우울해 보이고, 심지어 불안해 보이고, 그러니까 탁 터
놓고 말하자면 흠칫 무섬증이 들게 할 정도다. 검은 눈
과 금발의 아름다움은 빛이 바래고 근심과 바깥 생활의
결핍으로 삭아 간다). 머리카락에서는 윤기가 사라지고
두 눈은 흐릿하다. 숨결에서는 고약한 냄새가 나고 편한
옷만 입는다. 위의 두 아들은 그녀를 돌볼 수 있는 누군
가를, 집으로 와서 살림과 장보기를 담당하고 치료 과
정을 함께해 줄 누군가를 찾는다. 그런 일을 꾸미고 있
다는 것을 알고 그녀가 뻗댄다. 분노. 그녀에게 남은 그
얼마 안 되는 자유마저도 베어 버리려는 건가? 그녀가
중얼거린다. 감시원이 있는 하얗고 쓸쓸한 집. 병을 건
강의 관점에서 바라보는 걸 더 이상 견디지 못한다.

　병원에서 처음으로 전화를 걸어 그녀를 찾은 것은 8월
15일 저녁이다. 창문은 활짝 열려 있다. 시간은 20시. 방
안에서는 숨이 턱턱 막힌다(피티에 병원입니다. 심장이
하나 들어옵니다. 오늘 밤입니다. 지금 당장이요. 늘 하
는 그 소리). 그녀는 준비가 안 되어 있다. 건드리지도 않
은 접시에 포크를 그대로 놓는다. 그녀 주위에 모여 앉은
가족을 바라본다. 그녀의 생일을 축하하기 위해 모였더
랬다. 50번째 생일은 축하할 일이다. 그녀의 어머니와 그

녀의 세 아들, 큰아들과 함께 살고 있는 젊은 여자, 그들의 어린 아들. 두 눈이 보석처럼 반짝이는 그 아이만 빼고는 모두 굳어 있다. 병원에 가봐야겠어요. 가봐야 해요. 의자들이 급하게 뒤로 밀려난다. 샴페인 잔들이 흔들린다. 내용물이 튀어 오르고 넘어지기도 한다. 치약, 의료용 분무기를 챙겨 급하게 가방을 꾸린다. 조급한 마음에 발이 꼬이고 소리를 질러 대면서도(부엌에 셔벗을 꺼내 놓고 왔네. 의료 보험 카드 잊었어. 휴대폰도) 느릿느릿 계단을 내려간다. 끈적거리는 아스팔트 차도, 검은 하늘, 창문가에 못 박힌 사람들, 상의를 벗은 채 개를 산책시키는 남자, 인도에서 뛰어가다가 엄마에게 붙잡히는 손자 녀석, 전철에서 나와 지도를 들여다보고 있는 관광객들, 마침내 작은 등들이 매달려 있는 병원. 접수창구를 거쳐 박박 닦아 놓은 병실로 들어서서 침대 가장자리에 앉아 또 기다린다. 하지만 그녀가 그 침대에 들어갈 일은 생기지 않는다. 왜냐하면 드디어 복도가 소란스러워지더니 바닥을 울리는 발걸음 소리와 함께 아르팡이 나타나서, 창백하고 메마르고 두 눈가가 붉게 그늘진 모습으로 그녀 앞에 서서 이렇게 통고해 왔기 때문이다. 그 장기는 거절하기로 했습니다.

그녀는 별다른 내색 없이 그가 그런 결정을 내린 이유를 상세히 설명하는 것에 귀를 기울인다(그 심장이 적당하지가 않더군요. 크기도 작고 혈관에 문제가 있어요. 괜한 위험을 감수할 필요는 없으니 좀 더 기다려 봅시다). 아르팡은 그녀가 엄청난 실망으로 충격을 받았고, 잘못 알고 기뻐하다가 마음이 무너졌을 거라고 믿는다. 하지만 그녀는 어리둥절하고 너무 지친 나머지 머릿속에 든 생각이라고는 오직 한 가지밖에 없다. 여기에서 나가기. 두 발을 허공에 내려뜨리고 엉덩이를 슬금슬금 침대 가장자리로 미끄러뜨린다. 그녀가 조용히 바닥에 두 발을 내리고 일어선다. 집으로 돌아가겠어요. 밖으로 나가자 아들들이 덤불에 대고 발길질을 하고 덤불에서는 즉각 뜨거운 먼지가 풀풀 날린다. 그녀의 어머니는 막내의 품에 안겨 눈물을 터뜨리고 큰아들의 배우자는 자려고 들지 않는 어린아이 뒤를 계속해서 쫓아다닌다. 그리고 모든 게 다 부서진다. 그들은 왔던 방향과는 반대로 다시 출발한다. 입맛이 싹 가셔서 버려두고 왔던 식사를 다시 시작할 수는 없지만, 마시는 건 가능하다. 거품 붙은 잔에 담긴 로제 샴페인을 마신다. 마침내 이제는 아름다워 보이는 클레르가 미소를 지으며 잔뜩 채운 잔을 식탁 위로 쳐든다. 강심장을 위하여! 재미 하나도 없거든요. 막내아들이 중얼거린다.

그 뒤로 시간의 성질이 바뀐다. 시간이 다시 모양새를 갖춘다. 아니 정확하게는 기다림의 형태를 띤다. 시간은 움푹해지다가 팽팽해진다. 그때부터 시간의 용도는 사용할 수 있게 비워 두는 것 말고는 없다. 장기 이식이라는 사건은 언제든지 일어날 수 있다. 그때까지 내 목숨이 붙어 있어야 해. 준비가 된 상태를 유지해야 해. 1분 1분이 말랑거리고, 1초 1초가 쭉쭉 늘어난다. 그러더니 마침내 가을이다. 클레르는 그 30제곱미터의 공간에 자신의 책과 전등을 옮겨 오기로 결심한다. 막내아들이 와이파이를 설치해 준다. 그녀는 가변형 의자와 목재 식탁을 구입하고 몇 가지 물품들을 갖다 놓는다. 다시 번역 작업을 시작하려는 것이다.

런던의 편집자는 이 귀환을 축하하며 샬럿 브론테가 자매들과 함께 커러, 엘리스, 액턴 벨이라는 남자 이름으로 발표한 시들을 묶은 첫 번째 시집을 보내온다. 세명의 여자 형제와 한 명의 남자 형제가 바람이 후려쳐대는 차가운 오두막 안에 들어 앉아 촛불을 밝힌 채, 함께 읽고 쓰며 책을 통해 교감을 나누는 가운데, 열에 들떠 흥분하고 고뇌하는 그 천재들이 다양한 세계를 창조하고 황무지를 쏘다니고 엄청난 양의 차를 마셔 대고 아편을 피워 대는 가운데, 가을이 지나간다. 그들의 강렬함이 클레르를 사로잡아 클레르는 다시 기운을 차린다. 노동의 하루하루가 그날치 노력의 몫을 내어 줘서 몇 장의 원고가 쌓이고, 그렇게 한 주 한 주가 흘러간다. 작업 리듬이 안정된다. 마치 이 기다림을(그녀의 심장이 나빠질수록 뚜렷해진다) 또 다른 성질의 시간 속에, 번역

되어 가는 시들의 시간 속에 맞추는 것이 중요한 것처럼 말이다. 가끔씩, 병든 장기의 고통스러운 수축 운동을 원활한 왕복 운동으로, 그러니까 날 때부터의 언어인 프랑스어와 뒤에 배운 언어인 영어 사이에서 이루어지는 오고 감으로 대체하고 있으며, 그 순환적 움직임으로 몸 안에 요람 모양의 움푹 파인 공간이, 새 방실(傍室)이 만들어지고 있다는 느낌이 든다(다른 언어를 배우고 나서야 자신의 언어를 알게 되었다. 그래서 그녀는 그 다른 심장도 자신을 알게 해줄지가 궁금했다. 네 자리를 마련해 줄게, 나의 심장아, 널 위한 공간을 만들어 줄게).

크리스마스 전날 밤, 한 남자가 오랜 공백 끝에 다시 나타나 그녀의 침대 위에 자주색 디기탈리스를 한 아름 내려놓는다. 어린 시절부터 알고 지내는 사이다. 그들은 함께 컸다(연인이자 친구, 형제자매, 짝패인 그들은 남자와 여자가 서로에게 되어 줄 수 있는 거의 그 모든 것이다).

클레르가 미소 짓는다. 깜짝 쇼는 위험한데. 난 심장병 환자라고. 실제로도, 그녀는 그가 외투를 벗는 동안 일어나 앉아서 정신을 수습해야 한다. 꽃들은 그녀가 살던 집에서 가져온 것들이다. 그 사실을 직감적으로 알아차린다. 이 꽃에는 독이 있는데, 알아? 그녀가 손가락으로 꽃들을 가리키면서 말한다. 아이들에게는 만지고 냄새 맡고 따고 맛보는 것이 금지된 꽃들(길에서 홀로 푸

크시아 꽃의 꽃가루로 뒤범벅된 자신의 손가락을 넋을 잃고 바라보던 기억이 떠오른다. 어린아이였던 그녀가 입으로 가져가려고 하면 머리 위에서 울려 퍼지던 〈독〉이라는 단어도). 남자가 느릿느릿 꽃잎을 하나 떼어 내더니 오목한 손바닥에 내려놓는다. 자, 봐. 꽃잎의 색깔이 하도 강렬해서 플라스틱으로 만든 조화 같다. 손바닥 위의 꽃잎에 자잘한 떨림이 지나가고 극도로 미세한 주름들이 생겨나는데, 그가 말한다. 이 꽃에 들어 있는 디기탈린은 심장의 운동을 늦춰 주고 일정하게 해준대. 심장 수축을 강화하지. 네게는 아주 좋은 물질이야.

　그날 밤 그녀는 꽃들과 함께 잠이 든다. 남자가 그녀의 옷을 조심스럽게 벗기고 꽃잎들을 하나하나 펼치더니 그녀의 맨 피부 위에 생선 비늘처럼 배치한다. 예식용 외투가 되어 버린 식물 퍼즐. 정성스럽게 그 외투를 완성해 가며 가끔씩 그가 중얼거린다. 움직이지 좀 말래. 하지만 그녀가 왕비처럼 꾸며지고 단장된 채로 부동의 열락에 빠져든 지는 이미 오래전이다. 그녀가 눈을 떴을 때는 여전히 어두웠지만 윗집 아파트의 아이들이 벌써부터 흥분해서 돌아다니며 소리를 질러 대고 있었다. 아이들은 발뒤꿈치로 천장을 울려 대며 유령처럼 서 있는 크리스마스트리 주위에 밤사이 갑자기 나타난 선물들의 포장지를 벗기려고 뛰어갔다. 친구는 떠나고 없었다. 그녀는 몸에서 꽃잎들을 떨어 낸 뒤 샐러드를 만들어서 송로 버섯 오일과 발사믹 식초로 만든 소스를 뿌려 먹었다.

　티셔츠 한 장, 팬티 여러 장, 잠옷 두 장, 양말 한 켤레, 화장품, 노트북, 휴대폰, 다양한 충전기들. 그녀의 의료 서류(행정 서류들, 최근 검사 결과들), 그리고 엑스레이, 스캔, MRI 결과가 담긴 그 커다랗고 딱딱한 봉투들. 가방을 싸서 조심스러운 발걸음으로 계단을 내려가 바깥으로 나간 뒤 천천히 걸어가는 그 순간이 혼자여서 다행이라는 생각이 든다. 앞에서 급하게 멈추는 운전자들의 시선을 잡아채려고 애쓰면서 그녀는 대각선 방향으로 대로를 가로지른다. 머리 위를 지나가는 철도의 레일들이 뜨겁게 달아올라 진동하는 소리에 귀를 기울인다. 동물과 마주치기라도 하면 좋겠다. 호랑이라면 제일 좋겠지만 심장 모양의 얼굴을 가진 올빼미라도 괜찮다. 떠돌이 개 정도면 썩 쓸 만할 테고, 그저 멋진 꿀벌들이라도 좋겠다. 그녀는 그 어느 때보다도 겁이 난다. 공포로 마비된다. 어쨌든 전화는 해야지. 병원 경내로 들어가면서 든 생각이다. 그녀는 아들들의 전화번호를 불러내어 문자를 보낸다(지금이래. 오늘 밤). 아마도 이미 잠자리에 들었을 어머니에게는 전화를 건다. 끝으로 디기탈리스를 들고 그녀를 찾아왔던 아주 먼 곳에 가 있는 친구. 지금 이 순간으로부터 흘러나와 시간이라는 물질 속에서 오랫동안 길게 이어지는 신호음들. 그녀가 한 번 더 돌아선다. 그녀의 시선이 자신이 묵던 아파트의 창가에 머문다. 그러고는 그녀가 병원 철책 문을 지나가는 바로 그 순간, 갑자기 그 유리창 뒤에서 기다리며 보냈던 모든 시간들이 찰나 속에 응축되며 그녀의 뒷머리 쪽으로 쏠린다. 섬광처럼 다가온 충격. 그 힘에 밀려 그녀는 병원 안으로, 건물들을 따라 뻗어 나간 아스팔트 길 위로 튕겨지듯 들어선다. 그다음은 왼쪽으로 꺾어지는 길이다. 그녀가 심장 질환 연구소로 들어간다. 홀, 두 개의 엘리베이터(어느 쪽이 그녀에게 행운을 가져다줄지 고르자는 생각을 하지 않으려고 애쓴다). 이어서 4층, 우주 정거장처럼 환하게 불 밝힌 그 복도. 유리로 칸막이를 해놓은 사무실. 그리고 깨끗한 가운의 단추를 채운 채 서 있는 아르팡. 뒤로 빗어 넘긴 흰색의 머리 다발. 기다리고 있었습니다.

마르게리타 피자가 원룸 아파트 벽에 맞고 뭉그러진다. 그러고는 양탄자 위로 떨어져 내리며 텔레비전 위쪽 벽에 나폴리의 석양을 그려 놓는다. 젊은 여인이 자신의 던지기 실력을 만족스러운 눈길로 평가하더니 미국식으로 꾸민 부엌의 카운터에 쌓아 놓은 하얀 상자들을 향해 돌아선다. 두 번째 정사각형 상자를 느릿느릿 열어서 아메리카나 피자라는 뜨거운 원반을 손바닥에 올려놓고 벽을 마주 보고 서더니, 손바닥을 위로 하여 쟁반을 받쳐 든 자세를 취하고, 방의 두 창문 사이로 다시 한 번 투척한다. 새로운 흔적. 둥그런 초리소 소시지 조각들이 벽에 야릇한 별자리를 그려 놓는다. 그녀가 군데군데 부풀어 오른 콰트로포르마지오의 노르스름하게 녹은 치즈 혼합물이 벽에 철썩 들러붙을 수 있는 유일한 치즈일 거라고 기대하며 세 번째 상자를 개봉하려고 하는 순간, 광을 잔뜩 낸 어떤 남자가 욕실에서 나오다가 위협의 기운을 감지한 듯 욕실 문턱에서 잠시 멈춘다. 그러다가 젊은 여인이 그가 있는 방향으로 세 번째 투척 자세를 잡는 걸 보고서 바닥으로 몸을 굴린다. 순수한 반사 신경의 작용. 땅바닥에 납작 엎드렸다가 곧 몸을 뒤집어서 아래에서 위로 올려다보이는 여자의 모습을 관찰한다. 그녀는 미소를 짓는다. 그에게서 몸을 돌린다. 그녀의 두 눈이 장소들을 스캔한다. 그러고는 새로 물색한 투척지인 출입문을 정성스레 겨누며 피자를 던진다. 그러더니 놀라 얼어붙은 그 젊은 남자를 타고 넘어 카운터 뒤로 손을 씻으러 들어간다. 남자도 일어나서 옷에 얼룩이 튀진 않았는지 살핀 뒤 제자리에서 빙 돌면서 피해가 어느 정도인지를 체크한다. 360도 회전 카메라가 다시 개수대 앞에 버티고 선 여인에게 포커스를 맞춘다.

그녀가 물 한 잔을 마신다. 그녀는 이탈리아 축구 대표 팀 스콰드라 아추라의 로고 색상 티셔츠를 걸쳤는데, 그 민소매 티셔츠의 양옆으로 진줏빛 어깨가 드러나 있고, 헐렁한 목둘레 사이로 엿보이는 가슴골이 브래지어를 하지 않은 가슴이 작고 가벼우리라는 짐작을 안겨준다. 광택이 있는 푸른색 운동복 바지 아래로는 끝없이 긴 두 다리가 뻗어 나가 있다. 미세한 땀방울이 송알송알 입술 위에 맺혔다. 분노로 악다문 턱뼈가 피부 밑에서 불끈거릴 때 그녀는 햇살처럼 아름답다. 그리고 티셔츠를 들어 올려 벗어 던지느라 고전적 아름다움을 풍기는 긴 두 팔을 꼬았다가 풀면서도 그에게 시선 한 번 주지 않는다. 여러 가지 원(가슴, 젖꽃판, 젖꼭지, 유방, 배, 배꼽, 양쪽으로 유혹하는 둥그런 엉덩이 두 쪽)으로 이루어져 있고, 여러 가지 역삼각형(복장뼈의 이등변 삼각형, 볼록한 치골의 삼각형과 오목한 허리의 삼각형)으로 빚어져 있고, 여러 가지 선들(동일하게 두 부분으로 나뉜 몸을 강조하는 등의 정중앙선. 그 잎맥과 나비의 대칭축을 연상시키는 골)로 골이 나 있고, 흉골 윗부분의 자그마한 마름모꼴(우묵한 그늘)이 그 모든 것에 방점을 찍고 있는 눈부신 상체가 드러난다. 요컨대, 그에게서 감탄을 불러일으키는 비율의 균형과 이상적 배치를 자랑하는 완벽한 형태들의 컬렉션. 직업상 단련된 그의 눈은 그 무엇보다도 인체의 해부학적 탐구에, 특히 눈앞에 있는 그 육체의 탐구에 커다란 흥미를 갖고 있어서, 그 육체를 촉진(觸診)하며 희열을 느끼고 그 골조에 나타난 아주 미미한 부조화나 가장 작은 결점도, 가장 미세한 어긋남도 적발해 낸다. 요부 위 척추가 살짝 휜 것, 거기, 바로 겨드랑이 밑에 포자처럼 생겨난 점, 펌프스 구두의 뾰족한 부분에서 꽉 조여진 발가락 사이에 생긴 그 굳은살들, 그리고 가벼운 사시. 잠이 모자라면 두드러지는 그 눈의 교태 덕분에 예의 그 산만한 표정이, 그가 그녀에게서 그토록 좋아하는 그 살짝 정신이 나간 듯한 표정이 엿보인다.

그녀가 터틀넥을 입고, 반바지를 벗고 스키니 진을 입는다. 이를테면 공연의 끝인 셈이다. 그러더니 뾰족한 굽이 달린 부츠를 신고는 기름이 뚝뚝 떨어지고 있는 출입문을 향해 걸어가서 문을 열고 나가더니, 더럽혀진 아파트 한가운데에 서 있는 그 젊은 남자 쪽은 돌아보지도 않고 문을 쾅 닫는다. 남자는 그녀가 떠나는 것을 지켜보며 마음을 놓는다.

장기 적출 건이 있으니 르아브르 병원으로 출발하게나. 심장이네. 지금 당장. 아르팡의 입에서 나오는 그 문장을, 그가 몇 달 전부터 상상해 왔던 그대로 짤막하고 건조하게 내뱉는 그 말을 들었을 때 비르질리오 브레바는 기쁨과 실망이 뒤엉킨 씁쓸한 덩어리가 목구멍을 틀어막는 바람에 숨이 막힐 뻔했다. 물론 그는 대기 상태였고 자신에게 떨어진 임무로 흥분하기는 했지만 사실 그 통고가 떨어진 시점이 그보다 더 안 좋을 수는 없었다(놓칠 수 없는 두 가지 사건이 드물게도 동시에 닥친 상황이었다. 프랑스 대 이탈리아전에 더해, 그의 집에 와 있는 욕망에 불타는 로즈). 어쨌든 그는 이후 한참 동안 아르팡이 왜 직접 그에게 전화를 걸었는지를 궁금해했고, 축구 광팬인 그가 일요일 아침마다 참가하는 훈련을 핑계로 사이클 라이딩에 떳떳하게 빠지고 있다는 걸 알면서도 굳이 축구 팬에게는 역사적인 이날 저녁에 그를 불러낸 데에는 뭔가 비뚤어진 의도가 작용하고 있음을 탐지해 냈다(비르질리오는 끝이 뾰족하게 빠진 헬멧을 쓰고 알록달록한 덧바지를 입은 일군의 애송이들이 한꺼번에 움직이는 모습을 보고, 아르팡이 그들 사이 중앙에 군림하고 있는 모습을 보고서는 깜짝 놀라 중얼거렸었더랬다. 저런 고문이 다 있나).

비르질리오는 피티에살페트리에르 병원을 향해 달리는 택시 뒷좌석에 앉아 있다. 그는 가장자리에 모피가 달린 후드를 어깨 뒤로 넘기며 정신을 수습한다. 조금 전의 긴장된 순간이 그를 잔뜩 흔들어 놓았다. 컨디션이 최상이어야 할 이때에, 그 어느 때보다도 그래야 할 이때에 말이다. 이 밤은 그의 밤이 될 테니까. 이 밤은 위대한 밤이 될 것이다. 이식 결과는 적출 결과에 달려 있다. 그것은 인과 법칙이다. 그리고 이 밤에 그가 제 일선에 있다.

정신을 추슬러야 할 때다. 가죽 장갑을 낀 손가락들을 서로 얽고서 생각한다. 그 여자애랑, 그 미친 여자랑 끝을 내고 자기 보존 본능을 발휘해야 할 때가 된 것이다. 그 때문에 그녀를, 지칠 줄 모르고 움직이는 그 육체와 그 존재의 눈부심을 상실해야만 한다고 할지라도. 그는 조금 전의 시간을 되짚어 보며 질겁한다. 로즈가

265

집으로 들이닥쳤을 때 그는 다른 사람들과 함께 축구 시합을 보러 외출할 예정이었지만, 그녀는 사랑스러우나 어딘가 위협적인 느낌을 풍기면서 자기랑 같이 축구 시합도 보고 피자도 시켜 먹자고 졸라 댔고, 그러한 제안에 장난스러운 설득력(《아추라》 군단의 광팬들이 입는 복장)을 부여했다. 어느 결엔가, 곧 시작될 시합의 전투적이고 거대한 긴장감 안에 성적 긴장감이 똬리를 틀었고, 얼싸안은 두 몸에서는 곧 실현될, 미치게 호기심을 자극하는 열락의 기운이 배어 나왔다. 거기에, 20시를 치자마자 걸려 온 아르팡의 전화가 극도의 흥분을 덤으로 보태 주었고, 그 바람에 마구 치솟는 흥분 지수가 천장을 뚫고 나갈 듯했다. 그는 즉각 자리에서 튀어 일어나 대답했다. 대기 중입니다. 준비되어 있습니다. 제가 가죠. 그리고 로즈의 시선을 회피하면서 비통한 표정(눈썹을 삿갓 모양으로 찌푸리고 아랫입술을 윗입술보다 더 길게 빼물고 턱을 우울하게 아래로 쭉 늘인다)을, 자신에게 날벼락이 내리쳤으며 재수에 옴 붙었고 운이 더럽게 없음을 의미하는 표정을 여봐란 듯 로즈에게 지어 보였다. 그는 로즈 보라고, 로즈를 위해 그 순간 얼굴을 찌푸리고 손을 휘저으며 그런 광대 짓을, 시장통의 싸구려 비극 배우 노릇을 했지만 그의 두 눈에서는 환희(심장이라니!)의 빛이 뿜겨져 나오고 있었다. 그녀는 속지 않았다. 그는 뒷걸음질 쳐 물러가서 샤워를 한 뒤 깨끗하고 따뜻한 옷으로 갈아입을 생각이었지만 욕실에서 나왔을 때에는 상황은 이미 걷잡을 수 없는 회오리에 휘말려 버린 뒤였다. 멋지지만 참담한 광경. 하지만 그가 그 장면을 슬로모션으로 떠올려 보는 지금, 그 당당한 장엄함을 인지한 지금, 로즈의 뛰어남과 그녀의 비할 데 없는 아름다움과 그 불같은 성질을 더 두드러지게 할 뿐인 광경. 다른 여자들 같았으면 징징거리기나 했을 텐데, 계속 고귀한 침묵을 고수하면서 그 당당한 동작 안에 자신의 분노를 풀어 버리는 젊은 여인. 철퍼덕! 철퍼덕! 철퍼덕! 그로서는 생각해 보면 볼수록, 화르륵 타오르는 불같은 성질을 가졌으며 이 세상에 유일하기까지 한 그 피조물과의 관계를 끊는 것은 점점 더 말이 안 된다. 다른 사람들이야 뭐라 하든, 그러니까 그 여자를 미친년으로 치는 사람들, 다 안다는 듯한 표정으로 그녀를, 그들 표현을 빌자면 〈또라이〉 취급하지만 따뜻한 살갗으로 덮인 그 여자의 오금의 마름모꼴 부분을 만질 수만 있다면 어떠한 값이라도 치렀을 인간들이야 뭐라 하든, 그는 결코 그 여자를 거부하지 못하리라.

피티에살페트리에르 병원의 실습의들이 수강하는 강의 시간에 그녀가 문을 밀고 들어왔더랬다. 학기 초의 일이었다. 인턴들을 위해 개설된 강으로, 지도 학습 형식으로 진행되었으며 임상 케이스 연구라는 특수 주제를 다루고 있었다. 여러 회차에 걸쳐서 진행되는 수업으로, 공부해야 할 구체적 사안에 맞춰 만들어 낸 시나리오나 진료 중에 실제로 겪은 상황을 〈재연〉하는 방식을 통해, 학생들이 환자의 말을 듣는 법을 배우고 청진 동작들을 익히고 진단을 내리며 병증을 밝히고 치료 절차를 정하는 일을 훈련하게 하는 것이 목적이었다. 피치료자와 치료자라는 2인조를 중심으로 고안된 그 실습은 공개적으로 이루어졌으며, 가끔은 서로 다른 진료 과목들 사이의 협의와 대화에 적합한 자질을 양성하기 위해 (각각의 의료 전공에게 인체란 서로에게 스며들 틈 없이 단절된 지식들과 실습들로 이루어진 하나의 집합이었고, 따라서 환자를 하나의 통합된 전체로 볼 수 없다는 문제점이 드러났기 때문에, 이러한 의료 전공 간의 단절에 맞서 싸우자는 것이 그 취지였다) 좀 더 많은 인원의 집단을 필요로 했다. 하지만 시뮬레이션에 기초한 이런 새로운 교육 방법은 불신을 불러일으켰다. 과학적 지식을 습득하는 과정에서 허구를 사용한다거나 놀이 형식(네가 의사해, 그럼 네가 환자해라고 하는 것처럼)으로 상황을 설정한다는 생각 자체에는 대학 선생들을 회의적으로 만들 만한 요소가 있었다. 하지만 그들은 그런 방식에 동의했고, 환자/의사의 대화에서 오가는 그 섬세한 말들을, 왜곡되거나 어긋나 있지만 듣고서 제대로 해독해 낼 줄 알아야 하는 그 말들을 공부하면서 이런 장치를 통해 주관성과 감정적 요소들이 내포된 엄청나게 풍부한 자료들을 다루게 된다는 점은 인정했다. 이 역할 놀이에서 자신의 미래의 역할을 연습해야 하는 학생들은 의사 역할을 맡기로 했고, 따라서 환자 역할을 맡아 줄 배우들을 고용하기로 결정했다.

그들은 연극계 종사자들을 대상으로 하는 주간지에 작게 광고가 나간 뒤 나타났다. 유망한 신참내기든 TV 프로의 영원한 단역 배우든 간에 대부분이 힘든 처지의 배우들로, 토막 광고의 단골, 대역, 단역, 엑스트라들이었고, 경력을 쌓고 집세(가장 흔하게는 파리 북동 지역이나 근교 지역에서의 공동 임대)를 낼 돈을 벌기 위해 캐스팅을 쫓아다니거나 판매 기술 교육(가정 방문이든 뭐든) 주간에는 코치로 직종을 전환하고, 마침내 가끔은 자신들의 몸뚱어리를 빌려주는 임상 실험단에 들어가서 요거트 시식자, 수분 크림이나 머릿니 방지 샴푸 테스터, 이뇨제 피실험자 노릇을 하기도 하는 사람들이었다.
후보자들이 너무 많이 와서 선정이 필요했다. 임상의 이기도 한 교수들이 심사단이 되었다(그들 가운데 몇은 연극을 좋아했고 그런 티를 냈다). 통굽이 달린 농구화를 신고 와인색 아디다스 트레이닝 바지를 입고 무지갯빛 루렉스 스웨터를 입은 로즈가 오디션장 안으로 걸어 들어와 작업대를 따라서 걸음을 옮기자 동요가 일었다(그녀의 몸과 얼굴이 벌써 그럴듯해 보이지 않는가?).

그녀에게는 왼쪽 가슴에 수상한 혹이 잡히자 부랴부랴 진찰을 받기 위해 산부인과로 달려온 환자 역할이 맡겨졌고, 해야 할 동작과 말이 정리되어 있는 리스트가 주어졌는데, 그로부터 15분간 펼쳐진 그녀의 열성은 감탄을 자아냈다. 상반신을 완전히 드러낸 차림으로 그녀는 맨바닥(심지어 타일 바닥)에 그대로 길게 누운 채 수강생의 손을 잡고서 이끌었다. 거기, 거기, 아파요. 그래요, 거기. 그러고 그 장면이 길어질수록 불안한 기운이 자리 잡았다. 수강생은 촉진(觸診) 시간을 정말이지 한없이 끌면서 이쪽 가슴에서 저쪽 가슴으로 옮겨 다니며 주어진 대사에는 신경도 쓰지 않고 그녀가 제공하는 중요한 정보들, 가령 생리 주기 끝 무렵에 느끼는 고통의 증가 같은 정보에는 귀를 닫은 채 주물러 대기를 되풀이했다. 마침내 그녀가 시뻘게진 얼굴로 벌떡 일어나서 따귀를 한 대 날리고 말았다. 브라보! 그녀는 칭찬을 받고 그 자리에서 바로 고용되었다.

로즈는 자신이 거머쥔 이 한 학년짜리 〈환자〉 역할, 의료 행위의 수동적 대상이라는 역할이 본인에게는 능동적 훈련이, 연기의 폭과 실력을 적극적으로 향상시킬 수 있는 기회가 되리라고 생각하면서 남몰래 계약서상의 말들을 뒤집어 받아들였다. 그녀는 멍청하게도 흔한 질환들(본인 생각에 그렇게 여겨지는 질환들)은 무시하고 광기, 히스테리, 우울증 등 자신이 빼어나게 소화할 수 있는 레퍼토리, 가령 낭만적 여주인공이나 비밀투성이의 도착적인 여자 역을 맡고 싶어 했고, 가끔은 원래의 시나리오에 예정되어 있지도 않은 샛길(이 대단한 배짱에 수업을 주관하던 정신과 의사와 신경과 의사들이 깜짝 놀랐고 학생들 사이에 혼란이 일었는데, 결국에는 제발 조금 덜 과하게 하라는 신신당부까지 나오고야 말았다)로 빠지기도 했다. 그녀는 강물에 투신한 여자, 자살 시도자, 폭식증 환자, 색정광, 당뇨 환자 역을 즐겼고, 다리를 저는 여자나 관절이 뒤틀린 여자(브르타뉴 지역에 빈번하게 발생하는 고관절통 환자 노릇을 기회로 그녀는 그 원인으로 의심되는 피니스테르 주 북쪽 지역의 근친혼에 대해 근사한 대화를 나누기도 했다), 꼽추(그녀는 척추 변형을 흉내 내는 데 성공했다), 그리고 본인의 육체 변형을 요구하는 그 모든 것을 좋아했다. 그녀는 예정보다 일찍 자궁 수축이 온 임산부 연기는 기꺼이 즐겼지만 3개월 된 젖먹이의 증세를 묘사하는 젊은 어머니 역에서는 덜 빛났다(소아과 인턴의 이마에 스트레스가 땀방울로 맺혔다. 미신을 믿는 젊은 어머니는 여러 가지 암들을 나열해 댔다).

하지만, 그녀가 협심증을 흉내 내야 했던 12월의 그날보다 더 뛰어났던 적은 없었다. 그날 수업을 지도했던 저명한 심장병 전문의는 이런 말로 협심증의 고통을 묘사해 주었다. 당신의 가슴 위에 곰 한 마리가 앉아 있습니다. 로즈는 그 말에 홀려 아몬드 모양의 두 눈을 동그랗게 떴다. 곰이요? 그녀는 유년기의 감정들을 긁어모았다. 조악하게 만든 크림빛 플라스틱 바위들로 장식되어 있고 고약한 냄새를 풍기던 거대한 우리, 5백에서 7백 킬로그램에 달하는 육중한 몸집에 세모꼴 주둥이와 사시처럼 보이는 다붙은 두 눈, 모래로 더러워진 적갈색 털, 녀석이 뒷발로 일어서서 2미터에 달하는 신장을 자랑할 때면 터져 나오던 아이들의 비명 소리를 떠올렸다. 그녀는 차우셰스쿠[34]가 카르파티아 산맥에서 사냥하던 장면들(양동이에 넣어 둔 음식을 미끼로 농부들이 여러 마리의 곰을 몰아대자, 곰들은 나무 기둥들 위에 지어 놓은 오두막 앞의 숲속 빈터 구석에서 튀어나와 창가에서 조준이 가능한 사격권 내로 들어왔고, 그 뒤쪽에서 안전요원이 총을 겨누고 있다가 명중시키지 못하는 게 불가능할 정도로 짐승이 가까이 다가오면 그 총을 독재자에게 넘겼다)에 다시 생각이 미쳤고, 마지막으로 「그리즐리 맨」[35]의 한 장면을 떠올렸다. 로즈는 강의실 구석에서 튀어나왔고 파트너 역할을 하는 학생을 향해 걷다가

34 Nicolae Ceauşescu(1918~1989). 루마니아의 정치가. 1967년 루마니아의 대통령에 취임하였으며 1989년 12월 민주 혁명으로 처형당할 때까지 무자비한 독재 정치로 악명이 높았다.
35 베르너 헤어초크 감독이 제작한 다큐멘터리. 야생 곰의 서식지에 살면서 곰들과 교감하고 곰들의 터전을 지키는 것을 자신의 소명으로 여겼던 한 남자의 삶을 다룬 작품이다.

멈췄다. 대나무 사이로 머리를 내민, 혹은 무심한 자태로 살랑거리며 걸어오는 그 짐승을 봤던 걸까? 오므려지지 않는 발톱이 튀어나온 발을 게으르게 긁고 있는 적갈색 털뭉치가 그녀를 향해 몸을 돌리더니 인간처럼 두 발로 벌떡 일어선 것일까? 여러 달에 걸친 겨울잠에서 빠져나와 기지개를 켜고는 몸 안의 멈춰 있던 피를 따뜻하게 덥히면서 심장 안의 혈액을 다시 순환시킨 혈거 동물이 눈에 띄었을까? 거대한 달이 뜬 밤, 환희에 젖어 으르렁거리며 슈퍼마켓의 쓰레기통을 뒤져 대는 녀석을 봤던 걸까? 아니면 그녀는 완전히 다른 육중함을(남자를) 생각했던 걸까? 그녀가 길게 뒤로 넘어갔고(그녀의 몸이 대번에 넘어가면서 털썩 소리가 나자 강의실 안에 웅성거림이 번져 나갔다) 경련이 일며 뻣뻣해진 몸으로 고통의 비명 소리를 내질렀고 그 소리는 곧 소리 없는 헐떡임으로 잦아들더니 호흡이 멎었고 미동조차 사라졌다. 그녀의 흉곽은 납작해 보였고 수반처럼 움푹 들어간 반면 그녀의 얼굴은 부풀다가 차츰 벌게졌다. 앙다문 입술에서 곧 핏기가 사라지고 안와 속 두 눈알이 희번덕이며 뒤로 돌아가는 동안 사지의 근육 섬유들이 전기 충격이 지나가기라도 한 양 제멋대로 움직거리기 시작했다. 연기를 할 때 그런 리얼함은 흔한 것이 아니어서 강의실 안의 몇 명이 더 잘 보겠다고 일어섰다가 시뻘게진 얼굴과 움푹 팬 복부를 보고 깜짝 놀랐다. 그 순간 누군가 계단식 강의실의 계단을 구르듯 뛰어 내려가더니 로즈의 곁으로 달려갔고, 동요되지 않고 자신의 질문지의 첫 몇 줄을 더듬거리며 읊기 시작한 수강생을 밀치고는 심폐 소생술을 실시하기 위해 그녀 위로 몸을 숙였다. 그러는 동안에 이번에는 저명한 심장병 전문의가 급하게 뛰어나와 램프로 눈동자의 홍채를 비췄다. 로즈가 한쪽 눈썹을 찌푸리더니 한쪽 눈을, 그리고 또 나머지 한 쪽 눈을 마저 떴고, 기운차게 벌떡 일어서더니 자기 주위에 몰려 서 있는 사람들을 둘러보았고, 난생처음 쏟아지는 박수갈채의 쾌감을 알게 되었다(그녀는 계단식 강의실에 일어서 있던 학생들 앞에서 허리를 반절로 꺾어 가며 인사를 했다).

계단을 뛰어내려 왔던 그 젊은이는 속아 넘어간 것에 화를 내며 그녀의 시연에는 절제가 부족했다고 그녀를 나무랐다. 협심증은 심장마비가 아닙니다. 두 개를 혼동하고 있군요. 그건 같은 게 아니에요. 섬세함과 복잡함을 좀 더 넣었어야죠. 덕분에 실습을 망쳤군요. 자신의 말이 더 잘 이해되도록 그는 협심증의 증세를 하나하나 나열한다(흉부를 쥐어드는 고통, 가슴 전체가 짓눌리고 바이스에 물린 듯한 감각, 거기에 가끔은 아래턱이나 양쪽 팔뚝 중 한 곳에, 혹은 보다 드물게는 등이나 목구멍에서 느껴지는 또 다른 전형적인 고통들. 그렇지만 쓰러지지는 않습니다). 그러더니 심장마비의 증세

를 미주알고주알 늘어놓는다(분당 3백 회가 넘는 심박
수, 호흡 정지를 몰고 오는 심실의 근육 연축, 그로 인한
실신. 이 모든 일에 1분이 채 안 걸립니다). 이제 처방을
상세히 나열하고 처방 약들과 혈액 순환을 돕는 혈소판
응집 억제제와 관상 동맥을 확장시켜서 고통을 완화하
는 니트로글리세린 등의 이름을 읊어 댈 수도 있겠지만,
흘려 버린 그는 더는 자신이 무슨 말을 하는지도 모르
고 더는 말을 그치지도 못하고, 어느새 그녀를 자기 곁
에 붙들어 두기 위해서 카우보이가 올가미를 던지듯 아
무 말이나 던져 댄다. 곧 그의 심장이 비정상적으로 빠
른 리듬에 맞춰 날뛰기 시작한다. 분당 심박수 2백에 육
박하는 심박 급속증. 자신이 바로 직전에 그녀에게 묘사
해 줬던 심실의 근육 연축이 일어날 위험에 놓여 있다.
기절이든 뭐든 뒤로 넘어갈 지경이다. 로즈가 그를 향
해 천천히 돌아섰고, 막 만개한 여배우의 오만함으로 그
를 위에서부터 아래로 훑어 내린다. 온통 미소를 머금고
는, 방금 곰 한 마리가 자기 가슴 위에 와서 앉았었다고
알린다. 그는 알기는 하는 걸까. 그러고는 약아빠진 표
정으로 그가 곰 역할을 할 의향이 미미하게라도 있다면
자신은 그 실험을 다시 할 준비가 되어 있다고 밝힌다.
그가 곰 같은 체구와 섬세함을 가지고 있다는 데에 손이
라도 걸겠다.

비르질리오 브레바는 유연하고 느릿느릿하며 폭발적이라는 면에서는 정말 곰과 닮았다. 실제로는 위험한 매력을 풍기는 금발 남자로, 며칠씩 깎지 않은 수염에 뒤로 넘긴 부드러운 머리카락이 목덜미에서 구불거리고, 코는 우뚝하고 북부 출신(프리울리 지역) 이탈리아인 특유의 섬세한 얼굴선이 돋보인다. 0.1톤에 육박함에도 불구하고 걸음걸이가 사르다나 무용수처럼 발끝 걸음이라는 점만 제외한다면, 과거 비만했던 흔적이 남아서 살찌고 뚱뚱한 부류에 들어갈 만하나 눈에 띌 정도의 과체중은 아닌, 달리 말하자면 불룩 튀어나온 살이나 접힌 살이 없는 그저 살집 있는 몸으로, 동일한 밀도의 지방층에 감싸인 가운데 사지의 끝부분들은 날씬하게 빠져서 아주 예쁘다(두 손). 따스한 목소리의 능변, 살짝 과하다 싶기는 하지만 열정적인 기질, 폭식증 환자 같은 지식욕, 보기 드문 업무 능력을 타고난 그는 눈에 띄는 장신(長身)에 매력적이고 카리스마 넘치는 거구인 상태로 몸을 유지하고는 있지만, 그의 몸은 고통스러운 요요 현상에, 그를 괴롭히는 고무줄 같은 몸무게에 시달리고 있고, 그로 인해 수치심과 강박증을 품고 있어서(포동포동하다고, 토실하다고, 통통하다고, 아니면 그저 뚱뚱하다고 놀림을 받았던 트라우마. 그로 인한 무시와 성생활에 닥친 시련에 대한 분노. 온갖 종류의 경계심), 그러한 형벌과 같은 자기혐오가 여전히 마음속에 얹혀 있는 상태다. 지속적인 통제 아래서, 눈에 들어간 먼지 한 톨도 몇 시간씩이나 들여다보고, 햇볕에 노출되면 한참 동안 수분을 공급하고, 목소리가 갈라지거나 목에 통증이 느껴지거나 피로감이 느껴질 때면 맹렬하게 원인을 찾아 대며 관리해 온 그 몸이 비르질리오의 최대 골칫거리이자 그의 강박 관념이요, 그가 거둔 승리다(왜냐하면 그 후로 그는 사람들의 호감을 사고 있으니까. 그건 반박의 여지가 없는 사실이다. 로즈의 눈이 그의 몸을 더듬는 걸 봤어야 한다). 그래서 그의 성공에 질투를 느낀 고약한 인간들은 빈정거리기를, 그는 오로지 자신의 몸을 관리하고 기분을 균일하게 다스리고 신진대사를 지배하는 법을 배우기 위해서 의사가 되었다고 확언했다.

파리에서 수석으로 레지던트를 마친 그는, 여러 해에 걸친 학업 기간을 눈코 뜰 새 없이 보낸 덕분에, 동일한 선택을 했던 대부분의 학생들에게는 15년이나 걸렸던 그 기간을 전임의 과정까지 포함해서 12년으로 줄였으며(난 말이야, 돈이 없다니까. 그는 매력을 발산하며 이렇게 말하기를 즐겼다. 난 금수저 물고 태어나지 않았다고. 그는 자신 안에 있는 변변찮은 이탈리아 남자를, 이민자의 아들을, 사생아를, 근면한 장학생을 내놓고 보여 주며 과장된 연기를 해댔다), 이론에 있어서는 창의적이고 실기에 있어서는 놀라울 정도의 재능을 발휘하

고, 열정으로 이글거리고 오만하며 대서양처럼 넓은 야
심과 고갈되지 않는 에너지에 사로잡혀 있어서, 사실 사
람들에게서 짜증을 불러일으켰고 제대로 이해받지 못
했다(사회적 위계에 따라서 지적 위계가 정해진다고 생
각하는 그의 어머니는 자식이 거둔 성공에 아연해하다
가 그를 의구심 어린 시선으로 바라보며, 쟤가 어떻게 해
낸 걸까, 쟤는 대체 어떤 인간일까, 쟤는 자신이 누구라
고 생각하는 걸까, 속으로 묻기까지 했는데, 그는 어머니
가 두 손을 비비 틀다가 앞치마에 손을 닦는 모습을 보
면서, 어머니가 자신은 그의 박사 논문 발표장에 참석해
봤자 아무것도 이해하지 못할 테니 다 쓸데없는 일이고
그곳은 자기가 있을 자리가 아니며 자신은 그냥 집에 남
아 그만을 위한 잔칫상을, 그가 좋아하는 고기 파이들과
과자들을 차려 내는 것이 더 마음 편하다고 징징거리는
소리를 들으면서, 무시무시한 분노에 사로잡혔더랬다).

　그는 심장을, 그러니까 심장외과를 선택했고 사람들
은 그러한 선택에 깜짝 놀랐다. 사람들은 그가 피부의
모반을 들여다보고 미간에 잡힌 주름에 히알루론산을
주사하고 광대뼈 부위에 보톡스 주사를 놓고 아이를 여
럿 낳아 힘없이 처진 배의 모양을 잡아 주고 신체 부위
의 엑스레이 사진을 찍어 대고 스위스의 실험실에서 백
신을 개발하고 이스라엘과 미국에서 병원 내 감염에 관
한 강연을 하고 스케일이 큰 영양학 전문의가 되면 떼돈

을 벌 수 있을 거라는 생각을, 혹은 그가 신경외과, 나아
가 간 전문 외과, 복합적이고 최신 기술을 아주 많이 수
용하는 빛나는 전공들을 채택한다면 엄청난 영예로 뒤
덮일 수도 있을 거라는 생각을 하고 있었으니까. 그러
기는커녕 심장이라니. 그 선량하며 알고 지낸 지 오래인
심장. 발동기인 심장. 끽끽거리다가 막히고 멈춰 버리는
펌프. 용접공의 일이지. 그는 그렇게 말하기를 좋아한
다. 귀로 듣고 두드려 보고 고장 난 부위를 알아내고 부
품을 갈고 기계를 고치고 하는 그 모든 일이 내게는 완
벽하게 잘 맞아(그 순간 연극조로 읊어 대며 좌우로 건
들대면서 그 진료 과목의 위신을 축소하곤 하는데, 그
모든 것이 그의 과시벽을 흡족하게 한다).

하지만 비르질리오는 그 장기가 갖는 최고의 권위가
병원 복도를 뛰어다니는 심장외과의들, 배관공이자 반
신(半神)인 그들에게 미쳤듯이 그에게도 미치리라고 생
각했기에, 가장 높은 곳에 존재하기 위해 심장을 선택
했다. 왜냐하면 심장은 심장을 넘어서기 때문이다. 그
는 그 점을 제대로 이해하고 있었다. 비록 그 권위가 실
추되었을지라도(심장 근육이 운동한다는 사실만으로
는 더 이상 산 자와 죽은 자를 가르기에 충분하지 않다),
그에게 심장은 신체의 중심 기관이자 가장 중요하고 가
장 본질적인 생명 현상들이 일어나는 장소이며, 그것의
상징적 위계는 여전히 아무런 손상을 입지 않은 채 그대

로 남아 있다. 더구나, 비르질리오는 최첨단 기계 장치이자 초강력 상상 실행자인 심장이야말로 인간이 자신의 육체, 다른 인간들, 창조주, 신들과 맺는 관계를 규정하는 표현들의 요체라고 여긴다. 그런 점에서, 그 젊은 외과의는 심장이 언어 속에 새겨져 있음에, 원래의 의미와 비유적 의미가, 근육과 감정이 정확하게 교차하는 지점에 늘 자리하며, 언어의 마법이 발휘되는 그 지점에 심장이 반복적으로 나타나는 것에 경탄한다. 그는 심장을 생명의 비유 자체로 삼는 은유들과 수사적 표현들을 대단히 즐기며, 가장 먼저 형성되는 심장이 또한 가장 늦게 사라지리라고 매번 열성을 더해 가며 말한다. 다른 의사들과 함께 피티에 병원의 당직실에 묶여 있어야 했던 어느 날 밤엔가는, 인턴들이 그린 거대한 프레스코화(성교 장면과 외과 행위들의 휘황한 뒤엉킴. 끔찍스럽고 유쾌하며 병적인 일종의 난교 파티로, 엉덩이와 가슴과 거대한 페니스들 사이로 몇몇 거물들의 모습이 삐죽 솟아 있었는데, 그 가운데에는 아르팡 가문의 일원들도 한둘 보였고, 이들은 후배위나 정상위를 취하고 있는 음란한 포즈들 속에서 손에 메스를 들고 일에 열중하고 있는 모습으로 묘사되어 있었다) 앞에서 두 눈을 흑요석 구슬처럼 반짝이면서 극적인 어조로 잔 다르크의 죽음에 관한 이야기를 꺼내고는, 포로로 잡힌 그 여인이 어떻게 죄수 호송 마차에 실려 그녀를 보려고 몰려든 사람들로 북적이는 비외마르셰 광장으로 가게 됐는지를 느릿느릿 들려줬다. 그는 좀 더 빨리 불에 타라고 유황을 발라둔 튜닉을 걸친 가느다란 실루엣과 지나치게 높이 쌓아 올린 화형대, 노련한 솜씨로 장작더미에 불을 지피기 전에 그녀를 기둥에 묶으려고 올라간 사형 집행인 테라주(비르질리오는 청중이 보이는 관심에 흥이 돋아 허공에 대고 단단히 매듭을 짓는 시늉을 했다), 기름칠한 장작과 석탄 위로 횃불을 낮춰 갖다 대는 손, 피어오르는 연기, 비명 소리, 질식하기 전 잔의 부르짖음, 거대한 횃불처럼 타오르는 화형대, 그리고 육체가 다 타고 난 뒤에 말짱한 상태로 발견된 그 심장, 잿더미 밑에서 완벽하게 붉은 모습을 드러내는 바람에 끝장을 내려고 다시 불을 지피게 만들었던 그 심장을 묘사했다.

뛰어난 학생이자 비범한 레지던트인 비르질리오는 병원이라는 위계 조직의 관심을 끌면서도, 평범한 운명을 가진 그룹들 속에 둥지를 트느라고 애를 쓰고 정통 무정부주의를, 그리고 〈가문들〉, 은밀한 생물학적 공조이며 근친상간적인 그 카스트들에 대한 증오를 한결같이 과격하게 표방한다(그러면서도 수많은 다른 사람들과 마찬가지로 그 역시 의료계에 종사하는 아르팡 가문의 사람들에게 매료당하고, 그 후계자들에게 끌리고, 그들의 왕국과 그들의 건강과 그들의 수적 우세에 홀리고, 그들의 재산, 그들의 취향, 그들만의 어법, 그들식 유머, 그들의 테니스 코트를 궁금해한 나머지, 그들의 집에 받아들여지고, 그들의 문화를 함께 나누고, 그들의 포도주를 함께 마시고, 그들의 어머니에게 찬사를 바치고, 그들의 여자 형제들과 자는 것(날것 그대로 삼키기) 등, 그를 환장하게 하는 그 모든 일을 달성하려고 뱀에게 최면을 거는 피리 부는 사나이라도 된 듯 온 정신을 쏟아서 정신병자처럼 음모를 꾸민다. 그러고는 아침에 잠에서 깨어 그들과 한 침대에 들어 있는 자신을 발견하면, 스스로에 대한 혐오로 갑작스레 거칠게 굴고 심술궂게 욕설을 퍼부으며 상스러운 인간처럼 침대 밑으로 시바스 술병을 굴려 넣고 리모주산 도자기를 부수고 친츠 커튼을 찢어발긴다. 그러다가는 늘 어쩔 줄 모르며 달아나고 만다.

피티에살페트리에르 병원의 심장외과에 들어가면서 그의 민감성은 한 단계 더 상승한다. 자신의 가치를 의식하게 된 그는 단번에 닭장 안의 경쟁심을 경멸하고 그곳의 순종적 후계자들을 무시하며 아르팡에게 접근하려고 애를 쓰게 된다. 그것은 내적인 접근으로서, 아르팡의 생각과 의심과 주저를 마음의 귀로 듣고 그가 결정을 내리는 그 순간을 근사한 차이로 잡아내고 그가 행위에 뛰어들 때 그를 이해하는 것이다. 그는 앞으로 자기가 다른 곳에서는 결코 배울 수 없는 것을 아르팡의 곁에서는 배우게 되리라는 것을 안다.

비르질리오는 자신의 〈텔레포니노〉[36] 화면 위에 이탈리아 축구 팀의 선발 선수 명단을 띄워 놓고 발로텔리가 출전하고 모타 역시 나온다는 것을 확인한다. 모타라고, 예스, 좋았어. 그리고 피를로, 또 부폰도 나온다. 그러고는 다른 두 명의 전임의들과 승부를 예측하며 메시지로 욕설을 주고받는다. 오늘 저녁 외출해서 초대형 플라스마 화면 앞에 죽치고 앉아 그를 위해 건배를 들 인간들로, 체력적 준비가 부실한 팀을 지지하며 이탈리아의 방어술을 싫어하는 프랑스인들이다. 택시가 트랙처럼 반반하고 매끈한 센 강가를 따라서 달린다. 슈발르레 쪽으로 난 병원 출입구에 가까워질수록 치솟는 열기와 고민거리를 다독이려 애쓴다. 곧 그는 다른 두 의사의 메시지에 대답도 않고 내기 상대자들이 판돈을 올려 대는 것을 무시하면서 그저 웃기만 한다. 로즈의 얼굴이 다시 떠오른다. 그는 문자(네 눈매의 곡선이 내 심장을 벌렁대게 해 등등 그런 종류로)를 보내 보려고 한다. 그러다가 생각을 고쳐먹는다. 그 여자는 미쳤어. 미쳤고 위험해. 그리고 그 무엇도 이날 밤 그의 집중력과 자제력을 흔들거나 그의 업무의 성공에 영향을 주게 놔둬서는 안 된다.

36 〈휴대폰〉의 이탈리아어.

22시가 되자 적출 팀들이 연달아 도착한다. 리옹, 스트라스부르, 그리고 파리의 팀들은 비행기를 이용하고, 루앙 팀은 르아브르의 병원 단지가 대학 병원과 고작 한 시간 거리에 떨어져 있는 만큼 자동차를 이용한다.

　적출 팀들은 운송 과정 전반을 조직하고 그 일요일에 임무 수행을 수락한 항공 회사에 전화를 하고 옥트빌쉬르메르 공항이 야간에 여는지를 확인하며 운송과 관련된 모든 세부 사항을 정식으로 확인했다. 피티에 병원에서 비르질리오는 사방팔방으로 전화를 해대는 당직 간호사 옆에서 초조하게 발을 구르고 있었고, 그러느라 그 옆에서 역시 조용히 대기 중인 흰색 외투의 젊은 여인에게 관심을 두지 못했다. 이윽고 두 사람의 시선이 마주치자, 그 여인은 벽에 기댔던 몸을 세우며 그에게 다가갔다. 안녕하세요. 알리스 아르팡입니다. 새로 온 레

지던트예요. 함께 적출을 하게 됐습니다. 비르질리오가
그녀의 얼굴을 살폈다. 이마 한가운데에서 솟은 흰 머
리 타래는 눈 씻고 찾아봐도 없었지만 그 집 출신이 맞
는 것이, 못생겼고 나이를 가늠할 수 없는 데다가 노란
눈알에 매부리코다. 뒷배경이 든든한 여자. 그의 표정이
어두워졌다. 모피 깃이 달린 아름다운 하얀색 외투가 특
히 그의 마음에 들지 않았다. 솔직히 병원에서 바삐 움
직이기에 안성맞춤인 의상은 아니다. 관광객 복장으로
들이닥쳐서는 돈이 나무에서 절로 난다고 생각하는 종
류의 여편네로군. 그가 신경질이 나서 생각했다. 오케
이. 적어도 비행기를 무서워하지는 않겠죠? 그가 쌀쌀
맞게 묻고는 몸을 휙 돌리는데, 그녀가 대답했다. 아닙니
다. 천만예요. 당직 간호사가 막 인쇄한 스케줄표를 건
넸다. 자, 가보세요. 비행기가 계류장에 있답니다. 40분
뒤 출발 예정이고요. 비르질리오는 자신의 가방을 챙겨
심장외과 출구로 나가며 알리스에게는 눈길도 주지 않
았지만 알리스는 그의 뒤를 바싹 따랐다. 엘리베이터,
택시, 대간선 도로, 그리고 부르제 공항. 캐시미어 롱코
트를 걸치고 값비싼 메신저백을 몸에 꼭 붙여 맨 채 시
차에 시달리고 있는 사업가들 사이를 지나쳐 걸어간다.
곧, 두 사람이 비치 크래프트 200에 올라 단 한마디 말
도 나누지 않고 안전벨트를 매는 모습이 보였다.

　날씨는 좋다. 바람이 거의 없고 눈도 오지 않는다. 아

직까지는. 조종사는 탄탄한 몸매의 30대 여성으로, 가지런한 이를 드러내면서 비행 조건이 양호하며 약 45분가량의 비행이 될 거라고 알려 주고는 조종실로 사라진다. 앉자마자 비르질리오는 좌석에 던져져 있던 경제 잡지에 빠져들고, 알리스는 현창을 향해 몸을 돌리고는 소형 비행기가 고도를 높여 가자 반짝거리는 불빛들 속에서 그 씨실과 날실을 드러내는 파리를 내려다본다(아몬드 모양. 강과 섬들, 광장들과 대간선 도로들, 상가 구역의 환한 지역들과 주택 단지들의 어두운 지역들, 숲들. 그 모든 것은 시선을 도심에서 외곽으로, 불빛들이 테두리를 이룬 외곽 도로 너머로 옮겨 갈수록 점점 어두워진다. 그녀는 보이지 않는 도로 위에서 미끄러져 가고 있는 그 조그맣고 붉고 노란 점들의 흐름을 쫓는다. 지표면의 말 없는 활기). 비치크래프트가 친수성(親水性) 물질 위로 솟아오르자 밤하늘이 펼쳐진다. 그러자, 아마도 이렇게 지상으로부터 떨어져 나와 모든 사회적 서열 밖으로 내동댕이쳐졌기 때문인지 비르질리오는 옆에 있는 여자를 다르게 바라본다(아마도 그 여자가 덜 역겹게 보이기 시작한 건지도 모른다). 적출이 처음인가요? 그가 묻는다. 여자가 소스라친다. 예. 첫 적출이고 첫 이식이에요. 비르질리오가 읽던 잡지를 덮고서 그녀에게 미리 경고해 둔다. 오늘 저녁 초반부는 좀 놀라울 겁니다. 다중 장기 적출이니까. 아이는 열아홉 살이라더군요. 거의 전부 다 떼어 낼지도 몰라요. 장기, 혈관, 세포, 싹 다 긁어 갈 겁니다(손을 폈다가 재빨리 움켜쥔다). 알리스가 그를 바라본다(수수께끼 같은 그 표정의 의미는 〈무섭네요〉만큼이나 〈난 아르팡이에요. 잊었어요?〉일 수도 있다). 그러더니 몸을 바로 세우고 다시 안전벨트를 맨다. 비르질리오도 비틀거리다가 똑같이 한다. 옥트빌을 향한 하강이다.

그 작은 공항은 오로지 그들을 위해 열어 둔 상태였다. 두 줄로 늘어선 등불들이 활주로를 표시하고 있다. 관제탑은 꼭대기에 불이 밝혀져 있다. 비행기가 지진이 난듯 흔들리며 내려앉는다. 문이 밀리고 트랩이 펼쳐진다. 알리스와 비르질리오가 계류장으로 내려간다. 그때부터 둘은 단 하나의 동일한 움직임에 실려 간다. 마치 무빙워크 위를 걷기라도 하는 것처럼 끊이지 않고 마술처럼 유연하게 흐르는 여정. 외떨어진 바깥(바닷소리가 들려오는 아스팔트 외곽 도로), 움직이는 안락한 실내(택시), 살을 에는 바깥(병원 주차장)을 거쳐 익숙한 체계의 실내(외과).

토마 레미주는 자기 영지에 손님을 맞아들이는 집주인처럼 그들을 기다리고 있다. 오가는 악수, 에스프레소 커피. 서로 소개를 주고받고 인맥이 형성되고 늘 그렇듯 아르팡이란 이름이 자신의 아우라를 펼친다. 그는 모여 있는 사람들의 수를 센다. 각 팀은 전임의와 레지던트로 구성된 2인 1조다. 거기에 마취과 의사 한 명, 마취 전문 간호사 한 명, 수술실 간호사 한 명, 간호 보조사 한 명, 그리고 자신까지 도합 열세 명이니 수술실, 이 난공불락의 요새이자 몇 겹으로 설치된 디지털 도어락 코드를 아는 자들만 접근할 수 있는 비밀 지역 안이 사람들로 우글거리게 생겼다. 염병. 저 안이 인구 과밀이 되겠군. 토마가 생각한다.

수술 준비를 마쳤다. 수술대 위로 무영등의 백색 조명이 수직으로 그림자를 남기지 않게 꽂히고, 원형으로 배치된 조명등이 쏟아 내는 불빛들이 침대에 실려 온 시몽 랭브르의 육체 위로 모인다. 시몽은 여전한 생명력을 보여 주고 있다(그러한 그의 모습이 사람들의 감정을 건드린다). 그 아이는 방 한가운데에 놓여 있다(그가 세상의 중심이다). 그를 둘러싼 첫 번째 원은 수술과 무관한 사람들이 넘어서는 안 되는 무균 지역의 범위를 나타낸다. 그 무엇도 건드려서는 안 되고 오염되거나 감염되어서는 안 된다. 이곳에서 이제 거둬들이려는 장기들은 성물(聖物)이다.

수술실 한 귀퉁이에서 코르델리아 오울이 걱정스럽게 바라본다. 그 여자는 변했다. 휴대폰을 탈의실 사물함에 넣어 버렸다. 휴대폰을 몸에서 떼어 놓아서 기생충처럼 음험한 검은색 케이스의 단단한 형체가 두부 근처에서 부르르 떨어 대는 걸 느낄 일이 이제 없어졌고, 그러자 이 모든 것이 그녀를 다른 현실로 넘어가게 만든다. 그래, 뭔가가 일어나는 건 바로 여기야. 그녀는 자기 눈앞에 누워 있는 육체에 눈길을 못 박은 채 생각한다. 수술실 간호사로 교육받은 그녀에게 이 장소는 익숙하긴 하지만, 환자들의 생명을 구해 내고 그들을 삶에 붙들어 두기 위해 대거 동원되었던 수술 말고는 본 적이 없었다. 그래서 수술이 어떤 모습으로 진행될지 떠올려 보기가 쉽지 않다. 이 젊은이는 이미 죽은 거니까. 그렇지 않은가. 그리고 이 수술은 이 청년이 아닌 다른 사람들의 치유를 겨눈 것이다. 그녀가 장비를 준비했고 도구들을 배치했다. 이제 낮은 목소리로 마스크 뒤에서 장기 적출의 준비 절차를 되뇌어 본다. 1/신장, 2/간, 3/폐, 4/심장. 그다음 반대로 다시 되뇌어 본다. 장기가 견딜 수 있는 허혈(虛血) 지속 시간에 따라 정해진 적출 순서를 읊는다(다시 말하자면 혈액 순환이 정지된 뒤의 생존 기간). 1/심장, 2/폐, 3/간, 4/신장.

육체가 길게 누워 있다. 완전한 나신이고 흉부와 복부가 말끔히 드러나게 십자가처럼 두 팔을 양옆으로 벌려 놓았다. 준비를 위해 제모하고, 요오드팅크를 도포한다. 그러고는 수술 부위, 그러니까 흉곽과 복부에 해당

되는 부위에 구멍을 낸 수술포로 몸을 덮는다.

갑시다. 시작합시다. 수술실에 있던 첫 번째 팀, 그러니까 비뇨기과 의사들이 선두에 선다(그들이 바로 몸을 여는 사람들이고 마지막으로 다시 몸을 닫을 사람들이다. 두 명의 남자가 분주하게 움직인다. 서로 어울리지 않는 2인조. 로럴과 하디.[37] 껑다리 말라깽이 쪽이 집도의이고 작고 둥글둥글한 쪽이 레지던트다. 먼저 몸을 숙여 복부를 가르는 사람은 키 큰 말라깽이다(양쪽 늑골의 아래 부분을 절개하니 복부에 일종의 십자가가 그려진다). 육체는 횡격막을 기점으로 뚜렷하게 두 구역으로 갈라진다. 간과 신장이 있는 복부와 폐와 심장이 있는 흉부. 그다음으로, 절개선에 견인 기구를 갖다 대고 입구를 벌리기 위해 손잡이를 돌린다(여기에서는 빈틈없는 기술력에 더해 팔 힘이 요청된다). 그러자 갑자기, 수술의 수작업적 측면이, 이 장소에서 요구되는 현실과의 물리적 대면이 드러나기 시작한다. 육체의 내부가, 혼란스럽고 질척이는 내부가 조명 밑에서 붉은빛을 띤다.

의사들이 차례차례로 이식 조직을 떼어 낼 준비를 하러 간다. 재빠르고 적확하게 움직이는 메스가 장기를

---

37 Stan Laurel(1890~1965)과 Oliver Hardy(1892~1957). 미국의 유명한 2인조 희극 배우들. 로럴은 마르고, 하디는 뚱뚱하다는 신체적 특징으로 눈길을 끌었다.

관절과 인대와 이러저런 막으로부터 떼어 내기 위해 장기 주위를 한 바퀴 돈다(하지만 아직까지는 그 무엇도 절단되지 않은 상태다). 수술대 양옆에 자리 잡은 비뇨기과 의사 둘이 이 과정에서 대화를 나누는데, 전임의가 레지던트를 교육할 수 있는 기회라고 생각해서다. 그는 신장 위로 몸을 숙이고 자신이 취하는 동작들을 일일이 보여 주며 자신의 테크닉을 자세히 기술한다. 그동안 학생은 고개를 주억거리고 가끔씩 질문을 던진다.

한 시간 뒤 알자스에서 온 의사 둘이 입장한다. 키도 비슷하고 몸집도 비슷한 여자 둘로 이루어진 콤비다. 집도의는 간외과라는 상대적으로 선별된 영역에서 떠오르고 있는 별들 가운데 하나로, 말을 삼가고 알이 작은 철테 안경 뒤의 냉정한 시선을 유지하며 주먹다짐하듯 결연하게 자신이 담당한 간 적출 밑 작업을 진행한다. 그 작업 자체에서, 실행 자체에서 충만함을 발견하기라도 하는 듯 행위에 완전히 몰입해 있다. 그녀와 함께 온 다른 팀원은 본 적 없는 능숙함으로 움직이는 그녀의 손에서 눈을 떼지 않는다.

계속해서 35분이 흐르고 난 뒤 흉부 담당 의사들이 수술실 안으로 들어온다. 이제 한판 놀 사람은 비르질리오다. 그다. 그의 시간이다. 그는 자신이 절개하겠노라고 알자스에서 온 의사들에게 일러 둔다. 그러고는 곧바로 흉골의 가로 절개를 실시한다. 다른 의사들과는

다르게 그는 몸을 숙이지 않고 등을 꼿꼿이 세운다. 목은 수그리고 두 팔은 앞으로 뻗는다(환자의 몸과 거리를 유지하는 방법). 흉곽이 열린다. 그러자 비르질리오의 눈앞에 심장이, 그의 심장이 모습을 드러낸다. 크기를 가늠하고, 심실과 심방을 꼼꼼히 살핀다. 알리스는 그가 장기를 평가하는 모습을 유심히 본다. 심장은 근사하다.

그는 어안이 벙벙할 정도의 재빠름으로 진행한다. 레슬링 선수의 팔과 레이스 직조공의 손가락으로 대동맥을, 그다음은 대정맥을 하나하나 분리한다. 알리스는 수술대 반대편에서 그와 마주하고 있다가 지금 목격하고 있는 것에, 그 육체 주위로 잇달아 지나가는 것들에, 그 육체를 놓고 벌어지는 엄청난 행위들에 강한 충격을 받는다. 그녀가 비르질리오의 얼굴을 살피며 죽은 이를 상대로 수술을 하는 것이 그에게는 무엇을 의미할지, 그가 무엇을 느끼고 무슨 생각을 할지를 자신에게 묻는다. 산 자들과 죽은 자들 사이의 분리가 여기에서는 더는 존재하지 않는다는 듯, 그녀를 둘러싼 공간이 갑자기 출렁인다.

해부가 끝나자 캐뉼러를 삽입한다. 주삿바늘로 혈관에 구멍을 뚫고 작은 카테터들을 삽입해 장기의 온도 저하에 필요한 약물을 통과시킨다. 마취과 의사가 모니터로 장기 기증자의 혈액 순환이 절대 안정 상태인지를 계속 체크한다. 그동안 코르델리아는 그녀 앞에 펼쳐진 비닐 장갑을 낀 손바닥 위에 습포, 핀셋, 메스 등을 올려놓으면서 그들이 요구한 습포의 이름이나 핀셋 혹은 메스의 번호를 조심스럽게 반복한다. 도구를 전달하는 일이 거듭될수록 그녀의 목소리가 단단히 야물어 가고 자신의 자리에 제대로 자리 잡았다는 감정이 깊어 간다. 이제 준비가 되었다. 캐눌러 삽입이 끝났다. 대동맥 클램핑을 할 수 있을 것이다(의사들은 저마다 해부 지도 위에서 그들이 여기서 가져가려고 하는 장기의 위치를 파악하고 자신에게 배당된 부분을 식별해 낸다).

클램핑할까요? 마스크에 덮여 짓눌리긴 했지만 수술실에 울리는 비르질리오의 목소리에 토마가 움찔한다. 안 됩니다. 기다리세요! 그가 소리를 질렀다. 사람들의 시선이 그에게 쏠린다. 손들이 몸 위의 허공에서 그대로 멈춘다. 팔을 직각으로 꺾은 채 일체의 행위를 중단한다. 그동안 코디네이터가 사람들 틈을 빠져나가 침대로 가더니 시몽 랭브르의 귀 가까이 다가간다. 그때, 비록 자신의 말들이 죽음을 발생시키는 공간 속으로 한없이 가라앉으리라는 것을 알면서도 그가 자신의 가장 인간적인 목소리로 속삭여 주는 것은, 약속했던 긴 읊조림, 그의 곁에서 그와 함께하는 사람들의 이름들로 이루어진 기도문이다. 그는 그 청년의 귀에 슌과 마리안이 그와 함께 있고, 루도 마찬가지이고, 그의 할머니도 그렇다고 속삭여 준다. 그가 청년의 귀에 쥘리에트가 그와 함께한다고 중얼거린다(쥘리에트 역시 이제 시몽에 대해 알고 있다. 그녀가 마리안의 휴대폰에 남기는 메시지들이 점점 더 겁에 질려 가자 22시경에 슌이 전화를 했다. 알아듣기 힘든 통화. 왜냐하면 시몽의 아버지는 언어를 벗어난 곳에서 헤매고 있는 것 같았기 때문이다. 더는 그 어떤 문장도 제대로 만들어지지 않았고 헐떡거림, 그랬다, 토막 난 음절들과 더듬거리는 음소들, 짓눌린 소리들만 뱉어 냈다. 그래서 쥘리에트는 들어야 할 것은 아무것도 없음을, 말이 존재하지 않음을, 그녀가 들어야 하는 것은 바로 그런 사실임을 이해하고 그에게 대답했다. 단숨에. 제가 갈게요. 그러고는 밤중에 뛰쳐나갔다. 랭브르네가 사는 아파트를 향해 달렸다. 외투도, 목도리도, 아무것도 걸치지 않고 급경사면을 달려 내려갔다. 농구화를 신은 엘프. 한 손에는 열쇠, 다른 한 손에는 휴대폰. 살을 엘 듯한 추위가 어느새 태울 듯한 뜨거움이 되었다. 그녀는 내려가는 길에 기운이 다 빠져 버렸다. 이 망가진 작은 인형은 보폭 조절이 어려워 여러 번 넘어질 뻔한다. 호흡이 어렵다. 시몽이 올바르게 호흡하는 법을 가르쳐 줬는데, 전혀 그렇게 호흡이 되질 않는다. 전혀 일정한 간격이 지켜지질 않는다.

숨을 내쉬는 것도 잊는다. 정강이뼈가 고통스럽고 발뒤꿈치는 화끈거린다. 착륙할 때처럼 귀는 멍멍하다. 복부에는 쿡쿡 찌르는 듯한 통증이 있다. 그녀가 몸을 반으로 꺾었다. 그러고도 지나치게 좁은 인도를 계속 달렸다. 커브 길을 둘러싼 높은 돌담에 팔꿈치가 긁혔다. 다섯 달 전, 「목 매달린 자들의 발라드」에 관한 이야기를 나누고 두 사람을 들뜨게 한 빨간 비닐 우비로 만든 사랑의 캡슐 안에 들어갔던 날, 그날, 그 최초의 날, 그가 힘겹게 올라갔던 그 길을, 그 똑같은 커브 길을 그녀가 반대로 달려 내려갔다. 이제 그녀가 숨이 끊어져라 달렸다. 올라가던 자동차들의 백색 전조등 불빛에 그녀의 모습이 잡히면 차들은 속도를 늦췄고, 어리둥절한 운전자들은 백미러로 그녀의 모습을 오래 지켜봤다. 그 시각에, 그 추위에, 길바닥을 티셔츠 바람으로 달리는 소녀라니. 게다가 그녀의 얼굴에 떠올라 있는 공포에 질린 표정은 또 어떻고! 이윽고 그녀의 모습이 불 꺼진 거실의 통유리창을 통해 보였다. 그녀가 단지 안으로 들어와서 잡목림과 울타리가 늘어선 공간을 가로질렀다. 그것들의 뾰족뾰족한 형체 때문에 그 공간이 그녀에게는 적대적인 정글처럼 느껴졌다. 작은 계단을 뛰어오르다가 굴렀다. 추위에 얼어붙은 나뭇잎들이 두툼하게 깔린 길이 스케이트장처럼 미끄러웠다. 얼굴 피부가 벗겨졌고, 관자놀이와 턱에 흙이 묻었다. 그다음은 건물 안의 계단이었다. 세 개의 층. 다른 사람들도 그랬듯이 얼굴이 못 알아볼 정도로 변해서 그녀가 층계참에 도달하자, 초인종을 누르기도 전에 손이 문을 열어 줬다. 손은 그녀를 품에 꼭 안아 줬다. 그 뒤 어둠 속에서는 외투 차림의 마리안이 잠이 든 루 곁에서 담배를 피우고 있었다. 오, 쥘리에트. 그러고는 눈물이었다). 그러고는 토마가 소독해 뒀던 이어폰을 호주머니에서 꺼내어 시몽의 귀에 끼워 주고 MP3 플레이어를 누른다. 트랙 7. 그러자 마지막 파도가 수평선에 만들어지더니 절벽을 향해 나아간다. 파도가 솟구친다. 하늘 전체를 휩쓸 기세다. 만들어지고 허물어지는 그 변모 속에서 물질의 혼돈과 회오리의 완벽함을 펼쳐 보인다. 대양의 밑바닥을 긁어 대고 퇴적물을 뒤흔든다. 화석들을 드러내고 묻혀 있던 궤짝들을 뒤엎는다. 시간에 두께를 더하는 무척추동물들을, 15억 년 묵은 암몬 조개들을, 그리고 맥주병들을, 비행기의 파편들을, 그리고 권총들을, 나무껍질처럼 하얗게 탈색된 뼈다귀들을, 거대한 쓰레기 처리장처럼 흥미진진한 해저를 노출한다. 초고감도 필름. 순수 생물학. 파도는 지구의 표피를 걷어 내고 기억을 갈아엎고, 시몽 랭브르가 살았던 그 땅을 새롭게 태어나게 한다(완만한 모래 언덕. 그 언덕이 움푹 팬 곳에서 그는 작은 바구니에 담긴 감자칩을 머스터드 소스를 곁들여 쥘리에트와 함께 나눠 먹었더랬다. 소나기가 쏟아질 때 두 사람이 몸을 피했던 솔밭. 그리고 그 바로 뒤의 대숲. 낭창거리는 40미터짜리 대나무들. 그날 미지근한 빗방울들이 잿빛 모래에 구멍을 냈고 냄새들이, 맵싸하고 짭조름한 내음들이 뒤섞였더랬다. 그때 쥘리에트의 입술 색은 자몽색이었다). 그러더니 마침내 파도가 터져 나가며 사방으로 흩어진다. 튀어 오른 물방울들이 휘날린다. 그건 거대한 충돌, 부서짐이다. 그러는 동안 수술대를 둘러싼 침묵이 두터워졌다. 사람들이 기다린다. 누워 있는 육체 위로 눈길들이 엇갈린다. 발가락은 초조하게 꼼지락거리지만 손가락은 인내한다. 하지만 모두 시몽 랭브르의 심장을 정지시키려는 순간 한 템포 쉬어 가야 한다는 것을 받아들인다. 트랙이 다 돌아가자 토마가 이어폰을 제거하고 다시 자기 자리로 돌아간다. 다시 묻기. 클램핑할까요?

「클램핑!」

심장이 뛰기를 멈춘다. 천천히 육체에서 피를 빼내고, 대신 차가운 액체를 다량 주입해서 내부 장기들을 씻고 장기들 주변에 얼음을 즉각 채워 넣는다(비르질리오가 알리스 아르팡이 기절하지나 않는지 보려고 그녀를 향해 눈길을 준 것은 아마도 바로 그 순간일 것이다. 왜냐하면 몸으로부터 흘러나온 피가 양동이 속으로 쏟아지고 있기 때문이다. 그리고 그 용기의 플라스틱 재질이 반향실처럼 소리를 증폭시키는데 바로 그 소리가 그 광경보다도 더 충격적이다. 하지만 천만에, 그 젊은 여자는 비록 창백해진 이마에 땀이 방울방울 맺히기는 했지만, 그 자리에, 완벽한 의연함을 보여 주며 버티고 있다. 그래서 그는 다시 일에 착수한다. 카운트다운이 시작된다).

이제 으레 그러듯 흉부는 다시 격전장이 된다. 심장외과의들과 흉부외과의들이 좀 더 길게 혈관을 잘라 가려고, 혹은 폐동맥을 몇 밀리미터나마 추가로 더 얻어 가려고 다툰다(동료지만 신경이 곤두선 비르질리오가 결국 맞은편 의사에게 성질을 내고 만다. 내게도 여유분 좀 남겨 주지 그래. 1~2센티미터 정도. 이게 지나친 요구는 아니겠지?)

토마 레미주가 수술실에서 빠져나와 장기 이식을 진행하게 될 관련 진료과들로 전화를 하여 클램핑 시간(23시 50분)을 알려 준다. 이 조건을 알게 되면 앞으로 진행될 수술 과정의 시간대가 대번에 명확해진다(피이식자의 준비, 적출된 장기의 도착, 장기 이식). 그가 돌아오자 첫 번째 적출이 완벽한 침묵 속에서 이루어진다. 비르질리오가 심장 적출에 착수한다. 두 개의 대정맥, 네 개의 폐정맥, 대동맥과 폐동맥이 절단된다(흠잡을 데 없는 절단면). 심장이 시몽 랭브르의 육체로부터 적출된다. 이제 몸 바깥에서 그걸 볼 수 있다. 믿기지 않는다. 그것의 전체적인 모습과 부피를 단박에 파악할 수 있고, 그것의 대칭을 이룬 형태와 불룩 나온 두 부분과 그 아름다운 진홍색과 주홍색을 확인해 보려 들 수도 있고, 거기에서 사랑을 나타내는 보편적 그림 기호와 트럼프의 문양과 티셔츠의 로고(I♥NY)와 왕실의 무덤이나 성유골함 위에 새겨 놓은 부조와 엉터리 중매꾼 에로스의 상징과 신자들의 상상 세계 속 예수 성심(聖心)의 표시(피눈물이 흐르지만 환한 후광에 둘러싸인 채 손에 들려 뭇사람들에게 전시되는 장기)와 혹은 문자를 작성할 때 사랑의 감정을 켜켜이 끝없이 쌓아 올림을 나타내려고 사용하는 아이콘을 확인하려 들 수도 있다. 비르질리오가 심장을 집어서 반투명 용액, 그러니까 섭씨 4도를 보장하는(심장을 보존하기 위해서는 심장의 온도를 빠르게 낮추는 게 관건이다) 심정지 용액으로 채워 놓은 병에 즉각 담는다. 그러고는 그 전체를 멸균 처리된 밀폐 용기로 보호하고 한 번 더 포장한다. 그리고 그 전체를 얼음 조각들로 채운 바퀴 달린 냉장 케이스 안에 쑤셔 넣는다.

케이스를 봉한 뒤 비르질리오가 사방으로 인사를 한다. 하지만 시몽 랭브르의 몸을 둘러싸고 있는 사람들 가운데 그 누구도 고개를 들지 않고 그 누구도 입도 뻥긋하지 않는다. 허파 위로 몸을 숙이고 있던 흉부외과의만 예외를 보여, 흉부로 몸을 숙인 채 커다란 목소리로

대꾸한다. 싹 쓸어 갔네, 아, 더러운 놈. 그가 신경질적
으로 웃는다. 그러거나 말거나 스트라스부르에서 온 챔
피언은 자칫하면 쉽게 손상이 되는 간을 떼어 내기 위해
평균대 위에 올라서기 직전의 체조 선수처럼(자칫하다
가는 탄산 마그네슘 가루가 든 용기에 두 손을 담갔다
가 손바닥을 비벼 대는 모습을 보게 될 판이다) 집중을
하고 비뇨기과 의사들은 신장을 가져가려고 참을성을
발휘한다.

　알리스가 꾸물거린다. 그녀는 방 안의 광경을 뚫어져
라 바라보고, 수술대 주위에 모인 사람들의 얼굴 하나
하나와 그 선명한 중심에 놓인 꼼짝 않는 육체를 살핀
다(렘브란트의 「해부학 강의」가 삽시간에 눈앞을 스쳐
간다. 손톱이 갈퀴처럼 기다랗고 구부러진 암 전문의였
던 그녀의 아버지가 그 복제화를 아파트 입구에 걸어 놓
고는 검지로 그림을 톡톡 두드리면서 종종 감탄하곤 했
던 기억이 난다. 자, 이게 바로 인간이란다! 하지만 몽상
에 잠기길 즐기는 아이였던 그녀는 그 그림에서 집안에
버글거리는 의사들보다는 마술사들의 모임을 보고 싶
어 했다. 그녀는 시체 주위로 근사하게 배치된 야릇한
인물들과 칠흑처럼 검은 색깔의 의상들, 똑똑한 머리들
을 받치고 있는 순백의 주름 장식이 달린 옷깃들, 종이
접기만큼이나 정교한 주름들의 호사스러움, 레이스 끈

들과 우아한 턱수염들, 그리고 이 모든 것들의 중심에 자리 잡은 그 창백한 육체, 그 신비의 마스크와 뼈와 근육들이 드러난 팔의 절개 부분, 검은 모자를 쓴 남자의 메스가 깊숙이 들어간 살덩어리 앞에서 한참을 머물렀고, 그림에 감탄하기보다는 그곳에 표현된 대화에 매료되어 그림의 이야기에 귀를 기울이곤 했다. 그러다가 마침내 복막을 찌르는 행위가 오랫동안 인간 육체의 신성성, 그 신의 창조물에 대한 침범으로 여겨져 왔음을 알게 되었고, 어떤 형태의 지식이든 간에 자기 몫의 위반을 가지고 있음을 이해하게 되었고, 그 순간 〈의학을 하겠다〉고 결심했다. 물론 그녀가 뭔가를 결심했다고 친다면 말이다. 어쨌든 그녀는 딸 넷 중 장녀였고, 아버지가 학교가 노는 수요일마다 병원으로 데리고 다녔던 딸이었고, 열세 번째 생일을 맞아 아버지에게서 의사들이 쓰는 청진기를 선물로 받았던 딸이니까. 그날 아버지는 아이의 귀에 대고 이렇게 속삭였다. 아르팡 집안의 아들들은 전부 다 얼간이들이야. 우리 귀여운 딸, 넌 그놈들을 몽땅 골탕 먹여 줄 게다).

알리스는 차츰 뒷걸음질을 친다. 그녀가 본 모든 것이 디오라마처럼 그 상태로 고착되어 환히 빛난다. 갑자기, 더는 누워 있는 육체가 순수한 물질로, 더는 상태가 양호한 장기들을 따로 떼어 간직하려고 낱낱이 해부해 댄 고장 난 기계 장치로 인식되지 않고, 상상을 초월하는 잠재력을 가진 물체로 인식된다. 인간의 육신. 그 능력과 그 마지막. 그 인간적인 마지막(그리고 그녀가 만약 정신을 잃는다면, 그건 플라스틱 양동이로 쏟아져 내리는 핏줄기보다는 바로 이러한 감정 때문이다). 등 뒤에서 이미 멀어진 비르질리오의 목소리가 들려온다. 안 와요? 대체 뭘 하는데? 서둘러요! 그녀가 몸을 돌려 비르질리오를 따라잡기 위해 복도를 달린다.

전문 운송업자가 두 사람을 다시 공항으로 데리고 간다. 차가 땅에 납작 붙어 질주하는 동안 그들의 눈은 자동차 계기판의 디지털 시계에 나타나는 숫자들의 움직임을 따라가고, 눕기와 일어서기를 반복하는 그 야광 막대들의 춤을 쫓고, 손목에 찬 시곗바늘과 휴대폰 화면 위의 픽셀로 이루어진 형체들에 머물렀다 떠나간다. 바로 그 순간 걸려 오는 전화 한 통. 비르질리오의 휴대폰에 불이 들어온다. 아르팡이다. 그래, 어떻던가?
「완전무결합니다.」

그들은 북쪽으로 도시를 둘러 간다. 퐁텐라말레행 도로를 택하여, 밀집되어 있고 경계가 흐릿한 형체들을, 변두리 지역들을, 도시 뒤로 펼쳐진 벌판에 자리 잡은 단지들을, 환 모양으로 뻗어 나간 아스팔트 도로 주변 택지에 조성된 빌라촌들을 끼고 달리다가 숲을 가로지른다. 여전히 별 한 점 없다. 비행기나 비행접시 불빛의 깜빡임조차 없다. 아무것도. 운전사는 제한 속도를 넘어서서 지방 도로 위를 내달린다. 경험이 많은 운전자로, 이런 종류의 임무 수행에 익숙하다. 똑바로 전방을 주시하며 앞으로 뻗은 두 팔에 흔들림이 없다. 최신 이어폰과 연결된 소형 마이크에 대고 중얼거린다. 곧 가니까 자지 마. 곧 간다고. 상자는 뒷좌석에 놓인 트렁크에 실렸다. 알리스는 심장을 밀봉한 여러 겹의 차단 막들을 눈앞에 그려 본다. 심장을 보호하는 그 막들. 그녀는 지금 로켓의 엔진처럼 그들을 공간 속에서 앞으로 나아가게 하는 모터는 바로 그 심장이라고 상상한다. 그녀는 몸을 돌리고 한쪽 엉덩이를 들어 올리며 등받이 너머로 그것을 바라본다. 어둠 속에서 케이스 벽에 붙여 놓은 꼬리표를 해독한다. 이식 조직 이력 추적에 필요한 정보들 가운데에서 이상한 문구가 눈에 띈다. 치료용 인체 일부나 산물. 그리고 바로 그 밑에 있는 기증자의 크리스털 번호.

비르질리오는 등받이에 기대어 고개를 뒤로 젖힌다. 숨을 내쉰다. 그의 두 눈이 알리스의 옆모습을 더듬는다. 차창을 배경으로 한 그림자 놀이. 그녀의 존재에 갑자기 당황스러워져서 말랑해진다. 괜찮아요? 그런 질문은 뜻밖이다(그때까지 그토록 기분 나쁘게 굴던 남자). 라디오에서는 메이시 그레이의 목소리가 흘러나오고 있다. ⟨*Shake your booty, boys and girls, there is beauty in the world*(엉덩이를 흔들어, 모두, 세상에는 아름다움이 있으니까)⟩가 돌림노래인 양 되풀이된다. 알리스는 느닷없이 울고 싶어진다(속에서 치받친 감정이 그녀를 뒤흔든다). 하지만 눈물을 참으며 이를 악다물고 고개를 돌린다. 그럼요, 그럼요. 말짱해요. 그러자 그가 주머니에서 휴대폰을 꺼낸다. 벌써 몇 번째인지 모른다. 하지만 시간을 확인하는 대신 자판을 두드리더니 서서히 성질을 부린다. 뜨지를 않잖아. 그가 중얼댄다. 염병할, 염병할. 대담해진 알리스가 물어본다. 뭐가 문제가 있나요? 비르질리오는 고개도 들지 않고 대꾸한다. 시합 때문에요. 시합 결과를 알고 싶었는데. 그러자 운전사가 돌아보지는 않고 쌀쌀맞게 알려 준다. 이탈리아가 1:0으로 이겼습니다. 비르질리오가 소리를 지르고 주먹을 불끈 쥐어 차 안의 허공에 내지른다. 그러더니 곧바로 묻는다. 골은 누가 넣었죠? 운전사는 깜빡이를 넣고 브레이크를 밟는다. 불 켜진 교차로가 그들 앞에 희끄무레한 길을 드러내 준다. 피를로. 알리스는 넋을 놓고 비르질리오가 승리의 문자 한두 개를 후다닥 치며 중얼대는 모습을 관찰한다. 아주 잘됐군. 그러더니 그녀를 보며 한쪽 눈썹을 들어 올린다. 피를로라는 선수, 아주 대단하지! 그의 얼굴은 미소로 뒤덮인다. 벌써 공항이다. 절벽 아래 부근 바다의 으르렁거리는 소리. 계류장을 지나

트랩까지 실려 가서 기체 안으로 들어 올려지는 냉장 케이스. 이 마트료시카 냉장 케이스는 그 안에 투명한 안전 비닐 주머니를 숨기고 있고, 또 그 안에 밀폐 용기를 숨기고 있고, 또 그 안에 특수 용기를, 그리고 그 안에 시몽 랭브르의 심장을 숨기고 있다. 생명 그 자체와 다름없는 것을, 생명의 잠재성을 숨기고 있는 것이다. 5분 뒤 허공을 날고 있을 그 심장을.

마리안은 자는 게 아니다. 그러리라 짐작된다. 수면
제도 그 무엇도 아닌 고통이 그녀를 몽롱한 상태에 빠
뜨린다. 그녀는 멍한 상태에 잠겨 들었다. 그런 상태여
야만 버틸 수 있다. 23시 50분. 거실 소파에 누워 있다
가 소스라쳐 몸을 일으키는 그녀의 모습이 보인다(대동
맥을 흐르던 피가 멈춰 버린 그 순간을 포착했던 걸까?
그 순간을 직감했던 걸까? 강 하구 지역에, 아파트와 병
원 사이에 길게 늘어진 수십 킬로미터에도 불구하고 존
재하는 가까움. 만져지지 않는 그 가까움이 어딘가 무
시무시하면서도 경이로운 정신적 깊이를 밤에게 부여한
다. 마치 자기력선들이 시공간의 벌어진 틈을 내달려 불
면의 구역을 얽어내며 그녀의 아이가 있는 그 금지된 공
간과 그녀를 연결시켜 주기라도 하는 것처럼).

극야(極夜). 새까맣던 하늘이 옅어지는 것 같다. 양털 같

은 구름층이 갈라지고 큰곰자리가 나타난다. 시몽의 심장이 이제 이동한다. 궤도 위로, 레일 위로, 도로 위로 빠르게 멀어져 간다. 살짝 오톨도톨한 플라스틱 내벽이 전기 불빛에 반짝이는 그 케이스 안에 담겨져 이동한다. 믿기지 않을 정도로 주의를 기울여 호송된다. 마치 예전에 군주의 심장을 호위할 때 같다. 그 내장과 뼈를 대성당, 성당, 수도원에 분배하여 그의 가문의 권리를 보장하고 그의 안식을 위해 기도하고 장차 그를 추념하도록 유해를 호위해 가던 시절 같다(움푹 팬 길에서부터, 마을의 다져진 흙길에서, 도시의 포석이 깔린 도로에서 그 말발굽 소리가, 그들의 장중하고 느린 발소리가 들려왔다. 이윽고 주택들의 전면과 환각에 사로잡힌 얼굴들 위로 출렁이는 그림자를 드리우는 여러 개의 횃불들이 나무 잎사귀들 사이로 모습을 드러냈다. 사람들은 목에 수건을 두른 채 대문 발치에 모여 있다가, 모자를 벗고 말없이 성호를 그으며 그 특별한 호위대가 지나가는 것을, 국상에 맞게 값비싼 마의(馬衣)를 갖춰 입은 말 여섯 마리가 끄는 검은색 마차가 지나가는 것을 지켜보았다. 그리고 횃불을 들고 긴 검은색 외투를 걸치고 모자에 베일을 드리운 열두 명의 기사들로 이루어진 호위대를. 가끔은 이곳까지 하얀 초를 들고 걸어온 시종들과 시동들을. 또 가끔은 근위대를. 그리고 눈물을 글썽이며 그 모든 것을 이끌어 온 기사는 지하 납골당을 향해, 선택받은 수도원 부속 성당이나 고향의 성에 딸린 부속 성당을 향해, 검은색 대리석을 파내어 쑥 들어간 공간을 뒤틀린 기둥으로 장식한 벽감을 향해, 휘황찬란한 왕관이 뚜껑에 부착되어 있고 정교한 방패꼴 가문(家紋)과 문장(紋章)들을 새겨 넣었으며 보석을 세공해 만든 가문의 깃발에는 라틴어 경구가 펼쳐져 있는 성골함을 향해 나아갔다. 사람들은 종종 늘어뜨린 휘장 틈새로 마차 내부를, 유골 전달 임무를 띤 관료가 있는 곳을, 그러니까 앞으로 심장에 관해 책임을 다하고 군주를 위한 기도를 해줄 사람들, 대체로 고해 신부나 친구 혹은 형제일 그런 사람들에게 손수 심장을 건네주러 가는 관료가 앉아 있는 좌석 쪽을 슬쩍이나마 엿보려고 애썼다. 하지만 어둠은 결코 그 인물도, 검은색 호박단으로 만든 쿠션 위에 놓인 성골함도 볼 기회를 허락하지 않았고, 그 안에 있는 심장, *membrum principalissimum*(가장 주요한 장기), 왕국 안의 군주나 우주 안의 태양처럼 가슴 한가운데에 자리 잡고 있어서 육신의 왕인 심장, 금실로 짠 얇은 천에 감싸인 그 심장, 사람들의 애도의 대상인 그 심장에 대해서는 더더욱 그러했다).

시몽의 심장은 수도권으로 이동했고, 그의 간과 폐는 지방의 또 다른 지역들에 도착했다. 그것들은 다른 육신들을 향해 질주했다. 이렇게 뿔뿔이 흩어지고 나면 그녀의 아들의 단일성에서 살아남는 것은 무엇일까? 그만의 특별한 기억과 이렇게 분산된 육체를 어떻게 결부시켜야 할까? 그의 존재, 이 세상에 비추어진 그의 모습, 그의 혼은 또 어떻게 되는 걸까? 이러한 질문들이 부글거리는 기포처럼 그녀 주위를 맴돈다. 그러다가 시몽의 얼굴이 그녀의 눈앞에 나타난다. 말끔하고 온전하다. 그것은 나뉠 수 없는 것이다. 그게 그 아이다. 그녀는 깊은 안도를 느낀다. 밤이 밖에서 석고 사막처럼 불타오른다.

피티에 병원에서는 사람들이 클레르를 에워싸고 있다. 그녀는 빈틈없이 문질러 닦고 소독했을 심장외과 병실 안으로 안내받았다. 전 표면이 투명한 광택제로 덮인 듯하다. 세제 냄새가 방 안에 고여 있다. 키가 몹시 높은 이동 침대, 푸른색 인조 가죽 의자, 텅 빈 테이블, 그리고 방 귀퉁이에 살짝 열려 있는 욕실 문. 그녀가 가방을 놓고 침대 위에 올라앉는다. 그녀는 온통 검정색으로 입고 있어서(어깨 트임이 있는 그 낡은 스웨터) 방 안에서 그녀의 모습만 완벽하게 부각되어 마치 목탄 소묘를 보는 것 같다. 그녀의 휴대폰으로 문자들이 쏟아져 들어오기 시작한다. 아들들, 어머니, 친구, 모두 온단다. 달려온단다. 하지만 방금 타이 만 저 안쪽 마을의 대나무 울타리에 기대어, 마을의 떠돌이 개들과 멧돼지들 사이에 털썩 주저앉은 그 남자, 디기탈리스를 가져왔던 그 남자에게서는 아무런 메시지가 없다.

간호사가 들어와 두 주먹을 옆구리에 올린 채 선량한 목소리로 우렁차게 말한다. 자, 드디어 엄청난 밤이 왔네요! 그녀는 후추와 소금을 섞어 놓은 듯한 잿빛 머리카락에 네모난 안경을 썼고 광대뼈 부근이 가벼운 붉은 반점으로 물들어 있다. 클레르가 하늘을 향해 손바닥을 치켜들고 어깨를 으쓱하며 미소 짓는다. 그래요. *Tonight everything is possible*(오늘 밤에 모든 것이 가능해요). 간호사가 천장의 조명을 받아 판 젤라틴처럼 반짝거리는 투명하고 납작한 봉투들을 건넨다. 간호사가 몸을 앞으로 숙이자 펜던트가 몸에서 떨어져 나와 허공에서 순간 반짝인다(은으로 만든 작은 심장인데 문구가 새겨져 있다. 어제보다는 더하고 내일보다는 덜할 오늘. 통신 판매 물품 카탈로그에 물품 번호와 함께 올라가 있는 자그마한 보석. 매료당한 클레르는 펜던트의 흔들림을 눈으로 쫓는다). 간호사가 몸을 일으키더니 그녀에게 봉투들을 가리켜 보인다. 수술용 옷들이에요. 수술실로 들어가려면 이걸 입으셔야 해요. 클레르가 초조함과 망설임(이미 1년 전부터 그녀를 괴롭히던 감정의 실체. 그리고 기다림의 또 다른 이름)이 뒤섞인 심정으로 그것들을 바라본다. 침착함을 가장하며 대답한다. 어쨌든, 심장이 도착할 때까지 기다려야죠? 간호사가 고개를 흔들며 시계를 본다. 아니요. 지금부터 두 시간 뒤, 종합 평가 결과를 받자마자 움직여야 해요. 이식

할 장기는 밤 12시 30분쯤이면 곧장 현장에 도착할 겁니다. 그러니 준비를 마치고 계셔야 해요. 이식은 곧바로 진행됩니다. 그녀가 나간다.

클레르가 짐을 푼다. 욕실에 소지품을 갖다 두고 휴대폰 충전기를 꽂고 휴대폰을 침대 위에 올려놓는다. 그 공간을 자기 것으로 만든다. 아들들에게 전화를 건다(그들은 쇄석 포장도로를, 전철 통로를 달리고 있다. 바닥을 울리는 그들의 발소리가 들린다. 다 왔어요. 곧 도착해요. 그들은 염려로 헐떡거린다). 그들은 그녀를 안심시키고 그녀의 버팀목이 되어 주고 싶어 한다. 그들은 잘못 생각하고 있는 것이다. 그녀가 두려워하는 것은 수술이 아니다. 그게 아니다. 그녀를 괴롭히는 것, 그것은 그 새로운 심장에 대한 생각이고, 그 모든 일이 일어나기 위해서 누군가가 오늘 죽었다는 것, 그리고 그 누군가가 그녀를 침범하여 변모시키고 바꿔 놓을 수 있다는 것이다(장기 이식, 접붙이기에 관한 이야기들. 동물군과 식물군).

그녀가 방 안에서 맴돌고 있다. 어쨌든 이것도 기증이라면 아주 특별한 종류의 기증인 게지. 그녀가 생각한다. 이런 일에 있어서 기증자라는 건 없어. 그 누구에게도 기증을 하려던 의도가 있었던 것은 아니니까. 마찬가지로 수증자도 없는 셈이지. 장기를 거절할 수 있는 상황이 아니니까. 살아남기를 원한다면 그걸 받아들여야만 하니까. 그렇다면 뭘까? 그게 뭘까? 여전히 사용 가능하고 펌프질을 할 수 있는 장기의 재활용? 그녀가 옷을 벗기 시작한다. 침대에 앉아서 부츠와 양말을 벗는다. 있을 법하지 않은 우연의 장난으로 그녀가 혜택을 보게 된 그 이식의 의미(자신의 혈액형과 유전자 코드가 오늘 죽은 사람의 그것과 일치한다는 믿어지지 않는 일)가, 그 모든 것이 모호하다. 그녀는 부당한 특권 같은 것을, 복권을 좋아하지 않는다. 자신이 마치 장터 축제에서 유리 뒤에 뒤죽박죽 쌓여 있는 잡동사니들 가운데서 선택을 받아 집게로 집어 올려진 천 인형인 것처럼 느껴진다. 무엇보다도, 그녀는 결코 고맙다는 말을 할 수 없으리라. 바로 거기에 이야기의 전부가 담겨 있다. 그것은 기술적으로 불가능하다. 고마워요. 그 찬란한 말은 허공으로 떨어져 내리리라. 그녀는 기증자와 기증자 가족에게 그 어떤 형식의 감사도 결코 표현할 수 없을 것이고, 무한한 빚에서 풀려나기 위해 본인의 장기를 기증할 수조차 없을 것이다. 자신이 영원히 함정에 걸려든 것이라는 생각이 그녀를 꿰뚫는다. 발밑 바닥이 차갑다. 그녀는 두렵다. 전부 다 졸아붙는다.

그녀가 창가로 다가간다. 사람들의 형체가 병원 길 위로 바쁘게 지나다닌다. 밤의 어둠 속에서 인체의 해부 지도를 장기별, 병세별로 다시 그려 놓고, 소아와 성인을 분리해 놓고, 임산부, 노인, 사경을 헤매는 사람들을 따로따로 모아 놓은 건물들 사이로 자동차들이 느릿 느릿 돌아간다. 제대로 몸을 덮어 주지 못하고 펄럭거리 기만 하면서 바람 속에 벌거벗고 있다는 느낌을 주는 그 종이 가운을 걸치기 전에 아들들을 안아 볼 수 있다면 좋으련만. 물기 없는 두 눈으로 지금 자신이 겪는 중인 이 일의 엄청남을 분석해 보려고 애를 쓴다. 손을 거기 에, 가슴골에 올려놓고, 약을 먹고 있는데도 늘 조금은 너무 빠르고, 또 늘 조금은 예측할 수 없는 그 박동에 귀 를 기울인다. 그러고는 또렷한 목소리로 그 이름을 불러 본다. 심장.

심장 이식 제안을 받았을 때 심리 평가를 맡은 의사 들과 면담 시간을 가졌지만(그녀의 감정 교류에 대한 평 가, 사회 편입 정도 측정, 피로와 근심 걱정에 어떻게 대 처하는지와 길고 버거운 수술 후 치료를 순순히 따를지 에 대한 조사) 수술 후 그녀의 심장은 어떻게 되는지에 대해서는 아무것도 알려 주지 않았다. 그녀가 몸에 걸친 장신구들과 시계를 풀면서 생각한다. 어쩌면 어딘가에 장기 고물상이 있을지도 모르지. 일종의 쓰레기 처리장. 자신의 장기도 다른 장기들과 함께 대형 쓰레기봉투에 담아서 직원용 출입문을 통해 병원 바깥으로 내보낸 뒤 그곳에다 쏟아붓겠지. 그녀는 장기 조직을 처리하는 컨 테이너를 생각해 본다. 거기에서 그녀의 장기는 재활용되어 형체가 사라진 물질 상태로 되돌아가리라. 왕성한 식욕과 함께 왕궁의 면회실에 자리 잡은 경쟁자들에게 아트레우스[38] 가문의 사람들이 끝없는 잔인함으로 주물럭거려 내놓은 살덩어리 퇴비로. 갈레트[39]나 타타르 스테이크로. 커다란 그릇에 담아 개들에게 주는 사료로. 곰과 바닷속 포유류에게 주는 미끼로(어쩌면 이들은 그 먹이를 삼키고 난 뒤 변해 버릴지도 모르겠다. 그들의 비늘 돋은 피부가 그녀처럼 백금색 머리카락으로 뒤덮이고, 어쩌면 부드러운 긴 속눈썹이 돋을지도 모르겠다).

문 두드리는 소리가 들리더니 대답도 기다리지 않고 곧바로 누군가 병실로 들어온다. 에마뉘엘 아르팡이다. 그가 그녀 앞에 버티고 선다. 그녀에게 당당하게 알려온다. 심장은 23시경에 적출될 예정입니다. 장기 상태는 완벽해요. 그러더니 입을 다문다. 그녀를 관찰한다. 할 말이 있나요. 그녀가 침대에 앉는다. 등을 구부린다. 두 손을 쫙 펴서 매트리스 위에 놓는다. 발목을 겹친다. 두 발이 매혹적이다. 발톱은 새빨간 색으로 칠해져 있다. 빈혈에 걸린 듯한 이 방 안에서 그것들은 꼭 디기탈리스 꽃잎처럼 눈부시다. 질문이 있어요. 기증자에 대한 질문

38 그리스 신화에 나오는 인물. 아가멤논의 아버지로, 동생인 티에스테스가 자기 아내와 간통한 일에 분노하여, 미케네의 왕이 되자 동생의 아들들을 죽여 그 고기를 동생에게 먹였다.
39 프랑스에서 식사 후 간식으로 애용하는 둥글고 납작한 모양의 빵과자.

이요. 아르팡이 고개를 젓는다. 그녀가 도를 넘는다고 생각하는 듯한 표정. 그녀는 대답을 알고 있다. 그 얘기는 이미 나눴죠. 하지만 클레르가 고집을 피운다. 그녀의 금빛 머리카락이 작은 고리들처럼 뺨 근처에서 달랑거린다. 그 문제에 대해서 생각해 보고 싶어요. 그녀가 호소력 있는 태도로 덧붙인다. 예를 들어, 어디에서 오는 건가요? 그 심장은요? 파리가 아니죠? 아르팡이 그녀를 뚫어져라 바라본다. 눈썹을 찌푸린다. 그녀는 그걸 어떻게 아는 걸까? 그러고는 동의한다. 센마리팀. 클레르가 눈을 감고 내처 질문한다. *Male or female*(남자 아니면 여자)? 아르팡은 곧바로 맞받아친다. *Male*(남자). 그는 복도를 향해 열려 있는 문으로 다가간다. 그가 빠져나가는 소리가 들린다. 그녀가 눈꺼풀을 들어 올린다. 잠깐만요. 나이는요. *Please*(제발요). 하지만 아르팡은 이미 자취를 감췄다.

곧 아들 셋이 한꺼번에 들이닥친다. 엉망인 낯빛. 근심 걱정에 푹 절어 있는 큰아들은 그녀의 손을 놓지 못하고, 둘째 아들은 방 안을 자꾸 맴돌면서 똑같은 말을 되풀이한다. 모든 게 잘될 거야. 막내는 하트 모양의 사탕을 한 봉지 갖고 왔다. 아르팡은 에이스에요. 그 분야에서는 최고죠. 1년에 심장 이식을 70차례나 한다고요. 거기에다가 최고의 팀이니. 엄마는 믿을 만한 사람의 손

에 맡겨진 거죠. 그가 떨리는 목소리로 속살거린다. 그
녀는 기계적으로 고개를 끄덕인다. 아들의 얼굴을 찬찬
히 바라보지만 실제로 그 말에 귀를 기울이고 있지는 않
다. 나도 안다. 걱정하지 마라. 삶이 불공평하다고, 자기
가 대신 수술대에 오르고 싶다고(죽는 사람이, 아니 적
어도 먼저 생명이 위태로운 사람이 자신인 것이 훨씬 더
자연스럽고 훨씬 더 있을 법하다고 결론을 내리며) 끊임
없이 징징거리는 어머니를 상대하는 게 훨씬 더 어렵다.
클레르가 초조해한다. 전 죽지 않을 거예요. 죽을 생각
이 전혀 없답니다. 짜증이 난 아들들이 할머니를 함부로
대한다. 이제 그만하세요. 엉망진창이 되어 버린다. 병
실로 돌아온 간호사가 손목시계의 문자반을 톡톡 두드
리며 상황을 단숨에 정리한다. 다 좋아요. 이제 준비하
셔야 합니다. 클레르가 아들들을 포옹한다. 그들의 뺨
을 쓰다듬는다. 저마다의 귀에 속삭여 준다. 내일 보자.
사랑하는 내 아들.

조금 있다가 벌거벗은 그녀가 샤워실로 들어가 베타
딘 액으로 오랫동안 씻었다. 노란색 액체를 전신에 뿌리
고 박박 문질렀다. 몸이 마르자 소독된 가운을 입었다.
그러고는 다시 기다리기 시작했다.

22시쯤 마취과 의사가 병실로 들어온다. 불편한 점
없으시죠? 어깨와 골반이 좁고 백조처럼 긴 목에 창백

한 미소를 띤 키 큰 여자다. 첫 번째 약(긴장을 풀어 주는)을 건네줄 때 스친 그 기다란 손이 차갑다. 클레르가 침대에 눕는다. 갑작스레 몰려드는 피로감. 그 어느 때보다도 흥분한 상태이기는 하다. 한 시간 뒤, 이번엔 이동 침대 운반인이 들어오더니 침대 손잡이를 잡는다. 수술대 위에서 수술을 진행하게 됩니다. 수술이 끝나면 다시 침대로 데려올 겁니다. 그는 한마디 말도 없이 그녀를 옮긴다. 두 사람은 수십 미터에 달하는 복도를 지나간다. 그녀는 어디에다가 눈길을 둬야 할지 모른다. 밋밋한 천장들이, 물뱀처럼 구불거리는 전기선들이 줄줄이 지나가는 것이 보인다. 두 사람이 수술실에 가까워지며 디지털 도어를 넘어서 대기 구역으로 들어서자 그녀의 심장이 날뛰어 댄다. 공간은 여전히 칸막이로 나뉘어 있다. 그러더니 그녀를 작은 방으로 데리고 가서 기다리게 한다. 곧 데리러 올 겁니다. 시간이 서서히 풀려나간다. 곧 자정이다.

수술실 문 뒤에서는 마취과 의사가 환자의 상태를 관찰하기 위한 도구들이 제자리에 놓여 있는지를 확인한다. 심장 상태 확인을 위한 전극 설치, 모니터 상에서 지속적으로 혈압을 체크하기 위한 카테터 설치, 혈액 산소 함량을 살피기 위해 손가락 끝에 물리는 측정기. 그리고 수액 주사를 준비한다. 투명한 수액 주머니를 매달고 조절 장치를 점검한다(30년 경험에서 우러나온 모범적이고 간결하며 오차 없이 실시되는 동작들). 좋아요. 이제 시작해도 됩니다. 모두 준비됐나요? 하지만 그 누구도 말끔하게 준비를 끝내지는 못했다. 수술 팀은 탈의실에서 준비하는 중이다. 헐렁한 하늘색 바지와 짧은 소매의 웃옷에 긴 소매의 겉옷을 걸친다. 저마다 최소 두 개의 캡을 써서 두피 전체를 가리고 입에도 마스크 두 개를 댄다. 실내화, 덧신, 계속해서 갈아 대는 수많은 멸균 장갑들. 물을 콸콸 틀어 손을 씻는다. 소독액으로 팔꿈치까지 문지른다. 손톱을 깨끗이 닦아 낸다. 한 번, 두번, 세 번. 그러고 나서야 수술실에 들어간다. 서로 구별되지 않는 육체들이 각자 자리를 잡는다. 기구들을 조정한다. 얼굴들은 가리워졌다지만 자세, 키, 움직이는 방식, 몸피, 동작, 그리고 이 영역에서는 또 다른 언어를 만들어 내는 시선만은 남는다. 이곳에는 체외 순환사 한명, 수술실 레지던트 한 명, 수술실 간호사 두 명, 그리고 마취과 의사 두 명(아르팡은 오랜 친구 사이인 이 콤비와 30년째 함께 일하고 있다. 그의 첫 이식 수술도 그녀들과 함께였다)이 있다.

그리고 바로 그 사람, 아르팡이 경주를 시작하는 표정으로 들이닥친다. 그는 온몸을 덮다시피 하는 원피스형 앞치마를 입고 있다. 앞으로 입고 등 뒤에서 매듭을 묶는 것으로 엄지손가락에 고리로 소매가 연결되어 있다(장딴지 중간까지 내려오는 그 길이 때문에 푸주한들이 입는 엉덩이가 작아 보이는 그 앞치마가 생각난다).
그가 클레르에게 다가가 마지막 말을 건넨다. 30분 후
면 심장이 도착할 겁니다. 심장은 기가 막힙니다. 꼭 들
어맞아요. 곧 내 의견에 동의하게 될 겁니다. 클레르가
미소 짓는다. 심장이 도착하길 기다렸다가 내 심장을 떼
어 내실 거죠? 아르팡이 놀란다. 그걸 말이라고 합니까?

클레르의 마취가 시작된다. 곧 그녀의 눈꺼풀 아래로
이러저런 이미지들이 떠오른다. 따뜻한 톤의 흐느적거
리는 형체들의 분출. 표면의 끝없는 변모. 세포와 힘줄
들의 만화경. 그러는 동안 간호사들이 그녀의 머리와 몸
통을 커다란 노란색 비닐들로 덮고 이번에는 수술포를
그 위에 덮는다. 한 지점만 노출이 된 채 조명을 받아 환
하다. 이제 파헤치게 될 그 지점이 감정을 건드린다. 아
르팡이 첫 번째 동작들을 취한다. 그가 클레르의 흉부
에 멸균 연필을 이용해 앞으로 절개할 부분들을 그려 넣
고 작은 구멍을 뚫어야 할 지점들을 정확하게 표시한다
(그곳으로 삽관하여 몸 안에 카메라들을 집어넣게 될
것이다). 수술실 전화기에 매달려 있던 마취과 의사가
알려 온다. 됐어요. 도착한답니다.

밤이 된 강 하구 도시의 또 다른 수술실. 하지만 이 수술실은 북적거리지 않는다. 수술 팀들의 출발 순서는 장기 적출 및 작업 순서의 정반대라서 시몽 랭브르 곁에 마지막으로 남은 팀은 신장을 적출했던 팀인 비뇨기과 의사들, 또 그들이다. 그들은 그의 육신에 다시 말짱한 외관을 갖춰 주는 일을 맡았다.

토마 레미주 역시 거기 있다. 피로에 전 얼굴과 홀쭉해진 뺨. 마무리 단계를 향해 확 벌어지는 다른 성질의 시간, 보다 느릿하고 보다 물렁한 재질의 시간성 속에 녹아든 시간, 그런 시간들이 시작되고 있지만 그는 자신의 존재감을 더욱 강조한다. 비록 알아차릴 수 없을 정도로 미세하다 해도 그의 동작 하나하나에 분명한 생각이 드러난다. 아니야, 끝나지 않았어, 아니야, 아직 끝나지 않았어. 그가 의사들의 어깨 너머로 목을 길게 뺍고 들여다보면서, 의사들의 동작과 간호사들의 동작을 앞

지르면서 사람들의 성질을 건드리고 있다는 건 분명하다. 지금 이 단계에서는, 다 놓아 버리고 한두 땀은 생략하고 마지막 행위들을 대충 해치우고 뭔가를 빼먹기가 너무나 쉬우리라. 이제 와서 그것 때문에 뭐 달라지는 게 있겠어? 토마는 말없이 전반적인 피로감이나 서둘러 끝내 버리려는 마음에 맞서며 버틴다. 그는 아무것도 놓지 않는다. 장기 적출의 이 단계, 그러니까 기증자의 육신 복구를 시시한 것으로 만들 수는 없다. 그건 복원이다. 지금 복원해야 한다. 훼손된 부분을 복원해야 한다. 받았을 때의 그 모습대로 돌려놓아야 한다. 그렇게 못한다면 그건 야만스러운 짓이다. 그의 주위에서 사람들이 눈을 들어 천장을 바라보며 한숨을 내쉰다. 걱정 말라니까. 대체 무슨 생각을 하는 거야. 아무것도 날림으로 하지 않을 거라고. 모든 것이 제대로 되어 있을 거라니까.

시몽의 육체는 텅 비어 있다. 피부는 군데군데 몸 안쪽에서부터 빨아들인 것같이 보인다. 줄어든 그 모습은 수술실로 들어왔을 때의 그의 모습이 아니다. 그 모습은 훼손당했다고 비명을 지른다. 그 모습은 부모에게 한 약속과 어긋난다. 속을 채워야 한다. 의사들이 수술포와 습포를 사용해서 빠르게 속을 만든다. 적출된 장기의 크기와 형태에 따라서 거칠게나마 모양을 잡아야 하고 그다음에는 맞춤한 자리에 집어넣어야 한다. 손이 분주하게 움직인다. 그 수없는 손동작은 복원의 행위이다. 시몽 랭브르에게 원래의 모습을 되돌려 주자는 것이다. 바로 그여야 하니까. 내일 영안실에서 그를 만나게 될 사람들이 그들의 기억 속에 저장해 둘 수 있는 그의 이미지여야 하니까. 그들이 과거의 그의 모습을 알아볼 수 있어야 하니까.

이제 그의 몸을 다시 닫는다(그의 텅 비어 버린 속 위로. 그의 침묵 위로). 연속 봉합(실 하나로 깁고 양쪽 끝을 묶기)은 섬세하고 꼼꼼하게 이루어질 것이다. 가늘고 정확한 의사의 바늘은 직선을 그린다. 놀라운 것, 그것은 바느질이라는 행위, 구석기 시대에 바늘귀를 갖춘 바늘을 사용했던 이래로 인간의 기억 속에 퇴적된 태곳적의 그 행위가 수술실을 조롱하며 그다지도 엄청난 최신 기술이 동원된 수술의 마무리를 짓게 된다는 것이다. 게다가 그 의사는 절대적인 직관으로, 자기 행위를 전혀 의식하지 못하는 상태로 작업한다. 그의 손은 상처 위로 규칙적인 고리들을, 자그마하고 동일한 고리들을 만들어 나간다. 그 고리들이 벌어진 부위를 조이고 닫는다. 그 앞의 젊은 레지던트는 계속해서 관찰하며 배운다(그 역시 여러 장기의 동시 적출은 처음 참관한다. 아마 그는 직접 봉합을 하고 싶었을 것이다. 이 협업에 끼기 위해 기증자의 육신에 자신의 손을 갖다 대고 싶었을 것이다. 하지만 수술 과정이 너무 빽빽해서 그의 사고 능력은 포화 상태에 이르렀고, 피로 때문인지 혹은 긴장 때문인지 검은 나비들이 눈앞에서 팔락거린다. 그의 몸이 뻣뻣해진다. 피가 양동이로 쏟아졌을 때도 잘 버텼다고, 그건 이미 대단한 거라고, 중요한 건 마침표를 찍을 때까지 그대로 서 있는 거라고 스스로를 다독인다).

1시 30분. 비뇨기과 의사들이 도구를 내려놓고 고개를 든다. 한숨을 돌리고는 마스크를 내린 뒤 수술실을 떠난다. 그들은 신장을 갖고 간다. 남은 사람은 이제 토마 레미주와 코르델리아 오울뿐이다. 코르델리아는 긴장의 여파로 그나마 버티고 있는 것 같다. 그녀는 거의 40시간 동안 잠을 자지 못했다. 그녀는 계속 달려야만약 지금 멈춘다면 넘어지고 말 거라고, 그 자리에 쓰러지고 말 거라고 느낀다. 그녀가 마무리 작업을 시작한다. 수술 도구들의 목록을 만들고 레이블을 채워 넣고 서류에 숫자들을 적어 넣고 시간을 기입한다. 그러한 행정 절차들을 자동인형처럼 수행하고 있으려니 그녀의 생각들이 떠돌기 시작하고, 플래시가 머릿속에서 연방 터지며 육체의 조각들, 말의 단편들, 장소의 파편들이 오버랩된다(병원 복도는 절묘한 악취가 풍기는 아치형 통로로 이어진다. 몇 가닥 흘러내린 머리카락이 라이터 불빛에 흔들린다. 가로등의 오렌지색 불빛이 연인의 두 눈 속에서 흔들리며 타오른다. 세이렌들이 녹색 머리카락을 늘어뜨린 채 밴의 보닛 위에서 흐느적거린다. 드디어 그녀의 휴대폰이 한밤중에 진동한다). 그 연속적 흐름 여기저기에 구멍이 숭숭 나 있고 그 위로 시몽 랭브르의 얼굴, 그녀가 그날 오후 보살피고 주의 깊게 관찰하고 쓰다듬어 줬던 그 얼굴이 새겨진다. 그리고 몸 여기저기에 키스 마크가 갈색 얼룩처럼 남아 있는 (표범 가죽) 그 젊은 여자는 갑작스럽게, 지금 이 시간들을 가만히 가라앉히려면, 그것들의 폭력성을 걸러 내려면, 그 의미를 분명히 밝혀내려면(내가 방금 무엇을 겪은 걸까?) 자신에게 얼마의 시간이 필요할지를 생각한다. 두 눈이 뿌옇게 흐려 온다. 시계를 들여다본다. 마스크를 내린다. 잠시 부서에 다시 들러야 할 것 같아요. 견습 간호사 혼자 위에 있어서요. 돌아오겠습니다. 토마가 돌아보지도 않고 승낙한다. 좋아요. 내가 끝낼게요. 천천히 일 봐요. 젊은 여자의 발걸음 소리가 멀어지고 수술실 문이 다시 닫힌다. 이제는 토마 혼자다. 그가 느릿한 눈길로 수술실 안을 둘러본다. 그의 눈에 들어오는 풍경이 그에게 전율을 불러일으킨다. 이곳은 완전한 폐허다. 엉망으로 뒤엉켜 있는 물품과 전깃줄들, 제멋대로 돌아가 있는 모니터들, 사용하고 버려둔 수술 도구들과 작업대 위에 쌓여 있는 지저분한 붕대들. 수술대는 더럽고 바닥에는 사방 피가 튀어 있다. 그 누구라도 이곳에 머리를 들이민다면 차가운 불빛 속에서 두 눈을 깜빡이다가 공격이 휩쓸고 지나간 뒤의 전장의 이미지를, 전쟁과 폭력의 이미지를 갖게 되리라(토마가 몸을 부르르 떤다). 그러더니 일에 착수한다.

시몽 랭브르의 육신은 이제 가죽만 남았다. 생명이 물러가면서 남겨 준 것, 죽음이 전장에 놓아둔 것. 그건 침범당한 육신이다. 골격, 뼈대, 피부. 청년의 피부는 서서히 상아빛을 띠기 시작한다. 수술실 무영등에서 쏟아지는 적나라한 불빛에 감싸여 딱딱하게 굳은 것처럼 보인다. 메마르고 딱딱한 등껍질, 흉갑, 갑옷으로 바뀐 듯하다. 복부를 가로지른 상처 자국이 치명적 일격을 연상시킨다(그리스도의 옆구리에 박힌 창, 전사가 휘두른 칼, 기사의 칼날). 그 순간, 음영(吟詠) 시인의 노래, 고대 그리스 음유 시인의 노래를 불러낸 것은 그 깁는 행위일까? 토마의 마음을 뒤흔들었던 것은 시몽의 모습일까? 파도에서 솟아 나온 젊은 남자의 아름다움일까? 오디세우스의 부하들의 머리카락처럼 동글동글 말리고 소금이 잔뜩 묻어 있는 그의 머리카락일까? 십자 모양의 그 상처 때문일까? 어쨌든 토마는 노래를 시작한다. 방에 그와 함께 있는 사람의 귀에나 겨우 들릴 정도로 작게 부르는 노래. 하지만 죽은 이를 단장해 주는 행위와 동시에 이루어지는 노래. 그 행위들과 함께하며 그 행위들을 보여 주는 노래. 증언하는 노래.

장례식장으로 출발하기 전에 몸을 단장하는 데 필요한 도구가 바퀴 달린 카트 위에 놓여 있다. 토마는 가운 위로 일회용 앞치마를 두르고 일회용 장갑을 끼고 수건들(이것들 역시 단 한 번 사용된다. 오로지 시몽 랭브르만을 위해서)과 부드러운 습포들과 노란색 폐기물 처리용 비닐 봉투를 모아 놓고 있다. 그가 안과용 패드를 사용하여 젊은이의 눈을 감기는 것으로 작업을 시작한다. 그리고 입을 다물게 하기 위해 천 두 조각을 둘둘 감아 하나는 목이 앞으로 숙여지도록 후두부 아래쪽에 괴고 다른 하나는 턱 밑에 흉부와 수직이 되게 괸다. 그러고는 몸을 잠식한 것들 전부를 떼어 낸다. 그 실들과 튜브들, 수액들, 요도관. 그는 육신을 가로지른 것, 얽어맨 것, 시야를 방해하는 것 전부를 떼어 낸다. 육신을 드러낸다. 그러자 시몽 랭브르의 몸이 갑작스레 적나라하게 노출되며 빛 속에 나타난다. 인류 바깥으로 튀어 나간 인간의 육체. 용암처럼 들끓는 어둠 속을, 의미가 부재하는 무정형의 공간을 표류하는 불안한 물질. 하지만 토마의 노래가 존재를, 새로운 자리를 부여해 주고 있는 개체. 왜냐하면 생명을 위해 파열된 그 육체는 자신을 씻어주는 손길 아래에서, 노래를 실어 나르는 목소리의 결 속에서 온전성을 되찾고 있기 때문이다. 평범함에서 벗어난 일을 겪은 그 몸은 이제 평범한 죽음 속으로, 인간들의 무리로 되돌아간다. 그는 찬사의 대상이 된다. 사람들은 그를 아름답게 꾸민다.

토마가 몸을 씻긴다. 그의 동작들은 차분하며 섬세하다. 노래하는 그의 목소리는 스러지지 않으려고 시신에 기댄다. 마치 굳건해지려고 언어로부터 떨어져 나오듯이, 삶과 죽음이 교차하는 우주의 바로 그 지점에 자리 잡으려고 지상의 언어 법칙을 벗어던지듯이. 그의 목소리가 부풀다 가라앉는다. 부풀다 가라앉는다. 부풀다 가라앉는다. 그 목소리가, 마지막으로 몸의 굴곡을 매만져 주고, 어깨를 덮은 그 문신, 시몽이 자신의 몸은 오롯이 자신의 것이며 자신의 무언가를 드러내는 것이라고 말했던 그해 여름에 살에 새겨 넣었던 암녹색의 그 아라베스크 문신까지 아우르며 주름 하나하나와 피부 구석구석을 일일이 확인하는 손길의 곁을 지킨다. 이제 토마는 카테터가 피부를 뚫었던 지점에 아직 남아 있는 붉은 바늘 자국들을 눌러 준다. 염을 한다. 그의 얼굴이 돋보이도록 머리 모양을 잡아 주기까지 한다. 노랫소리가 수술실 안에서 점점 크게 울려 퍼지고 토마는 시신을 얼룩 한 점 없는 깨끗한 시트(머리 쪽과 발끝 쪽에서 매듭을 짓게 될 시트)로 감싼다. 그가 작업하는 모습을 보고 있노라면, 일부러 전장에 나와 죽음을 맞는 그리스 영웅과 그의 아름다움을 고스란히 보존했던 장례 의식이 떠오른다. 그러한 특수 처리를 통해 영웅의 이미지를 복원하고, 사람들의 기억 속에 그를 위한 자리를 마련해 주며, 여러 도시 국가와 가문들과 시인들이 그의 이름을 노래하고 그의 삶을 추모하게 한다. 그건 평온한 죽음이며, 천수가(天壽歌)이다. 정신의 고양이나 봉헌도 아니고, 하늘을 향해 원을 그리며 둥둥 떠오를 망자의 넋의 기림도 아닌, 육신의 구축이다. 그는 시몽 랭브르만의 특성을 재구축한다. 그는 겨드랑이에 서프보드를 낀 젊은이가 모래 언덕 위로 모습을 드러내게 만든다. 다른 젊은이들과 함께 밀려오는 파도를 향해 달려가게 만든다. 모욕을 받자 주먹을 얼굴 높이로 치켜들고 방어 자세를 취한 채 깡충깡충 뛰며 싸우게 만든다. 콘서트장의 박스 석에서 튀어 일어나 미친 사람처럼 펄쩍펄쩍 뛰고, 유년 시절부터 쓰던 침대에 배를 깔고 누워 잠들게 만든다. 루를 들어서 빙빙 돌려 주게 만든다(작은 장딴지가 마루를 깐 바닥 위로 날아다닌다). 자정에, 부엌에서 담배를 피우며 그의 아버지에 대해 말해 주는 어머니와 마주 앉게 만든다. 쥘리에트의 옷을 벗기게 만들고, 바닷가 담벽에서 겁먹지 않고 뛰어내리도록 그녀에게 손을 내밀게 만든다. 그는 죽음이 더 이상 건드릴 수 없는 사후의 공간으로, 불멸의 영광의 공간으로, 신화의 공간으로, 노래와 서(書)의 공간으로 그를 밀어 넣어 준다.

코르델리아가 한 시간 뒤에 다시 나타난다. 그녀는 자신의 일들을 한 바퀴 돌아보고 왔다. 이곳저곳의 문을 밀고 들어가 집중 관찰실의 환자들을 돌아보고 병실에 들러 기본 사항들, 자동 주입 주사기의 약물 유입량과 단위 시간당 배뇨량을 살폈다. 그곳에 잠들어 있는 환자들, 때때로 고통으로 찌푸려지는 그들의 얼굴을 고개 숙여 들여다보았다. 그들의 자세를 유심히 살피고 그들의 숨소리에 귀 기울였다. 그러고는 토마를 보러 내려온 거였다. 토마는 노래하고 있고, 이제 그의 목소리는 우렁차서 그 모습이 보이기도 전에 목소리부터 들려온다. 그녀가 당황해서 걸음을 멈춘다. 수술실 문에 등을 대고 두 손은 늘어뜨리고 고개는 뒤로 젖힌 채 가만히 듣는다.

조금 있다가 토마가 시선을 들어 올린다. 마침 잘 왔어요. 코르델리아가 수술대로 다가온다. 흰색 시트가 시몽의 명치 부근까지 끌어 올려져 있다. 토마가 그의 얼굴 윤곽을, 피부결을, 투명한 귓바퀴를, 도톰한 입술을 다듬는다. 아름답죠? 토마가 묻는다. 그래요. 아주 많이. 그녀가 대답한다. 그리고 두 사람은 서로를 뚫어져라 바라보다가 그 모든 일에도 불구하고 여전히 무거운 시몽의 몸을 함께 들어 올린다. 각자 양끝에 자리를 잡고서 들것 위에 펼쳐 놓은 흰색 천 위로 시신을 옮겨 놓고 영안실 직원들을 호출한다. 내일 아침이면 시몽 랭브르는 가족에게, 숀과 마리안, 쥘리에트와 루, 친지들에게 인계될 것이다. 그를 그들에게 돌려줄 것이다. *Ad integrum*(온전히).

비행기가 밤 12시 50분에 부르제 공항에 착륙한다. 분초를 다툰다. 완벽한 운송 조율. 자동차가 그들을 기다린다. 이 자동차는 택시가 아니다. 이런 종류의 임무 수행에 최적화된 자동차로, 온도 조절 장치가 장착되어 있다(차 문에는 우선 통행 차량, 장기 기증이라고 적힌 안내문이 붙어 있다). 깊은 고요가 차 안에 가득하다. 긴장감이 만져질 정도지만, 장기 이식 전문의들의 영예를 드높이려는 텔레비전 르포용의 긴급 상황 연출이나 방송에서 보이는 영웅적이고 인간적인 흔적이라고는 조금도 없다. 모니터 한구석에 붉은색 숫자로 표시되는 초시계의 움직임과 맞물리는 히스테릭하고 과장된 몸짓도 없다. 아직은 경광등도 없고 하얀색 헬멧에 검은 가죽 장화를 착용하고 엄지를 꼿꼿하게 쳐들고 무표정한 얼굴로 턱을 악다물고 앞장서서 길을 여는 오토바이 경찰 대원들도 없다. 운송 과정이 매끄럽게 진행된다. 통제

가능한 상황이다. 현재, 고속 도로의 통행 상황은 원활하다. 주말을 보내고 이번 일요일에 돌아오는 차량들이 이미 흩어졌기 때문이다. 그들 앞에 파리가 빛의 미립자들의 돔 아래 우뚝 솟아 있다. 그들이 가로노르를 지나갈 무렵 수술실로부터 전화가 걸려 온다. 환자가 와 있어요. 준비를 시작했습니다. 지금 어딘가요? 라 샤펠에서부터 10분 거리에 있어요. 제때 들어갈 겁니다. 비르질리오가 중얼거린다. 그리고 알리스를 바라본다. 야행성 새를 닮은 그녀의 옆모습(볼록한 이마, 매부리코, 비단결같이 고운 피부)이 그녀가 걸친 하얀 외투의 모피 옷깃 위에 놓여 있다. 아르팡 집안 얼굴이네. 그런 생각을 한다.

스타드 드 프랑스 근처에 오자 길이 막힌다. 염병할. 비르질리오가 몸을 곧추세운다. 즉각 표정이 굳는다. 아니, 대체 이 사람들 여태 여기서 뭘 한답니까? 운전사는 무덤덤하다. 축구 경기잖아요. 집에 돌아가고 싶지가 않은 거죠. 기쁨에 취한 젊은이들이 자동차마다 잔뜩 올라탄 채 차창을 열고서, 차가운 바깥 공기에 대고 가느다란 나무 막대 끝에 여봐란 듯 매단 이탈리아 국기를 흔들어 댄다. 거기에 더해 팬클럽에서 대여한 전세 버스들, 기뻐하는 군중의 덫에 빠진 장거리 냉장 트럭들이 교통 체증으로 뒤엉켜 있다. 사람들이 앞쪽에서 연쇄

충돌이 발생했다고 알려 준다. 알리스가 살짝 비명을 지른다. 비르질리오는 표정이 굳는다. 운전사는 뒤엉킨 차들 사이의 틈을 찔끔찔끔 넓혀 가며 차머리를 들이밀고, 마침내 갓길로 진입하자 약 1킬로미터에 달하는 거리를 저속으로 달린다. 사고 지점을 지나니 도로가 휑하다. 액셀러레이터 힘껏 밟기. 가드레일 위로 점점이 설치된 간접 조명등들이 마치 하나로 이어진 빛나는 긴 줄처럼 보인다. 라 샤펠에서 다시 느려지는 속도. 외곽 순환 도로를 타겠습니다. 도시로 들어가는 문들은 오베르빌리에에서 베르시에 이르기까지 동편에 점점이 흩어져 있다. 그 긴 커브 길의 끝에서 자동차는 오른쪽으로 내달려 도시로 뚫고 들어간다. 그러자 센 강변의 선착장들과 국립 도서관 타워가 나온다. 다시 왼쪽으로 꺾어 뱅상오리올 대로를 올라 슈발르레 근처에서 속도를 줄여 병원 구내로 들어간다. 다 왔다. 차가 건물 앞에 멈춘다 (32분. 나쁘지 않군. 비르질리오가 미소 짓는다).

수술실에 두 사람이 들이닥쳐서 주인의 발치에 전리품을 갖다 놓듯이 침대 발치에 보석을 내려놓는데도 사람들은 고개를 드는 둥 마는 둥이다. 그들이 도착했다고 해서 진행 중인 수술이 옆길로 새거나 중단될 수는 없으리라. 수술은 이곳에선 이미 시작됐으니까. 그들이 벌써 멸균복을 입고 팔뚝도 씻고 손을 소독한 후 들어

왔는데도 그들을 환대하는 둥 마는 둥이다(이제 비르
질리오에게는 알리스에게서 모호한 노란색들, 샤르트
뢰즈와 벌꿀의 노란색, 흐릿한 황옥의 노란색이 응결되
어 있는 두 눈만이, 그 느릿하고 강렬한 눈길만이 보인
다). 어쨌든 아르팡이 드디어 그들에게 말을 던진다. 그
래, 심장 이송 중에 별문제는 없었나? 그러자 비르질리
오 역시 별것 아니라는 투로 대답한다. 예. 돌아올 때 잠
깐 길이 막힌 정돕니다.

　심장이 침상 곁의 오목한 용기에 놓여 있다. 알리스
가 수술대 끝에 놓인 작은 단 위에 올라간다. 심장 이식
을 지켜볼 참이다. 그녀가 단 위로 오를 때 두 다리가 살
짝 후들거린다. 그러는 동안 비르질리오는 수술실 레지
던트가 있는 자리에 들어서기 위해 밀고 들어간다. 거의
그의 손에서 수술 도구들을 빼앗을 기세다. 그 자리에,
세 개의 무영등 아래에, 흉부 위쪽에, 그리고 바로 아르
팡의 맞은편에 자기가 있겠노라는 의지를 물씬 풍겨 댄
다. 이제 그들은 다 함께 수술을 진행한다.

　갑자기, 아르팡이 클레르의 심장을 직접 눈으로 확인
하자 휘파람을 불고는, 좋은 상태라고는 할 수 없다고,
이건, 떨쳐 버린다고 해서 아쉬울 것 하나 없을 거라고
큰소리를 친다. 그러자 주변에 있던 사람들이 어설프게
웃으면서 그렇다고 고개를 주억거린다(사람들은 그가

뒤통수에도 눈이 달린 것처럼 자기 팀원 한 명 한 명에게 무시무시한 압력을 행사하면서도 쇼맨십을 발휘해 수술실의 분위기 메이커 노릇을 하는 걸 보며 깜짝 놀란다. 수술실은 그가 스스로 살아 있다고 느끼며, 자기가 어떤 사람인지, 대대로 물려받은 자기 일에 대한 열정과 병적인 엄정함, 인간에 대한 믿음, 과시벽, 권력욕을 표현하게 되는 유일한 장소다. 그곳에서 그는 자신의 계보를 불러들이고, 과학적으로 이식 행위를 구축해 나갔던 사람들을 한 명 한 명 들추어낸다. 초기 장기 이식 전문의들, 선구자들. 1967년 희망봉의 외과 의사 크리스티안 바너드, 1968년 스탠퍼드의 노먼 섐웨이, 혹은 이곳 피티에 병원의 크리스티앙 카브롤. 장기 이식을 고안해 내고, 그걸 실행에 옮기기 전에 쌓아 올리고 허물고를 백 번도 넘게 해봤던 사람들. 전부 다 1960년대에 활약했던 사람들. 일벌레들이자 카리스마 넘치는 유명 스타들. 서로 앞다퉈 미디어를 타려고 했고 서로의 것을 훔치기를 주저하지 않던 경쟁자들. 결혼도 여러 번 하고, 승마 부츠에 메리 퀀트의 미니스커트를 걸치고 트위기처럼 화장한 여자들에 둘러싸여 있었던 매력적인 남자들. 담대한 오만함이 넘치는 독재자들. 영예를 휘감고 있지만 격정을 품었던 남자들).

우선 심장 안과 밖으로 피를 나르는 혈관들을 해결해

야 한다. 하나씩 하나씩 혈관들을 자르고 막으며 작업
한다(아르팡과 비르질리오가 빠르게 해치운다. 신속함
이 그 행위를 버티게 해준다는 듯이. 손이 느려지면 손
이 떨릴지도 모른다는 듯이). 그다음은 충격적이다. 심
장을 몸 밖으로 꺼내고 체외 순환을 시작한다. 기계 장
치가 두 시간 동안 클레르의 심장을 대신한다. 그녀의
몸속에 다시 혈액이 돌게 해줄 장치. 그 순간 아르팡이
침묵을 요구한다. 그가 메스로 금속 튜브를 쳐서 쨍그
랑 소리를 낸다. 그러고는 마스크를 쓴 채 수술이 이 단
계에 도달하면 으레 그러듯이 정해진 글귀를 읊는다.
*Exercitatio Anatomica de Motu Cordis et Sanguinis in
Animalibus*(동물의 심장과 혈액과 운동에 관한 해부학
적 연구)[40] — 1628년에 인체의 혈액 순환 시스템 전반
을 설명하고 심장을 일종의 수압 펌프로, 운동과 박동에
의한 지속적 혈액 순환을 보장하는 근육으로 지칭한 최
초의 의사인 윌리엄 하비에게 바치는 헌사. 수술실의 모
두가 바로 뒤를 이어 대답한다. 아멘!

　체외 순환사가 그 야릇한 의례에 당황한다. 그는 라
틴어를 모른다. 무슨 일인 거냐고 묻는다. 속눈썹 끝이
구부러지고 스물대여섯 살쯤 된 젊은 남자 간호사로, 이
곳에서 아르팡과 일해 본 적이 없는 유일한 사람이다.
기계 앞의 등받이 없는 높은 의자 위에 앉아 있는 그 모

40 영국의 생리학자인 윌리엄 하비가 1628년에 출간한 연구서.

습이 살짝 턴테이블 앞의 디제이 같기도 하다. 이곳의
그 누구도 커다란 검은색 케이스들로부터 정신없이 빠
져나와 있는 전선들 한가운데에서 그보다 더 길을 잘 찾
아낼 사람은 없으리라. 산소가 투여되고 걸러진 피가 뒤
엉켜 있는 가느다란 투명 튜브들 속을 지나간다. 동그
란 스티커 모양의 색상 코드들이 그 흐름의 방향을 알
려 준다. 모니터 위 심전도 그래프의 곡선은 평평하다.
체온은 32도지만 클레르는 물론 살아 있다. 마취과 의
사들이 교대를 해가며 바이털 사인을 확인하고, 약물이
제대로 주입되고 있는지를 체크한다. 이젠 계속 진행해
도 된다.

그러자 비르질리오가 몸을 낮추어 용기에 들어 있는
심장을 들어 올린다. 심장을 겹겹이 싸고 있는 주머니들
을 묶은 부분에 소독액을 흠뻑 뿌리고 매듭을 푼다. 그
러고는 용기에서 심장을 꺼내 두 손으로 고이 들어 흉
곽 안쪽에 내려놓는다. 까치발을 한 채 계속 꼼짝 않고
금속제 발판 위에 서 있던 알리스가 그 장면에 매료되
어 두 눈을 떼지 못하고, 그곳에서, 몸 안에서 무슨 일이
벌어지는지를 보려고 고개를 내밀다가 균형을 잃을 뻔
한다(그렇게 목을 뽑는 사람이 그녀 혼자는 아니다. 아
르팡 옆에 자리 잡았던 수술실 레지던트도 앞으로 몸을
내민다. 그러다가, 어찌나 땀을 흘리는지 코끝으로 흘러
내린 안경이 떨어질 뻔하고, 그 순간 아슬아슬하게 안경

을 제자리로 돌려놓으며 뒤로 몸을 물리다가 인퓨전 펌프와 부딪는다. 조심해요. 마취과 의사가 쌀쌀맞은 목소리로 말하며 그에게 습포를 건넨다).

외과의들이 이제 긴 봉합을 시작한다. 그들은 밑에서부터 위로 올라가며 심장을 다시 연결하는 데 몰두한다. 봉합은 네 지점을 단단히 고정시키는 방식으로 진행된다(피이식자의 좌심방을 기증자의 좌심방에 붙여 문합하고, 우심방도 마찬가지로 한다. 그리고 피이식자의 폐동맥을 기증자의 오른쪽 심실과, 대동맥은 왼쪽 심실과 연결한다. 규칙적인 간격을 두고 비르질리오가 심장을 마사지한다). 그는 두 손으로 심장을 꾹꾹 눌러 댄다. 그러자 그의 손목이 클레르의 몸속으로 사라진다.

이제 보다 일상적인 그 무언가가 자리 잡는다. 간단한 대화들이 점점 부풀어 가끔씩은 웅성거리는 소리로 변한다. 수술실 농담들, 업계의 농담들. 아르팡이 비르질리오에게 경기 결과에 대해 묻고, 이탈리아인은 그 꾸민 듯한 호감과 자신들이 한편이라는 듯한 태도가 신경에 거슬린다. 그래, 비르질리오, 자네는 이탈리아인들의 전략에 대해 뭐라 할 텐가? 그게 근사한 경기 진행에 도움이 된다고 생각하나? 그 젊은 의사는 간단하게 대답한다. 피를로는 아주 뛰어난 선수입니다. 환자의 육체는 저온 상태에서 처치를 받고 있다. 하지만 이제 수술실

안은 덥다. 주위에서 집도의들의 이마와 관자놀이, 입술을 닦아 준다. 그들이 옷과 장갑을 계속 교체할 수 있도록 도와준다(간호사가 봉해 놓은 것을 뜯고 내용물을 꺼내어 뒤집어 내민다). 그곳에서 소비되는 인간의 에너지, 육체적 긴장뿐만 아니라 행위의 활기(그야말로 생명의 이전)로 인해 방 안에는 습기가 떠돌며 점점 더 습해지기 시작한다.

봉합 작업이 마침내 끝난다. 이식된 조직을 깨끗하게 정비한다. 공기가 클레르의 두뇌로 올라가는 것을 막기 위해 공기를 빼낸다. 이제 심장은 혈액을 받아들일 준비가 된다.

수술대 주변의 긴장이 이제 다시 무섭게 솟구친다. 아르팡이 지시한다. 오케이. 좋아. 이제 채워 봅시다. 혈액을 밀리미터 단위로 흘려보낸다. 이 작업은 고도로 세분화된 눈금에 따라 유입량을 조절해야 한다. 너무 급작스러운 유입은 이식된 조직을 망가뜨려 버려 다시는 원래의 모양을 되찾지 못하게 될 것이다(간호사들은 숨을 죽이고, 마취과 의사들은 긴장한 채 대기하고, 체외 순환사 역시 땀을 흘린다. 하지만 알리스, 그녀는 흔들림이 없다). 수술실 안의 그 누구도 움직이지 않는다. 조밀한 침묵이 수술대를 뒤덮은 가운데 심장에 천천히 혈액이 들어간다. 그리고 마침내 전기를 통해야 할 순간이 도래한다. 비르질리오가 제세동기의 패들을 잡아서 아르팡에게 내밀고, 두 사람의 시선이 부딪는 동안 패들은 잠시 허공에 머무른다. 그러더니 아르팡이 비르질리오를 향해 턱짓을 한다. 어서. 자네가 해보게(그 순간, 어쩌면 비르질리오는 기도문과 미신에 대해 자신이 알고 있는 모든 것을 그러모으고 있는지도 모른다. 어쩌면 그는 하늘에 대고 애원하는지도 모른다. 혹은 어쩌면 정반대로, 방금 이루어진 그 모든 것들, 행위들의 총합과 말들의 총합과 공간들과 감정들의 총합을 다시 움켜쥐는지도 모른다). 그는 조심스럽게 패들을 심장 양편에 갖다 댄다. 심전도 모니터에 눈길을 준다. 갈까요? 샷! 심장이 전기 충격을 받아들인다. 온 세상이 이제 클레르의 소유가 된 심장 위로 모여든 채 꼼짝하지 않는다. 심장이 약하게 움직인다. 두 번, 세 번, 뛰다가 멈춘다. 비르질리오가 침을 삼킨다. 아르팡은 침대 가장자리에 손을 얹었고, 알리스는 지독히도 창백해져서 그녀가 발판에서 굴러떨어질까 봐 겁이 난 마취과 의사가 팔을 붙잡아 주며 단에서 내려오게 한다. 두 번째 시도. 갈까요?

「샷!」

그러자 심장이 수축하며 진저리를 친다. 거의 알아보기 힘들 정도의 경련이 이어진다. 하지만 가까이 다가가서 들여다보면 그 미약한 박동을 볼 수 있다. 그러더니 그 이식된 장기가 차츰차츰 몸 안에서 혈액을 펌프질하기 시작한다. 이제 제자리를 잡은 것이다. 그러고는 규칙적이지만 이상하게 빠른 박동이 나타나다가 곧 안정된다. 그 박동은 태아의 심장 박동을, 처음 초음파를 찍을 때 볼 수 있는 그 툭툭 튀는 움직임을 떠올리게 한다. 분명, 지금 들리는 소리는 최초의 박동, 첫 번째 박동, 여명을 알리는 박동이다.

마취가 불러온 꿈속에서 클레르는 토마 레미주의 노래를 들었을까? 그 평온한 죽음의 노래를? 새벽 4시, 시몽 랭브르의 심장을 받은 그 순간에, 그녀는 그의 목소리를 들었을까? 그러고도 그녀는 30분 동안은 더 체외 순환기를 달고 있었다. 이제는 봉합이다. 리트랙터로 잡고 있던 피부를 조금씩 놓아 가면서 섬세하게 봉합한다. 그 후 그녀는 자신의 심장 파동이 빛을 발하고 있는 검은색 모니터들에 둘러싸인 채 수술실에서 집중적인 보살핌을 받는다. 그녀의 몸이 기력을 회복할 동안. 난장판인 방 안을 정리할 동안. 수술 도구와 거즈의 숫자를 세고 핏자국을 지우는 동안. 수술 팀이 흩어져 각자 수술복을 벗고, 옷을 갈아입고, 얼굴에 물을 끼얹고 손을 씻은 다음, 첫 전철을 타러 병원 구내를 벗어나는 동안. 그래, 우리 꼬맹이 아르팡, 다 보고 난 소감은? 아르팡이 알리스의 귀에 대고 속삭이고, 평소의 안색을 되찾은 알리스가 미소를 지을락 말락 하고 있는 동안. 비르질리오가 수술모를 벗고 마스크를 내린 뒤, 몽파르나스 쪽에서 맥주 한 잔과 감자 튀김, 그리고 이 분위기의 연장을 위해 피가 뚝뚝 듣는 스테이크를 즐기러 가자고 그녀에게 제안해야겠다고 결심하는 동안. 그녀가 하얀 외투를 다시 걸치고 그가 그 하얀 모피 깃을 쓰다듬는 동안. 마침내 키 작은 초목 주위로 조금씩 빛이 스며들고, 이끼에 푸른빛이 돌고, 방울새가 노래하고, 그 거대한 파도타기가 디지털 문명의 밤 속에서 갈무리되는 동안. 현재 시각, 5시 49분.

옮긴이의 말

　『살아 있는 자를 수선하기』는 2010년에 『다리의 탄생』으로 10만 부가 넘는 판매 부수를 기록하며 메디치상을 수상했던 마일리스 드 케랑갈이 5년여의 침묵 끝에 발표한 작품이다. 『다리의 탄생』에서 현수교 건설이라는 전문적인 소재를 치밀하게 다뤘던 작가는 이번 작품에서도 역시 고도의 전문성이 요구되는 소재를 파고들었다.

　체호프의 희곡 「플라토노프」에서 빌려 온 작품 제목 〈살아 있는 자를 수선하기*Réparer les vivants*〉가 암시하듯, 독자들이 책을 펴 든 순간 대면하게 되는 것은 장기 이식이라는 특별한 사건을 둘러싸고 펼쳐지는 이야기이다. 만 하루 동안 진행되는 이 이야기는 시몽 랭브르라는 열아홉 살 청년이 친구들과 새벽에 서핑을 마치고 돌아오는 길에 교통사고를 당하면서 시작된다. 코마 상태에 빠진 시몽은 결국 뇌사 판정을 받게 되고, 이제

본격적으로 장기 이식 문제가 수면으로 떠오른다. 독자는 장기 이식을 둘러싸고 급박하게 돌아가는 사건의 한복판에 놓이게 되면서, 그 강도와 밀도가 임계점에 이를 정도로 극대화되는 삶의 경험들을 목도하게 된다.

희망과 절망이, 삶과 죽음이, 씨실과 날실로 조밀하게 직조되어 나가는 이 세계에는 장기 이식과 관련된 다양한 인물군(群)이 등장한다. 벼락 같은 아들의 죽음을 묵새길 새도 없이 아들의 장기 기증을 제안받는 부모와 그런 부모에게 기증을 제안하고 설득해야 하는 장기 이식 코디네이터와 의사가 있는가 하면, 수혜자 선정에서부터 운송에 이르기까지 장기 이식 과정 전반을 관장하는 총괄국의 담당자, 전국 각지의 병원에서 장기를 가져가기 위해 달려온 적출 팀, 그리고 불안한 청춘의 격랑과 직무 사이에서 흔들리는 수술실 간호사도 있다. 물론, 이 모든 일의 시발점에 있는 시몽과 그의 풋풋한 첫사랑의 대상인 쥘리에트라는 감수성 풍부한 소녀 역시 존재한다.

사실, 작품의 시간 배경을 24시간으로 한정해 놓고 다양한 인물들의 관점을 차례차례 빌려서 사건을 조망하다 보면, 속도감은 얻겠지만 깊이를 상실하기가 쉽다. 작가는 각 인물들에게 풍부한 개인사를 부여하여 입체감과 깊이를 갖춘 인물들을 만들어 냄으로써, 그러한 위험을 영리하게 피해 간다. 이렇게 형상화된 등장인물들은 기증자로서든 피이식자로서든 의료진으로서든 장기 이식이라는 특별한 사건에 연루되어 있지만, 동시에 우리 모두와 마찬가지로 저마다의 삶의 무게를 지고 있는 보통의 인물들이라는 점이 부각되면서, 오히려 사건의 비극성은 더욱 도드라지게 된다. 평범함과 일상성 속에 도사리고 있는 비극성이 보다 더 무시무시해 보이는 법이라고나 할까.

또한, 그 자체로 이미 충분히 극적일 수밖에 없는 장기 이식이라는 사건에 자극적이거나 신파적인 요소들을 살짝만 덧칠해도 그 극적 효과가 손쉽게 증폭되리라는 것은 쉽게 짐작할 수 있다. 이러한 유혹 앞에서 작가가 보여 주는 글쓰기 방식은 상당히 인상적이다. 인물의 감정을 다룰 때는 이지적이고 분석적이며, 묘사에 있어서는 철저하고 집요하며, 현실로부터 촉발된 환상과 관념의 세계에서는 대담하고 거침이 없다. 이러한 글쓰기 방식 덕분에 독자는, 극적인 상황에서 터져 나오는 날것 그대로의 감정에 여과 없이 노출될 경우 느끼게 되는 피로감보다는, 차분한 성찰과 관조를 거치고 난 뒤에 맞게 되는 정제된 감정에 잠기게 된다. 어쩌면, 누군가의 육체적 죽음이 그를 사랑하는 사람들의 정신적 죽음으로 이어지는 비극 앞에서 작가가 견지하는, 너무하다 싶을 정도의 예리하고 냉철한 해부학자의 태도는 작품 안에서든 밖에서든 한 생명을 떠나 보내야 또 다른 생명이 찾아드는 그 끔찍한 모순에 휘말린 모든 이들에게 바치는 작가 나름의 위로이자 예의일지도 모르겠다.

이제, 옮긴이의 말인 만큼, 번역에 대한 이야기를 잠깐 하겠다. 이번 번역 작업에서는 즐거움보다는 고달픔이 훨씬 더 잦게 찾아왔다. 작품을 읽고 나서 옮긴이의 말을 뒤적이는 독자라면 대번에 무슨 말인지 눈치를 채겠지만, 숨이 가빠 올 정도로 길게 이어지는 문장들과 짧은 호흡으로 끊어지는 문장들의 어지러운 갈마듦, 현학적이고 전문적인 어휘들과 일상어 혹은 비속어들의 혼재, 문장의 흐름을 툭툭 끊어 놓으며 복잡하게 가지쳐 나가는 무수한 연상들의 난입, 서핑이나 카누 제작에 대한 지식은 말할 것도 없고 심장 이식 수술과 관련된 전문적 지식의 나열 등으로 점철된 텍스트의 번역 작업은, 어순이나 어휘 등 모든 면에서 프랑스어의 대척점에 서 있는 한국어가 모국어인 번역자에게 정신적, 육체적 학대로 다가올 정도였다. 서핑을 글로 배우면서, 심장 수술을 참관할 기회를 가졌던 원작자를 부러워하면서, 온갖 취미 블로그들을 들락거리면서, 번역자의 신세한탄이 끊이지 않았음을 고백한다.

아마도, 원작이 쓸데없이 현학적이기만 한 작품이라고 판단했더라면, 번역하는 수고가 아까워서라도 중도에서 물렀을 것이다. 그러니 이 번역을 끝낸 것 자체가 원작을 향해 보내는 번역가의 인정이자 존중의 표현인 셈이다. 어쨌든 지금으로서는, 이 작가의 또 다른 작품은 다른 번역가의 빼어난 번역으로 독자의 입장이 되어 느긋하게 즐기고 싶은 심정이다.

끝으로, 도움을 주신 삼성 서울 병원 심장 혈관 센터의 임민경 심장 수술 전문 간호사에게 감사를 표한다.

2017년 6월

정혜용

옮긴이 **정혜용** 서울대 불어불문학과와 동 대학원을 졸업하고 파리 3대학 통번역 대학원(ESIT)에서 번역학 박사 학위를 받았다. 현재 번역, 출판 기획 네트워크 〈사이에〉 위원으로 활동하고 있다. 옮긴 책으로 아니 에르노의 『한 여자』, 쥘리 마로의 『파란색은 따뜻하다』, 레몽 크노의 『지하철 소녀 쟈지』, 앙드레 고르스의 『에콜로지카』, 샤를 보들레르의 『샤를 보들레르: 현대의 삶을 그리는 화가』, 발레리 라르보의 『성 히에로니무스의 가호 아래』 등이 있고, 지은 책으로 『번역 논쟁』이 있다.

살아 있는 자를 수선하기

발행일   2017년 6월 30일 초판 1쇄
        2024년 3월 5일 초판 14쇄

지은이   마일리스 드 케랑갈
옮긴이   정혜용
발행인   홍예빈 · 홍유진
발행처   주식회사 열린책들

경기도 파주시 문발로 253 파주출판도시
전화 031-955-4000 팩스 031-955-4004
www.openbooks.co.kr

Copyright (C) 주식회사 열린책들, 2017, *Printed in Korea.*
ISBN 978-89-329-1808-2 03860

이 도서의 국립중앙도서관 출판예정도서목록(CIP)은 서지정보유통지원시스템 홈페이지(http://seoji.nl.go.kr)와 국가자료공동목록시스템(http://www.nl.go.kr/kolisnet)에서 이용하실 수 있습니다.(CIP제어번호: CIP2016026554)